Shirlei Ramos

1ª Edição

Taboão da Serra | 2014
Publicação independente

Capa e folha de rosto:	Vanessa Bosso e Josy Alcantara
Imagem da capa:	Happy Young Couple in Winter Park having fun © solominviktor | Fotolia.com
Revisão:	Renata Maggessi e Carla Santos
Diagramação e Projeto Gráfico:	Carla Santos

Ramos, Shirlei, 2014
A Missão de Anabel / Shirlei Ramos. —
Taboão da Serra: Publicação independente, 2014.
531 p.: 21 cm

1. Literatura Brasileira 2. Romance.

IMPRESSO NO BRASIL
PRINTED IN BRAZIL

http://shiescrevendo.blogspot.com/

Agradecimentos

Essas páginas foram, com certeza, as mais ansiadas por mim. Não via a hora de poder escrevê-las, colocando meu coração todo nelas. Sou uma pessoa que cultiva a gratidão como alguém que cultiva uma flor rara ou uma joia muito preciosa. Acredito que a gratidão é tão importante quanto o amor. Um não pode viver sem a companhia do outro. Portanto, sou extremamente grata e sinto um amor profundo por cada pessoa que surgiu no meu caminho ao longo dessa fantástica jornada. Sem cada um de vocês, acreditem, eu jamais teria chegado tão longe com o sonho de me tornar escritora.

Meu pai, Acácio, minha mãe, Evani, e meus irmãos, Michel e Glauce. Muito obrigada por ser a família perfeita. Dizem que não existe família perfeita. Mas é porque não conheceram a nossa ♥. Amo vocês!

Meu príncipe, meu herói romântico, meu escudo, meu amor, meu Márcio. Muito obrigada por acreditar no meu potencial antes mesmo que eu tivesse feito. E por fazer da minha vida o livro romântico mais lindo de todos.

Minha pequena Isabelle, o maior milagre que recebi, que enche a boquinha para dizer: "A mamãe é escritora!". Você é o grande amor da minha vida ♥.

Tatiana Cunha, minha irmã do coração. Muito obrigada pelas horas infinitas de paciência com minhas neuras, ansiedade e insegurança. Por ter sido a primeira a ler *A Missão de Anabel* e me confessar que, apesar de não ser o gênero que você costuma ler, o livro te fisgou completamente e você não conseguia largá-lo. Muito obrigada por esses oito anos de amizade. Muito obrigada por tudo!

Neiva Meriele, minha terceira irmãzinha, a minha caçulinha amada. Muito obrigada por não ter me deixado desistir da Anabel, por ter acreditado nela e em mim. Por sempre me socorrer nos momentos em que eu falho em acreditar que posso realizar meus sonhos. Seu imenso talento me inspira. E me causa um orgulho sem tamanho ♥.

Gleize Costa, minha amiga querida, que chegou de mansinho e hoje ocupa um imenso pedaço do meu coração. Muito obrigada por todas as palavras maravilhosas que tem sempre para minhas histórias e para mim. E pelas horas (mas, desculpe!) que passa acordada, lendo os capítulos que te mando.

Renata Maggessi, minha querida amiga e revisora talentosíssima. Sem você, essa história não teria ficado tão bem amarrada e tão verossímil. Muito obrigada por sua generosidade sem limite e por sua sabedoria infinita. A história de Enrico Balistieri ficou tão real graças a você.

Vanessa Bosso, minha salvadora, capista e autora querida. Muito obrigada por sua imensa generosidade e atenção comigo. E por aquela conversa, aquela mesma, que você abriu minha mente para eu entender que o dom da escrita não me foi dado à toa. Quando me deparei com *A Aposta* no Skoob, me apaixonei pela sinopse e fiquei desesperada para ler o livro, jamais imaginei que a autora dele se tornaria tão especial em minha vida ♥.

Marina Carvalho, minha autora amada, a quem devo tanto e por quem cultivo um carinho que vai muito além do sentimento de fã. Você se tornou uma amiga querida e especial. Muito obrigada por acreditar em meu potencial quando o meu livro era ainda um esboço. Por ter sido tão generosa comigo. E por sua confiança e suas palavras sempre doces.

Samanta Holtz, o anjinho sem asas do mundo literário brasileiro, a primeira pessoa a ler a sinopse de *A Missão de Anabel*, se empolgar e a me incentivar a perseguir os meus sonhos. Muito obrigada por emprestar essa luz tão abençoada que possui. E por todo carinho que você jamais economizou comigo.

Elisane Piovam, minha querida amiga de infância, que gostou das primeiras estórias que escrevi nos idos de 2004. Muito obrigada por ler minha Anabel com tanto amor e entusiasmo. E por esses mais de 30 anos de amizade.

Rosi Vasconcelos Silva Klering, a querida amiga que teve muita raiva da Haidê, mãe de Anabel (risos). Muito obrigada por ter mergulhado tão emocionalmente em minha estória. Isso significou um mundo para mim ♥.

Josy Stoque, a querida autora cujas reflexões me movem cada dia para mais perto da realização dos meus sonhos. Muito obrigada por toda atenção e carinho que você dedica a mim, sua linda! Sua sabedoria me encanta e ajuda na minha transformação interior.

Carina Rissi, cujas personagens inspiraram a caracterização da minha Anabel. Muito obrigada por abrir minha mente para a literatura nacional contemporânea em 2011. Jamais esquecerei a mensagem tão carinhosa que recebi de você no período mais crítico de minha vida.

Carla Fernanda, a diagramadora-revisora-leitora crítica mais incrível do mundo! Muito obrigada por ajudar a transformar *A Missão de Anabel* no livro que sonhei por toda minha vida. E por carregá-lo e tratá-lo como se fosse seu. Jamais esquecerei o que fez por mim ♥.

Para Lucas, a estrelinha mais brilhante do céu.

Que pode uma criatura senão
entre outras criaturas, amar?
amar e esquecer,
amar e malamar,
amar, desamar, amar?
Sempre, e até de olhos vidrados, amar?

Carlos Drummond de Andrade

Capítulo 1

A primeira vez que vi a morte de perto eu tinha 14 anos. Havia implorado por horas até conseguir convencer minha mãe a me levar ao velório da avó de sua melhor amiga. Nunca me esqueci da vontade bizarra que tive ao ver o corpo inerte dentro do caixão. Eu quis sacudir os ombros da idosa e ordenar que ela levantasse de lá. Quando comentei sobre meus pensamentos, minha mãe disse que aquele era o motivo pelo qual ela relutara em concordar que eu fosse ao cemitério: eu não sabia lidar com a morte.

Mal suspeitei que enfrentaria aquela mesma situação, em tão pouco tempo, com as duas pessoas que mais amei no mundo.

Num dia, eu completava 20 anos. No outro, recebia a notícia de que um ônibus desgovernado havia atropelado meu pai, levando sua vida. A ironia das ironias. Nós, minha mãe e eu, sempre tememos que ele sofresse um acidente com o táxi que dirigiu por duas décadas e meia. Jamais imaginaríamos que sua morte pudesse ser causada durante uma caminhada inofensiva pelas ruas da cidade. Passei o velório com uma sensação sufocante de irrealidade. À espera do minuto perfeito em que eu sacudiria meu pai, ele sentaria, olharia à sua volta, me encontraria ao lado do caixão, daria o sorriso terno, que espelhava em seus olhos o mais puro amor, e diria, mais uma vez: "Filha, esse cabelo caindo nos olhos ainda vai prejudicar sua visão". Nada daquilo se transformou em realidade. Mas minha mãe me contou depois, em seu jeito impaciente de lidar com situações que não envolvam compras, que eu quis impedir o coveiro de jogar terra no túmulo. Segundo ela, eu gritei que meu pai não teria força para abrir o caixão, quando acordasse, com tanta terra em cima. Não me lembro dessa parte. O remédio de tarja preta dupla, que me deram logo após a notícia da morte, deve ter aflorado o lado selvagem de minha personalidade que luto para manter sob controle.

E, aqui estou eu, cinco anos depois, cravando as unhas nas palmas das mãos num gesto desesperado para me impedir de arrancar vó Helena do caixão à minha frente, apertar seus ombros, sacudindo-os até fazê-la abrir os olhos e me acordar do pesadelo que destroça minha alma. Desta vez, eu não concordara em tomar qualquer tipo de calmante. Nada de tarjas pretas, vermelhas ou brancas. Eu passaria por tudo aquilo o mais lúcida que pudesse. Queria me despedir inteira de minha avó materna. Fomos tão unidas que minha mãe costumava falar que se não tivesse sentido meus chutes na barriga e não tivesse visto o médico me tirar de dentro dela, juraria que sua mãe era um daqueles casos raros da medicina que tinha filho com quase 60 anos. Exageros à parte, eu sabia que dona Haidê guardava certo ressentimento por eu ter criado um laço de afeto mais estreito com minha avó do que com ela, minha própria mãe.

Tiro meus olhos do semblante passivo de vó Helena e os corro pela pequena sala onde o velório é realizado. O local está cheio. Não consigo evitar o sorriso. Minha avó foi uma pessoa muito querida. Teve três filhos, cinco netos, uma bisneta e dezenas de amigos. Dona da personalidade mais doce e generosa que conheci, sua vida foi totalmente dedicada a ajudar as pessoas. Virou uma espécie de Madre Tereza da periferia. Onde houvesse alguém necessitando de cuidados especiais, lá estava dona Helena. Perdi as contas das vezes em que disse a ela que pensasse um pouco mais em si mesma e parasse de querer salvar o mundo. Ela respondia que não pretendia salvar o mundo, apenas deixar um cantinho dele mais digno de ser vivido. O hábito de separar uma parte de meu salário e pesquisar instituições ou projetos sociais que necessitavam de investimento, todo mês, aprendi com ela, que repetia sempre para mim: "O maior tesouro de uma pessoa é seu amor pelo próximo".

Percebo a aproximação de minha mãe. Ela se posta atrás de mim e sussurra próximo de meu ouvido esquerdo:

— Não dê vexame hoje, Anabel. Passei o maior constrangimento da minha vida no enterro do seu pai. Até hoje minhas amigas comentam sobre aquele escândalo.

Fecho os olhos, cerro os punhos. Aquela era minha mãe sem cortes, sem censura. Eu tinha o dom de trazer à tona o pior lado de sua personalidade. Um que não se importava em fazer comentários egoístas mesmo diante da própria mãe morta.

Viro o rosto ligeiramente e respondo antes que ela volte a falar, mais alto, para todos ouvirem:

— Não vou dar escândalo, mãe. Eu vi o quanto minha avó sofreu nos últimos meses. Por mais que eu esteja sofrendo, aceitei a morte dela. Sei que ela está descansando onde estiver.

Minha mãe parece engolir minhas palavras, pois se afasta e vai conversar com tia Amora. Conscientemente, o que eu disse faz todo sentido do mundo para mim. Vó Helena sofreu por muitos meses antes de morrer no hospital ontem. O câncer, que começou em seu estômago, espalhou-se por todo o corpo sem que nenhum tipo de tratamento pudesse curá-la. E tentamos de tudo: medicina tradicional, holística, espírita. Teríamos colocado galinha preta na encruzilhada se isso prometesse o livramento da maldita doença. O melhor tratamento que ela conseguiu, no fim, foi a morte. Mas meu coração reluta em aceitar esta realidade. É difícil encarar a perda da única pessoa que tinha o poder de enxergar meu verdadeiro eu e me amar apesar disso.

Um movimento na porta chama minha atenção. É minha amiga, Júlia, que acaba de chegar. Cruzo a sala e me jogo nos braços dela. Depois de vó Helena, ela é a pessoa mais próxima de mim. Nossa amizade começou no jardim da infância, na época em que trocávamos nossos brinquedos e desenhos de nós duas lado a lado.

— Eu sinto muito, Bel. Eu sei o quanto você a amava. — Júlia me abraça mais forte.

— E vou amar para sempre. Obrigada por vir, amiga. — A garganta desaloja as lágrimas que deslizam através de meu rosto.

Permanecemos abraçadas, eu chorando e Júlia acarinhando minhas costas, por tanto tempo que tenho um leve estremecimento quando o pastor da igreja de tia Amora anuncia a oração antes do sepultamento para dali meia hora. Separamo-nos. Seco os olhos com as costas das mãos. Júlia volta a falar:

— Cadê o João? Foi embora?

João é meu namorado. No mês passado, completamos cinco anos de namoro. Se é que a relação estranha que mantemos pode ser chamada assim. E uma prova disso está bem aqui, na resposta que darei à minha amiga:

— Ele não veio e nem vai vir. Ele detesta enterros.

— Mas não é qualquer enterro, minha nossa! É o enterro da avó da namorada dele. Ele deveria te dar apoio, os dois ombros, as duas mãos, se você precisasse. Que tipo de namorado é esse que deixa a namorada sozinha enfrentando uma barra dessas?!

Júlia não aceitaria calada minha explicação conciliatória, claro. Há séculos ela implica com João. A verdade é que ela nunca foi com a cara dele. Coloca defeito em tudo: a falta de estilo ao se vestir, a tendência que ele tem de viver no mundo da lua, a calvície precoce e, até mesmo, seus 1,62m.

— Eu não me importo, Júlia. Mesmo. Estou acostumada com o jeito do João. Ele ficou de passar em casa mais tarde, um pouco antes de ir dar as aulas à noite. Daí, ele pode me oferecer os ombros, as mãos e até os pés, como você deseja. — Sorrio, tentando fazer piada. A última coisa que quero é dona Júlia dando um "piti" no velório de minha avó.

— Sei... como eu queria entender sua cabeça, Bel. Ficar com um cara tão idiota quanto esse por tantos anos. Me desculpe a franqueza, mas não tenho outra palavra para qualificar o sujeito. — Vira-se para onde está o caixão e muda abruptamente seu tom. — Vou me despedir de dona Helena. Vou sentir tanta saudade dela! Ninguém jamais fará um bolinho de chuva como ela.

Sai de perto de mim, andando em direção ao local onde jaz o caixão em cima dos pedestais. Para no lado direito de minha avó, com os olhos verdes pesarosos. E eu fico ali, evitando a todo custo pensar na minha (pseudo) vida amorosa. Porém, com as porteiras de meu cérebro abertas pela tristeza, os pensamentos vêm aos solavancos. Cada um exigindo que eu o pegue e dê atenção antes de ser jogado, novamente, para o fundo da mente.

Sento numa cadeira ao lado da porta. Encosto a cabeça na parede. Fecho os olhos. E deixo a ebulição interior me dominar.

Conheci João no terceiro ano da faculdade. Eu cursava Letras. Ele, o último ano de História. Nosso encontro aconteceu no curso extracurricular que fazíamos: literatura russa. Meu interesse em literatura nunca se resumiu apenas às brasileiras e portuguesas, apesar de eu ter optado pela habilitação em Português no segundo ano. Eu queria conhecer um pouco de cada literatura, ter ideia de como pensavam e se expressavam os povos de diferentes países. Por isso, me matriculei naquele curso. Havia feito literatura francesa, como ouvinte, no semestre anterior. E pretendia ainda, no próximo semestre, cursar literatura italiana. Mas João entrou naquele curso por causa de sua obsessão. A Rússia. Toda disciplina que envolvia o adjetivo "russo" o atraía. E literatura russa, naquele ano, era aberta a estudantes de outros departamentos da universidade.

A primeira vez que notei João ele pedia desculpas por ter tropeçado em meu pé e ter quase caído por cima de minha cadeira. Achei fofo o jeito desastrado e disse que tinha um lugar vago ao meu lado, quando o vi esquadrinhando a sala à procura de uma cadeira para sentar. Ele agradeceu, sentou, abriu o fichário, que trazia embaixo do braço, e passou a conferir as anotações. Eu fingi que ele não estava concentrado e puxei conversa. Perguntei qual habilitação de Letras ele fazia. Ele respondeu, sem tirar os olhos do papel, que fazia História. Eu, então, me apresentei. Ele ficou mudo por uns dois minutos, o tempo que levou para perceber que eu estava afim de bater papo. Olhou para mim, mas não parecia me enxergar. Respondeu que se chamava João e perguntou se minha habilitação era em Língua Russa. Quando eu respondi que não, voltou a seus papéis. Aquilo despertou uma rebeldia dentro de mim que me impulsionou a falar sem parar. Despejei perguntas: que faria com o curso de História? Pretendia ser professor ou pesquisador? O curso não era maçante? O que tinha despertado seu interesse para seguir aquela carreira? Minha tagarelice o tirou do transe e, finalmente, ele reparou em mim. Deu um sorriso tímido e respondeu às minhas perguntas, pacientemente. Disse que seria um dos maiores pesquisadores de História Russa. Que faria mestrado, doutorado, pós-doutorado na área. Um dia estudaria na própria Rússia e ninguém saberia mais do que ele no Brasil. E que seu amor pela História começou quando estava no Ensino Fundamental e estudara sobre a Revolução Russa. Tudo se resumia à Rússia, no final das contas. Achei uma chatice só, mas adorei seu sorriso e seu tom educado. Viramos amigos naquele dia. Descobrimos ao longo das semanas que tomávamos o mesmo ônibus para ir embora. Sua companhia era agradável, apesar da obsessão pela Rússia. Não que eu não gostasse da Rússia. Ao contrário, adorava o som do cirílico e Maiakovski. Mas a paixão de João ultrapassava a de uma mente sadia.

Nosso primeiro beijo demorou seis meses para acontecer desde que João tropeçou em mim. Na verdade, eu o beijei. Havia passado duas horas e meia de pura ansiedade e nervosismo, dentro do cinema, à espera de uma tentativa desajeitada de pegar uma de minhas mãos ou, talvez, um abraço de pura distração provocada. Que nada! João passou todo o filme concentrado na tela interessado apenas em *Leningrado* com Mira Sorvino. Saímos da sala de exibição, e ele tagarelava sem parar sobre "aquela parte tão importante da história russa". Eu ouvi, ou melhor, fingi ouvir até chegarmos ao final do corredor que dava para um amplo espaço onde outras salas ficavam lado a lado. Fiz João parar ao lado de uma imensa coluna de metal e não me fiz de rogada: calei a boca dele com um beijo. Para que ele não tivesse a mínima chance de reação, introduzi a língua. Era a primeira vez em minha vida que era tão ousada com um homem. Já tive outros namorados antes de João. Tive dois. Pedro e Paulo. Parecia que eu tinha uma tendência estranha de atrair homens com nomes bíblicos. Porém, foram os dois que tomaram a iniciativa. Pedro, com meus 14 anos. Paulo, 17.

Pelo menos, não paguei um mico completo. João correspondeu. Não foi o melhor beijo da minha vida. Na real, foi meio estranho, pois tive a impressão de que ele não havia praticado muito antes de mim. Mas foi o início. Sem nunca existir uma menção sobre estarmos namorando, começamos a trocar beijos entre discussões sobre cultura, política e história russa. João nunca foi de perguntar sobre minhas preferências ou minha rotina. Apreciava despejar sua vida sobre mim e recuar ao receber a minha de volta. Eu acreditava, no entanto, que tínhamos um relacionamento legal, sem brigas ou discussões. Nada que alguma vez tivesse tirado meus pés do chão ou feito meu coração quase saltar para fora do peito. E até certo ponto eu gostava disso, pois fazia com que meu lado impetuoso fosse refreado.

O tempo passou. João se formou e compreendeu, finalmente, que morava no Brasil e não na Rússia. Portanto, encontrar um orientador na faculdade de História que acolhesse sua defesa de mestrado em "A Rússia dos Bolcheviques: reflexos na política russa atual", no País, era a mesma coisa que encontrar um especialista em acarajé entre os franceses. Insisti para ele mudar um pouco o foco. Poderia se concentrar em História Social, com bastante campo a ser explorado seja em qual país ele estivesse. E que ele poderia juntar dinheiro, dali um tempo, fazer o tão caro curso de cirílico e partir para uma pós na Rússia. Ele não concordou. Preferiu engavetar a Rússia, sua História, Língua e Cultura. Pegou seu diploma e usou da forma mais previsível possível: o entregou numa escola pública para o cargo de Professor de História do ensino médio. E lá está até hoje. Deixou sua obsessão russa de lado e abraçou as deficiências da educação pública brasileira.

Sinto um toque em meu ombro. Abro os olhos, assustada. Por instantes, não sei onde estou. Sinto-me zonza. Passo a mão pelo rosto. Ajeito atrás da orelha a teimosa mecha de cabelo que insiste em cair sobre meus olhos desde que nasceu pela primeira vez. Vejo Júlia parada em minha frente perguntando alguma coisa enquanto o pastor anuncia que iniciará a oração. Levanto e pego a mão de minha amiga. Ela me encara, preocupada, repetindo o que acabara de dizer. Desta vez, registro cada palavra.

— Você não vai trabalhar hoje, não, né?

— Não. Seu Nilton milagrosamente me deu o dia de folga. Mas não dou até após o almoço para o meu celular tocar e ser ele perguntando onde está a caixa de charutos cubanos ou outra coisa qualquer. — Dou um pequeno sorriso. — Você sabe como ele é... Sem mim, mal sabe vestir as calças.

— Ainda acho que você deveria receber dois salários. Um, como secretária, e outro, como babá. — Júlia faz uma careta de desgosto.

O pastor começa a oração e nos calamos. Estou de volta ao velório. Olho para o caixão. Mais uma vez, a vontade de pular sobre minha avó e trazê-la de volta à vida me sufoca. Faltam pouquíssimos minutos para o último adeus. Sei que não vou ter um acesso de negação, como tive no enterro de meu pai. Mas a dor da perda ainda é a mesma. Não consigo me acostumar com o fato de ter que falar "até nunca mais" para pessoas tão importantes de minha vida. Sinto como se estivesse perdendo, um a um, quem me deixa livre para ser quem eu sou de verdade. Como se sobrassem apenas aqueles que me obrigam a analisar cada passo que dou para atender a todas as expectativas.

Aperto forte a mão de Júlia. Meus pensamentos são injustos. Sei que posso contar com minha melhor amiga. Sempre. Sua amizade, seu carinho e seus puxões de orelha nas horas certas têm aliviado a carga que carrego ao longo dos anos. Somos muito diferentes, mas somos como irmãs. Ela é filha única. Vem de uma família na qual dinheiro não é problema. Pelo menos, não o primeiro da lista. O pai é engenheiro civil. A mãe, psicóloga. Teve a melhor educação que uma criança merece ter. Fora e dentro de casa. Quando optou pela graduação em Design de Moda, os pais se propuseram a custear o curso. Meu pai só conseguiu pagar minha escola no jardim de infância, razão pela qual conheci Júlia. Estudávamos na escola mais conceituada do bairro. Então, fui para o ensino público e de lá só saí com o diploma de bacharelado em Letras.

A oração em memória de vó Helena acaba. Não prestei atenção em uma palavra. Sinto-me constrangida. Recebi o dom da efervescência mental. Os pensamentos correm atrás de mim, como um caçador sedento. A mãe de Júlia me disse uma vez que isso acontecia porque eu não permitia que minha verdadeira natureza aflorasse. Eu a regava escondidamente num jardim dentro da mente. Achei as palavras bonitas, mas não aceitei encarar as sessões de terapia que ela propôs. À custa de árduo esforço, aprendi a lidar com meus fantasmas. Eles já não me incomodam (tanto) mais.

A hora havia chegado. Solto a mão de Júlia, cujos olhos refletem meu rosto de dor. Dois de meus tios fecham a tampa do caixão. Escuto alguém se aproximar. É meu irmão. Entre as pessoas que menos merecem sofrer em todo o mundo, está Alan. O rapaz de 18 anos que tem tudo para entregar-se à autopiedade e ao rancor, mas que alimenta mais força de vontade e sonhos do que uma pessoa capaz de correr livremente até o final do Brasil, se quiser.

— A vó vai proteger a gente. Lá do céu. — Sorri confiante.

— Vai, sim, Alan. Sei que a presença dela vai sempre estar nos nossos corações. — Beijo o rosto dele.

— Sim, Belzinha.

O cortejo com o caixão sai pela porta. Minha mãe, como sempre, nos deixa sem olhar para trás. Desde o nascimento de Alan, eu soube que ele era minha responsabilidade. Tinha apenas 8 anos, mas jamais me esqueci das palavras de minha mãe quando chegou de uma consulta de rotina com Alan: "Anabel, ficou comprovado que seu irmão nasceu com paralisia cerebral. Graças a você. Peguei sua rubéola e agora terei um filho doente para o resto da vida." Para uma criança, isso é um peso descomunal. Aprendi, no entanto, a torná-lo algo positivo. Empenhando-me em fazer a vida de Alan a mais saudável possível. Tenho orgulho de ter conseguido. A paralisia afeta seus movimentos do lado direito. Precisa também de tratamento constante para as crises de epilepsia. Mas é um rapaz com sede de viver. Segue os tratamentos medicamentosos, acreditando em dias melhores. E faz da música sua inspiração de vida.

Acompanho Alan, que se locomove gingando levemente o corpo. Júlia se junta a nós. Em silêncio, nós três seguimos as pessoas que se espremem pela alameda estreita, entre as lápides, no cemitério. Meus tios, que são os responsáveis pela condução do caixão, param em frente ao túmulo no qual minha avó será enterrada, alguns minutos depois. Tia Amora passa por nós. Dá um afago carinhoso em meu rosto, outro no de Alan. Sorri com tristeza e se posta ao lado dos irmãos enquanto os coveiros tiram terra do túmulo.

Tia Amora é a única entre os três filhos de vó Helena que puxou à personalidade da mãe. É doce e compreensiva. Sempre me entristeceu o fato de ela ter mudado para o interior quando eu ainda era criança. Em todos aqueles anos, lhe fizemos apenas uma visita. Minha mãe dizia, para quem quisesse ouvir, que não se dava muito bem com sua única irmã. Porque seu comportamento passivo lhe dava nos nervos. Eu nunca estranhei esses comentários. Realmente equilíbrio e altruísmo iam contra tudo que minha mãe cultivava com afinco.

O caixão desce pelo buraco aberto na terra. Desaparece de meu campo de visão. Um soluço estrangulado foge de minha garganta. Minha mãe me encara como quem diz a um cão: "Comporte-se!". Júlia me oferece o ombro. E eu choro novamente. Preciso pensar em meu irmão, que deve estar sentindo a mesma dor que eu, ao meu lado. Mas as ordens que entram em meu cérebro para engolir as lágrimas e consolar Alan são esmagadas pelo peso do sentimento de perda. Choro por cada beijo de saudação que recebia entre sorrisos e farinha dos bolinhos de chuva que vó Helena fazia, sabendo que passaria pela casa dela quando saísse da escola. Choro pelas conversas ternas entre uma tricotada e uma espiada na programação de domingo na televisão. Choro pelas palavras de incentivo que recebia dela toda vez que pensava em trancar a faculdade e arrumar emprego em tempo integral após a morte de meu pai. Choro pelos conselhos de mãe que ela me dava nas minhas tardes de dúvida, insegura sobre o momento certo para perder a virgindade. Choro pela luz que ela acendia no recanto mais escondido da minha alma e que, desde sua morte, temo, nunca mais será iluminado.

A última pá de terra é jogada. Parentes e amigos dão o adeus final depositando flores sobre o túmulo. Júlia coloca uma coroa de crisântemo em minhas mãos sem que eu saiba de onde ela tirou. Tenho vontade de protestar. Dizer que a flor preferida de vó Helena era a tulipa. Não entendia por que ninguém respeitava os gostos de um morto. Seguiam o mesmo tipo de ritual em todos os enterros, como se quando a pessoa morresse, a identidade que a fez única em vida se apagasse instantaneamente.

— Obrigada — Vejo-me agradecendo. Dou alguns passos até alcançar a terra fofa, recém-colocada.

Deposito a coroa com a inscrição "Seus netos jamais a esquecerão". Limpo a lágrima teimosa que quer se juntar a todas as outras derramadas desde ontem de tarde. Olho para trás. A maior parte das pessoas está se dirigindo para a saída, cabeças baixas. Júlia e Alan me esperam. Surpresa, percebo minha mãe se aproximando do meu lado esquerdo. Algo desperta em meu interior. Expectativa. E uma certa alegria. Por um segundo, acredito que a morte da própria mãe mudará Haidê. Que ela vai estender os braços, me puxar para dentro deles e dizer que poderia contar com ela dali para frente. Tento puxar da memória a sensação de seu abraço. Mas só sinto um vazio frio. Angústia, de repente. Não quero pensar que ela nunca me abraçou, me fez um carinho. Não quero acrescentar mais nenhuma peça naquele mosaico de decepção e tristeza de nossa relação mãe e filha.

Para em minha frente. Eu luto contra a vontade de fechar os olhos e me jogar em seus braços. Espero. Olhos nos olhos. Nenhum movimento. Até que ela toca a testa e diz:

— Já que você não vai trabalhar hoje, leve Alan para casa e faça o almoço. Minha cabeça está explodindo. Vou dar uma carona para a minha amiga, Carla, e depois vou para casa.

Vira-se sem pretender ouvir uma resposta. Positiva ou negativa. Ela não esperava que houvesse qualquer tipo de réplica, de qualquer forma. São cinco anos de obediência e manipulação que ela rega diariamente, com determinação, dentro de mim.

***

— Você está mesmo bem para voltar para casa dirigindo, Bel?

O tom de voz de Júlia é preocupado quando voltamos a conversar no estacionamento do cemitério. Acabei de acomodar Alan no banco do passageiro de meu Gol 96 prata (a.k.a. Charlie). E estou próxima à porta do motorista, tentando convencer minha melhor amiga de que o buraco dentro de meu coração e a noite em claro não vão tirar meus reflexos na direção pelos cinco quilômetros que separam o cemitério da minha casa.

— Estou, sim. Estou um pouco anestesiada de sono, mas na direção eu me ligo, não se preocupe. E em 15 minutos, chegamos em casa.

— Não se esqueça do trânsito desta cidade.

— Neste horário está mais tranquilo. — Abraço Júlia apertado. Decidi que não vou mais chorar. Não quero que minhas lágrimas sejam um estímulo para Alan se entregar a um sofrimento que pode prejudicar sua saúde. — Obrigada, mais uma vez, por ter vindo me dar uma força. Por ser minha querida amiga.

— Você sabe que estou aqui sempre para o que precisar. — Separa-se de mim. — Puxa, quase me esqueço de dizer... Sabrina enviou pêsames. E disse que gostava à beça da vó Helena. Foi exatamente como ela disse: "Gostava à beça da vó Helena".

O sorriso toca meus lábios. Sabrina é a sócia de Júlia no ateliê que as duas abriram há quatro anos. Elas fizeram o curso de moda juntas e se tornaram muito amigas. Ela é uma garota autêntica e alegre. Adoro-a!

— Agradeça a ela por mim, por favor. Quando essa poeira abaixar, vou dar uma ligada para agradecer pessoalmente.

— Cara, ainda não acredito que sua mãe mandou você ir para casa fazer o almoço! — Muda abruptamente de assunto. — Que espécie de pessoa insensível manda a própria filha, que acabou de perder a avó de quem era tão próxima e não dormiu uma noite, cozinhar sozinha?! Em vez de pedir comida e descansar?!

Estou acostumada à franqueza de Júlia. Ela sempre foi assim. Quando tínhamos 7 ou 8 anos, Júlia perguntou à minha mãe por que ela tinha três prateleiras de sapatos, e eu tinha apenas meia.

— Em vinte minutos, eu faço um macarrão com carne. Não vou morrer por causa disso. Depois, perto de casa, na hora do almoço, só está funcionando o *delivery* de comida chinesa. E ninguém em casa gosta de comida chinesa.

— Você gosta de comida chinesa, Anabel!

Sempre contestando, nunca aceitando. *Voilà*, mais uma faceta de Júlia Cabral Nunes.

— Não tem cabimento pedir só para mim, não é mesmo? — Empurro-a em direção ao seu carro, que está na vaga em frente à minha. Júlia adora uma argumentação. Várias vezes eu a questionei sobre o fato de ela ter escolhido a faculdade errada. Acredito que os tribunais de justiça estão perdendo uma ótima advogada.

— Vá para o ateliê que vou ficar ótima. De tarde, o João vai passar em casa. Ele me empresta o ombro dele para dormir um pouco.

— Só mesmo para isso que ele serve — resmunga, entrando no carro. — Veja se não some por muito tempo. Fazia umas duas semanas que não nos falávamos. Não quero te ver de novo apenas num evento triste.

— Eu te ligo. Prometo. — Levanto os dedos cruzados e ajudo a fechar a porta.

— E faça seu patrão entender que você tem uma vida fora da empresa. Aliás, seria ótimo se você sugerisse a ele que contratasse uma babá e te deixasse apenas com o cargo de secretária. Apesar de não ter sido também para isso que você estudou, pelo menos, é no que você tem mais experiência.

— Tchau, Júlia! Dirija com cuidado. Foi um prazer te ver de novo. Dê um beijo em seus pais por mim e no Caio, com todo respeito, claro.

— Tchau, sua cabeça-dura. — Ela ri, dando ré no carro. Por sorte, aqueles anos todos de amizade foram suficientes para aprender a fazê-la interromper os longos discursos.

Entro no carro. Tranco a porta. Ligo a ignição. Sorrio para Alan.

— Pra casa, então.

Ele sorri de volta, com aquele sorriso que recompensa cada instante dedicado a fazê-lo ter uma vida feliz e saudável.

— Vam'bora.

Saio do cemitério e mergulho no fluxo ininterrupto da caótica São Paulo.

Capítulo 2

Não posso acreditar no que minha mãe está me dizendo. Apesar de conviver com ela há 25 anos e estar certa de que a conheço bem, Haidê Dias da Silva ainda tem o poder de me surpreender.

— Mãe, você pretende tirar todos os objetos pessoais e móveis da casa do meu avô e da minha avó, depois de amanhã, e JÁ colocar a casa à venda dois dias depois?!

— É exatamente isso. Você e Amora vão comigo, no sábado, para ajudar a tirar as roupas, as coisas da cozinha, da sala e do quarto do casal. O outro quarto já está vazio, ainda bem. Raul e o Dalton também vão ajudar com os móveis.

— E o que vocês vão fazer com todas as coisas? Os móveis, os enfeites, os objetos da cozinha, as roupas da vó Helena?

— O Exército da Salvação vai retirar. Amora deu a ideia de distribuir numa favela. Mas eu não aceitei. Essas favelas são cheias de marginais. Sei lá o que podem fazer com a gente se entrarmos no território deles. Os necessitados que corram atrás, se quiserem — ela continua a falar. A cobiça brilha em seus olhos. — Já falei também com uma imobiliária, e o corretor vai no sábado mesmo fazer uma vistoria para avaliar a casa. Seu avô deixou tudo em usufruto. Como sua avó morreu, podemos vender a casa na hora que a gente quiser para dividir a herança.

Mas o corpo de vó Helena nem esfriou! — quis gritar. Engoli cada palavra e disse:

— Não seria melhor esperar passar a missa de 7º dia, pelo menos? Daí, poderemos, primeiro, analisar tudo com mais calma. Eles viveram ali por mais de 50 anos, mãe. Não acho legal desfazer de tudo em um dia.

Está certo que vô Getúlio não morou por todo esse tempo na casa. Lá se vão mais de dez anos desde que ele faleceu de infarto. Porém, eu estava pensando mais em minha avó. O que ela estaria sentindo se pudesse nos ver de onde está? Que somos insensíveis. E loucos por dinheiro!

— Não discuta comigo, Anabel. Já acertei tudo. Estou apenas te comunicando para que não invente nada para fazer no dia. — Afasta a cadeira da mesa, levanta e coloca o prato vazio dentro da pia.

— O que você pretende fazer com o dinheiro da venda, mãe? — Sinto cada célula de meu corpo ser preenchida com ansiedade, na expectativa da resposta.

— Bom, Raul andou pesquisando os preços de imóvel no bairro de sua avó. Ele disse que a casa vale em torno de R$ 150 mil. A casa é pequena, a última reforma foi antes de seu avô morrer... Além disso, aquele bairro não valorizou tanto nos últimos anos porque o *shopping* e a estação de metrô não ficam tão perto. Se vendermos por esse valor, cada irmão vai receber por volta de R$ 45 mil, porque é preciso dar uma porcentagem para a imobiliária. E, bem — Parecia subitamente constrangida —, nossa casa já foi quitada faz um tempinho. Você tem carro e eu também. Apesar do Corsa não ser a oitava maravilha do mundo, não quero arcar com o IPVA de um carro mais caro. E nem seguro. Trocamos os móveis da cozinha recentemente... (Com o meu dinheiro. Isso ela não diria, claro.).

— Você está pretendendo redecorar a sala? — *Pela terceira vez!* Seguro-me para não jogar na cara dela.

— Não, claro que não. Que ideia, Anabel! Troquei o sofá no ano passado. O rack e a mesinha de centro são de madeira maciça. Vai ainda durar um tempo.

— Então, como pretende usar o dinheiro? — A esperança decide fazer companhia à ansiedade. De repente, me pego, mais uma vez, acreditando que a morte de vó Helena possa mudar minha mãe.

— Você sabe que tenho um sonho há muitos anos, mas que com o nosso orçamento é impossível de realizar. Ainda mais com o preço exorbitante dos remédios do Alan... (Que eu também pago, diga-se de passagem.)

— Você está falando do sonho de fazer um *tour* pela Europa? — pergunto, rezando mentalmente para que ela não esteja falando disso. Não que usará todo o dinheiro para isso.

— Bem... sim. A Carla topou ir comigo porque com esse dinheiro vai dar para patrocinar a ida dela. E nos hospedarmos com algum conforto — interrompe-se ao olhar para mim. Devo estar com cara de louca porque ela acrescenta rapidamente: — Claro que ela prometeu me devolver tudo algum dia, Anabel! Pretendemos passar por Paris, Lisboa, Madri, Londres, Amsterdã, Roma... e daremos um pulo na Suíça também. Será uma viagem dos sonhos. Faremos milhares de fotos. Pensamos até em criar um blog de viagem. Acho que a viagem tem que ser feita no verão do Hemisfério Norte. Como está muito próximo, acho que teremos que deixar para o ano que vem. Precisamos tirar passaporte, os vistos... essas coisas.

Zonza. Eu estou tão zonza que sento na cadeira à mesa, de onde levantara há algum tempo para pôr o prato de Alan e o meu na pia. Minha mãe nota, pois seu tom animado murcha um pouco e ela volta a falar, como se fosse me fazer o maior favor do mundo.

— Estou pensando também em verificar quando você tira férias e viajar próximo disso. Para não te sobrecarregar com a casa, o Alan, aqui sozinha. Afinal, vamos ficar um mês por lá.

— E eu devo te agradecer por isso? Por ficar cuidando da casa em tempo integral enquanto você se diverte na Europa? Quando nossa última viagem em família foi antes do pai morrer? — Baixo a voz para não ser ouvida fora da cozinha. — E o sonho do Alan de cursar a faculdade de música?

As palavras abriram caminho por minha boca e era tarde demais para me preocupar se Alan podia nos ouvir da sala.

— Anabel, olha seu tom comigo! Você sabe muito bem que meu sonho era cursar Jornalismo e tentar uma carreira de correspondente internacional. Mas tive que abrir mão de tudo quando engravidei de você e meu pai me obrigou a casar.

E fui eu que, do alto do espermatozoide de meu pai, ordenei que ela abrisse as pernas e transasse sem qualquer proteção! Somando todo dinheiro gasto em coisas supérfluas, ela já poderia ter feito umas três vezes a faculdade de Jornalismo!

— Além do mais, já discutimos sobre a faculdade do Alan. Seu irmão já estuda naquele conservatório. Qual a necessidade de pagar uma faculdade cara de música? — Gesticula com uma das mãos, como se espantasse uma mosca (que, nesse caso, sou eu).

— Chega dessa conversa. A casa nem foi vendida ainda. Isso pode demorar meses. Vou tentar dormir um pouco. Tentei ganhar o dia de amanhã também com a minha supervisora, mas não consegui. Amanhã às 8 horas volto para aquela porcaria de serviço.

E eu lavo a porcaria da louça. Suspiro, observando-a sair sem olhar para mim ou para a pilha de utensílios sujos dentro da pia. Apoio meu queixo entre as mãos na mesa, sentindo o mundo girar sobre meus pés. Minha mãe tem plenos poderes sobre mim. Meus protestos não passavam de frágeis borboletas no meio da tempestade. Ela sabe que me manipula a hora em que desejar. Eu jamais explodiria porque existe meu irmão. Ele é a razão pela qual eu lapidara com afinco uma personalidade que não é (inteiramente) a minha.

— Belzinha, você não vai dormir também? — Meu irmão entra na cozinha, pousando o olhar preocupado em mim.

— Vou arrumar a cozinha e tomar um banho, primeiro. Vá descansar você. — Dou-lhe um beijo na testa. — Você tomou o remédio que deixei em cima da mesinha do telefone?

— Sim, obrigado.

— Durma bem, então.

Alan sai da cozinha. Eu me arrasto da cadeira. Jogo-me de cabeça na limpeza da louça. O dia, que começou na tarde anterior, me esgotou. E ainda está longe de terminar.

***

Acordo com a campainha. Estou dormindo no sofá. Foi onde caí após a organização da cozinha e o banho. Sei que deveria ter ido para meu quarto, deitado na cama macia e me entregado a um sono decente. Mas se tivesse atendido aos pedidos suplicantes de meu corpo, acabaria não conseguindo acordar no momento em que João chegasse.

O barulho estridente invade o apartamento de novo. Sei que ninguém, a não ser eu, vai abrir a porta. Minha mãe, mesmo se ouvir de seu quarto, preferirá atravessar o apartamento, exigir que eu saia do sofá e vá ver quem é.

Antes que Alan acabe acordando com a comoção toda, eu levanto, cambaleante, e me dirijo à porta da sala.

— Oi, João! — Quem mais poderia tocar a campainha com tanta impaciência? Nos últimos anos, meu namorado havia acrescentado uma nova faceta à personalidade: a ansiedade. Dizia ele que era o estresse causado pelos alunos para os quais lecionava.

— Pensei que você não estivesse em casa.

Passa por mim sem sequer me dar um selinho. Nada do que eu não esteja acostumada. Mas isso não impede de causar certo incômodo.

— Você deveria imaginar que eu estaria dormindo, afinal passei a noite toda com a minha avó e só cheguei em casa por volta das 11h30 da manhã.

— É verdade. Esqueci. Desculpe. — Senta-se no sofá. Coloca os pés na mesinha de centro.

Tomara que minha mãe não entre na sala. Senão, mais tarde, vou ser obrigada a ouvir um sermão jesuíta.

— Você esqueceu que vó Helena morreu? — Ainda estou sonolenta para segurar a língua.

— Claro que não, Anabel! E eu já te expliquei que não ia ao velório e nem ao enterro porque não me sinto bem em ambientes lúgubres. E também não gosto da obrigação de velar um defunto. É mórbido.

— Pois eu acho que é o mínimo que devemos às pessoas a quem amamos em vida e que nos amaram também. Não vejo nada de mórbido nisso, João. É algo respeitoso, ao contrário. — Sento ao seu lado.

— Desculpe, ok? Não queria te ofender. — Beija meus lábios. Um beijo pegajoso que revira meu estômago. *Só pode ser porque não estou no clima devido a tudo que aconteceu*, obrigo meu cérebro a concluir.

— Não tem problema. — Forço um sorriso quando descolamos nossos lábios. — Você não acredita no que minha mãe pretende fazer sábado! Fiquei muito nervosa quando soube. E eu que cheguei a pensar que ela fosse mudar depois da morte de vó Helena. Sou tão iludida, eu sei. Ela decidiu que depois de amanhã já vai desmontar a casa toda dos meus avós e quer pôr para vender na...

— Acho que vou pedir a exoneração do Corrêa. — Corta meu fluxo de palavras.

Eu fico confusa. *Do que ele está falando?*

— Como?

— Não aguento mais os alunos do turno da manhã. Estão me enlouquecendo. Hoje fui dar aula com a blusa no avesso, acredita? Só percebi quando um aluno apontou para mim e a classe toda caiu na gargalhada. Foi a gota d'água, Anabel.

E quando será a gota d'água para mim? Quando estiver casada com aquele homem, obesa, esfregando roupas no tanque enquanto ele faz um update de seu rosário de lamentações?

Pisco diante de meus pensamentos fora de hora. Meu querido namorado não percebe nada.

— O que você acha? Estou certo, não estou? Você é centrada. Desde que te conheci nunca a vi tomando uma decisão por impulso.

E era por isso que ele tinha me transformado de namorada a terapeuta?

— Bem, é uma decisão superpessoal, João. Você precisa fazer um balanço do que te prejudica e do que te acrescenta, como professor no Côrrea. Sei que o salário não é grande coisa. Mas é um emprego público. Você vê minha mãe. Ela tem estabilidade e vários benefícios. Se você sair de lá, vai ficar só com as duas aulas semanais no Porto. Lá, é particular, eu sei. A hora-aula é mais bem paga. Mas é seu primeiro ano. Eles ainda estão te testando. E nós dois sabemos que quem manda naquele colégio são os pais. Eles vivem trocando de professores. E se cismarem com você? Você fica sem emprego algum!

— Você está certa. Como sempre. — Dá um beliscão em minha bochecha. — Vou seguir seu conselho. Acho também que preciso me impor mais com os alunos. Tentarei mudar minha postura.

— Faça isso, então.

— Você vai querer sair para algum lugar no final de semana? — Muda de assunto rapidamente, como costuma fazer sempre após conseguir que eu acalme suas dúvidas.

— No sábado, estarei ocupada.

— Com o quê?

Se você tivesse prestado atenção ao que eu disse agora há pouco, saberia!, penso, mas resolvo não dizer para evitar o atrito.

— Vou com a minha mãe e meus tios tirar os móveis e as coisas pessoais da casa dos meus avós.

— Ok.

— Você estava querendo ir a algum lugar especial? Faz tempo que não fazemos... você sabe o quê.

Estamos juntos há cinco anos... e ainda tenho vergonha de falar a palavra "sexo" para João. Incrível.

— Estou meio sem cabeça para isso, Anabel. — Pega o controle sobre a mesinha. — Posso ligar a TV? — pergunta, mas já ligou.

Nossa última relação sexual fez aniversário de quatro meses. João tem sempre uma desculpa diferente para evitar a intimidade comigo. Ou é a falta de dinheiro para ir ao motel (eu me prontifico a pagar, e ele, a não aceitar. Diz que não gosta de pensar que uma mulher o sustenta). Ou o quarto dele está muito bagunçado para me receber (também me ofereço para arrumar. Organização é comigo mesma. Ele tampouco quer. Alega que não achará mais suas coisas). Ou, ainda, não se sente à vontade em dormir comigo em meu quarto, pois tem meu irmão e minha mãe em casa (esse motivo, eu não contesto. Não conseguiria transar com meu namorado achando que minha família está ouvindo do lado de fora). Acabei me acostumando a essa vida sem sexo. A verdade é que aprendi a não dar muita importância a esse detalhe do relacionamento desde que comecei a sair com João. Nossa experiência sexual juntos foi ruim a partir da primeira vez e nunca melhorou. Chego a pensar que me tornei frígida. Simplesmente não tenho orgasmo. E nem tenho fé de que, mesmo se passar a noite toda sendo estimulada por João, terei um. Mas meu namorado não faria isso de qualquer forma. Contenta-se de, pelo menos ele, ter prazer do começo ao fim. Não consigo ser egoísta. Acabo sempre desistindo de alcançar o clímax e me jogando de cabeça em dar prazer a João.

— Não estava pensando em sair no sábado. — Interrompe as análises íntimas de minha (pseudo) vida sexual. — Pensei que poderíamos dar um pulo na Feira de Artesanato e Culinária dos países eslavos na Vila Zelina no domingo.

Rússia. Só podia ter a ver com a Rússia. Às vezes, João é assaltado pela nostalgia de seus tempos áureos de obsessão por tudo que se liga à cultura russa.

— Tudo bem. Vai ser legal.

Mas seria um porre porque eu conhecia João bem para ter certeza de que quando chegássemos à feira, ele entraria em modo "Rússia-minha-pátria-amada" e se esqueceria de mim. Eu ficaria correndo atrás dele ou fazendo comentários para a brisa.

— Eu te ligo no sábado para combinarmos o horário.

— Liga no meu celular porque estarei na casa da minha avó, provavelmente — peço.

— Então, você me liga, Anabel — fala entretido na troca de canais. — Estou evitando ligar para celular porque preciso diminuir minha conta de telefone. E minha operadora de celular não é a mesma que a sua, você sabe.

— Por que você não me passa um e-mail? Assim ninguém gasta dinheiro. E você não precisa gastar mais do que meio segundo do seu tempo. É só digitar, por exemplo: "Anabel, amanhã às 10h". Juro que não vou cortar os pulsos se você não escrever um "eu te amo" no final. — Suspiro. Aquela rebeldia interior adorava jogar em minha cara que eu não podia controlá-la totalmente.

— Você está sendo sarcástica, Anabel?!

— Desculpe, João... só estou cansada.

— Coitadinho do meu docinho.

João me enlaça pelos ombros e dá outra de suas demonstrações de amor: um beliscão em meu braço. Sinto-me mais como uma criança que recebe uma recompensa após um bom comportamento do que a mulher amada. E as palavras, que foram proferidas na intenção de ser um tratamento carinhoso entre enamorados, só pioram as coisas.

Um sentimento de culpa espalha-se por meu corpo. Acho que exijo demais de João. Talvez se eu me esforçasse para ser mais carinhosa, ele começaria a prestar atenção aos meus desejos.

Arrasto-me no sofá até ficar colada a ele. João está entretido em um programa de... culinária?! Desde quando ele se interessa por isso?

— Cansou de comer miojo e comida congelada? — Brinco com a deficiência dele na cozinha. Desde que saiu da casa dos pais no ano passado e foi morar sozinho numa quitinete, vive de macarrão instantâneo e lasanha de micro-ondas.

— Eu não como só isso — fala constrangido. — Faço uma omelete com presunto deliciosa. Sei fazer arroz também.

— Ah, que legal! Você progrediu de quando te ajudei com a mudança. Lembro que, enquanto eu guardava suas roupas, você nos preparou ovos fritos com arroz queimado.

— Não tripudie, Anabel. — Desliga a televisão. — Só porque você é uma ótima cozinheira, acha que ninguém sabe cozinhar.

— Estou brincando, João. — Dou-lhe um selinho.

Outra vez a sensação de enjoo surge. E, desta vez, isso me preocupa. Está claro que jamais senti borboletas dançarinas em meu estômago durante um beijo com João. Mesmo porque não tínhamos um relacionamento passional. Esse tipo de coisa não faz meu estilo. O que me inquieta é o repúdio que senti. Sei que este não é o melhor momento para analisar o que está acontecendo entre mim e João. Eu estou fragilizada por conta da morte de vó Helena. A sensação ruim pode, inclusive, ter a ver com a situação delicada que estou vivendo. Porém, preciso fazer um novo teste. Não estou preparada para terminar um namoro de cinco anos. Não sei se por comodismo ou pela segurança que sinto ao lado dele. O fato é que me sinto impelida a não abrir mão de João. Ainda. Talvez nunca.

Seguro o rosto dele entre as mãos. João me olha meio desconfiado. Desacostumou que eu tome a iniciativa. O óleo de sua pele umedece as minhas palmas. *Será que Júlia tinha razão sobre a falta de banho de João?* Penso e, imediatamente, sinto meu rosto esquentar de vergonha, por ter conjecturas tão absurdas sobre meu próprio namorado. Em seguida, noto o cabelo mel, fino, ralo no topo da cabeça. Tenho consciência de que até o mês passado eu achava um charme. O que mudara? Quando nossas bocas se aproximam, percebo que os olhos dele estão apagados. Como se não me enxergassem. Quero recuar. Não posso. Preciso ir até o fim para entender o que está mudando. E por quê.

— João, você poderia tirar os pés da minha mesinha de carvalho?

A um milímetro de descobrir se nossa relação mudará do *status* "namoro morno" para "namoro gelado", minha mãe invade a sala e cumprimenta João em seu jeito "delicado" de ser.

— Como vai, dona Haidê? Meus pêsames — João fala enquanto arranca os pés da mesa. Todo atrapalhado, quase me joga em cima do tapete.

— Tirando a dor de cabeça que ainda não passou, estou bem. — Começa a andar para a cozinha e vira-se. — Tem café fresco, Anabel?

— Não, mãe. Precisa fazer.

— Então, vou tomar só leite. — E some cozinha adentro. Claro que a preguiça, para variar, não permitiria que ela fizesse. Pelo menos, não pediu que eu largasse tudo e passasse um café.

— Acho que já vou indo, Anabel.

João levanta-se. Ainda está envergonhado. Haidê só era boa no papel de amiga. De Carla. Mãe e sogra nunca foram seu forte. Dava para entender por que meu namorado vinha à minha casa tão pouco. Acabávamos nos encontrando mais em lugares públicos, como cinema, exposições, feiras e parques.

Sinto-me duplamente culpada. Resolvo me redimir.

— Se eu não ficar até tarde na casa da minha avó, sábado, eu dou uma passada no seu apartamento, tá bem?

— Não!

Pulo para trás de susto. João nunca foi tão incisivo comigo.

— Quero dizer, é melhor não. Vou passar o sábado todo corrigindo trabalhos dos meus alunos do Porto. Não vou poder te dar atenção. No domingo, a gente se vê. Pode deixar que eu te ligo.

— Você quem sabe. — Mas algo me incomoda e eu não atino com o que é. Jogo-me em seus braços. Ele demora a retribuir o abraço. Tenho a sensação estranha de que ele não quer me abraçar. Mas acaba me enlaçando e deposita um beijo rápido em meus lábios. Nem tenho tempo para sentir coisa boa ou ruim.

— Até domingo, Anabel.

— Até lá.

Encosto-me contra a porta que acabei de fechar. São muitas emoções para um único dia. Agora ele será obrigado a terminar. Pouco me importa se minha mãe precisa de café, aspirina, ou cianureto. Eu irei dormir e só acordarei pela manhã para encenar mais uma personagem na imensa peça teatral que se tornou minha vida: secretária-babá.

Capítulo 3

*P*assei no vestibular para o curso de Letras com o futuro profissional traçado em detalhes: focaria meu interesse nas disciplinas curriculares e extracurriculares relacionadas à literatura, faria quantos cursos fosse possível na faculdade de editoração da universidade, iniciaria minha carreira como revisora de textos e, em poucos anos, abriria uma pequena editora. Nos três primeiros anos da faculdade, eu tinha tudo sob controle. Fiz cursos de literatura russa, literatura infantil, literatura francesa, fundamentos da editoração e literatura clássica grega. E era bolsista em um projeto para digitalizar livros na faculdade de Editoração. Conseguia visualizar uma casinha, alugada, decorada com estantes de livros, que serviria para iniciar meu negócio no ramo editorial. Começaria editando livros sob demanda. Então, aos poucos, minha editora ganharia espaço no mercado e eu teria a possibilidade de bancar escritores inéditos. Com o tempo, ampliaria o catálogo. O céu era o limite.

Meu mundo perfeito foi estilhaçado pelo ônibus que atropelou e matou meu pai. Apenas um mês após sua morte, eu abandonei o projeto de digitalização, quase tranquei a faculdade e joguei meu sonho de ser editora para o fundo do meu subconsciente. Vó Helena e a necessidade urgente de um diploma foram os únicos motivos por que eu não desisti de toda minha vida em prol de qualquer tipo de emprego que pagasse bem. Parei de olhar os anúncios que ofereciam estágios para revisora de textos e mergulhei nas vagas de secretária executiva. Segui o conselho de uma colega da faculdade que uma vez, ao ser questionada sobre sua escolha profissional, respondeu: "Se você não pretende dar aulas, não quer trabalhar na área de pesquisa ou editorial, seja secretária." Peguei o curso de inglês, que meu pai pagou por anos, os talentos com redação, os conhecimentos de informática e o senso de organização exacerbado, coloquei tudo em um currículo e saí batendo de site em site, até encontrar em algum deles uma empresa que acreditasse em meu novo sonho de infância: ser secretária.

Encontrei a empresa que apostou em meus talentos para o secretariado executivo três meses depois. Por sorte. Minha mãe já estava arrancando meus cabelos por causa das dívidas que não poderiam ser saldadas com apenas a pensão de um salário mínimo de meu pai e também porque meu irmão seria obrigado a abandonar o que o mantinha saudável: a musicoterapia. Para complicar as coisas, Alan voltou a ter crises de epilepsia. Fazia meses que ele não era acometido por convulsões. O neurologista trocou o remédio. O novo era bem mais caro. Saldar as dívidas do apartamento, pagar as sessões de musicoterapia de Alan e, ainda, os remédios, era missão impossível com um salário mínimo (ou dois. Caso eu continuasse no projeto de editoração). Quanto ao salário de minha mãe, meu pai deu-lhe um péssimo costume. Não a deixava pagar nada em casa. Ele dizia que podia muito bem prover todo o sustento de que precisávamos. À minha mãe, cabia gastar o próprio salário como quisesse. Era louco pela esposa. Fazia-lhe todos os caprichos, e outros mais. Assim, logo que ele morreu, ela defendeu que o ganho como funcionária pública mal pagava o condomínio e a conta de luz.

No dia em que recebi a ligação da moça dos recursos humanos, responsável pela entrevista e os testes psicológicos, na Ramalho Consultoria, e ela informou que eu estava aprovada, minha mãe encontrou o substituto de meu pai. Eu. Foi para mim que ela transferiu o peso das dívidas, do orçamento doméstico e da saúde de Alan. Fui de filha bancada a chefe da família. Os sonhos foram trocados pela sobrevivência diária.

Conheci seu Nilton Ramalho no elevador. Eu estava subindo para o andar onde se localizava a empresa para enfrentar o primeiro dia de trabalho. A primeira impressão que tive dele não foi das melhores. Lembro-me de ter pensado que o homem deveria ser esquizofrênico. Resmungava diante do espelho enquanto arrumava a gravata. Falava sobre uma esposa golpista e seus cachorros sem classe. Só depois soube que fui admitida, como sua secretária, na mesma semana em que a esposa o abandonou. Fomos apresentados pela moça dos recursos humanos, Célia. Ele mal olhou em minha cara. Estendeu a mão e duas dúzias de contratos para eu arquivar. Fiquei perdida. Eu mal sabia onde ficava minha mesa, naquele momento, o que poderia dizer do armário de arquivos da empresa? Tentei argumentar sobre isso. Ele não me deu atenção. Minto. Voltou a falar para me pedir *cappuccino* do Paulista's — um famoso café, que ficava próximo ao prédio. Entendi instantaneamente qual era o carma da minha vida: atender às expectativas de todo mundo. Menos às minhas.

Os primeiros meses de adaptação foram complicados. Para dizer o mínimo. Eu não tinha ideia do que uma empresa de consultoria fazia, apesar de ter sido aprovada nos testes para ser funcionária de uma. Vi-me perdida entre telefonemas de clientes, líderes dos mais diversos ramos empresariais, pedindo agendamento de reuniões com seu Ramalho e a equipe para discutirem a estratégia de marketing para aumentar a venda de produtos cujos consumidores não se preocupavam mais em estocar em seus armários. Outros desejavam saber como andava o projeto que prometia revolucionar a forma como enxergavam sua empresa no *e-commerce*. E eu sentia-me uma fraude, no meio disso.

Cinco anos, contudo, foram suficientes para me fazer aprender tudo o que precisava saber sobre consultoria empresarial. Principalmente, na área de marketing e vendas que era o carro-chefe da Ramalho. Porém, nenhum desses anos fizeram com que eu me acostumasse ao tipo de tratamento que o diretor-presidente, meu chefe, me despacha. Ouço o dia todo coisas do tipo: "Anabel, você levou meu terno para a lavanderia?", "Anabel, você viu minha caixa de charutos que deixei em cima da mesa?", "Anabel, você explicou para minha *personal* por que desmarquei com ela? (ele tinha uma *personal trainer* que o treinava três vezes por semana. Era a esperança de ficar com a barriga de tanquinho, apesar de se empanturrar de pães de queijo), "Anabel, pega o cinzeiro, o aparador de bigode, o livro no carro, um *cappuccino*, a revista que esqueci na sua mesa, o celular no bolso do paletó (logo atrás dele!), a sola do meu sapato que ficou presa na calçada em frente."

Prosseguimos, assim, seu Nilton fazendo pedidos estapafúrdios, e eu correndo atrás para satisfazê-los, como nem sua mãe deveria fazer.

Por tudo isso que contei, não é estranho que eu esteja, neste momento, ao meio-dia, atravessando a avenida movimentada em frente ao prédio onde se localiza a empresa, equilibrando um copo de *cappuccino*, três pães de queijo e saltos altíssimos (que eu inventei de colocar pela manhã, mesmo após minha mãe ter dito me faltar elegância para usá-los).

Passo pelo porteiro. Leio em seu semblante piedade. Ele deve morrer de dó de mim, pois assiste meu desfilar, todos os dias, de um lado para o outro, sempre levando ou trazendo alguma coisa. Se não fosse por meus vestidos, saias e calças sociais, não duvido que ele me considerasse a *office-girl* da Ramalho. Dou-lhe um sorriso sem graça e chamo o elevador, que, milagrosamente, abre as portas em dois segundos.

Adentro o *hall* da empresa, feliz por ter chegado até ali sem ter derrubado o *cappuccino* ou os pães. Nunca mais colocaria um salto 10 para trabalhar.

Definitivamente. Já era hora de aceitar que ele e eu não nos dávamos bem. Minha mãe tinha razão.

Mas tratando-se de minha vida, a boa sorte não dura muito tempo...

— Anabel, você não sabe o que eu acabei de ouvir!

Quase derrubo o *cappuccino* e os pães de queijo na recepcionista da empresa que se jogou em meu caminho.

— Não sei mesmo, Eloísa. — Desvio da garota fofoqueira. Retomo os passos.

— Ei, espere! O babado é quentíssimo.

Quente vai ficar sua bunda, estatelada no chão, se você não sair da minha frente!

Ok, isso nunca sairá do meu pensamento.

— Desculpe, Eloísa, mas estou mesmo com pressa. Seu Nilton vai me passar uma bronca daquelas se os pães de queijo esfriarem.

— Sua boba! É só mentir que você ficou esperando no *hall* até algum elevador aparecer. Isso vive acontecendo! Não tem porque ele não acreditar em você. Cá entre nós, eu já usei essa tática um monte de vezes.

O problema é que EU não quero mentir! Cedo tão frequentemente às insistências de Eloísa para ouvir um "babado quentíssimo" que algum dia eu acabaria também com fama de fofoqueira na empresa.

— Seu telefone vai tocar daqui a pouco. Acho melhor você voltar para a recepção.

— O Marlon do financeiro está traindo a esposa com a Raquel!

Que ótimo! Acabo de me tornar cúmplice de uma traição. Conheci a esposa de Marlon em uma das festas de final de ano da Ramalho. Ela é uma mulher supersimpática. Tenho certeza de que não merece um sem-vergonha como marido.

— Você ouviu o que eu disse? — Eloísa, ansiosa, quase dança em minha frente.

— Ouvi, Eloísa. Mas não tenho nada a ver com a vida dele. É triste saber que Marlon está enganando uma mulher tão legal quanto a esposa dele. Só que eu acho que NÓS — frisei bem para ela entender que eu a estava incluindo — não devemos nos meter nisso. Sabe que a corda sempre arrebenta para o lado mais fraco.

— Você não é lado fraco, Anabel. Você é secretária do dono. Lado fraco é o meu que não passo de uma recepcionistazinha. — Eloísa me encara, e eu vejo tanto veneno transbordar de seus olhos que recuo instintivamente.

— Somos todos funcionários da empresa. Nossa função, aqui dentro, é trabalhar, não passar o dia cuidando da vida dos nossos colegas. Com licença. — Saio, deixando a garota de boca aberta. Tudo tem limite. Estava na hora de aprender a impor o meu.

Suspiro profundamente antes de bater na porta de comunicação entre minha sala e a de seu Nilton. Preciso retomar minha postura de secretária. Tenho consciência dos cabelos odiosamente lisos caindo do rabo de cavalo que arrumei com tanto esmero de manhã. Por ter as mãos ocupadas, só consigo soprá-los para trás dos olhos. Dou duas batidas na porta. Ouço um "pode entrar" abafado. Seu Nilton, sua barriga compatível com uma gravidez de seis meses e seus cabelos ensebados desviam o olhar do computador quando cruzo a sala.

— Com licença, seu Nilton. Trouxe seu *cappuccino* e os pães de queijo.

— Obrigado. Coloque aqui. — Aponta para um canto da mesa. — Ontem foi um dia terrível sem você, Anabel. Espero não ter mais esse tipo de experiência. Pedi para a Eloísa ir ao Paulista's. E sabe o que ela me trouxe?

Faço não com a cabeça. Mas posso imaginar o que seja.

— Pães de queijo frios! Será que ela não sabe que eu detesto comer meus pães de queijo frios? O mínimo que eu espero é que o atendente coloque naquele forninho deles para esquentar. Fiquei indignado! Queria fazê-la dar meia volta com os pães e só aparecer aqui quando eles estivessem quentes, como eu gosto. Mas ela usou o pretexto que não podia deixar a recepção sozinha por muito tempo. — Ela não era tão cordata quanto eu, isso sim! — Enfim, você fez muita falta por aqui. Só a dispensei porque era a morte de sua avó. E avós são sagrados.

Pelo menos, nisso a gente concordava.

— Quantos anos mesmo sua avó tinha?

— 71 anos.

— Ela já estava doente ou foi algum ataque cardíaco ou AVC?

Sério que ele não se lembrava, mesmo eu tendo comentado sobre a doença de vó Helena 250 vezes no último ano?

— Ela morreu em consequência de um câncer de estômago.

— Oh, essa doença amaldiçoada. Por isso, faço exercícios físicos com regularidade e me mantenho longe do estresse.

Que ele deposita diariamente sobre meus ombros. Fácil assim.

— Ninguém está livre desse tipo de mal, seu Nilton. Coisas da vida moderna.

— Pode ser... — Começa a comer os pães. — Mudando de assunto, quero te pedir um favorzão.

Quando o pedido começava assim...

— Um dos nossos clientes tem um probleminha em colocar as ideias dele no computador. Ele não se dá muito bem com a máquina, sabe como é. Já tem certa idade. A verdade é que ele é meio resistente às novas tecnologias. Gosta mesmo de anotar tudo no papel. Ele diz que as ideias fluem melhor. Estamos trabalhando no lançamento de uma linha de cosméticos e ele me entregou na reunião de ontem um monte de folhas de caderno explicando quais são os benefícios do produto e a história da empresa. Ou seja, um *briefing*. Eu quero que você digite tudo para mim. Acho que são umas 40 páginas.

— Para hoje? — Assusto-me. Fui contratada como secretária, virei babá e agora assumirei a função de digitadora?!

— De preferência.

— É que tenho algumas coisas pendentes porque não vim ontem. E está na hora do meu almoço.

— Eu te autorizo a pedir alguma coisa no *delivery*. Assim você não perde tempo na fila do restaurante.

— Eu posso almoçar super-rápido, seu Nilton. Prometo não encher o prato de comida. Pego uma saladinha, um arroz com bife ou frango. Sempre acabo num mal-estar daqueles quando como lanche. E nem antiácido resolve. Daí, chego em casa, sem vontade de comer, acabo comendo mal de novo, a dor aumenta. No outro dia, dói até a cabeça e...

— Anabel, foco! — Ríspido. — O tempo que você está tagarelando já teria digitado várias páginas. Comer lanche um dia não te matará. Preciso fazer uma ligação agora. — Dispensa-me com a mão.

Saio delicadamente. Depois de ter controlado a vontade assassina de partir a porta em dois. Sento na cadeira, em frente ao computador, inspiro e expiro dez vezes para recuperar a calma. Procuro o telefone da lanchonete que tem serviço de *delivery* na região. Peço meu lanche de calabresa com coca light (mais um centímetro que meu quadril aumentasse e eu poderia me inscrever num concurso de musa do funk) e olho para as folhas de caderno que preciso digitar. O negócio era bem pior do que imaginei. A letra do cara era um cruzamento entre o hieróglifo egípcio e a escrita maia.

***

Três horas mais tarde, após ser bem-sucedida em decifrar trinta páginas do relatório, me sentir enjoada com a calabresa e seu Nilton ter saído para uma reunião externa, resolvi interromper um pouco a digitação para tratar de um assunto pessoal que me incomoda desde a manhã anterior: a pressa de minha mãe e de meus tios em se livrar das memórias de minha avó.

Tive vários sonhos com vó Helena na noite passada. Sonhei que ela levantava do caixão, no meio do velório, e exigia saber por que os filhos haviam jogado suas coisas na rua antes mesmo de seu enterro. No próximo sonho, ou melhor, pesadelo, ela segurava os braços de minha mãe e chorava, inconformada, ao ver seus preciosos quadros de paisagem queimarem numa imensa fogueira no quintal. Depois, ainda, me revirei o resto da madrugada, com *flashes* do rosto sofrido de vó Helena iluminando minha insônia. Levantei da cama com um sentimento de inquietude monstruoso. Eu precisava fazer alguma coisa. Talvez impedir que as coisas de minha avó fossem arrancadas tão prematuramente da casa. Ou, pelo menos, ter certeza de que elas iriam para as mãos de quem realmente precisava. Sei que uma parte de minha angústia tem a ver com o adeus final que darei a vó Helena quando todos os móveis e objetos forem tirados da casa. Reluto em aceitar isso. É como se vender a casa, onde nós duas compartilhamos tantos momentos de ternura, colocasse definitivamente um ponto final na história que tivemos juntas. Isso é irracional. Tenho consciência. Também pode impedir que vó Helena descanse seu espírito. Mas a dor, ao pensar que daqui a alguns dias não existirá mais para mim o lugar onde encontrava o mais puro amor, compreensão, bolinhos de chuva e conselhos sábios faz de meu coração um canto triste para se visitar.

Decidi que falaria com tia Amora antes de sábado. Ela é a filha mais velha. E uma pessoa equilibrada e justa. Talvez possa acalmar minhas inquietudes, além de me falar se todos os irmãos foram acometidos pela ganância de vender a casa em tempo recorde. Ainda que, no fundo, eu saiba exatamente qual entre os irmãos via a morte da mãe como a oportunidade perfeita para se dar bem: dona Haidê.

Pego meu celular dentro da bolsa. Procuro na agenda o número de tia Amora. Minha mãe dissera que a irmã voltaria ontem mesmo para casa, duzentos e cinquenta quilômetros da capital. E, no sábado, cedinho, estaria nos esperando na casa de vó Helena. Faço a ligação. Três toques depois, ouço o "alô" de minha tia.

— Oi, tia. Sou eu, a Anabel.

— Oi, minha querida! Você está melhor? Fiquei preocupada. Acho que você me ligou de tanto que pensei em você desde ontem quando saí do cemitério. Você chorou tanto!

— Eu estou melhor. — Um nó repentino fecha minha garganta. A imagem de vó Helena no caixão veio à minha cabeça. Forço as palavras saírem. — Apesar da saudade que já estou sentindo da vó. Mas, ao mesmo tempo, fico feliz que ela tenha se livrado da doença. Sei que ela está em paz agora.

— Está nos braços do Senhor, querida. O melhor lugar do mundo. Ela sofreu muito, nós sabemos. Ela não merecia nada do que passou. Mas só Deus sabe a missão de cada um de nós. Mamãe tinha um coração de ouro. Enchia de amor qualquer lugar que passava. Agora está recebendo de volta todo o amor que doou.

— É tudo o que eu desejo para ela, tia. Com toda força do meu coração. — Limpo uma lágrima traiçoeira.

— E ela sempre desejou o melhor para você também. Você sabe que ela te amava como uma filha, né?

— E eu a amava... como uma mãe. — Refreei minha língua que quase disse: "mais do que minha própria mãe". — A vó esteve presente em cada momento especial da minha vida. Nunca estava cansada demais para me ouvir ou atarefada demais para me dar conselhos. Dói muito toda vez que penso que não tenho mais para quem correr quando precisar de um colo. Ou que não verei mais olhos amorosos quando eu contar sobre alguma conquista ou algum plano meu.

— Oh, filha, não fale, assim. Você não está sozinha no mundo. Tem sua mãe, seu irmão, seu namorado e tem a mim. Você sabe que você me é muito querida. Infelizmente, moramos longe uma da outra. Mas as portas da minha casa estão abertas o tempo todo para você. Vou amar receber uma visita sua. Tem até lugar para você dormir aqui. A Mariana está em Minas Gerais, na Universidade, como você sabe. O quarto dela fica vago o ano todo.

— Obrigada, tia. Prometo que nas férias eu dou um pulo aí, sim. A última vez que te visitei eu era criança.

— Era mesmo. Agora é essa moça linda que chama a atenção dos rapazes.

Ao contrário da maioria das pessoas que não gosta desse tipo de atenção que as tias dão aos sobrinhos, tratando-os como bebezinhos crescidos, eu amo. Só uma tia para ver o que não existe em mim.

— Estou bem longe disso, tia. — Rio, descontraindo-me.

— Modéstia sua. Você namora há um tempão. Ainda está com o rapaz que levou no almoço de Natal, não está? Como é o nome dele mesmo?

— João. E estou, sim.

— E para quando sai o casamento?

Ok, essa parte da personalidade das tias eu não gosto.

— Estou bem longe disso também. — Ensaio uma piada. — O João está no início da carreira, como professor. E ainda somos jovens. Estou com 25 anos e ele, 27. Temos tempo pela frente.

Era melhor pensar assim do que encarar o fato de nenhum de nós dois falarmos em casamento.

— Ah, entendo, querida. Mas não demora muito, não, viu? Namoro longo não é bom. Se você tem certeza de que ele é o amor de sua vida, não há por que esperar.

Como explicar para uma tia que casou, como ditavam os ritos cristãos, e apaixonada, que eu escolhi não viver esse tipo de amor? A melhor decisão era mudar de assunto.

— Tia, na verdade, eu liguei para falar sobre outro assunto. — Tento soar delicada. — É sobre sábado. Quando cheguei do cemitério, minha mãe contou que ela, você e o tio Raul decidiram tirar todas as coisas da minha avó da casa e colocá-la à venda na segunda.

— Foi sua mãe que decidiu tudo, querida. Eu fui contra no começo, viu? Achei que podíamos fazer as coisas com mais calma. Mas tive tanto medo dela jogar as coisas de mamãe fora que resolvi sair daqui de madrugada para encontrá-la na casa.

— Ela me obrigou a ir também.

Sinto-me imensamente aliviada por saber que minha tia não compactua com as ideias de minha mãe. Ao contrário, teme por elas.

— Ela me disse que ia chamar você. Eu não concordei também. Será muito sofrimento para você ter que mexer nas coisas de mamãe tão pouco tempo depois de sua morte. É claro que também vou ficar abalada. Mas sou mais forte. Você é mais sensível, Anabel.

— Eu quero ir, tia. Preciso ver as coisas da vó Helena pela última vez. Tocar os enfeites, os quadros, as roupas dela. Você me entende?

— Entendo, sim, minha querida. E se você quiser ficar com alguma coisa, pode escolher. Eu queria doar na periferia, mas sua mãe ficou com medo da ideia.

— Ela me disse. — Não esqueci o discurso inflamado de minha mãe contra os "marginais" da favela, mas resolvo não comentar nada. — E acho que ficarei com uma coisa que era da vó Helena, sim. Quero o casal de noivos que tinha um significado todo especial para ela.

— É o primeiro bibelô da coleção enorme que ela tem.

— Ela comprou logo que se casou, não foi? Devia ser um símbolo do amor dela e vô Getúlio.

— É... be-bem, sim, sim, era isso.

Tia Amora parece indecisa por alguns segundos. Um pouco sem graça. Fico curiosa para saber o motivo. Será que ela queria ficar com o enfeite?

— Se a senhora o quiser, não tem problema. Eu vou entender.

— Claro que não, querida. É seu. Não pretendo ficar com nada de mamãe. É uma coisa minha.

— Fico aliviada que a senhora vai dar um destino digno para as coisas da vó. Fiquei preocupada com o jeito que minha mãe falou sobre a venda da casa. Não me leve a mal, desculpe, mas temi que todos os irmãos estivessem desesperados pelo dinheiro.

— Eu entendo sua reação. Eu não me senti bem quando sua mãe propôs, lá no cemitério mesmo, que fôssemos esvaziar a casa o mais rápido possível. Mas você conhece sua mãe, né? Ela tem um gênio complicado. Além disso, ela me disse que precisava do dinheiro da venda para pagar a faculdade que seu irmão quer fazer de música.

Que mulher dissimulada e mentirosa era minha mãe! Ontem mesmo me disse que era contra o desejo de

Alan. E eu vinha me matando dia após dia, neste emprego odioso, para juntar dinheiro suficiente para bancar o sonho dele. Contudo, minha tia não tinha nada a ver com as picuinhas de nossa família. Não comentaria nada.

— Estou mais tranquila, tia, agora que soube que a senhora pensa como eu. E que é verdade sobre a doação das coisas da minha avó.

— Eu não poderia agir diferente, filha. Assim como minha mãe foi próxima de você, um dia ela foi muito unida a mim. Infelizmente, me mudei para cá e não conseguíamos nos ver com frequência. Mas o laço que uniu minha mãe a mim foi diferente daquele que a uniu a meus irmãos.

Parecia misteriosa. Estranho. Tia Amora e mistério é uma combinação totalmente improvável.

— Tia, eu vou ter que desligar. Como não vim trabalhar ontem, hoje estou cheia de tarefas. Muito obrigada pela conversa e pelo carinho. Nos vemos no sábado, então.

— Fiquei muito feliz com sua ligação, minha querida. Você é um doce de sobrinha, que eu amo muito. Qualquer coisa que precisar, saiba que estou de braços abertos.

— Obrigada, tia. Você também. Um beijo!

— Deus te abençoe, querida. Beijo no coração.

Desligo o celular com uma sensação estranha. É mais um pressentimento. Inexplicável. Ruim, mas bom. Intenso e tranquilo. Novo, vibrante, sofrido. O que significa isso? Só pode ter a ver com a venda da casa de vó Helena. A história toda está mexendo bastante comigo. Não consigo evitar.

Capítulo 4

O sábado trouxe o último final de semana do verão. Uma brisa fria infiltra-se pelas frestas da janela do quarto e morre em meu rosto, combinando perfeitamente com meu estado de espírito nesta manhã. Queria permanecer, enrolada no edredom, de pijama do Macaquinho *I Love You* (chamo-o assim por causa da estampa de macaco segurando um coração cuja inscrição é *I love you*. É brega, mas tão confortável!) e meias de ginástica, na cama, até que o sol recém-despontado sumisse no horizonte. O pressentimento contraditório, que me dominou quando desliguei a ligação com tia Amora, transformou-se numa sensação ruim. Parece que eu darei um salto mortal ao pisar na soleira da casa de vó Helena. De certa forma, isso acontecerá. A morte dela é um divisor de águas em minha vida. Agora só resta eu. Comigo mesma. João está muito ocupado enlouquecendo com seus alunos. Júlia corre de um lado para o outro, todo o tempo, devido a seus compromissos no ateliê ou seus encontros ultrarromânticos com seu namorado-editor-super-refinado, Caio. E Alan, bem... é Alan. Cabe a mim dar atenção a ele, não o contrário.

Escuto passos aproximando-se. Só pode ser minha mãe apressada para pôr as mãos em sua mais recente mina de ouro. Fecho os olhos (e a vontade de cobrir a cabeça é quase irresistível). Quem sabe um sono fingido não a demova da ideia de me levar com ela? É minha esperança.

A luz do corredor invade o quarto minúsculo junto com uma voz ditatorial.

— Ainda está dormindo, Anabel?! Levante, vamos! Eu te falei que a gente ia sair daqui às 9 horas, não falei? O corretor vai passar na casa de sua avó entre 9h30 e 10 horas.

A esperança devia morrer por último, mas a minha é lesada e morre atropelada pela má sorte sempre no primeiro instante que nasce.

— Eu me arrumo em dez minutos, mãe. — Obrigo-me a acabar com a encenação.

— É só o tempo que você tem mesmo. — Vira as costas para sair.

— Mãe — Uma preocupação volta a rondar minha cabeça —, tem certeza de que não é melhor levar Alan com a gente?

— Ontem à noite, ele disse que não queria ir. E se for, vai acabar atrapalhando — fala impaciente.

— Mas não custa perguntar de novo. Me trocarei super-rápido e vou ao quarto dele.

— Anabel, se você demorar um minuto além do que prometeu, eu vou sozinha.

(Fazendo a dancinha interna da esperança ressuscitada.)

— E você vai com seu próprio carro.

— Mãe, eu só não entendo por que a pressa toda. Você disse ontem que o tio Raul ia chegar lá às oito da manhã. O tio não pode acompanhar a visita do corretor na casa? Você é obrigada a estar lá? A casa vai supervalorizar com sua presença?

E eis que o sentimento de rebeldia resolve sair de controle mais uma vez. Está virando um hábito.

— Anabel, você anda me peitando muito ultimamente. Eu não sou qualquer uma. Eu sou sua mãe! Exijo que você me respeite. Desde que seu pai morreu as coisas não têm sido fáceis para mim. E agora eu perdi minha mãe! O mínimo que eu espero da minha filha é que me apoie.

Típico de minha mãe: virar o jogo contra mim. Quantas vezes eu tentei me aproximar e ela me rechaçou?

— As coisas não têm sido fáceis tampouco para mim, mãe. Peço desculpas se eu te ofendi. Não fiz de propósito.

— Eu vou fazer o café. Se vista e vá falar com o Alan, como você quer. Já perdemos a hora de qualquer forma. — Sai do quarto.

Minha mãe condescendente, num tom de voz suave? Que novidade era essa?

Coloco os pés para fora da cama. Dois passos depois, estou em frente a meu guarda-roupa, pegando a calça *legging* preta. Escolho a blusa creme, tricotada por minha avó. Estou feliz com a queda súbita da temperatura, pois assim posso usá-la. Essa roupa tem um significado todo especial para mim, que vai além do fato de ter sido um presente de vó Helena. Era ela que eu usava, no segundo ano do ensino médio, quando a professora de Língua Portuguesa entregou meu 10 escrito sobre o projeto "Livro de Livros". O trabalho consistia em escolher uma entre cinco obras de autores brasileiros sugeridas pela professora e fazer um projeto editorial. Capa, contracapa, orelha, biografia do autor e sinopse. Tudo do zero. Deveríamos entregar no formato de um livrinho, dobrado no papel sulfite. Aquele foi um dos dias mais felizes de minha vida. Mais do que a nota máxima, eu ganhava um sonho. Por meses, depois disso, para todos com quem conversava, eu dizia: "Nada de bailarina, veterinária, médica ou professora. Vou ser editora de livros".

Abraço-me à blusa por alguns segundos. Nove anos foi o tempo que levou para eu ir de uma sonhadora entusiasmada a uma garota vivendo em função dos desejos alheios. Não quero bancar a vítima. Trabalho numa empresa em crescimento, recebo um bom salário, não preciso ficar desesperada pela escassez de homens no mercado — tenho o mesmo namorado há cinco anos —, meu irmão está se mantendo saudável e sempre posso me entreter com os *e-books* que compro. Só preciso descobrir o jeito de calar o vazio que de vez em quando grita de meu interior sua infelicidade.

Tiro o pijama, dobro num rolinho, e deposito na primeira gaveta, ao lado de outras roupas íntimas. Acho que sou maníaco-compulsiva com roupas: não consigo deixar nenhuma jogada, nem pendurada. Visto a *legging*, o sutiã e a blusa de tricô. Deslizo a porta do guarda-roupa e pego meu tênis preto. Preciso escovar os dentes e pentear os cabelos, ainda. Nos dentes sempre me esmero porque tenho pavor de cáries. Já com os cabelos, não me importo. O que para uns é uma bênção, para mim é uma maldição. São tão lisos que já nasceram penteados.

Cinco minutos depois, estou abrindo a porta do quarto de Alan. Encontro-o sentado em frente ao amor de sua vida: o piano digital. Ele não percebe minha presença. Fico ali, encostada no batente, admirando a habilidade que meu irmão tem em tocar com uma única mão, a esquerda. Ouvir as melodias que ele tira do instrumento sempre me emociona. E o sentimento de gratidão preenche cada recanto melancólico dentro de mim.

O amor de Alan pela música começou aos dez anos quando meu pai e eu o levamos pela primeira vez ao centro de reabilitação onde o método principal era a musicoterapia. Havíamos tentado diversos tipos de terapia antes disso: hidroterapia, terapia ocupacional, esportes. A resposta era satisfatória por pouco tempo. A agitação emocional acabava retornando com força total tão logo Alan se sentia insatisfeito com seus progressos. Até que meu pai comentou com um dos passageiros, que ele costumava levar em seu táxi, sobre o problema que vínhamos enfrentando. Esse homem contou a experiência do próprio sobrinho que possuía o mesmo tipo de paralisia cerebral de meu irmão: a hemiplegia espástica. A musicoterapia havia feito milagres na saúde física e psicológica do garoto. Ficamos animados com aquele testemunho e nos pusemos a procurar musicoterapeutas. Encontramos um centro exclusivamente dedicado à reabilitação através da música.

Mais do que um milagre, vimos nascer um novo Alan. Seus olhos ganharam vida. Suas explosões emocionais se transformaram nas melodias que ele aprendeu a extrair dos instrumentos musicais. Contrário do que a maioria das pessoas pensaria, meu irmão não se interessou pelos instrumentos de percussão, que apresentam mais facilidade para um portador de paralisia cerebral. Ele se apaixonou pelo piano. Fez dele seu melhor amigo, criando o tipo de amizade que nunca encontrou entre os colegas da escola. Mas o gosto pelo universo musical não se restringia ao piano. Virou seu estilo de vida. Tudo que tinha a ver com música lhe interessava. Testemunhei meu pai pagar, depois eu passei a pagar, livros e cursos ligados à música. E senti o peso dos sonhos abandonados bem mais leve quando comprei à vista um piano digital 88 teclas para Alan em seu aniversário de 16 anos.

Entro no quarto. Sento na cama, logo atrás de Alan, que finalmente nota minha presença.

— Pensei que você tivesse ido na casa da vó. — Para de tocar e vira-se para mim.

— Eu vou ainda. A mãe está preparando o café. — Dou um beijo em seu rosto. — Vim aqui para saber se você não quer mesmo ir com a gente.

— Vou ficar, Belzinha. Estou ensaiando para a apresentação quinta-feira.

— Ah, é verdade. Eu tinha me esquecido. Pode deixar que sairei correndo do trabalho para te levar até o conservatório na quinta.

— Não precisa. Eu pego um ônibus.

Nada de ônibus. Só de pensar em Alan dentro de um, morro por antecipação. Todos os médicos e terapeutas pelos quais passamos foram unânimes em dizer que Alan deveria levar uma vida o mais normal possível. Porém, não faria mal nenhum meu irmão perseguir esse tipo de vida dentro de meu carro, comigo dirigindo. Não via isso como superproteção. Eu queria apenas evitar que ele sofresse, o máximo possível.

— Os ônibus às seis da tarde são lotados. Eu te levo no meu carro sem nenhum problema, Alan. E também, eu quero ver sua apresentação, puxa! Você acha que vou perder meu irmãozinho dando um show no piano?

Ele sorri, envergonhado.

— Não dou show no piano, Belzinha. Tenho que aprender muito ainda para ficar bom.

— Você toca muito bem, sim. E compõe! Eu só sei o "Dó-Ré-Mi-Fá". E não tenho ideia da diferença entre acordes e notas. — Dou risada, sabendo que deveria me envergonhar da ignorância e não achar engraçado.

— Acorde é o conjunto de notas que se executam simultaneamente. E nota representa um único som.

— Ah, tá...

Não quero aborrecer Alan. Prefiro fingir que, para mim, aquela explicação não está em um idioma que não domino.

Minha mãe escolhe este momento, tão especial entre nós dois, para colocar a cabeça no quarto, gritando.

— Anabel, você não vai tirar meu bom humor hoje. Eu te falei DEZ MINUTOS! É isso que dá ser boazinha para você. Você monta em cima de mim.

A voz doce e paciente dela não passou de delírios de minha mente sonolenta. Está claro.

— Pode ir na frente, mãe. Eu vou com meu carro. Juro!

Preferia encher o tanque de gasolina pela segunda vez na semana a ouvi-la durante todo trajeto reclamando sobre como tenho dificultado a vida dela.

— Meia hora, Anabel. Te dou meia hora para chegar lá depois de mim.

Minha vontade é pular da cama onde estou sentada, apontar o dedo na cara dela e gritar: "Pare de me tratar como uma débil mental. Eu sustento essa casa, merda!" Mas a imagem mental terá que me contentar. Na vida real, eu penso em Alan, logo ao meu lado, e arrumo um jeito de dispensar dona Haidê com toda calma que não sinto.

— Daqui a pouco estou lá, mãe. Vá com cuidado.

Ela começa a sair do quarto sem nada acrescentar. Porém, um centésimo de segundo depois, muda de ideia, volta-se e me mede da cabeça aos pés. As palavras que diz a seguir são supérfluas. Seu olhar contém a reprovação completa para quem quiser ler.

— Anabel, você vai sair com a blusa que sua avó te fez quando você era adolescente? Viu no espelho como ela fica agora em você? Está ridícula! Ela está tão colada que nem sei como passou pela cabeça. Destacou seu quadril ainda mais. Parece que ele tem o dobro de tamanho.

Ela sabia como ninguém ressaltar meus defeitos. Quem precisa de espelho quando se tem Haidê Dias da Silva por perto?

— Acho esta blusa linda. Além disso, quero homenagear a vó. — Tento passar um ar confiante. Não o de alguém que está louca para esticar a blusa da coxa ao tornozelo.

— Andando como uma jeca? A blusa é linda. O problema é seu corpo. Eu já te disse que você tem que usar roupas largas. Você tem cintura fina. Mas seu quadril é muito avantajado, Anabel.

— Eu já entendi, mãe. Você não estava com pressa?

— Estou.

Sai pisando duro. Nem mesmo o carpete do corredor é capaz de abafar seus passos.

— Ela pega pesado com você — Alan fala, de repente.

Sinto-me mortificada por ele ter prestado atenção à conversa. Não era um hábito que cultivava. Mantinha-se, geralmente, em silêncio enquanto minha mãe apresentava jeitos novos de implicar comigo.

— Não liga. Não tem nada de errado com você, Belzinha. Ela tem inveja.

Assustada, encaro Alan. O jeito acalorado de me defender, aquilo, sim, era uma imensa novidade.

— Ah, é... — falo, indecisa entre agradecer ou repreendê-lo.

— Que bom que você ficou. Eu quero te falar uma coisa.

— O que é?

— Vou arrumar um emprego.

Nada, mesmo a comprovação de vida inteligente no fundo do mar, me surpreenderia mais do que essa notícia. Tenho consciência de meus olhos arregalados. Mas não posso evitar. De todas as novidades que Alan resolveu me mostrar hoje, "arrumar um emprego" vai direto para o topo das mais inesperadas.

— Como assim emprego, Alan? — Minha cabeça gira levando o quarto junto.

— Tenho 18 anos. Terminei o ensino médio no ano passado. Quero fazer faculdade.

— Eu prometi que vou tentar pagar sua faculdade a partir do segundo semestre, não prometi? — falo, sentindo a consciência ganhar mais um quilo. — Não pude pagar este semestre porque estou pagando as últimas prestações da tevê e dos móveis da sala.

— Eu quero trabalhar. Não quero mais que você gaste comigo. Eu sei que o remédio que tomo é caro. O curso que estou fazendo no conservatório também é caro. Quero ajudar você. Quero que você compre suas coisas. Coisas que as garotas gostam. Posso tentar uma bolsa de desconto na faculdade de música e pagar a mensalidade.

— Não é assim, Alan. A gente precisa conversar melhor. Eu não quero que você ache que é um peso para mim. Eu nunca reclamei de pagar suas coisas. É um tipo de investimento que faço no seu potencial. Faço com a maior alegria. Porque estou realizando seus sonhos. Cada conquista sua é minha também. Cada música que você compõe, eu sinto como se tivesse também a minha assinatura.

— Não, Anabel. Eu não vou desistir. Eu sei que tem muita coisa que não consigo fazer como as outras pessoas. Mas depois da música, aprendi que as coisas que posso fazer são mais importantes do que as que eu não posso. E eu sei que posso trabalhar. Já fiz meu currículo e o Cláudio do conservatório vai levar para o pai. O pai dele é advogado e está precisando de ajuda no escritório.

Não faça isso comigo!, grito em silêncio. Não sei como explicar para Alan que se ele não está sob meus cuidados ou os de Maria, a senhora que trabalha em casa por meio período, eu entro em desespero, imaginando que ele voltará a ter convulsões e ninguém estará por perto para socorrer.

— Alan, não acho uma boa ideia. Você vai ter que sair sozinho na rua. Tomar ônibus. Caminhar. Também assumir muitas responsabilidades.

— Eu tenho 18 anos!

Na cabeça dele, aquela explicação resolvia tudo.

— Mas nunca fez nada sozinho! — exalto-me

A cama ameaça sumir para dentro do buraco que se abriu embaixo de mim. Levanto num pulo. Esfrego minhas mãos no quadril. Jogo os cabelos para trás dos ombros. Um fósforo aceso naquele quarto, eu explodo.

— Eu não posso depender de você para sempre, Belzinha. — Seu tom sai incrivelmente controlado. — Você precisa ter uma vida.

— Eu tenho uma vida. Minha vida é você!

As palavras saltam de dentro de mim com tamanha intensidade que eu me seguro na parede, sentindo as pernas fracas.

— A mãe está te esperando na casa da vó. Depois a gente conversa melhor — vira-se para o piano, um sinal de que não falaria mais nada.

Meu corpo todo treme. Sou tomada por um sentimento de insegurança que não me visita faz anos. Sair da zona de conforto não é meu ponto forte, assumo. Permanecer no trilho de metas e obrigações as quais me imponho é o melhor de mim. Não me envergonho de dizer que sou covarde face ao imprevisível. Aquilo que chega derrubando hábitos e varrendo certezas, que obriga a refazer planos e concepções. Não fui sempre assim. Antes de meu pai morrer, eu costumava enfrentar, entusiasmada, novos desafios. As dúvidas eram o combustível para ir à busca de respostas que conduziriam a outras aventuras. Mas exterminei de propósito, num trabalho árduo e demorado, esse lado arrebatado de minha personalidade. Ele não combinava com a nova vida que escolhi. Só não contava que sua ausência fosse me transformar em uma pessoa tão dependente de uma realidade meticulosamente construída.

Alan se esqueceu de mim. Está entretido em preencher o mundo com o som que sai através de seus dedos. Quando o vejo, leve, entregue, mergulhado na música, desejo correr até o conservatório e me matricular no curso de qualquer instrumento que me faça abandonar as vozes inquietantes de minha mente. Quem sabe aqueles tambores africanos não fossem altos o suficiente para calar tudo dentro de mim? E se eu tivesse muita sorte, poderiam me ajudar a enfrentar cada desafio novo com a coragem de um autômato.

Isso não vai acontecer. E continuar entregue às emoções conflituosas, encarando o teto, cabeça encostada na parede, tampouco, trará o equilíbrio de que preciso para lidar com a decisão súbita de Alan. Neste momento, só me restam duas soluções: ir ao encontro de minha mãe e rezar para que meu irmão acorde dos delírios nos quais alguém o meteu. Tenho certeza de que o plano todo de arrumar emprego foi ideia de Cláudio, o primeiro amigo que meu irmão faz em anos. Era sua cara fazer Alan acreditar que podia viver a vida que quisesse. Já tive uma baita dor de cabeça, meses atrás, quando o rapaz cismou que Alan e ele podiam, numa boa, ir para uma balada e voltar às 6h da manhã. Demorou um pouco, mas consegui convencer Alan de que aquela era uma péssima ideia. A música estrondosa e a bebida alcoólica correndo solta era a combinação letal para um portador de epilepsia, estava certa.

Era isso. Eu conseguiria convencer Alan, mais uma vez, de não fazer uma besteira. Com calma e perspicácia, o faria ouvir meus argumentos. No final, todos sairiam satisfeitos. Ele desistiria da ideia de trabalhar no escritório de advocacia. E eu o recompensaria pagando a faculdade de música a partir de agosto. Tudo voltaria a seus lugares. Poderia retomar minhas atividades, tranquila.

Agora os fogos de artifício do alívio não deveriam estourar dentro de mim? Por que só consigo sentir que estou sendo tão manipuladora quanto minha mãe?

Suspiro. A semana não podia terminar pior. Parece que enterrei minha paz de espírito junto com vó

Helena. Saio do quarto, silenciosamente. Fecho a porta. Ajeito a roupa, matando os pensamentos sobre eu estar ridícula antes de criarem asas, e vou à procura da única coisa que pode me acalmar nos momentos em que sinto tudo desmoronar a minha volta: doce. Meu café da manhã será uma gorda fatia do bolo de chocolate coberto com *mashmallow* que comprei na confeitaria perto da empresa. O planeta Terra poderia estar ameaçado de extinção, mas se os doces fossem salvos, aqui, ainda, seria um lugar lindo para viver. Só não são mais perfeitos porque engordam. Mas nada que duas horas correndo na esteira, que ajudei minha mãe a pagar no ano passado, não resolva.

Capítulo 5

*E*mpanturrei-me de bolo. Prometi a mim mesma que cortaria uma generosa fatia, comeria bem devagar, assim ela acabaria ao mesmo tempo que meu apetite, e recolocaria a travessa na geladeira sem olhar para trás. Foi tudo bem até devolver o bolo a seu lugar. O erro foi olhá-lo de novo, checando se estava seguro. Em meio milésimo de segundo, peguei outro pedaço e engoli sem pensar. Além de meu estômago chegar reclamando à casa de vó Helena, terei, à noite, que fazer três horas de esteira.

Bato a porta do carro. Recrimino-me, mentalmente. Já perdi as contas das vezes em que me disse que não dirijo uma geladeira, sim, um Gol. Devo ter a mão pesada. E sou a única motorista que faz isso com o próprio carro.

Paro em frente a casa onde possivelmente entrarei pela última vez. Está tudo como vó Helena deixou há um mês, quando foi internada nos últimos estágios da doença. O portão branco, com a pintura descascada, ainda é baixo, convidando a uma xícara de café. O muro, que percorre cinco metros da calçada, traduz a personalidade da ex-moradora: não espanta ninguém com cercas elétricas ou cacos de vidros. Ao contrário, sugere uma conversa no entardecer. O jardim em frente à janela do quarto também é o mesmo onde meus primos e eu rolávamos entre risos e gritos de pais impacientes. A única mudança é o capim alto recobrindo as flores que ali vicejavam.

Tenho vontade de ficar, parada, assistindo à infância alegre que tive passar diante de meus olhos. Nos momentos em que eu me esquecia de verificar se Alan estava bem ou se precisava de alguma coisa, eu fui feliz. Muito. Fui uma menina hiperativa que largava as Barbies para se entreter com os brinquedos de meus primos Ricardo e Rafael. Ou estava na companhia de minha avó. Lembro-me das largas tardes de sábado em que eu sentava ao pé de vó Helena, a cabeça encostada em suas pernas, ouvindo as ágeis mãos dar vida a cachecóis, blusas, casacos, colchas, toalhas de mesa. E tantas outras peças que ela fazia com o coração transbordando de inspiração e amor.

Fecho os olhos para obrigar as lágrimas correrem por meu rosto. Se fosse possível medir a saudade do que vivi naquela casa, estou certa, ela só caberia no espaço do infinito. Onde estão também as memórias ao lado de meu pai. E encerram os melhores anos de minha vida. Anos que evito lembrar para não fazer qualquer tipo de comparação com o que vivo atualmente.

Passo a mão pelo rosto e elimino os traços do choro. Respiro profundamente. Toco no portão, sem o cadeado, e o abro. Do interior da casa, toda pintada de rosa bebê, dona de dois quartos, sala, banheiro e cozinha, eu ouço vozes competindo para ver qual se sobressairá. Desejo dar meia volta, correr para o carro estacionado do outro lado da rua, dirigir até em casa e atacar o resto do bolo, escondido na gaveta de verduras da geladeira.

Quando acredito estar levando a cabo meu desejo, pois me virei de frente para a rua, a voz de dona Haidê alcança meus ouvidos, estridente.

— Ah, resolveu aparecer! Pensei que você fosse deixar sua tia e eu fazendo tudo sozinhas! Você demorou tanto que o corretor já veio, avaliou a casa e já foi embora.

— E, aí, conseguiram um bom preço? — falo, sem a mínima vontade de mergulhar num novo embate com minha mãe. Respeitaria as boas lembranças que me traziam o lar de minha infância.

— Não gostei do jeito do corretor. Acho que pretende nos aplicar um golpe. Disse que deveríamos colocar a casa para alugar por um tempo e esperar a valorização do imóvel, com a construção de uma estação de metrô que o governo prometeu para 2017! Essa é boa! Ele quer é faturar com comissão de aluguel as nossas custas.

— Deve ser isso. — Passo por ela, sem me importar com nada do que falava.

Piso na sala. Então, a energia mais forte que me lembro de um dia ter sentido invade-me inteira. Não é o pressentimento contraditório do dia anterior. Ou a sensação ruim da manhã. É algo que eu não posso classificar. Simplesmente está se espalhando, rápido, em meu interior, conectando-se de célula em célula, me dando a impressão de que estou perdendo o poder sobre mim. E, surpreendentemente, eu não sinto necessidade de buscar explicações. Tampouco me sinto mal por perder o controle. Ao contrário, sinto-me impelida a entregar meus pensamentos e minhas emoções nas mãos "daquilo".

Energia da mudança. Essas palavras cruzam nítidas, fortes, súbitas na minha mente. Quando ameaço correr atrás delas para descobrir o que significam e por que surgiram assim, tia Amora aparece em minha frente, abraçando-me, desintegrando a poderosa emoção e a oportunidade de entender o que havia derrubado meu rígido controle interno por alguns segundos.

— Bom dia, querida! Que bom que você chegou. Estávamos esperando você para começar a mexer nas coisas de mamãe. Eu disse para Haidê que não tocaríamos em nada enquanto você não chegasse.

— Desculpe, tia. Não queria atrasar a arrumação. A senhora mora longe e sei que não podemos terminar tarde. — A sensação de boa aventurança desaparece de vez. Estou tocando minha realidade de novo.

— Não se preocupe com isso, minha querida. Vou dormir na casa da minha cunhada hoje. Ela vai arrumar um cantinho na sala para seu tio e eu.

Um sentimento de culpa escala minha garganta. Eu poderia chamá-la para passar a noite em casa. Ela é irmã de minha mãe. A tia mais amorosa que tenho. O problema é fazer isso e enfrentar a saia justa entre as duas irmãs. Dona Haidê tentando buscar uma explicação inexplicável para não querer sua irmã na própria casa. E tia Amora fingindo que não é rejeitada pela centésima vez por minha mãe.

— Oi, Anabel.

Ufa! Tio Raul me tira do dilema sobre as irmãs.

— Oi, tio. Tudo bem?

— Tirando esta mesa pesada, tudo ok. — Faz um gesto de cabeça, indicando o móvel suspenso pelas mãos.

— Quer ajuda?

— Bom, seria ótimo você...

— Seu tio pode perfeitamente fazer isso sozinho, Anabel. Vamos para a cozinha retirar a louça dos armários. — Minha mãe aparece com sua língua afiada, cortando tudo e todos, como sempre.

— Talvez fosse melhor começarmos pela sala, mãe. Os móveis passando de lá para cá vão acabar batendo nos quadros. E eles eram a paixão da minha avó, você sabe. Toda sexta-feira ela tirava um por um e limpava. Logo que ela ficou doente, a primeira coisa que a preocupou foi a poeira dos quadros, porque ela não conseguiria mais subir na escadinha para passar o pano em cada um. Você lembra quando eu trouxe a Maria num sábado? A mulher mal entrou e vó Helena falou: "Pode começar pelos meus quadros". — Rio, meu coração repleto de ternura.

— É verdade, querida. Os quadros eram como seus bichinhos de estimação. — Tia Amora ri também. — Quantas vezes peguei mamãe parada em frente a eles, admirando. Principalmente, aquele ali da ponte. — Aponta para o quadro que fica em frente à porta da entrada.

— Ele é uma réplica do *Ponte Japonesa* de Monet.

Minha tia me olha como se eu tivesse criado um olho na testa. Arrependo-me do que disse. Não gosto de passar a imagem da sabe-tudo arrogante.

— Monet foi um pintor francês famoso. Mas acho que vó Helena gostava dele por causa das cores harmoniosas — acrescento rapidamente.

— Então, estes quadros podem valer um bom dinheiro?

Havia esquecido totalmente da presença de minha mãe na sala. Apesar de ter iniciado aquela conversa dirigindo-me a ela. Esta era dona Haidê: fazer-se de invisível quando o assunto não interessava. E pular para dentro da conversa se ela envolvesse lucros.

— Acho que tem mais valor sentimental, mãe. Eu não entendo quase nada de artes, mas acredito que as réplicas são feitas para quem admira a obra de artistas famosos e não tem dinheiro para adquirir um quadro milionário.

— Ah, é? — Interrompe a inspeção que fazia nos cinco quadros distribuídos pela sala. — Mas, de qualquer forma, seria bom vendê-los. Mesmo que não se pegue muito dinheiro. Se dermos para os pobres, é isso que eles vão fazer mesmo.

— A gente podia dividi-los entre a família. Ou doar para um orfanato. Acho que ia alegrar o ambiente das crianças. O que vocês acham?

— A ideia do orfanato é linda, tia! — O entusiasmo ganha-me. Sei que isso seria algo que vó Helena aprovaria sem pensar uma vez.

— Concordo também. Com certeza vai contentar um pouco a vida dos órfãos. Eles saberão dar mais valor do que os pobres que nem sabem o que é arte.

E desde quando minha mãe sabia? Só se desfilar com roupas e acessórios de grife, à custa de sacrificar a própria filha, fosse uma nova expressão artística.

— Então, como faremos? Vamos tirar os quadros primeiro ou esvaziar os armários da cozinha?

— Vamos fazer uma coisa melhor, mãe. — Estalo os dedos.

Como eu poderia ter me esquecido de usar, até aquele momento, o maior talento da minha vida: a arrumação? Ok, não devia pegar tão pesado comigo. Toda a comoção ao acordar, o peso do bolo no estômago e o reencontro com minha infância deixaram meu cérebro funcionando pela metade.

— Que tal distribuirmos as tarefas? — Dois pares de olhos me encaram curiosos. — Anotamos tudo que precisa ser feito (a propósito, amo fazer listas!) e dividimos em partes iguais para nós três.

— Parece uma coisa mais organizada, querida. Gostei. — Tia Amora assente satisfeita. — E vai ser mais rápido.

— Desde que eu não fique com o quarto, tudo bem.

— O que tem o quarto, mãe?

— Sua avó juntava muito lixo naquele quarto. Vou levar o resto do dia para tirar tudo. Não sei para que tanto enfeite na penteadeira. E aquele mundo de novelo de lã no guarda-roupa?

— Eu posso arrumar sem problema, meninas. Vou aproveitar para separar alguns novelos para mim. Estou pensando em aprender a tricotar. Consegui aprender tão fácil a fazer o ponto cruz. Pelo jeito descobri meus talentos, né? O Dalton está amando, porque é só assim para eu desistir da ideia de voltar a trabalhar fora.

Enquanto minha tia tagarelava, uma "coisa" crescia no meu interior. Algo que vinha embalado numa mistura de ansiedade e pânico. Não me considero uma pessoa ansiosa. Pelo contrário, busco ser a mais equilibrada das criaturas. Porém, neste momento, estou a ponto de correr ou gritar. Como se eu não estivesse no controle. De novo.

— Não precisa fazer a lista, Anabel. Eu vou para o quarto, então.

— O quarto fica comigo! — grito. A "coisa" sai de dentro de mim. Espanto-me. De onde saltaram o vigor, o timbre decidido e a vontade incontestável? Melhor ainda: o que isso significava? Não sei. O que sei é que se não ficar responsável pela arrumação no quarto de vó Helena, eu perderei algo vital.

Bizarro assim.

— Oh, desculpe, querida. Eu não sabia que isso era importante para você. Você não disse nada na quinta.

— Vocês conversaram na quinta?!

Em momentos como este, penso seriamente se não sou a reencarnação de uma das personagens de Shakespeare. Minha vida vai da tragédia à comédia com tamanha naturalidade que não é possível não ter praticado isso numa vida anterior.

— Eu liguei pra tia. Eu queria falar com ela se...

— Você queria saber se ela viria nos ajudar, foi isso. Qual o problema, você não acredita na minha palavra? Já não chega sua malcriação de hoje de manhã, Anabel?

— Não precisa fazer esse drama todo, mãe. Só foi uma ligação. — O estoque de paciência que fiz para minha mãe anda no final.

— Queridas, sem briga — Tia Amora aparteia. — Anabel só queria saber se eu estava bem. Eu fiquei muito feliz com a preocupação dela. — Pisca para mim e eu quero dar um abraço de urso em minha tia.

— Para mim, ela não está nem aí. Já me acostumei...

A bancar a vítima, completo mentalmente a frase do jeito que minha mãe jamais faria.

— Todos nós ficamos abalados com a morte de mamãe. Mas vocês ficarem perdendo tempo com esta disputa não vai trazê-la de volta. Eu estou carregando tudo sozinho até a rua de baixo. O caminhão não pode entrar na vila. E o Dalton não pode me ajudar porque tem que tomar conta das coisas.

Nós três tomamos um susto com a intromissão de tio Raul. De onde ele tinha surgido? Por alguns minutos, esqueci completamente a presença dele na casa. Porém, isso não me estranhava. Manter-se nas sombras era o que ele fazia de melhor. Inúmeras vezes eu me recriminei por pensar o pior sobre tio Raul. Escutar às escondidas, observar à distância e dar o ar da graça nos momentos mais convenientes possíveis pareciam características de pessoas que não andavam confortavelmente dentro das leis. Ele nunca explicou muito bem que tipo de entregas faz com o caminhão. Nem para qual empresa trabalha. Mas, se fosse algo ilícito, a polícia já o teria pegado. Não teria?

— Estamos dividindo as tarefas para tirar os objetos da vó, tio. — Sinto-me na obrigação de explicar.

— Espero que cheguem a alguma conclusão ainda hoje. Vou precisar de ajuda para a geladeira, o fogão e o sofá.

— E você acha que nós temos força para isso? Você não disse que o pessoal do exército da salvação estaria aqui quando chegássemos? Por que está levando tudo para seu caminhão, afinal? Pelo amor de Deus, não combinamos tudo no cemitério?!

Assim como Júlia daria uma ótima advogada, minha mãe poderia ser uma carcereira de primeira. Duvido um preso levar uma com ela.

— Eu mudei de ideia, Haidê. Já te expliquei. Eles vão retirar no galpão lá de casa. Algumas coisas eles não aceitam, lembra?

— Eu pensei que eles fossem retirar tudo, mãe. O que eles não vão pegar?

— Não vamos discutir sobre isso agora, Anabel. Ainda não fizemos nada na casa! Amora, você fica com os quadros e os livros da estante. Vou para a cozinha. — Minha mãe me encara. — E você, Anabel, só saia daquele quarto quando tiver encaixotado TUDO. Pegue algumas caixas no quintal.

Típico de minha mãe. Tenho certeza de que ela está planejando vender os móveis. Duvido que exista algum exército da salvação envolvido. No mínimo, tio Raul e ela lucrarão com a venda. No entanto, não vou arrumar confusão neste momento. Ainda estou com o firme propósito de respeitar a memória de minha avó amada.

Todos se colocaram em movimento. Tio Raul voltou ao interior da casa de onde saiu com uma cadeira (ele estava levando uma por vez?), tia Amora começou a mexer na estante, duas caixas à espera de serem cheias a seu lado, minha mãe saiu reclamando da "incompetência generalizada que a enlouquecia de raiva" e entrou na cozinha.

E eu me encaminho para o quintal à procura das tais caixas, com uma pergunta martelando em minha cabeça: *O que diabos deu em mim para exigir ficar com o quarto todo para esvaziar?* Já visitei aquele lugar milhares de vezes. Sou obrigada a dar razão à minha mãe apesar de amar demais minha avó. Tem muita tranqueira na penteadeira e no guarda-roupa. Sempre imaginei que vó Helena deveria manter algum tipo de sociedade com a mulher da loja de R$ 1,99, da rua de baixo. Pelo menos um exemplar de cada enfeite que vende naquela loja está no quarto dela. Perdi as contas das vezes em que agradei minha avó dizendo que o bibelô de peixinho, ou o patinho com seus filhotinhos, ou ainda a pastora de ovelhas eram uma graça. Quando por dentro, eu gritava: *que utilidades têm essas coisas?* Para mim "a coisa" tem que ser útil. Terei meu primeiro enfeite no quarto hoje. O bibelô dos noivos sobre o qual comentei com tia Amora.

Encontro duas caixas grandes o suficiente para caber metade de uma loja de lembrancinhas. Coloco-as embaixo dos braços. Mas as solto três passos depois porque a droga de meu cabelo saiu do elástico no qual o enfiei não faz dois minutos. O corte zero deveria entrar na moda para as mulheres. Se eu visse milhares de garotas desfilando carecas por aí, quem sabe tomasse coragem de fazer o mesmo. E talvez seu Nilton não achasse que eu fiquei louca. Não sei mais o que fazer com meu cabelo. Ele grande, abaixo do ombro, como está agora, cospe elásticos para todos os lados. Curto, no estilo *Chanel*, cegava-me a cada dois passos. E duas viradas de direção. Quase bati o carro, uma vez, por conta disso. Foi um susto daqueles.

Recoloco o elástico, dando tantas voltas que o rabo de cavalo fica todo retorcido. Pego as caixas do chão e parto rumo à tarefa hercúlea. Quanto mais rápido eu começasse, mais rápido terminaria. Ficar tão próxima das coisas de vó Helena não iria ser fácil. Sinto as lembranças quererem abrir uma gaveta em meu cérebro antes mesmo de chegar ao quarto. E quando elas saírem de onde estão, terei que lidar com a dor e a saudade, machucando ainda mais intensamente do que fizeram durante os três últimos dias.

Tia Amora está entretida, examinando o quadro cuja pintura é uma casinha perdida no meio das montanhas, quando atravesso a sala. Essa era a segunda pintura preferida de vó Helena. Ela a havia adquirido numa feira de artesanato. Eu estava junto no dia da compra. Toda vez que olho para o quadro, lembro-me do rosto de minha avó ao admirá-lo em frente a uma banquinha. Em poucos segundos, vi passar por seu semblante quase todas as emoções que conhecia. Alegria, dor, entusiasmo, ternura, desilusão. Fiquei um bom tempo encucada com aquilo. Tentei descobrir o porquê de o quadro mexer tanto com ela. Minha avó respondeu apenas que era seu tipo de pintura favorito. Mas sinto até hoje que era mais do que isso. Ela morreu e eu nunca saberei o motivo real de tanta empatia.

Entro no corredor que leva aos quartos. O primeiro, onde meus tios e minha mãe compartilharam brigas e cada centímetro do espaço, segundo vó Helena, está vazio há mais de duas décadas. Vô Getúlio foi o responsável pela limpeza, assim que a filha mais nova saiu dali para se casar. Grávida de mim. Tirou todos os vestígios de um lugar habitável, pois dizia ele que Haidê não retornaria para lá nem se estivesse à beira da morte. Isso quem disse, cheia de rancor, uma vez para mim, foi minha mãe.

Chego, finalmente, ao quarto do casal. A porta está fechada. Largo as caixas no chão. As lágrimas assomam. Automaticamente. Ali construíram vô Getúlio e vó Helena juntos 42 anos de história. Não tive um relacionamento muito próximo com meu vô. Em criança, eu achava que ele não gostava de mim. Era como minha mãe, não perdia tempo em repreender cada ato meu. Conforme fui crescendo, entendi que ele me culpava pela perda da filha caçula, aos 20 anos, para um taxista. Eu não guardava mágoa, entretanto. Sabia que as pessoas que nasceram muitas décadas atrás tinham uma forma rígida de enxergar os planos para os filhos. E uma gravidez nunca, nunca mesmo, deveria preceder um casamento.

Meu braço vai em direção à maçaneta. Sem pressa. Retenho o momento de permitir que as lembranças escancarem a gaveta. Então, sinto. De novo. A emoção. A energia. Aquela "coisa" que não entendo. Por um instante, temo que seja o espírito de vó Helena tentando se comunicar. Tenho medo de ver uma pessoa morta, confesso. Corro de filmes sobre espíritos, inclusive. Mas não vejo nada, nem ninguém. Estou sozinha. Apenas eu e esse mistério.

Mudança. Outra vez uma voz desconhecida sussurra. E, desta vez, compreendo isso como uma resistência de meu cérebro à nova vida que enfrentarei a partir de agora, sem uma avó amorosa para me apoiar. Justo agora que Alan resolveu voar do ninho que, com tanto cuidado, eu construí para protegê-lo. Apenas vó Helena teria a sabedoria da qual precisava naquele momento delicado. Mas ela já não estava mais aqui. Só me resta enfrentar a mudança que assusta tanto meu subconsciente.

Entro no quarto, arrastando as caixas. Fecho a porta atrás de mim. Está tudo igual. Mas é tudo diferente. Vó Helena não está mais sentada à penteadeira colocando os brincos de pérola. Ou ajeitando os enfeites. Ou, na janela, com os olhos perdidos no movimento da rua. Recebe-me apenas a ausência de um calor humano que encontrei por toda minha vida ali. Sento na beira da cama. O perfume toca meu olfato. Delicado. Mas tão presente em minha memória. Incrível. Os lençóis ainda cheiram a rosas. Acaricio o espaço onde vó Helena deitava seu corpo, seu dia e seu único sonho: que todos amassem sem julgamentos. Sinto-me egoísta neste momento, pois meu único sonho é tê-la viva em meus braços.

Olho para a parede sobre a cama e vejo o retrato de casamento. Pela primeira vez, depois de tê-lo analisado vida afora, devaneando sobre a moça de olhos amendoados e longos cabelos lisos, que é segurada possessivamente por um homem de olhos de águia, noto um detalhe: vó Helena está infeliz na foto. Ela não casou por amor. Não consigo explicar por que cheguei àquela conclusão instantânea. Apenas sei. Mesmo tendo conhecimento de que muitas moças 50 anos atrás não casavam por esse motivo, fico espantada por ter essa revelação sobre minha avó. A pessoa mais capaz de amar que conheci não amou o marido. E tudo faz sentido. A escancarada falta de intimidade entre vô Getúlio e ela. As conversas polidas. A falta de romantismo.

Quero sentir alívio. Vó Helena era como eu. Uma mulher prática que via o tipo de sentimento arrebatador como um entrave para uma vida organizada. Mas só sinto tristeza. Uma profunda e inesperada tristeza. O mesmo sentimento presente nos olhos de minha avó no retrato. Ao contrário de mim, ela desejava esse sentimento. A entrega idílica que mostram os filmes e contam os livros. A falta de amor pelo marido foi um acidente inesperado em sua vida. Tenho mais uma revelação que não sei de onde saiu. Nunca conversamos sobre seu casamento. Era o único assunto que não me sentia à vontade em questionar. Agora sei. Foi proposital. Da parte dela. Vó Helena não queria tocar nele. Quem sabe fosse doloroso para ela falar sobre uma ferida muito grande. A incapacidade de vô Getúlio e ela se amarem.

Levanto da cama. Os pensamentos em rebuliço. A empatia por aquela descoberta revira meu interior do avesso. Não é apenas porque se trata da pessoa que tanto amei e ainda amo. Tem mais. Pensar em alguém que aprendeu a exterminar os desejos do coração e viver uma vida sem expectativas para si mesmo me remetia a uma história idêntica. A minha história. Vó Helena e eu tínhamos mais em comum do que imaginei. Éramos como almas irmãs. No trilho de vidas que não sonhamos. Mas que viveríamos da melhor maneira possível. Sem reclamar. Um dia após o outro.

Esfrego as mãos no rosto, para sacudir o sentimento de autocomiseração e piedade. Não é justo com minha avó. Estou me deixando levar pela imaginação. E meus problemas pessoais. Além disso, sinto-me abalada por estar neste quarto, revendo uma história da qual participei tão ativamente. Nunca houve brigas entre vô Getúlio e vó Helena. Eu, pelo menos, jamais presenciei uma. Criei a imagem de olhos tristes na minha cabeça. E meu subconsciente se encarregou de preencher o resto da história fantasiosa em tempo recorde. Eles podiam muito bem ter vivido idilicamente no começo do casamento. E, assim como em 99% dos casos, perderam a "magia" que os unia ao longo dos anos. Um desgaste natural. Eu deveria me focar na organização do lugar. Colocar tudo nas caixas e encarar de uma vez por todas que acabou. Eu tocaria meus dias sempre iguais. E as memórias felizes ao lado de minha avó aqueceriam os momentos de vazio e dúvidas.

Decidida, alcanço o primeiro bibelô da penteadeira. Meu casal de noivos. Ou melhor: o casal de noivos que vó Helena comprou logo após seu casamento. Está tão puído, o terno do noivo apresenta umas três cores diferentes, que não consigo evitar a pergunta: *Por que guardar uma tranqueira dessas? Se não tinha utilidade antes, imagine estragado assim!* E, eu, por que quero ficar com esses noivos mesmo? Porque minha avó tinha muito carinho por eles.

Mas não é só isso. Uma conversa entre mim e vó Helena invade meus pensamentos, me obrigando a visitá-la, em cada detalhe de que me lembro.

Fazia sete meses que eu estava saindo com João. E havia um mês, tínhamos ido de amigos a amantes. Preocupação e dúvidas eram meu nome e sobrenome quando, numa tarde após sair do trabalho, no dia em que não teria aula, pois era semana do "saco cheio" na faculdade, fui até a casa de vó Helena. Ela me daria bons conselhos. E sossegaria minhas aflições com seu jeito paciente e terno. Estava certa disso.

Eu tinha uma chave reserva da casa. Então, entrei sem achar necessário tocar a campainha. Naquela hora, vó Helena deveria estar ocupada tricotando ou fazendo janta. Deparei-me com a sala e a cozinha às escuras. Desanimei. Precisava tanto conversar! Onde minha avó estaria? Deveria ter ido visitar a ONG de animais que estava ajudando bastante nos últimos meses.

Algo chamou minha atenção, no instante que pensei em deixar um bilhete avisando da minha visita. Um barulho. Um lamento. Alguém estava chorando no fundo da casa. Larguei minha bolsa sobre o sofá e me dirigi ao corredor que levava aos quartos e ao banheiro. O choro vinha do último quarto. Fiquei assustada. Só podia ser minha avó. Entretanto, era a primeira vez que eu ouvia o som de tanto sofrimento saindo de vó Helena.

Parei em frente à porta do quarto. Bati e disse que era eu. Vó Helena autorizou minha entrada numa voz que se esforçava para sair clara. Entrei. Vi duas coisas ao mesmo tempo: minha avó limpando freneticamente as lágrimas com uma das mãos e com a outra prendendo o bibelô do casal de noivos contra o peito.

Imediatamente, ajoelhei-me. Ela estava sentada na cama. Abracei-a e senti minhas próprias lágrimas quererem aflorar. O sofrimento dela era tão palpável que entrou em mim, correu todas minhas veias e me comoveu por inteira. Eu precisava saber o que a emocionara de forma tão profunda. Separei-me dela.

— O que aconteceu, vó? — Olhei para o bibelô, preso ainda em sua mão. — É saudade do vô?

— São besteiras de velho. — Voltou a limpar as lágrimas.

— Não é besteira, não. Se fosse a senhora, não estaria chorando deste jeito. A senhora é durona.— Tentei descontraí-la.

Ela me respondeu com um sorriso triste.

— Eu estava acompanhada de minhas memórias. Algumas delas me trazem mais saudade do que deveriam.

— A senhora está se sentindo sozinha, é isso. Por que não aceita ir morar com a gente no apartamento? É muito teimosa — admoestei.

— Eu estou bem aqui. Não sinto solidão porque minha vida é agitada, você sabe. — Franziu as sobrancelhas. — Esse choro foi extraordinário. Estava limpando a penteadeira e quando percebi estava chorando. Coisas de velho mesmo, querida. Você ainda é muito jovem para as memórias se tornarem um fardo.

— Tem certeza de que é só isso, vó? — Não conseguia acreditar que tudo não passou de um rompante de idoso.

— É, sim. Mas e quanto a você, que surpresa boa é essa de vir me visitar numa segunda-feira? — Pegou minhas mãos. Eu me sentei ao seu lado. Não conseguia parar de reparar que ela não soltava o bibelô por nada.

— Esta semana não tem aula. Bom, mas preciso dizer que não estou fazendo uma simples visita. É uma visita-desabafo — confessei, culpada.

— Adoro também esses tipos de visitas, você sabe. — Fez um carinho em minhas mãos. — Vamos lá, me diga o que te aflige.

— A senhora tem certeza de que está bem?

— Estou ótima. Quero saber de você agora. — Seu semblante, que voltara ostentar serenidade, como sempre, me encorajou.

— Estou muito preocupada por causa do meu relacionamento com o João. Estou com medo de ele se apaixonar de verdade por mim, vó.

— Não entendi, filha. Isso não é o que todos desejam quando estão amando? Que seu sentimento seja retribuído? — Olhou-me com doçura.

— É esse exatamente o problema, vó. Eu nunca vou me apaixonar.

— São muito fortes as palavras que você diz, minha neta. Ninguém pode mandar no próprio coração — falava enquanto seus dedos corriam pelo bibelô. — Não tenho dúvida que algum dia você vai se apaixonar. Amará tanto um homem que perdê-lo será como passar a vida toda em busca da própria alma.

Fiquei surpresa com as palavras cheias de paixão. Ela deveria sentir muita saudade de vô Getúlio.

— O fato, vó, é que eu tenho medo de João colocar no nosso relacionamento expectativas às quais eu não vou atender. Não quero que ele se magoe. Com os outros namorados que tive foi diferente. Eu era adolescente. Eles também. O João é mais maduro. E nossa relação tem algo a mais. Nós transamos. — Meu rosto queimou de vergonha. Vó Helena nunca me julgou por ter perdido a virgindade aos 17 anos. Mesmo assim sentia como se falar de sexo com ela fosse errado. — Mas eu não sou o tipo de pessoa que fica cega de paixão. Eu não consigo nem me imaginar dizendo "Eu te amo". Para mim, o sentimento tem que ser bem medido. Não permito que ele interfira nos planos que traço para minha vida.

— Anabel, o amor não acontece aqui. — Tocou minha testa. — Ele acontece aqui. — Desceu a mão até colocá-la sobre meu coração. — Você não pode planejar como vai vivê-lo. Ninguém pode. Ele simplesmente entra na sua vida, trocando as coisas de lugar, dando a você novas direções e novos sonhos. O que pode acontecer é você viver um ou não. E, nesse momento, você não está vivendo um. Dê a chance ao seu coração de se apaixonar por seu namorado, filha. Pelo que você me diz, vocês dois estão muito íntimos. Então, envolva-se mais no relacionamento. Deixe o amor entrar em sua vida. — Levantou, caminhando até a penteadeira. Então, depositou o casal de noivos delicadamente sobre ela.

— Eu não sei, vó. Não sei se consigo ser assim — falei com franqueza.

— Bom, não sou eu que irei obrigá-la a nada, querida. — Beijou o alto de minha cabeça. — A vida acabará mostrando como você deve agir. E Deus a conduzirá para essas experiências. — Sorriu. — Enquanto esse dia não chega, eu posso te oferecer duas coisas.

— O quê?

— Te dar o conselho de você conversar honestamente com seu namorado sobre seus temores. E bolo de chocolate que fiz de tarde.

— Oba!

Saímos abraçadas do quarto. Lembro-me de que o bolo estava delicioso, como sempre era tudo que vó Helena preparava. Porém, a conversa com João eu nunca tive. Não precisei. Satisfeita, poucos dias depois, concluí que João pensava como eu. Não era adepto da filosofia: "perca a cabeça por amor". Em cinco anos, jamais ouvi a frase "Eu te amo". Eu, tampouco, a disse. E não fez falta para nenhum dos dois lados, posso afirmar.

Abro os olhos. Estou de volta ao quarto. Agora tenho plena consciência do motivo principal para ficar com o casal de noivos. Ele foi personagem importante na única vez que minha avó permitiu o vislumbre de seu lado frágil. Nunca antes ou depois a vi tão entregue à tristeza. Nem mesmo em seus últimos dias de vida. E a conversa toda sobre amor também foi inusitada. Vó Helena não costumava ser "açucarada", ainda que fosse amorosa. Sempre acreditei que puxei à sua personalidade. Claro, não com todo seu altruísmo. Quem me dera!

Pego minha bolsa jogada numa das caixas. Coloco o casal de noivos dentro e parto, definitivamente, para a arrumação. Antes que dona Haidê apareça na porta com um cassetete em uma das mãos e spray de pimenta na outra.

Capítulo 6

*U*fa! Consegui colocar a penteadeira na caixa ao lado de meus pés. Quero dizer, os enfeites, os perfumes e as bijuterias. Agora posso encarar o guarda-roupa. E seus inúmeros novelos de lã. Outra mania de vó Helena. Ela não se contentava em comprar suas lãs na medida em que um trabalho era encomendado ou que fazia algo para presentear. Comprava por comprar. Comprava apenas pelo prazer de tê-las por perto, senti-las, cheirá-las. Assim como os livros e eu. Talvez um pouco pior, pois não posso ter tantos livros quanto minha avó tem novelos de lã. Simplesmente não tenho onde enfiar. Não cabem em meu quarto 2x2m. Fui obrigada a mudar meu hábito de leitora compulsiva. De compradora de livros físicos a compradora de *e-books*. Devo isso à minha querida mãe que resolveu substituir a estante da sala por um painel *fashion* para colocar a maxi-ultra-TV de LCD.

Abro a primeira porta do guarda-roupa. O cheiro de naftalina me dá boas-vindas. Aquilo era totalmente minha avó. Sempre armada contra as traças. Mas bem que o "perfume" que isso solta poderia ser um pouco melhor. Este odor me remete à roupa velha numa casa abandonada. Nunca me acostumei a ele.

Escancaro a outra parte. Lá estão os bons e companheiros novelos de lã. São beges, pretos, lilases, azuis, brancos. E algumas outras cores que não sei identificar muito bem. Não que eu seja daltônica. É apenas porque meu guarda-roupa tem tão pouca variação de cores que acabo tendo dificuldade de lembrar o nome daquelas que nunca estiveram nele. Coloco a outra caixa ao meu lado e começo a arremessar os novelos dentro. Depois tia Amora pode separar os novelos que preferir para investir em sua profissão de "tricoteira". Não farei caso. Está aí algo para o que não tenho nem o mais remoto talento. Nem em vidas passadas, estou certa. O artesanato. Tentei algumas vezes. Na verdade, duas. Fui do ponto cruz a bonequinho de biscuit, fazendo trabalhos que só uma pessoa de muita boa vontade poderia compreender minha intenção inicial: bordar uma maçã e moldar um cachorrinho. Ninguém teve boa vontade suficiente. Incluindo minha avó. Conclusão: joguei a maçã com cara de pera e o cachorro com cara de boneco de neve no lixo. E nunca mais me meti a fazer o que não nasci para fazer. Simples assim.

Até que não eram tantos novelos. A prateleira já está vazia. Resta-me pegar as roupas das gavetas. Vó Helena não tinha muita roupa. Ela nunca ligou para moda. Outra razão para eu achar que puxei a ela. Eu tampouco me ligo em moda. Procuro, claro, me vestir de acordo com minhas funções na empresa. Tenho minhas saias, calças e vestidos sociais. E as blusas clássicas de botão. Quanto ao resto das roupas, sobram apenas as calças *leggings* (amo!), batas e a única calça jeans. Se não fosse porque ganhei de minha avó e, portanto, tenho um carinho tão especial, eu não estaria usando agora a blusa "nem sei como passou pela cabeça". Tenho consciência de que não tenho um corpo perfeito como de Júlia. Não sou nada alta. Ao contrário. Seria um sonho que viraria realidade ter passado de 1,60m. Tampouco tenho longas pernas (pobre das minhas! São curtas e gordinhas). E, muito menos, tenho o quadril e a cintura proporcionais. Na real, sinto como se eu tivesse a cintura da Barbie e o quadril da Mulher Melancia. Quem dera fosse o oposto.

Eu partiria para uma lipoescultura (como se eu tivesse coragem...). E tudo estaria resolvido.

A última peça acaba de entrar na caixa. Tudo super, mega dobrado porque essa sou eu. Minha maníaca-compulsão não me permite jogar roupas sem dobrar. Não importa onde.

Pulo a parte do guarda-roupa que foi de meu avô. Tudo foi esvaziado de lá faz muitos anos. Eu era adolescente quando ele morreu. De um infarto fulminante. E inesperado. Não tão inesperado assim, na verdade. Ele fumava como uma chaminé. Além de comer mais petiscos calóricos do que arroz e feijão. Eram vícios que ele preferiu levar para o caixão a abandonar. Vó Helena não se abalou muito. Para ser sincera, apesar de eu ter ainda 15 anos na época, eu acho que ela não se abalou nada. Nem chorou. Pelo menos, eu não presenciei. Ficou o tempo todo olhando o caixão serenamente. Quem mais sofreu foi meu tio Raul. Ele era muito apegado ao meu avô. E eu compreendia bem por quê. Tio Raul foi o companheiro de jogatinas de vô Getúlio. Sinto-me envergonhada de expor essa faceta da família. Mas é real. Meu avô dilapidou cada centavo da herança milionária, que recebeu após a morte do pai, nas mesas de jogos. E levou tio Raul com ele. Nunca entendi muito bem por que vó Helena não caiu fora ao perceber o vício do marido em jogos (vício deveria ter sido o nome do meio dele, aliás!). Ou poderia, pelo menos, ter peitado vô Getúlio. Antes que ele deixasse a mulher e os filhos quase na miséria. Em relação a esse assunto, achava minha avó muito passiva. Nunca reclamava. Nunca brigava. Aceitava tudo como uma mulher que devia obediência cega ao marido. Sem questionar. Exatamente assim.

Chego à parte final da arrumação. Ou esvaziamento. No lugar onde minha avó guardava as roupas de cama e banho. Como o guarda-roupa não possui maleiros, ela punha lençóis, toalhas e edredons na última parte, na prateleira sem divisões. Ajoelho-me em frente às roupas e começo a pegar, uma a uma. Não resisto. Abro cada uma delas e dobro novamente. O cheiro que soltam é também a mistura de roupa velha e casa abandonada. Tenho sorte de não ter alergias. Nenhum tipo. Pelo menos! O trabalho vai rápido, apesar de ser duplo. Em poucos minutos, vejo tudo, com uma sensação de dever cumprido, arrumado na caixa.

Quando estou começando a me levantar, algo grita por minha atenção. Meu coração dispara. E eu não sei por quê. É apenas uma tábua com um lado despregado no assoalho do guarda-roupa. Algo bem comum num móvel que tem duas vezes a minha idade. Estou certa disso. Porém, não consigo me levantar. Simplesmente minhas pernas não se mexem. Não obedecem ao comando de meu cérebro. E meus olhos não se despregam da tal tábua solta. De repente, como se a bizarrice das pernas desobedientes e do coração disparado não fossem suficientes, sou atacada por uma vontade desesperadora de arrancar a madeira do lugar. *Como assim?!* Eu deveria tentar pregar o outro lado para facilitar o trabalho de meus tios no momento de tirar o guarda-roupa do lugar. Não despregá-la totalmente! Não faz sentido, meu cérebro sabe disso. Eu sei disso. Mas o que me vejo fazendo é indo até a porta, passando a chave e voltando para a frente da tábua meio solta. Pior ainda. Eu estou lutando contra o lado preso que não quer se soltar. Quase ouço a voz de minha mãe atrás da porta a perguntar que confusão estou criando para atrapalhar sua vida. Porém, não consigo evitar. É mais forte do que meu raciocínio lógico. Estou numa espécie de transe. Um transe maluco e inexplicável. Eu tenho que arrancar a maldita tábua!

E arranco. Após vários minutos de tentativas, dedos machucados e xingamentos sussurrados, ela sai inteira em minhas mãos. *Pronto, Anabel, está feliz? Agora que destruiu o guarda-roupa, volte para seus afazeres!* — vejo-me falando para mim mesma. Porém, ainda não terminou. Sou tomada de um desejo insano de ver o que tem dentro do buraco que acabei de abrir entre o guarda-roupa e o chão. Abaixo-me, até quase deitar na prateleira do guarda-roupa, e investigo o espaço onde antes ficava a madeira.

É, então, que a coisa mais surreal de minha vida acontece: minha mão movimenta-se sem minha autorização, entra buraco adentro e sai de lá agarrando uma pequena caixa em cuja tampa eu leio "Para minha neta Anabel". Eu a jogo, imediatamente, como se ela estivesse pegando fogo. *Alguém está pregando uma peça em mim?*, o pensamento surge do meu susto. Aquele móvel está no mesmo lugar desde a primeira memória que eu tenho. E antes disso também estava lá. Vó Helena nunca teve outro guarda-roupa, ela me disse uma vez. Quem tinha feito isso? A primeira pessoa que vem à minha cabeça é minha mãe. Mas qual motivo ela teria para me pregar uma peça assustadora dessas? Ela é implicante, mandona, egoísta, manipuladora e uma longa lista que prefiro não enumerar para não parecer uma péssima filha. Mas não é dada às piadas mórbidas. Aliás, ela não é dada a tipo de piada alguma. Então, quem poderia ter colocado a caixa ali dirigida a mim?

Olho ao meu redor. Será que agora é o momento que começo a ver espíritos? Só de pensar quero sair gritando como uma criança medrosa. Respiro fundo para me acalmar. Preciso ser racional. Estou sozinha no quarto. Meus olhos veem apenas o guarda-roupa à minha frente, a penteadeira ao lado e a cama atrás. Nada de almas de outro mundo. Aquela caixa é perfeitamente real. E está destinada a MIM! Nada muito complicado. Apenas assustador! No entanto, preciso descobrir do que se trata. Fugir gritando não é uma solução. Eu me considero uma pessoa corajosa. Muito. Já dirigi até moto (do segundo namorado). E meu brinquedo preferido dos parques de diversão é a montanha-russa.

O problema é que esta caixa não é uma moto. Nem um brinquedo de parque. É um mistério. E lá vamos nós de novo ao meu problema de enfrentar o desconhecido. Lidar com o que não vivi, vi, revi ou planejei mil vezes em meu pensamento. Como na boa Lei de Murphy, cá estou eu lidando com outra novidade que me deixa insegura. Duas, no mesmo dia. Meu irmão e a caixa "Para minha neta Anabel". Minha vida não está fácil ultimamente. Alguma entidade, lá em cima, deve ter se entediado ao assistir à grande mesmice que eu vivo (e adoro!). Resolveu, então, encher meus dias da mais pura "diversão". O melhor seria dizer: resolveu se divertir às minhas custas.

Tomo coragem. Ficar tentando adivinhar quem ou o quê está fazendo piada comigo não é uma solução. E eu gosto de soluções. Estico a mão para dentro do guarda-roupa e pego a caixa novamente. Respiro. Mais uma. Pela última vez. Abro-a. Papéis. Dentro da pequena caixa, não maior do que uma caixa de sapatos de bebê, tem apenas papéis velhos. Era esse todo meu drama? Na verdade, apenas alguns deles são velhos. Muito, muito velhos mesmo. Estão tão amarelados que talvez se desfaçam se eu tocar. Então, resolvo pegar primeiro o papel que ainda está branco. Desdobro. Parece um bilhete. Dirigido a mim. Faz sentido já que a tampa sinalizava que o objeto era para mim. Só me resta ler. Com o coração aos saltos, fingindo que aquela voz estranha não está falando, novamente, dentro de minha cabeça: *Mudança. A hora chegou*, começo a ler o bilhete-carta.

Anabel, eu soube que você era uma menina especial no momento em que a coloquei nos meus braços e imensos olhos me encararam, atentos, demonstrando entender cada palavra que eu dizia. Amei você como uma mãe. Talvez mais do que sua própria mãe. Mas você sabe que nunca concordei com a culpa que jogou por cima de seus ombros. Deus quis que seu irmão nascesse assim. Ele tem uma missão para cada um de nós. Seu irmão nunca rejeitou a dele. Ao contrário, transforma a cada dia suas limitações em oportunidades de superação. E é isso que desejo para você, minha neta. Desejo que você supere suas próprias limitações e seja quem você nasceu para ser. Siga o caminho que faz pulsar seu coração.

Não quero que você seja fraca como eu fui. Quero que você corra atrás de seus sonhos, enlace-os e não os deixe mais escapar. Um dia, fui como você. Um dia abri mão de tudo por causa de uma pessoa. Minha mãe. Naquele momento, parecia a coisa certa a fazer. Não me arrependo dos filhos que tive, nem das pessoas maravilhosas que Deus colocou no meu caminho. Mas me arrependo profundamente por ter magoado o homem que me ensinou a amar. São mais de 50 anos que vivo para me arrepender. E amá-lo. E, neste momento em que tenho certeza ser meus últimos dias na Terra, o arrependimento e o amor ficaram maiores do que eu. Preciso reparar meu erro para poder descansar nos braços do Pai.

E é a você que incumbo essa missão. Confio em você, em sua inteligência, em sua força interior. Em seu poder de amar.

Por favor, faça a carta que está junto desta chegar ao seu destino. Se pudesse ter um último desejo antes de morrer, seria este: Que o único homem a quem amei pudesse saber que nunca foi enganado.

Muito obrigada, minha neta.

Com amor,
Vó Helena

Choque, lágrimas, saudade, assombro, perguntas. Tudo, ao mesmo tempo, se bate dentro de mim. O quarto gira. Seguro-me no chão para não cair. Ainda que esteja sentada. Meu raciocínio vem em ondas e vão embora com elas. A mulher que escrevera aquelas palavras era mesmo minha avó Helena? Existia a possibilidade de outra pessoa estar pregando uma peça em mim? Havia descartado minha mãe. Mas quem sabe não era ela, ressentida por eu ser tão apegada a minha avó. Balanço a cabeça. Eu estou muito confusa. Nada do que penso faz sentido. O único sentido em tudo isso é a letra de minha avó. Preciso ser coerente. Aquele bilhete foi, sim, escrito por vó Helena. Porém, deve ter sido escrito por uma segunda personalidade dela. Uma Helena que ela escondeu de mim. Como assim: "São mais de 50 anos que vivo para me arrepender. E amá-lo."? Amar quem?

De repente, imagino uma garrafa de vodka vindo ao meu encontro. Bebo apenas socialmente. Contudo, dava tudo para encher a cara agora. Se eu estivesse bêbada, talvez as coisas fizessem todo o sentido do mundo. Ou talvez eu não me importasse se não fizessem. Minha avó teve um amor secreto? Traiu meu avô? A mesma mulher que ia à igreja todos os domingos e ajudava cachorros e crianças? Amou outro homem por mais de 50 anos? Queria que eu entregasse uma carta para esse cara? Só descansaria em paz se eu fizesse isso?

Estou a ponto de enlouquecer em meio a dúvidas. Como poderia conhecer uma pessoa por 25 anos e ainda assim não a conhecer? É essa minha sensação neste momento. A mulher com quem convivi toda minha vida conseguiu esconder de mim seu maior segredo: um amor. Vó Helena, quem sempre acreditei ser prática, como eu. Depois dessa descoberta, me sinto tentada a acreditar em fadas, duendes, sereias e vampiros.

Resolvo reler o bilhete. Ou carta. Já não sei de mais nada. Na segunda leitura, a agitação interior diminui. Agora sou preenchida por uma profunda emoção. Consigo prestar melhor atenção às palavras que vó Helena dirigiu exclusivamente a mim. As lágrimas deslizam por meu rosto. Se antes eu tivesse qualquer dúvida sobre seu afeto, isso desapareceria em meio ao carinho que ela depositou em cada frase que me escreveu. No entanto, me incomoda bastante saber que minha avó acreditava que eu vivia em função de uma culpa jogada nas costas por causa da condição especial de Alan. Eu jamais reclamei com ela sobre as coisas das quais abri mão para dar uma vida melhor para meu irmão. Ou para protegê-lo. Essa foi uma decisão tomada conscientemente. Uma decisão necessária. Não movida por culpa. Apesar de passar anos sentindo falta do que não tive e dos planos que jamais faria iguais ao tempo da faculdade, eu me sentia feliz por realizar os sonhos de Alan. E vê-lo feliz. Isso nada tinha a ver com bancar a "boazinha". Nunca me preocupei em passar essa imagem. Mas me preocupo com que nenhum ato meu prejudique minha ambição em proporcionar uma vida plena a meu irmão.

Seco o choro. O mais importante de toda aquela mensagem era o fato de vó Helena confiar a mim uma missão. E essa missão era tão importante que ela, sempre tão serena e forte, só conseguiria descansar em paz se eu a cumprisse. Olho para os papéis amarelados, esquecidos dentro da caixa no chão. Um conflito de emoções surge. Quero lê-los desesperadamente. E quero fechar a caixa, fingir que não tem mais nada dentro e prosseguir com minha vida, como se eu tivesse sonhado até agora.

A curiosidade vence. E eu abro a carta, cuidadosamente, tomada por uma sensação deliciosa de alegria, como quando algo de muito bom está para acontecer. Com a loucura que invadiu meus pensamentos e minhas emoções, não questiono esse sentimento fora de hora. Apenas encaro os papéis à minha frente e me ponho a lê-los.

A Enrico Balistieri
São Paulo, 25 de setembro de 1961.

Meu amor, ontem eu fui ao mercado municipal. Tinha tanta esperança de encontrá-lo! Seu pai me falou que você está no Rio de Janeiro. Acabou de ingressar no curso de Direito. Você será um ótimo advogado, eu sei disso. Você se empenha em tudo que faz. Meu maior sonho era estar ao seu lado neste momento. Queria me jogar nos seus braços, que sempre me enlaçaram com tanto carinho, e me perder nas batidas de seu coração. Queria olhar no azul de seus olhos e dizer que meu amor por você aumentou desde nosso último encontro. Passo as noites em claro, perguntando a Deus, se você ainda me ama. Se ainda se lembra de meus beijos, do som da minha voz e das promessas que fizemos juntos. Porque eu, Enrico, eu me lembro de cada detalhe dos momentos em que passamos um nos braços do outro.

Eu entenderei se você não quiser mais ter notícias minhas. Meu coração baterá mais fraco, se isso for verdade. Mas não posso culpá-lo. Você me esperou na rodoviária por horas até desistir. Seu pai me disse. Queria voltar no tempo, queria ter feito diferente. A verdade, no entanto, é que mesmo se eu tivesse esse poder especial, não poderia ter feito diferente. Não tive escolha, Enrico. Minha mãe precisava de mim. Precisa de mim. Eu lhe contei uma vez que a saúde de minha mãe não é boa. Os médicos nunca conseguiram explicar para a família o que ela tem. Ela não pode ter emoções fortes, senão fica desequilibrada. Quebra tudo que encontra em sua frente. Maltrata-nos. E depois passa dias na cama, letárgica, à beira da morte. Há vários anos ela não tem nenhuma crise. Contudo, os médicos insistem que esse jejum pode acabar a qualquer momento. E que, em uma dessas crises, ela acabará morrendo.

Meu pai descobriu o bilhete que eu havia escrito no dia de nossa fuga. Era para ele ler apenas quando eu estivesse junto de você, no ônibus, a meio caminho do Rio de Janeiro. Infelizmente, meu irmão, Frederico, achou-o e, num ato de travessura, correu até a alfaiataria de meu pai e lhe entregou. Ele chegou em casa bufando, cobrando explicações. Eu estava com a mala quase toda arrumada. Mamãe também veio, junto com ele. Ela ficou agitada. Tememos pelo pior. Meu pai me disse que se eu partisse, seria uma assassina. A responsável pela morte de minha própria mãe, por causa de um capricho meu. Eu tentei argumentar. "Nunca amei ninguém como Enrico e jamais amarei!", gritei. Ele saiu batendo as portas, exigindo minha presença no quartinho que ele usa como escritório. Deixei minha mãe chorando, implorando que eu não fugisse de casa. Meu pai foi duro comigo. Mais duro do que antes. Disse que eu era uma prostituta, que envergonhava a família. Disse também que me criou para ser uma moça responsável, que faria um casamento bom, com um homem que ele aprovasse. Depois falou, novamente, sobre a saúde de minha mãe. Ele havia descoberto um sanatório com médicos que estudaram na Europa. Minha mãe teria a chance de passar por tratamentos revolucionários, que a curariam para sempre. Mas a cura dela estava, antes, em minhas mãos. Eu poderia curá-la. Ou matá-la. Se eu fugisse, seria a algoz de minha mãe. Se ficasse e me casasse com o filho de seu amigo rico, seria a salvadora.

Ah, Enrico, como eu poderia imaginar que tomaria uma decisão tão importante no dia em que pensei ser o mais feliz de minha vida! Se eu fosse ao encontro do homem que amo, mataria minha mãe. Se eu escolhesse o tratamento de minha mãe, mataria o maior sonho da minha vida: viver ao seu lado para sempre.

Fui fraca, meu amado, fui tão fraca. Fiquei sem argumentos diante de meu pai. Tudo aconteceu tão rápido. Eu me senti uma personagem de filme mudo. Meu pai abriu a porta. Anunciou à minha mãe que eu desistira da ideia da fuga. Minha mãe me abraçou. Alguém desfez minha mala. Colocou as roupas no lugar. Deram-me um chá para tomar. Deitei e mal tive forças para chorar. Só conseguia pensar que o havia abandonado na rodoviária, com malas, à espera de alguém que jamais apareceria. Naquele momento, pedi a Deus que o protegesse, que você me perdoasse algum dia.

Soube pela vizinha que você me procurou. Uma, duas, três vezes. Meu pai me colocou à disposição dele, no trabalho. Eu só vinha para casa, exausta, na hora de dormir. Por meses, não me deram a oportunidade de sair sozinha ou lhe enviar qualquer recado que fosse. Sentia dezenas de olhos grudados em mim. Vigiando-me, todo o tempo.

Quando achei que já havia passado pelos maiores sofrimentos, seu pai me disse que você soube por alguém que vou me casar no próximo mês. Sonhei por tantos dias que seria eu a lhe dar essa notícia. Eu quis explicar-lhe tudo. Não casarei por amor. Meu amor já não é mais meu. Ele lhe acompanhará onde você estiver. Este casamento não passa de uma transação de negócios. Darei meus dotes de esposa e receberei o financiamento para o tratamento dispendioso de minha mãe. Vou cumprir as funções sociais a que me cabem. Mas minha alma passará o resto dos dias e da eternidade buscando a sua. Jamais o esquecerei.

Não sei se algum dia você será capaz de me perdoar. Rogo que sim. Preciso disso para prosseguir com uma cruz mais leve. Saiba que o quero feliz. Quero que seu sorriso de rosto inteiro, o mesmo que faziam as borboletas revoarem dentro de meu estômago, nunca abandone você. Desejo que por onde você caminhar, em todas as pessoas que encontrar, veja felicidade, amor e esperança. E realize seus maiores sonhos.

Adeus, meu adorado. Até nosso próximo encontro. No dia em que nada poderá impedir nosso amor e o viveremos sob o olhar amoroso de Deus.

Sua bem amada.

Choro. Choro. Choro compulsivamente. Nunca escrevi uma carta de amor. As aulas de literatura que trataram das cartas trocadas entre Alfred Musset e George Sand, eu confesso, me entediaram. Mas esta carta dirigida a Enrico Balistieri tocou um pedaço desconhecido dentro de mim. Despertou uma emoção tão intensa que sinto como se fosse eu quem a redigiu. Eu, quem sofreu pela perda de um grande amor. Eu, a pessoa que escolheu conscientemente jamais viver um sentimento desse tipo.

Deito na cama, abraçada aos papéis que aprisionaram um pedaço da alma de quem os escreveu. Essa é minha sensação. Aquela não era uma simples carta de amor. Ou um pedido de perdão. Era um pedaço da alma de alguém. Da dona da carta. Minhas lágrimas voltam. Irracionalmente, desejo uma máquina do tempo, aqui, na minha frente, neste momento, para voltar ao passado, chegar no exato instante em que o pai dessa moça destruiu seus sonhos, separando-a do homem no qual ela depositou tantas expectativas. Eu daria um jeito. Arrumaria uma solução. Existe uma solução para tudo. Planos que podem ser traçados. Basta analisar, refletir e buscar uma saída. O que não podiam era ter separado duas pessoas que se amavam tanto.

Caio na real. O que estou pensando? É a vida de duas pessoas que passaram pela desilusão do fim de um relacionamento. Há 52 anos! Isso acontece o tempo todo. Talvez fosse mais sofrido antigamente, pois as mulheres costumavam colocar muitas expectativas no casamento.

Eram mais "dependentes" dos homens. Porém, aconteceu, acontece e acontecerá para milhares de pessoas. Nem se eu tivesse como interferir nessa história, eu teria direito. Cada um vive o destino que traçou para si. É nisso que acredito.

Mas não o meu coração. Ele quer sofrer com cada linha da carta. Quer se revoltar, mudar as coisas, voltar no tempo. E sentir coisas que me assustam. Como um súbito (e incômodo) desejo de saber como é viver um amor que tira dos eixos, inesquecível. Para sempre. Como foi o amor da mulher que assinou "Sua bem amada" por Enrico Balistieri.

Sacudo minha cabeça. Limpo as lágrimas que decidiram me desidratar. Quero pensar com clareza. Preciso pensar com clareza. O bilhete-carta deixado por minha avó me incumbia de fazer chegar às mãos de um homem uma carta. E a carta só podia ser estes papéis que seguro. Isso deveria significar apenas uma coisa. Não havia como negar. A carta datada de 52 anos atrás, a mesma carta que me mostrou uma Anabel desconhecida, foi escrita por uma vó Helena que nunca me foi apresentada. A mulher prática, que se doava para todo mundo, evitava falar de si mesma e de seus sentimentos, amou tanto um homem que jurou jamais esquecê-lo. E esse homem não foi meu avô Getúlio. Sim, vó Helena conseguiu me surpreender mais com duas cartas do que durante 25 anos de minha convivência com ela.

Agora estou eu, além de surpreendida pelas descobertas sobre vó Helena, sentindo as emoções jogarem com minha vida. Não sei o que fazer. Não sei no que acreditar. Pior ainda! Não consigo entender por que minha avó me deixou uma "missão-presente de grego". Por que ela confia em minha inteligência, força interior e poder de amar? Graças às suas fantasias sobre mim, virei a pessoa certa para procurar um homem que nem ela deve ter encontrado faz mais de 50 anos? Caso tivesse encontrado, eu não estaria a ponto de entrar em colapso agarrada à carta. Será que vó Helena, ao pensar em mim para tal missão, esqueceu-se de que eu tenho pavor de sair da minha rotina organizada? Daquilo que não é planejado meticulosamente por mim? Ou não se importou?

Minha cabeça está como a paçoca que amo comprar todos os dias após o almoço: triturada e misturada. A decisão mais fácil seria colocar tudo de volta na caixinha e sumir com ela. Ninguém saberia sobre meu achado. E nem saberiam que vó Helena não foi quem todos pensavam que ela foi. (Certo, estou dramatizando de novo. Ela foi a pessoa doce e generosa... com um amor secreto.) O problema é que não consigo fazer isso. De alguma forma, eu acabei me envolvendo mais do que deveria com aquelas cartas. Sem motivo. Depois que escreveu a carta sofrida para o tal Enrico, minha avó teve toda uma vida. Casou, teve filhos, netos, ONGs, orfanatos e seu tricô. Ela prosseguiu. Talvez só tenha se lembrado da tal carta quando veio o diagnóstico do câncer. E num acesso de arrependimento tardio, causado pela morte iminente, resolveu me incumbir da missão maluca. Em resumo: não devo me sentir culpada por desfazer das cartas.

Fiz a lista de todos os motivos para jogar as cartas no lixo. Entretanto, nesse momento, estou colocando-as na caixa para enfiar tudo dentro de minha bolsa, pensando como encontrar o tal Enrico. Devo ter enlouquecido. Não há outra explicação. Quem em sã consciência cogitaria a possibilidade de ir atrás de um homem que sumiu há 52 anos? Para entregar uma carta velha escrita por uma moça aos 19 anos que, depois disso, se casou e só foi separada do marido por causa da morte dele? Acho que apenas um personagem de filme meloso da Sessão da Tarde.

Fecho a bolsa. A verdade é que eu não sei se vou atrás de Enrico Balistieri. Mesmo que minha relação com vô Getúlio não tenha sido estreita, parece traição contra sua memória entregar uma carta de amor de vó Helena escrita para outro homem. Não sou moralista, mas tenho dificuldade de cruzar certos preceitos. Agora tenho certeza de que minha avó não o amou. Não imaginei os olhos tristes no retrato de casamento. Eles eram reais. Porém, vô Getúlio pode tê-la amado. Quem sabe não tenha sido a falta de amor por parte dela que o fez se afundar nos vícios? Além disso, mesmo se eu decidisse ir atrás desse homem, que espécie de maluca ele acreditaria que eu era: aparecer do nada com notícias sobre um relacionamento do qual ele nem deve mais se lembrar...

Tudo não passa de conjecturas. Por ora (por dias, se não for pedir muito), vou tentar não tomar nenhuma decisão. Deixarei o tempo se encarregar de acalmar minhas emoções em rebuliço e me fazer acostumar com a "nova" Helena. Uma saída para aquele impasse haveria de aparecer. Num momento ou no outro. Eu só precisava pensar com calma.

Capítulo 7

Duas semanas. 16 dias. Perdi o número de horas. Todo esse tempo e as folhas amareladas, juntamente com o bilhete-carta para mim, continuam dentro de minha bolsa. E eu continuo pensando, pensando, mas sem ter a mínima noção do que farei com elas. O maior impasse que já vivi. Graças à minha avó que dizia me amar como filha. Imagino qual seria a "herança" que receberia se ela me detestasse. Baratas, minha fobia. Provavelmente.

Não contei para ninguém sobre a caixa e seu conteúdo. Pensei umas trinta vezes se eu devia me abrir com minha mãe. Cheguei a começar a falar no assunto. Desisti definitivamente quando ela me interrompeu porque precisava ligar urgente para a amiga Carla. A urgência era contar que havia conseguido comprar seu primeiro *Christian Louboutin*. Um sapato de R$ 3 mil! Quase o salário que eu suava, literalmente, o mês todo para ganhar. Tive certeza de que dona Haidê não se comoveria com uma história de amor da qual não obteria nenhum lucro.

Agora estou sentada à mesa do restaurante onde costumo almoçar, lutando contra a vontade de ler a carta endereçada ao misterioso Enrico Balistieri pela milésima vez. Sem necessidade. Já a decorei. O que preciso é tomar qualquer decisão que seja. Para prosseguir com minha vida. Não posso passar outra noite em claro, trabalhar igual a um zumbi e, mais importante, levar pães de queijo gelados para seu Nilton porque me perdi pelas ruas em pensamento. Pelo bem de meu emprego.

Olho para meu celular sobre a mesa. A ideia passa como um relâmpago por minha cabeça. Vou ligar para a Júlia. Não conversamos desde a morte de vó Helena. Se eu não ligo, ela não liga. Depois reclama que sou "amiga desnaturada". Júlia é meio impulsiva, fala o que vem à cabeça, mas é, como ela mesma diz, "mega-ultrarromântica". Vai se deliciar com a história. Se existe uma pessoa que entende do tipo de amor que minha avó sentiu, essa pessoa é Júlia. Ela é apaixonadíssima por Caio, seu "namorado-editor-super-refinado". Parece que sou recalcada por falar assim. Mas não é isso. Esse apelido é uma brincadeira carinhosa que faço com minha amiga. Um dia depois de ter conhecido Caio, num coquetel, Júlia correu para minha casa, entusiasmadíssima, dizendo que havia se apaixonado à primeira vista por um editor de revista super-refinado. Os olhos dela brilhavam e ela não falava em outra coisa. Dizia que o editor, apesar de ter trocado poucas palavras e alguns beijos com ele, era sua alma gêmea. Então, criei o apelido. Passei um tempão esperando que ela me procurasse, chorando por ter sido abandonada pelo *tipão*. Não que eu não acreditasse no poder de Júlia em atrair homens bonitos. Afinal, ela é linda. Loira, alta, corpo perfeito. Inteligente e simpática. O problema é que eu não acredito nessa coisa de amor à primeira vista e, muito menos, almas gêmeas. No entanto, ela não me procurou. Em dois anos. Até agora. E, muito provavelmente, não me procurará por esse motivo. Eles pretendem se casar no ano que vem.

Digito o número do celular de Júlia. O telefone toca uma, duas, três. Quatro vezes. Suspiro. Cadê minha melhor amiga quando preciso tanto dela?

— Oi, Bel!

Ufa!

— Oi, amiga desnaturada! — Adoro encher o saco dela.

— Olha quem fala! Você desaparece do Facebook, e eu que sou desnaturada?

— Minha cabeça está uma loucura, Ju. — Suspiro. — O pobre do meu Facebook está até de lado.

— Puxa, amiga, mas você está um pouco mais conformada com a morte de vó Helena?

— Conformada eu já estava. Não podia ser egoísta e ficar revoltada por ela continuar viva, mas sofrendo, podia?

— Claro que não.

— Bom, era para eu estar triste. Mas, menina, nem te conto! Nem sei mais o que sentir. É tanta coisa ao mesmo tempo. Tudo começou...

— Ei, não arrasta isso! Têm roupas delicadíssimas dentro.

Com quem ela estava falando?

— Com quem você está falando?

— Ai, Anabel, desculpe! A Sabrina e eu estamos ficando loucas por causa da *Fashion Week* da próxima semana. Estamos atoladas de compromissos. Dar os ajustes finais nas roupas, prova com as modelos, algumas entrevistas agendadas e um contrato superlegal no Rio de Janeiro. Tanta coisa! Depois eu te conto com calma e... — Interrompe-se. — Cuidado, cara! Que parte de roupas delicadíssimas você não entendeu?

Eu estava mesmo sem sorte. De todos os momentos em que os problemas poderiam me escolher, escolheram justamente na época da *São Paulo Fashion Week*, ocasião em que Sabrina e Júlia trabalhavam como loucas, sem prestar atenção a mais nada. Este é o segundo ano que elas são convidadas para desfilar sua grife. Não tem jeito. Ou eu continuo a viver como um zumbi pelas próximas duas semanas, até Júlia se livrar de todos os compromissos envolvendo a *São Paulo Fashion Week*. Ou eu busco outra forma de resolver.

— Júlia, vá cuidar de seus compromissos. Quando terminar a *Fashion Week*, você me liga.

— Tem certeza, amiga? A gente pode tentar conversar pelo Facebook. Eu fico conectada o tempo todo pelo celular.

— Não esquenta. Não é nada urgente (imagine se fosse!). Depois conversamos.

— Está bem. Um beijo, então.

— Beijo.

Desligo o celular. Eu preciso encontrar alguém com quem conversar sobre as cartas. Tornou-se algo vital. Não consigo mais guardar esse segredo. Alguém precisa me ajudar a pensar em que fazer com esse amor fora de hora de minha avó. *Pensa, Anabel. Pensa.* Talvez eu pudesse me abrir com o João. Ele é meu namorado. Ou algo do gênero. É o que as namoradas fazem, não é? Conversar sobre suas novidades, suas aflições, seu dia... Não. Com João isso não funciona. Seria o mesmo que me abrir com minha mãe. Ele me cortaria na metade da frase e jogaria em meu colo seus assuntos. Tem que ser outra pessoa. Uma pessoa paciente, que me ouvisse do começo ao fim. Lúcida o suficiente para me dar um bom conselho. Mas, quem?

O laço que uniu minha mãe a mim foi diferente daquele que a uniu a meus irmãos. A lembrança surge ao mesmo tempo que o nome de meu salvador: tia Amora. Ela é atenciosa comigo. Tenho certeza de que me ouviria pacientemente. E me ajudaria. Sinto que sim. Temo apenas que ela fique abalada com o que descobrirá sobre a própria mãe. Mas se eu não mostrar a carta, acredito, não se sentirá mal com a história toda. Não tão mal. Decidido. Ligarei para ela. Tudo bem que a hora de meu almoço já terminou. Há 15 minutos! Eu dou um jeito depois. Seu Nilton só retorna de uma reunião depois das 14 horas.

Pego meu celular novamente. Procuro o telefone de tia Amora na agenda. Digito o comando de ligação. Na segunda chamada, ela atende.

— Alô.

— Oi, tia Amora é a Anabel de novo. Ando enchendo bastante a senhora ultimamente... desculpe.

— Oi, querida! Estou amando receber suas ligações. Antes ficávamos até um ano sem nos falar. Vou acabar me acostumando a falar com você frequentemente. Isso, sim.

— Você é um amor, tia. Obrigada. Eu estou precisando demais falar com a senhora. Um assunto muito complicado.

— O que foi, minha querida? Sua mãe está implicando ainda com a venda da casa. Pensei que ela tivesse aceitado a proposta do segundo corretor.

Pôr a casa à venda com o valor cinquenta mil reais mais alto do que ela imaginou... Como ela não aceitaria?

— Não é isso, não, tia. É sobre vó Helena. É um assunto delicado. Nem sei como começar. Foi uma coisa que eu achei. Uma coisa que ela me deixou. Uma missão que ela me incumbiu. Estava tudo no guarda-roupa naquele dia. Foi o maior susto da minha vida. E... — Suspiro — estou te deixando confusa, eu sei.

— Anabel, venha aqui sábado. Será que você pode? Imagino qual seja o assunto. Mas não é algo que dê para falar por telefone.

Como assim... ela sabe do que se trata? Que ótimo!... lá vou eu enfrentar mais cinco noites de insônia até sábado.

— Posso, sim, tia. Vou sair daqui cedinho. Devo chegar aí por volta das 11 da manhã.

— Vem com cuidado, querida. Conversamos melhor aqui em casa. Traga suas coisas para dormir. Não gosto de pensar em você dirigindo sozinha de noite.

— Tudo bem. Se não for incomodar.

— Será uma alegria te receber.

— Então, tá. Até sábado.

— Até sábado. Um beijo. E... Anabel — Sua voz parece ansiosa. —, não conta para ninguém o motivo de sua visita na minha casa. Por favor.

— Claro, tia.

Tia Amora desliga o telefone. E eu, em vez de sentir alívio por ter encontrado minha conselheira, me afundo na cadeira, após o peso das dúvidas ter ganhado mais uma tonelada.

***

Toda experiência mística pela qual passei na casa de vó Helena momentos antes de descobrir a caixa (e o segredo que faz com que eu sinta minha bolsa pesar tanto quanto minhas dúvidas) não teve nada de mística. Agora entendo: a voz sussurrando a palavra "mudança", em contextos criativos, era um aviso macabro. O aviso de que o ruim pode sempre mudar para pior. Confuso. De pernas para o ar. Pois é assim que está minha vida e meus pensamentos, enquanto sigo pela estrada em direção à casa de tia Amora. A morte de vó Helena foi apenas o vislumbre da ponta do imenso iceberg com o qual eu daria de cara poucos dias depois. Cheguei à conclusão de que alguém (ou "alguéns") estuda com afinco, do céu ou do inferno, um jeito de atormentar minha vida bem organizada. E, de tempos em tempos, me "presenteia" com um acontecimento que provoca a reação em cadeia até a desestruturação total do que construí com esforço. E sou obrigada a correr atrás de uma trabalhosa reconstrução. Sofrer isso por duas vezes não pode ser coincidência.

Primeiro, teve a morte de meu pai. Nunca fomos uma família perfeita (não que eu acredite na existência de alguma), mas cada um tinha sua função bem delimitada, cômoda. Minhas responsabilidades eram estudar, focar no meu objetivo profissional e ajudar meu pai a cuidar de Alan. Meu pai era o chefe da casa. Trazia nosso sustento, nosso alicerce, amor, paciência e dedicação. Alan era o caçula. Precisava de cuidado e atenção, que meu pai e eu nunca falhamos em dar. Minha mãe, bem, minha mãe sempre foi o que ainda é. Preocupada consigo mesma e distante para demonstração de afeto. No entanto, meu pai, Alan e eu não criávamos conflito por conta disso. Aceitávamos (mimávamos) a personalidade dela. Então, a vida que eu escolhi deu lugar à vida escolhida para mim. Perdi meu pai, herdei dívidas e um irmão com necessidades especiais. Fui obrigada a refazer planos em cima de novas escolhas. E refrear definitivamente meu lado impetuoso. Foi um processo demorado. Contudo, saí vencedora. Cada fruto colhido nos últimos cinco anos foi resultado direto do que plantei.

Agora tem a morte de vó Helena. E uma nova avalanche se sucedeu. A teimosia de Alan em arrumar um emprego (pois é, ele tentou tocar de novo no assunto. Mais duas vezes, na verdade. Aleguei uma mega dor de cabeça. Por ora, ele desistiu de me abordar sobre isso). A "missão-presente-de-grego" a qual minha avó me incumbiu. O mistério de tia Amora. Uma mãe histérica porque eu não pude explicar satisfatoriamente o que faria na casa de sua irmã por dois dias. E, por fim, depois de cinco anos de um relacionamento entediantemente harmônico, parece que estou encrencada com João. Ele não entende por que tivemos que desmarcar um compromisso pela terceira semana consecutiva. É ou não é para eu acreditar que é perseguição?

E tem mais. O tal bilhete-carta que minha avó dirigiu a mim. Deveria ser óbvio eu encarar seu conteúdo como reflexo da personalidade de minha avó e dos fatos que ela viveu. Ela era uma pessoa doce, me amava como filha. E amou um homem desaparecido por mais de 50 anos. Não era absurdo que escrevesse palavras carregadas de emoção e tentasse "puxar meu saco" para eu não recusar a tal missão. Fácil de compreender. Não havia motivo para encanar com ele. Mas estou encanada. Demais. Algo que começou rastejando, sorrateiro, pelos meus pensamentos agora os domina, escraviza. E me faz questionar o que era tão certo até três semanas atrás. A pergunta que não me abandona, no meio da noite se faz companheira de minha insônia, é: eu poderia ter feito diferente? Será que agi errado ao abrir mão de meus planos profissionais em prol de Alan e das dívidas deixadas por meu pai? Era isso mesmo que minha avó quis dizer? Eu deveria ter perseguido o sonho de ser editora de livros? E se eu fincasse o pé e continuasse no trilho que me levaria à realização desse sonho, como estaria Alan neste momento, sem seus cursos no conservatório, sem poder comprar os remédios apropriados? E quanto às dívidas, o apartamento onde moro com minha família teria ido a leilão para as dívidas serem quitadas? Ou teríamos dado outro jeito?

Certo, não é uma pergunta que assombra meus últimos dias. São várias. Pareço até um filósofo em meio a questionamentos que não terão respostas. Nunca. Mas que continua a perguntar da mesma forma. Como um DVD riscado. Congelado na mesma cena. Sinto-me assim. Presa. Pior! Sinto-me descontente. De repente, a vida que assumi após a morte de meu pai, os projetos reconstruídos, o novo cotidiano que abracei sem reclamar, e as novas responsabilidades que me fizeram uma pessoa toda pés fixos no chão, angustiam-me. E eu me vejo louca para saber o que significa "siga o caminho que faz pulsar seu coração". Porque o meu, bem, o meu bate no ritmo eficiente para que eu acorde todos os dias e encare uma rotina robótica. Nem mais, nem menos.

Pisco os olhos. Estou de volta à estrada, a poucos quilômetros da cidade onde mora minha tia. Preciso arrumar um jeito de sufocar meus pensamentos errantes. Tomar posse de quem eu sou. A mulher que aprendeu a agarrar o próprio destino pelo cabresto e direcioná-lo para aonde deseja. A bagunça pode ser grande agora, mas tudo voltará a seus lugares certos. Terei uma conversa tranquila com tia Amora, na qual contarei tudo (sem mostrar a carta de amor/perdão, claro). Ela me dará ótimos conselhos (tenho esperança de que vai me convencer a jogar a carta fora e esquecer tudo). Retornarei para minha rotina de sempre. E, mais importante, essa sensação de vazio horrorosa que sinto ao pensar sobre todo esse desfecho será preenchida por muito trabalho, doces e um namorado egoísta.

Aumento o som do MP3. Nada como cantar para os males espantar. Meu lema desde muito pequena. Uma vez coloquei a música tão alta no aparelho que tínhamos na sala (e abafei a voz de Shakira com a minha), que o zelador quase derrubou a porta do meu apartamento no murro. No final, minha mãe me passou uma semana de castigo, sem música alguma, as vizinhas me olharam torto por alguns meses (e o zelador por anos), e o aparelho foi vendido. Só voltei a cantar (gritar) de novo quando comprei meu próprio carro, aos 21 anos.

Outra particularidade sobre mim. Após os livros, meu grande amor é a música. E cantar. E, às vezes, dançar. Não me imagino dirigindo até a esquina com o MP3 do carro desligado. E quase sempre estou cantando (me esgoelando) com a canção. Isso já me rendeu alguns micos. Do tipo, motoristas rindo de mim, me aplaudindo ou me olhando assustados. Teve até uma vez um incidente com um policial. O carro estava parado esperando o semáforo abrir. Eu cantava *La Tortura* (só Shakira para me colocar em enrascadas. Minha cantora favorita!), fingindo que o controle do aparelho de som era o microfone (geralmente não vou tão longe. Mas eu estava feliz naquele dia porque havia acabado de arrumar o emprego que salvaria a família da falência), e fazendo até uma dancinha tosca (porque o cinto me impedia de requebrar o quadril, confesso). Então, parou uma moto ao meu lado. Pelo canto dos olhos, percebi alguém gesticulando. Eu estava tão entretida na apresentação (mico) musical que nem parei para pensar se falavam comigo. Até baterem em meu vidro. Fui obrigada a olhar. Era um policial. E ele parecia nervoso. Meu primeiro pensamento, não me esqueço, foi: "Vou ter minha primeira passagem pela polícia. E vou perder o emprego no qual só começo na segunda-feira". Na minha cabeça, eu seria presa. Sem dó, nem piedade. Entendo apenas o básico de leis. Coisas como homicídio doloso, homicídio culposo (antes de passar anos trocando um pelo outro), estelionato e atentado ao patrimônio público. Não podia saber se colocar a música no último volume, dentro de um carro, no meio do trânsito, cantando mais alto do que o próprio cantor e, além disso, dançando com um microfone de controle remoto, eram crimes. Talvez fosse algo como "homicídio do ouvido alheio" ou "atentado aos olhos alheios" ou "prejuízo da atenção alheia". Enfim, fiquei com bastante medo. Abaixei o vidro, rezando. Mas o policial foi camarada. Só avisou que eu podia causar algum acidente se não mantivesse minha atenção no trânsito. E que ali não era o lugar certo para mostrar meus dotes artísticos. Quando o semáforo abriu, antes de arrancar com a moto, ele falou que eu tinha talento e desejou boa sorte para minha carreira. Mico mor. Agora me obrigo a não endoidar com meus "dotes artísticos" no meio do trânsito.

Quando penso nessas coisas meio malucas que faço, tenho medo de ter dupla personalidade. Em alguns momentos, consigo ser a mulher mais centrada e organizada do planeta. Sou a secretária-babá eficiente (modéstia à parte), a irmã dedicada, a namorada altruísta e a boa (manipulável) filha. Em outros, sou a doida que coloca a música no último volume, canta, dança, come doces desenfreadamente, fala demais e joga a prudência para o alto. É impossível ter apenas personalidade de uma única face, eu sei, mas, às vezes, temo que as faces mais selvagens de quem eu sou atrapalhe o que escolhi para ser. Parece confuso. Certo. Porém, para mim é claro. Quero ser uma pessoa estável, com emprego estável, um irmão estável, um namoro estável e um futuro perfeitamente estável. Nada muito complicado. Mais um motivo para lutar contra os sentimentos e questionamentos que o segredo de vó Helena despertou em minha vida.

E aqui vou eu novamente divagar sobre meus problemas pós-morte de vó Helena. Agora que falta tão pouco para eu achar uma solução juntamente com tia Amora. De acordo com o GPS do celular, só faltam três quilômetros. Se não fosse por essa abençoada invenção, teria de fazer uma quarta ligação para minha tia, perguntando como exatamente chegava à Rua das Flores, 132. Ou imprimir um mega mapa do Google Mapas. Não quis perguntar para minha mãe. Já bastou seu discurso inflamado quando eu respondi que passaria dois dias na casa da tia, que nunca me preocupei em visitar desde os nove anos de idade, apenas porque resolvi fazer uma visita social. Dona Haidê não conseguiu engolir minha justificativa. Muito provavelmente esteja pensando que minha tia e eu estamos mancomunadas no intuito de roubar a preciosa herança que a levará ao *tour* dos sonhos pela Europa.

Entro na cidade para qual tia Amora se mudou com o marido e a filha recém-nascida há 20 anos. Não me lembrava de que ela era tão simpática e acolhedora. Da entrada, sai uma larga avenida, ladeada por árvores. Poucos carros circulam em pleno sábado onze da manhã. Parece o lugar dos sonhos se for comparado à caótica São Paulo. Mas o jeito bucólico não foi o principal motivo por que meus tios a elegeram como lar. Na verdade, o motivo real foi a transferência da empresa onde tio Dalton trabalhava para cá.

Chego à rotatória no centro da avenida e obedeço à voz entediada saindo do GPS. Viro à esquerda. Pego uma alameda que me conduz através de casas idênticas, grudadas, uma nas outras, e uma pequena capela. E não posso evitar as reflexões. Por mais tranquilo que seja, e por causa disso mesmo, eu não consigo me imaginar morando num lugar como este. É o paradoxo do que eu sou. Luto pelo equilíbrio interior e exterior. Entretanto, preciso da vida agitada que me proporciona a cidade. Preciso saber que tenho umas 25 mil opções de entretenimento. Apesar de sempre escolher os mesmos cinemas ou parques. Preciso do trânsito efervescente das marginais, os motoristas impacientes, buzinando, abrindo caminho na marra. Ainda que eu me estresse com o caos todas as manhãs quando piso para fora do apartamento. E jure curtir minha aposentadoria à beira de uma praia paradisíaca no Nordeste. Está certo. Isso até tem chance de rolar. Esqueci o terceiro amor de minha vida, que vem logo após livros e música: praia. Da mesma forma que gosto da agitação das grandes cidades, eu amo a liberdade proporcionada pelo mar. Meu problema é o campo. Não encontramos afinidades em nenhum aspecto.

Empolgada, ouço o GPS informando que em duzentos metros estarei na Rua das Flores. Algumas crianças passam por mim, braços dados, todas falando ao mesmo tempo. Lembro-me de minha prima Mariana. É uma pena que ela não estará em casa. Sou cinco anos mais velha do que a Mari, mas essa diferença sempre desaparecia quando nos encontrávamos na casa de vó Helena durante a infância. Tio Raul nos chamava de "As

Terríveis". O apelido era perfeito para duas garotas que aprontavam todas e algumas coisas extras juntas. A maior travessura que fizemos ainda está marcada na testa do primo Ricardo. Eu tinha 11 anos (idade suficiente para já ter abandonado as traquinagens, também acho) e liderava Mariana (que me obedecia cegamente, deliciada com minhas ideias malucas). Combinei o seguinte: eu gritaria Ricardo, que estava vidrado em um de seus jogos do *videogame*, dizendo que o garoto da frente o estava chamando no portão, ficaria de um lado da porta e minha prima do outro, esperando Ricardo. Quando ele passasse pela porta da sala, nós duas pularíamos em sua frente, devidamente munidas com spray de espuma do carnaval, e lançaríamos um belo jato em seus olhos. Posso dizer que meu plano deu certo até a parte na qual a espuma atingiria os olhos de Ricardo. Depois disso, as coisas fugiram de meu controle. Eu não previ que ele saísse correndo, apavorado com os olhos ardendo. Tampouco que tropeçasse e caísse. Menos ainda que uma pedra amortecesse sua testa. Conclusão: Ricardo levou três pontos na cabeça, Mariana foi afastada de mim durante o resto do feriado de Carnaval. E eu, bem, eu fui obrigada a pegar as pedras, uma por vez, jogadas ao longo da lateral da casa de meus avós (sim, fui eu quem as havia posto por lá em outra de minhas traquinagens), e recolocar no canteiro destinado aos materiais para construção da edícula nos fundos da casa. Além disso, ainda, amarguei o castigo de um mês longe da tevê.

Puxo o freio de mão, em frente à casa de meus tios, com os olhos úmidos. Não costumo rememorar minhas traquinagens da infância. Elas me dão uma sensação que nada têm a ver com o divertimento ligado a memórias doces da meninice. Sinto-me nostálgica. Como se eu houvesse perdido algo precioso na idade adulta. O passado é obrigatório. Relembrá-lo é opcional. Portanto, sempre que posso, escolho esquecer. Desço do carro e decido que já tenho problemas suficientes para duas vidas e não vou arrumar mais um, apenas porque quero chorar quando deveria rir.

Capítulo 8

A casa de meus tios é uma fofura. É a melhor definição que posso dar da construção à minha frente. Tem flores para todos os lados. A maioria, rosas. Rosas cor-de-rosa. Elas formam uma alameda que começa no portão e morre nas imensas janelas da sala. Acho que se eu fosse uma poetisa, teria minha criatividade aflorada em meio ao aroma adocicado que paira no ar. É uma pena não ter o dom da escrita. Bom, eu até tentei rascunhar alguns poemas no trimestre em que estudamos Manuel Bandeira na faculdade. Mas resolvi jogar tudo fora antes que terminasse por perturbar o descanso eterno do senhor Bandeira. Meus escritos eram dignos de fazer qualquer poeta revirar no túmulo, na verdade.

Levo minha mão à campainha, mas não preciso tocar. Uma tia sorridente e coberta de farinha abre a porta e vem ao meu encontro.

— Ah, minha querida, que felicidade receber você em minha casa! — Abre o portão e me recebe com um abraço cheirando a rosas, ternura e baunilha.

— Também estou muito feliz por estar aqui, tia. Que casa mais linda vocês têm! A lembrança que tenho daqui não faz jus à realidade.

— Eu acho que a realidade é que mudou muito, querida. Quando você veio aqui com seus pais, estávamos terminando o acabamento por fora. Nem o jardim havia sido feito. — Seguimos abraçadas até chegarmos à sala. Então, tia Amora me pede licença, apressada, dizendo ter esquecido o fogo ligado com a panela vazia.

Fico ali, sozinha, mochila e bolsa nas mãos, com uma sensação muito agradável, observando cada detalhe acolhedor da sala. Dois sofás creme, imensos, cheios de almofadas coloridas esparramadas, dobram meus joelhos e, mal percebendo, sento-me em um deles admirando a alta estante, provavelmente de carvalho, à minha frente. Ela não contém tantos enfeites quanto vó Helena gostaria. Porém, tia Amora soube ocupar direitinho cada espaço do móvel. Não consigo contar tão rápido (e será uma falta de educação se eu fizer, eu sei). No entanto, deve haver mais de dez bonecas engraçadinhas, se somar todas as prateleiras. Tem, além disso, taças de cristais (suponho que sejam de cristais) e um quadro no local onde deveria ficar um aparelho de tevê. Meus tios parecem ser um dos últimos seres viventes que não têm televisão na sala. Olho para o teto e me deparo com longas vigas de madeira decorando-o. Que fofo! Parece casa de fazenda. Não que eu conheça uma casa de fazenda, mas imagino que seja assim. Estilo mais rústico.

No momento em que eu iria começar as conjecturas sobre as cortinas brancas das janelas, tia Amora decide voltar, toda constrangida.

— Mil desculpas, Anabel! Que tipo de anfitriã eu sou?! Mal te pus para dentro da casa e já saí correndo te deixando sozinha. É culpa dessa minha mania de fazer mil coisas ao mesmo tempo. Estou terminando a comida e inventei de fazer cookie de baunilha com confeitos de morango para o lanche da tarde. — Estende o braço. — Dê-me cá a sua mochila e sua bolsa que colocarei no quarto da Mariana.

— Imagina, tia. Eu sou da família. Não precisa se preocupar comigo. — Dou um sorriso sincero. — Eu estava aqui admirando sua sala. Estou mesmo encantada com sua casa. É tudo muito fofo e bem decorado. — Entrego a mochila e a bolsa nas mãos dela.

— Muito obrigada, querida. Levamos anos para arrumar do jeito que sonhávamos. Sou muito grata a Deus por tudo que ele proporcionou para nossa família. Seu tio trabalhou tanto, fez tantas horas extras na empresa, mas tudo foi recompensado — fala enquanto nos dirigimos para o quarto de minha prima. — Nos dá um sentimento de gratidão muito grande não apenas por causa da casa, por causa da Mariana também. Porque pudemos pagar o estudo para ela. E agora ela está fazendo a faculdade que sempre sonhou em Minas.

— E como ela está? Muita saudade da Mari!

— Ela está ótima. Faz 15 dias que nos vimos. Seu tio e eu fomos até lá visitá-la porque a pobrezinha não está podendo sair do *campus*. É muito estudo para se tornar uma boa médica. Como temos orgulho de nossa Mari! Ela será uma pediatra maravilhosa. E eu já falei para ela, quando terminar o curso, a quero aqui porque a cidade precisa muito de bons médicos. Mas não sei como vai ser porque dona Mariana foi me arrumar namorado lá na cidade, acredita? Está toda apaixonada.

— Ah, tia, é assim mesmo. Esses namoros de faculdade fazem parte do pacote de formação. — Rio. — Daqui alguns anos ela termina a faculdade, depois parte para a residência e esse rapaz fica para trás (diferente do meu que ainda não me decidi se caso com ele, desapego dele ou viro sua terapeuta oficial).

— Talvez, querida. Só não quero ser uma mãe egoísta, sabe. Preciso pensar que o mais importante é a felicidade da minha filha. — Deposita minhas coisas sobre a cama com uma colcha rosa de babados, e eu penso que se a Cinderela existisse teria uma cama igual a esta. — Seu tio e eu conhecemos o moço dessa última vez que fomos lá. É um moço educado, simpático. Está no último ano de Medicina. Mas não sei se vai estudar para ser pediatra, como a Mariana. Fiquei com medo de constranger fazendo muitas perguntas. Minha filha está mesmo toda empolgada com o romance. Seu tio ficou com ciúmes no começo e eu tentei contornar a situação. O que tiver que ser, será. Eu rezo apenas para Deus colocar sempre bênçãos muito boas no caminho da Mariana. Não é porque ela é minha filha, mas é uma menina de ouro.

— É, sim. Sinto saudade de nossos papos quando nos encontrávamos na casa da vó Helena. Eu a adicionei no Facebook. E deixei também uma mensagem, mas ela não me respondeu ainda. — Sento na cama macia.

— Acho que ela não tem entrado por lá, querida. É como eu falei, né? O estudo toma todo o tempo dela. E o que sobra é para o Marcelo, o namorado. Mas por que você não liga para ela? Ela tem telefone agora. — Senta ao meu lado.

— Depois a senhora me passa o número, então. Vou tentar ligar qualquer dia desses de noite porque sai mais barato. — A conversa morre e, inesperadamente, uma pontada de ansiedade acerta meu estômago. Sinto se aproximar o momento pelo qual dirigi por três horas e meia.

— O almoço está pronto. Você deve estar morrendo de fome depois de dirigir tanto, não? Eu fiz arroz de forno com filé de frango. E uma salada de alface e cenoura. Espero que você goste.

— Pelo cheiro que senti quando entrei, deve estar uma delícia. — Agora que percebo a imensa fome que estou. Tomei um café da manhã voando por causa da encheção de saco da minha mãe para saber em que plano mirabolante tia Amora e eu estávamos metidas.

— Então, vamos? Seu tio Dalton pediu desculpas por não almoçar com a gente. Ele está ajudando um amigo que está mudando. Parece que seu tio só se mete com mudanças nos últimos tempos. — Sorri. — Mas de noite ele está de volta.

Não acredito que não perguntei por tio Dalton. Que vergonha!

— Minha cabeça está fora do lugar ultimamente. Nem perguntei sobre o tio. Desculpe! Agora fiquei péssima.

— Não fique mal por isso, querida. Eu sei que você está passando por muita coisa. E não apenas por causa da morte de mamãe. — Olha-me como se pudesse ler o segredo de vó Helena dentro de meu cérebro. Meu instinto quase me faz recuar. No entanto, finjo serenidade. — Mas vamos comer primeiro e conversaremos sobre tudo que te aflige depois que estivermos com a barriga cheia. Saco vazio não para em pé.

— Tá bem, tia. Eu só preciso usar o banheiro e já vou para a cozinha.

— Claro, querida. Pode usar o banheiro do quarto da Mariana. Está limpinho.

— Obrigada.

Dirijo-me ao banheiro. Minha tia sai do quarto, seguindo pelo corredor à esquerda que conduz à cozinha. O nervosismo resolve fazer moradia no interior de meu estômago, enxotando a fome. Das cem maneiras que pensei para abordar o "segredo de vó Helena" com tia Amora nenhuma me parece boa neste instante. Ainda que tia Amora tenha dado indícios de que sabe de alguma coisa sobre essa história toda entre o tal Enrico Balistieri e minha avó, eu não consigo acreditar que ela sabe do que eu sei. Não é possível. Tia Amora é tão religiosa. Frequenta assiduamente uma congregação neopentecostal. Se ela houvesse descoberto essa história, teria dado um jeito de fazer vó Helena jogar a carta no lixo. E eu, neste momento, não estaria louca para ter uma amnésia e esquecer até meu nome.

Lavo as mãos. Encaro o espelho. Ele me devolve um rosto abatido, com olheiras roxas maiores do que meus olhos (se é que é possível alguma coisa em meu rosto ser maior do que esses olhos de lêmure). Seja lá como abordarei o assunto, o farei o mais rápido que puder para o bem das minhas noites tranquilas. Um de meus maiores orgulhos era ser boa de cama: deitava, segundos depois, apagava num sono profundo. Agora não estou dormindo nem o suficiente para sonhar. Ou quando tenho um mísero sonho, antes da insônia me domar novamente, o sonho tem a ver com uma avó má que bagunça a vida da neta por causa de uma carta. Tenho que resolver esse dilema e partir para outra.

Minha tia está, de costas para a porta, pondo a mesa quando entro na cozinha, tão espaçosa quanto a sala e três vezes maior do que a do apartamento onde moro. Se minha mãe vir os armários embutidos, braquinhos, que cobrem as paredes de fora a fora, além da maravilhosa pia de mármore, não tenho dúvida: vai perturbar até eu me enfiar em outra dívida para fazer a mesma decoração em casa.

— Sente-se, querida. — Tia Amora me vê parada à porta e puxa uma cadeira para eu sentar.

— Vamos fazer uma pequena oração em agradecimento à comida.

Abaixo minha cabeça em respeito às palavras de minha tia. Ela agradece, em poucos segundos, a refeição e volta a se dirigir a mim.

— Pode se servir. Espero que esteja do seu gosto.

— Obrigada, tia. O cheiro aqui de pertinho está mil vezes melhor do que lá da sala. — O cheiro está realmente bom. Vou tentar relaxar e saborear o almoço que minha tia cozinhou com tanto carinho para mim. Tia Amora é famosa em nossa família pelo talento de fazer comidas de dar água na boca. Não vou permitir que a carta de amor/perdão, ou sejam lá os nomes que eu dê para esse rolo todo, tire o prazer de me deliciar com os pratos preparados por ela.

Mergulho a escumadeira no arroz de forno. Pego uma boa porção. Penso tarde demais que posso ter exagerado. Seria uma baita falta de educação devolver metade à travessa. Coloco tudo em meu prato. Ainda acrescento um filé de frango caprichado e bastante salada. São nestes momentos que animo um pouco. Minha vida pode estar de ponta cabeça. Eu posso acreditar que meu estômago ficará dias rejeitando comida. Mas eis que ele me surpreende ao ficar diante dela. O apetite retorna no nível total. Pois é, doces podem ser meu *guilty pleasure* número um, mas almoço e janta vêm em seguida. Não é frescura quando recuso a substituição do almoço por um lanche, no trabalho. É porque realmente sou amante de arroz e feijão. Ou arroz de forno. Ou feijoada. Ou comida chinesa. Não importa.

Basta ser uma refeição com "sustança", como diria minha falecida avó Maria de Fátima.

Devoro o arroz de forno (não posso me esquecer de pedir a receita para tia Amora. Muito bom!), o frango e a salada, em poucos minutos. Fazemos a refeição silenciosamente. Como se houvéssemos feito um acordo mudo de poupar energia para a conversa reveladora que teríamos mais tarde. Tia Amora oferece mais arroz. Recuso porque se eu comer mais uma colher, será de pura ansiedade. Meu estômago está além de satisfeito. Mas, claro, eu não recuso a sobremesa. Na verdade, estou bem curiosa para saber qual é. Os pratos doces de minha tia são tão famosos quanto os salgados.

— Pavê de frutas vermelhas. Aqui está, querida. Fiz ontem à noite.

Um pirex quadrado, transbordando tanto chantilly quanto minha boca saliva, é colocado em cima da mesa. Seguro-me para não bancar a criança em frente a seu doce preferido e, portanto, não enfiar a colher, que está ao lado da sobremesa, no pavê antes de tia Amora me servir.

— Coloquei morango, amora e framboesa. Ia colocar cereja para decorar, mas você acredita que só agora me lembrei? Ai, ai, essa minha cabeça — tia Amora debocha. E nada de pôr o doce em minha taça...

— Quem precisa de cereja, quando tem chantilly? Amo chantilly! Outro dia comi em cima da bolacha maisena. Do pacote todo, sendo sincera.

E me custou metade do sábado no banheiro. Isso é apenas uma das coisas malucas que ando fazendo desde que minha querida avó virou minha vida de ponta cabeça.

— Coisas que os jovens podem fazer. Ah, quem me dera! — Minha tia suspira, entregando-me (finalmente) a taça cheia. — E se meu colesterol permitisse. Meu médico anda pegando tanto no meu pé que só fiz o pavê hoje por causa de sua visita.

— Puxa, tia... Desculpe por fazê-la sair da dieta. — Tento meter uma expressão de constrangimento em meu rosto, mas por dentro estou exultando por tia Amora não ter pensando em cortar frutinhas *lights* como sobremesa, em substituição a esse maravilhoso pavê calórico. Nada contra frutas. Eu até gosto de uma maçã aqui, morangos e laranjas ali. Mas, sinto-me na obrigação de confessar que faço apenas porque não posso me dar ao luxo de ficar doente e faltar no trabalho. E frutas têm vitaminas importantes.

— Que é isso, querida. Eu já me acostumei a restringir a alimentação. E, depois, eu não ligo para doces. Não como você, não é? — enfatiza as últimas palavras. Meu rosto esquenta. Mesmo uma tia que encontro uma vez por ano sabe de meu vício em doces. Acho que este é o momento para pensar numa reabilitação. Ou talvez depois de esvaziar a taça que minha tia está enchendo de novo.

— Pois é. Acho que já se tornou meio que um vício. E o pior é que isso já está me custando caro. Nem as horas de esteira que faço à noite estão dando conta da minha gordura.

— Onde você é gorda, querida? — Inclina a cabeça para conseguir passar os olhos por mim toda. — Você não é como essas moças magrelas que ainda acham que são gordas, né? Não se deixe levar por isso, Anabel. Esse é o caminho certo para o sofrimento. Nosso Deus nos deu o corpo perfeito. Só precisamos cuidar dele com carinho, não exagerar nas porcarias para não ficar doente. Mas é errado querer ser como essas modelos que mais parecem esqueleto. — Faz um carinho em meus cabelos. — E depois, querida, os homens gostam de mulheres com carne. Seu namorado não é exceção.

João? Não, não. João não se importa com isso. A verdade é que ele não se importa com nada em meu corpo. Se eu emagrecer ou engordar dez quilos, penso, não fará diferença. Minha memória não me leva a nenhum comentário que ele tenha feito sobre esse assunto. Tampouco sobre meu biótipo. E quando transamos, é aquela coisa automática: cada um concentra-se em tirar as próprias roupas, sem ficar avaliando se essa ou aquela parte do corpo é atrativa. Pelo menos, nunca o vi embevecido por minha nudez. Não estou reclamando. E nem devo porque sou igual a ele.

Não faz parte de minha natureza ficar analisando o físico de um homem. O importante é seu intelecto. E isso não é uma frase feminina pronta. Realmente penso assim. Meu namorado é magrelo, pernas e braços finérrimos. E baixinho. Ok, talvez eu analise um pouco. Mas não me incomoda que ele seja assim. O importante é que conseguimos conversar sobre assuntos de campos do conhecimento mais variados possíveis, com facilidade. Isso nos raros momentos em que ele não está impondo os próprios assuntos, claro.

Percebo que estou perdida em pensamentos quando ouço um barulho. Levanto os olhos, que estavam fixos na taça vazia, e vejo minha tia recolhendo os pratos. Arrasto a cadeira para me levantar.

— Eu lavo a louça, tia. É o mínimo que eu posso fazer para retribuir um almoço tão delicioso.

— De jeito nenhum! Que tipo de pessoa eu seria se deixasse minha sobrinha querida, que nunca me visita, lavar a louça? — Coloca os pratos e os talheres dentro da pia. — Fica sentadinha aí.

— Pelo menos, vou enxugar. Não adianta porque não vou conseguir ficar com a bunda no lugar olhando a senhora fazer tudo sozinha.

Ela não diz nada, mas seu sorriso me encoraja a pegar o pano de prato pendurado no cabide próximo a pia. No instante em que me aproximo do escorredor de louças, percebo, no aparador da janela, o enfeite de vaquinha que pertenceu a vó Helena. A vaquinha listrada de preto, usando um chapéu roxo engraçado e avental de coração, costumava decorar o armário azul da cozinha. Desde que a penteadeira do quarto começou a cuspir enfeites, de tão abarrotada, a cozinha foi eleita o novo cômodo para ganhar uma decoração *over*. Infelizmente, minha avó morreu antes de conseguir encher de objetos fofinhos o alto da geladeira e a parte envidraçada do armário. A doença a venceu após comprar, na verdade, o terceiro enfeite. Ficou apenas essa vaquinha, um pinguim, em cima da geladeira, e uma galinha amarela.

Estendo minha mão e pego o objeto. Acaricio toda sua extensão. A saudade volta a apertar o peito. A garganta enche-se de lágrimas. Inevitável. Esta vaquinha foi participante silenciosa, mas tão presente em minha memória, dos momentos em que assisti a vó Helena, indo de um lado a outro, no jeito frenético que tinha de dourar temperos para o arroz, fritar bifes e sovar a massa dos bolinhos. Tudo ao mesmo tempo. Sem pôr nada a perder.

— Falei que não ficaria com nada da mamãe para mim, não é? E acabei pegando todos os novelos de lã e a vaquinha que ela tinha tanto xodó.

O nevoeiro que trouxe as lembranças dissipa-se com a voz de minha tia. Recoloco a vaquinha de onde tirei e olho para tia Amora. Ela parece envergonhada. Como se tivesse cometido um delito por ter ficado com coisas da mãe apesar de ter afirmado, em nossa conversa faz três semanas, que não ficaria com nada. Sinto necessidade de tranquilizá-la.

— É difícil nos desfazer das coisas que estão recheadas de lembranças de quem a gente ama, tia. Eu preciso te confessar que tive vontade de pegar um montão de coisas da minha avó. E olha que eu sou a pessoa mais *clean* do mundo. Se a senhora entrar no meu quarto, só vai encontrar meu guarda-roupa, a mesinha do notebook e minha cama. Detesto juntar coisas. O primeiro enfeite que tenho é o casal de noivos do quarto da vó Helena.

O sorriso que minha tia abria conforme eu falava morreu abruptamente, assim que mencionei o casal de noivos. Tenho de novo a sensação incômoda de que peguei algo desejado por ela. Ela me garantiu não querer o bibelô. No entanto, por qual motivo ela teria outra reação estranha à menção dele?

— Anabel, me dá o pano. Eu costumo guardar a louça só no final da noite. — Tira o pano de minha mão quando eu enxugava o segundo prato. — Vamos na sala. Já que estamos sozinhas, melhor aproveitar para conversar.

Teríamos "a conversa" neste momento? Ah, não! Ah, não, não! Justo agora que tinha conseguido relaxar. E (quase) esqueci que não estava ali só para me empanturrar de comida e doce. De repente, minha mente mostra uma tela branca. Eu simplesmente não tenho ideia de como iniciar o assunto que me trouxe à casa de tia Amora. Para ser supersincera, um lado de mim começou a cogitar que talvez eu não me sinta tão mal se resolver jogar a missão-presente-de-grego pela janela. Vó Helena está morta. Como ela poderá saber se eu atendi a seu desejo maluco ou não? O espírito dela deve estar a mil anos luz daqui. E duvido que onde ela esteja tenha alguma espécie de tevê mostrando as atividades cotidianas das pessoas na Terra. Mais especificamente o meu cotidiano.

— Vem, querida. — Pega minha mão esquerda e eu a deixo me conduzir. Enquanto caminho para o sofá, sinto-me a própria *Little Mommy Primeiros Passos* que minha priminha, Talita, ganhou do último Natal. Meus passos saem com dificuldade, sem gingado. Obedecem mais à força exercida por minha tia me puxando do que comandos de meu cérebro. Parece que transcorreram horas quando nos sentamos no sofá. Tia Amora, virada para mim. Eu, colada ao encosto, tentando extrair da espuma coragem para iniciar a temida conversa. Mas graças a todos os deuses sobre os quais estudei nas aulas de cultura grega, minha tia toma a iniciativa.

— Querida, eu percebi que quando você terminou de guardar as coisas da mamãe nas caixas, saiu transtornada do quarto. Na hora, eu pensei que você tivesse ficado naquele estado porque se abalou por causa das lembranças que teve lá. Mas, aqui dentro do meu coração, uma voz sussurrava que não era só isso. Eu até quis conversar com você, mas você terminou de nos ajudar rápido, e falou para sua mãe que ia para casa porque não estava passando bem.

Essa é a deixa para eu fazer a revelação bombástica, eu sei. Infelizmente, eu sei. Mas qual é o mal de adiar um pouquinho?

— Eu estava com bastante mal-estar. Aquele dia eu tinha comido bolo de *marshmallow* de café da manhã. Quase o bolo todo, na verdade. — Dou um sorriso amarelo. Não sei o que é pior em mim: a covardia de enfrentar situações novas ou a língua solta nos piores momentos possíveis.

— Nossa, querida. Talvez você devesse diminuir um pouco o consumo de doces. Pode acabar prejudicando sua saúde. Doce no café da manhã não é nada bom. — Dá um tapinha em minhas mãos cruzadas sobre as pernas, também cruzadas.

— É... bem, claro, tia, a senhora tem razão. Eu preciso comer doces com moderação. Eu já estou trabalhando nisso. Mesmo.

Não disse isso apenas para que minha tia não me deixe ainda mais constrangida jogando meu vício na minha cara. Sinceramente, eu decidi que vou parar com tantos doces. Na última semana, eu até consegui comprar apenas uma paçoca após meu almoço do trabalho. Eu costumava comprar três por dia. E o pavê será meu último doce da semana. Na segunda-feira, serei uma nova mulher. O tipo que carrega maçãs e barras de cereais na bolsa. Ah, barras de cereais sem cobertura de chocolate. Importantíssimo dizer.

— Fico feliz, minha querida. — Segura uma de minhas mãos. — Mas não foi só isso que te deixou tão mal na casa da mamãe, não é? As palavras que você me disse na segunda-feira, quando me ligou, não me deixaram dúvidas, Anabel. — Tia Amora me encara com tanta intensidade que eu mexo, descruzo as pernas e fico ereta no sofá. Se é que era possível ficar com a coluna mais esticada. — Você encontrou algo inesperado no meio dos pertences de mamãe.

- Eu... — Ela falava da carta? Ou estava jogando verde para colher maduro?

— Uma carta. Você encontrou uma carta que minha mãe escreveu há muitos anos para um homem que não foi meu pai.

Capítulo 9

Estou hiperventilando. É sério! Certo, depois do pedido misterioso que tia Amora fez, durante nosso último telefonema, sobre não comentar com ninguém a razão de minha visita a sua casa e também dar a entender que sabia qual era o motivo de eu estar tão nervosa no telefone, era meio óbvio ela soubesse do segredo de vó Helena, não é mesmo? O problema é que eu vinha lidando com a possibilidade de ela apenas ter ouvido falar de uma paixão de juventude de sua mãe. Minha mente até aquele momento recusava processar o fato de tia Amora saber tão concretamente sobre a carta.

— A senhora sabe sobre a carta? — digo após respirar fundo por umas três vezes.

— Sim. Tanto sei quanto já a li. Eu a li pela primeira vez aos 18 anos — confessa, me olhando, preocupada, de repente. — Você está bem, querida?

— Estou. Só um pouco assustada. Mas estou bem.

— Essa carta foi um choque para você, não é? Você poderia me dizer onde a encontrou? Ela estava no meio dos lençóis, das roupas, dos novelos de lã?

— Não. Eu já tinha tirado tudo do guarda-roupa quando a encontrei. Eu tinha até dobrado tudo de novo, peça por peça. É meio uma doença que tenho. A doença da organização excessiva. Gosto de tudo dobrado simetricamente. E... — Paro para ganhar fôlego. Estou indo para lugar nenhum falando como uma tagarela. — Na verdade, tia, eu não a achei dentro do guarda-roupa. Mas fora.

— Fora?

— É. Ela estava embaixo de uma tábua solta do assoalho do guarda-roupa. Eu notei a tábua e, não sei explicar, era como se uma energia me impelisse a arrancá-la para eu saber o que tinha embaixo. Foi uma experiência bem maluca. Depois de uma luta grande entre mim e a tal tábua, ela cedeu. E dentro do buraco aberto, eu encontrei uma caixinha com o meu nome bem em cima.

— Seu nome?

— Estava escrito "Para minha neta Anabel" na tampa da caixa. E, quando abri, encontrei vários papéis.

— A carta — minha tia conclui com os olhos brilhando.

— As cartas. — Diante das sobrancelhas erguidas de tia Amora, concluo: — A carta que vó Helena escreveu para um homem chamado Enrico Balistieri e uma carta que ela escreveu para mim.

— Para você?

— É, tia, uma carta que está me deixando mais louca do que a própria carta da vó Helena para o homem misterioso. Na carta que ela escreveu para mim, ela me dá uma missão.

— Uma missão?

— A missão mais esquisita, para dizer o mínimo, que eu já ouvi falar. Ela pede para eu entregar a carta que escreveu para o tal de Enrico Balistieri para o tal de Enrico Balistieri.

— Entregar a carta?

Minha tia vai me encher de perguntas retóricas em vez de me ajudar? Se é para formular perguntas, pode deixar comigo. Sou boa nisso. Tão boa que minha vida tem se resumido a isso faz três semanas.

— Desculpe, querida. Eu não esperava por esse desfecho de sua história. Pelas coisas que você me falou ao telefone no começo da semana, eu soube que mamãe não tinha jogado a carta fora e que você a encontrou. Mas jamais imaginei que nem a própria morte fosse capaz de tranquilizar o coração dela. Ela não contou que tinha a intenção de pedir que você procurasse Enrico. Na verdade, eu acabei me esquecendo da carta. Veio a doença, a tristeza de saber que perderia minha mãe em poucos meses... enfim, tudo isso foi suficiente para que eu não pensasse que talvez a carta ainda estivesse no guarda-roupa e você a encontrasse.

— Tia, eu só preciso entender essa história toda. Estou tão confusa, se você soubesse. Ao mesmo tempo que não quero dar tanta importância a essa descoberta, meu cérebro não para de pensar sobre isso. Como vó Helena pôde esconder um segredo tão grande assim de mim? E, ainda por cima, pede que eu procure esse Enrico! Sabe qual é minha sensação? — Minha tia me olha sem nada dizer. — Sinto como se tivesse me enfiado num filme com enredo bem fictício.

— Mas a história de sua avó foi muito real, filha. E foi triste. — Suspira. — Eu vou te contar tudo que eu sei, tá bem? Mas não sei por que mamãe resolveu te deixar esse pedido tão difícil. Sobre isso, ela nunca me disse nada, estou sendo sincera.

— Tudo bem, tia. Eu ainda não tomei nenhuma decisão sobre o pedido dela. Dependendo do que você me contar, quem sabe, não me ajuda a decidir.

É a última esperança que me resta, isso, sim.

— Bom, vamos lá, então. Eu ainda não era casada quando descobri a carta. Tinha 18 anos na época. Eu me lembro perfeitamente de tudo ainda. Mamãe havia saído porque precisava comprar material para uma colcha que ela estava fazendo. Papai estava trabalhando. Haidê estava na escola. E Raul havia acabado de começar no emprego de *office-boy*. Eu estava sozinha com a casa toda só para mim. E você não pode saber como isso me deixava feliz. Eu podia mexer em tudo que quisesse!

Tia Amora dá um sorriso conspirador. Ele me leva ao pensamento de que vários membros de minha família, ao mesmo tempo, resolveram mostrar lados que eu não tinha a mínima ideia existirem. E, não sei explicar o porquê, mas acho isso perturbador.

— Fui uma moça muito curiosa, Anabel. Mamãe dizia que não deixava pedra sobre pedra durante minha infância. Colocava as coisas dela abaixo. Com 18 anos, eu tinha me acalmado um pouquinho. Mas ainda quase saltava de alegria quando não tinha ninguém em casa para me vigiar. Nesses momentos, eu fuçava tudo. Tirava as coisas da estante. Os documentos do papai, inclusive. Lia todos, mesmo se não tivesse nada interessante neles além das contas pagas. Também mexia na penteadeira de mamãe, nos novelos de lã, no armário da cozinha. Enfim, os convidados de minha festa eram os objetos particulares dos meus pais. — Fica séria, de repente. — Mas deixei isso tudo para trás, viu, querida? Depois que casei larguei o hábito de mexer nas coisas dos outros. Tanto que nem toco nas coisas que a Mariana deixou no armário dela e na mesinha do computador.

— Todo mundo tem uma fase de extrema curiosidade, tia. — Sinto-me na obrigação de tranquilizar sua mente culpada. — Eu acho que faz parte do que precisamos para acumular nossa bagagem de experiências na vida.

— É, deve ser isso.

Seus olhos ficaram pensativos por alguns instantes. Talvez tentando entender o significado de minhas palavras. Sendo sincera, as palavras foram ditas apenas para ela não acreditar que eu a estava julgando. Não tenho muita certeza de que mexer em propriedade particular, seja lá em qual idade se tenha, é algo benéfico. Pelos menos, não para o detentor da propriedade.

— O caso, querida, é que naquele dia tive muita vontade de mexer na parte do guarda-roupa de mamãe onde ela punha a roupa de cama. Na verdade, eu estava curiosa para ver a colcha que ela estava fazendo para me dar de aniversário. Eu não gostava muito de surpresas, sabe. Ou melhor, eu não aguentava esperar por uma surpresa. Então, não pensei muito se estava fazendo algo errado. Fui logo abrindo o guarda-roupa, tirando lençóis e toalhas para achar a colcha. Mas mamãe se antecipou a mim. A colcha não estava lá. Desconfiei que mamãe a escondeu na grande sacola de feira com a qual saiu debaixo do braço para comprar lã. Fiquei bem frustrada. E não tinha jeito. Deveria pôr tudo de volta nos seus lugares antes que alguém chegasse. No momento em que estava colocando um cobertor, depois de ter guardado os lençóis, uma caixinha caiu nos meus pés. Uma caixinha que eu jamais havia visto antes! Imagina que descoberta para uma "Maria Mexilona" como eu! Não hesitei um segundo. Peguei a caixa do chão e abri. E dentro havia papéis. As folhas estavam com alguns pontos amarelos. Isso aguçou ainda mais minha curiosidade. Joguei o cobertor para cima da prateleira, sem me preocupar se tinha dobrado como estava ou não. Corri para a cama e abri os papéis.

(Estou superquieta, perceberam, não? Porém, meu corpo todo está reagindo à história de minha tia. Minha adrenalina está numa dança frenética. Acho que estou começando a me envolver de verdade com o segredo de vó Helena.)

— Li uma vez. Depois duas, três. E depois perdi as contas porque o meu choque se misturou às palavras que eu lia. Só parei de ler quando ouvi barulho no portão. Foi aí que eu dobrei os papéis, coloquei na caixa de novo e enfiei no meio do cobertor. E corri para o meu quarto, me joguei na cama e passei horas ali, tentando entender o que significavam aquelas palavras de mamãe. Eu queria entender, mais do que tudo, por que ela não jogou aquilo tudo fora. Guardava desde 1961. O que significava, naquela época, 20 anos. Ficava pensando que tipo de lembrança estranha representava aquela carta. Até chegar ao pensamento de que minha mãe podia ter um amante. Minha mãe era uma adúltera.

— Preciso confessar que esse foi um dos meus pensamentos também, tia. Mas depois vi que eu estava raciocinando tomada pelo choque da descoberta.

— E eu também, querida. Comecei a pensar que ela não deixaria pistas sobre outro homem onde qualquer um poderia achar.

— E o que você fez, tia?

— Eu fingi que não tinha achado nada. — Abre um sorriso de criança traquina. — Por dois dias. Foi quanto eu aguentei. Eu precisava de explicações, senão eu ficaria doida.

— Ah, quem me dera tivesse achado essa carta antes. Vó Helena também teria que me dar explicações. Várias delas.

— Pois é, hoje fico feliz por ter ido conversar com mamãe sobre esse assunto. Porque vejo que essa foi a história que mais marcou a vida dela.

— E parece que vai marcar a minha a partir de agora. — Suspiro desanimada.

— Não fique assim, querida. As coisas nunca vêm para o mal. As bênçãos de Deus são infinitas. Mas nem sempre aparecem como gostaríamos. Algumas nos são entregues revestidas do mais puro latão. E precisamos apenas abri-las para encontrar ouro.

Ah, quem me dera acreditar na filosofia simples de tia Amora! O problema é que comigo o buraco é mais embaixo. É um poço sem fundo. Raramente encontro ouro quando abro alguma coisa. Está mais para bijuteria barata.

— E como foi a conversa que você teve com vó Helena?

— Foi uma conversa muito emocional. Mamãe se abriu comigo. Contou tudo. Claro que primeiro ela me passou um belo sermão porque eu mexi nas coisas dela escondido. Mas acho que no fundo ela gostou do que eu fiz. Eu vi a necessidade que ela tinha de desabafar com alguém. De compartilhar toda a história que viveu com Enrico Balistieri.

Vejo lágrimas brilhando nos olhos de tia Amora. As minhas querem igualmente dar as caras. Sou assim. Tenho o hábito de me contagiar com a emoção dos outros. Algo meio instantâneo. Sofrimento ou alegria. Não importa. Se a pessoa chora perto de mim, choro também.

— Mamãe conheceu Enrico aos 16 anos de idade — volta a falar olhando através de mim. — Ela costumava acompanhar minha avó ao mercado municipal uma vez por semana. Meu avô não gostava que a esposa andasse sozinha pela cidade. Tinha medo que ela não encontrasse o caminho de volta.

— Vó Helena comenta na carta para Enrico sobre a doença da mãe. Mas eu não sabia quase nada sobre minha bisavó até ler a carta. Lembrava só que a vó falou uma vez que ela morreu quando vó Helena ainda era nova.

— É verdade. Ela morreu logo que mamãe casou. E nenhum médico da época foi capaz de dar o diagnóstico de que doença ela padeceu. Há 50 anos os médicos sabiam pouco sobre essas doenças que se ouve falar tanto hoje em dia. Depressão, transtorno bipolar. E a esquizofrenia.

— Ela deveria ter esquizofrenia pelo que minha avó descreveu na carta.

— Pode ser que sim. Mas o fato é que ela tinha períodos de melhora. Ficava boa. Como se não tivesse tido nenhum surto. Eram nesses períodos que mamãe a acompanhava ao mercado municipal. E em uma dessas idas foi que ela conheceu Enrico. Ele trabalhava com o pai numa barraca de embutidos. A família tinha vindo da Itália durante a Segunda Guerra. Mamãe me contou que ficou impressionada com ele desde a primeira vez que o viu. Era um rapaz alto, forte e com um sorriso incrível, foram as palavras dela. E ele também se impressionou com mamãe. Mamãe foi uma jovem linda. Tinha longos cabelos loiros lisos e rosto delicado.

— Pela foto do casamento que ela tinha no quarto, eu pude ver.

— Mas acho que outra coisa também atraiu Enrico, além da beleza.

— O quê?

— Mamãe era uma mulher difícil. Você sabe que os homens são famosos por adorar uma conquista difícil, não é? — Ri e eu acompanho. — Então, apesar de estar encantada com a beleza do rapaz, mamãe não cedia às suas investidas quando passava pela barraca onde ele trabalhava com o pai. E ele não se empenhava pouco para atrair a atenção dela. Todas as vezes ela era recepcionada com flores, bombons, descontos. O último era para ganhar a simpatia da sogra para sua causa, claro. Enfim, foram meses incansáveis da parte de Enrico. Até que um dia mamãe capitulou. Foi no dia em que minha avó sumiu no meio do mercado municipal lotado. Mamãe, desesperada, cansada de procurar por todo o local, pediu ajuda a primeira pessoa que lhe passou pela cabeça.

— Enrico! — grito.

Certo. Estou mergulhada até a medula nessa história. Não tem mais volta, compreendo.

— Isso mesmo. Mamãe foi até a barraca de Enrico, chorando. Ele ficou assustado porque, imagina, mamãe jamais tinha dirigido uma palavra a ele em todos os meses desde que se viram pela primeira vez. E a primeira que lhe dirigia era no meio de uma choradeira que ele não compreendia a razão. Mamãe estava mesmo muito desesperada. Quando conseguiu entender o que estava acontecendo, sem hesitar, ele pegou-a pela mão e saíram os dois em busca de vovó. Passaram mais de uma hora rodando o mercado. E nada. Mamãe já tinha perdido a esperança. Apesar de Enrico tentar acalmá-la a cada dois minutos. Mamãe disse que ele era um homem muito carinhoso e protetor. Isso a surpreendeu, pois ela acreditava que ele era um fanfarrão que tentava chamar a atenção de toda garota que passava por sua barraca. Para resumir a história, minha avó foi encontrada sentada em uma caixa de tomates, atrás do mercado municipal. Estava se balançando sobre si mesma, confusa. Enrico ajudou mamãe a levá-la para casa. E ficou esperando no portão enquanto mamãe dava o tranquilizante para vovó e a colocava na cama. Então, ela explicou a doença da mãe. Ao contrário do que mamãe acreditava que aconteceria, ele não tirou vantagem da situação. Afinal, eles estavam sozinhos e mamãe fragilizada pelo susto. Ele a ouviu com atenção. E preocupação. Nesse dia, mamãe soube que estava irremediavelmente apaixonada por ele.

Suspiro. Sou obrigada a admitir que (não sei se é por causa do jeito com que tia Amora está contando) estou encantada com a história de Enrico e vó Helena. E levemente curiosa para saber como é se apaixonar dessa forma. Apenas levemente...

— Então, eles começaram a namorar — concluo.

— Não. Eles começaram uma amizade.

— Sério? Estou achando essa história tão fofa! — confesso sem me conter.

— É uma história muito bonita. Sei que não deveria falar isso porque não é a história de mamãe e papai. Mas quem de nós não aprecia uma boa história de amor, não é mesmo? Eu não sou exceção.

Mas eu fui exceção. Até hoje. Quase digo, mas guardo para mim. Nunca me liguei em histórias de amor. Nem filmes românticos. Tampouco livros românticos. Mas, neste instante, estou morta de vontade de pedir um balde de pipoca para escutar o resto da história.

— Me deixe resumir mais um pouquinho, senão vou passar o resto do dia aqui até contar tudo. — Dá um tapinha em minha mão. — Eles começaram a namorar um ano após o primeiro encontro que tiveram. Ah, me esqueci de dizer que Enrico era seis anos mais velho do que mamãe. Isso também foi um empecilho, pois mamãe não acreditava que um homem experiente estaria seriamente interessado numa quase menina. Mas eles passaram por cima dos obstáculos para ficarem juntos. Só não contaram que o pior obstáculo de todos estava por vir. Meu avô. O pai de mamãe.

— Por culpa dele essa história não teve final feliz — falo mal disfarçando minha revolta contra um homem que jamais conheci.

— Vovô era um homem muito conservador. Para ele, a filha deveria casar com um homem que pudesse proporcionar uma vida confortável.

Na minha terra, isso se chama ganância. E não conservadorismo. Entretanto, acho melhor não levantar essa polêmica.

— Poucos dias após mamãe aceitar o pedido de namoro, Enrico foi até a casa dela para pedir oficialmente a meu avô. Mas, claro, meu avô não aceitou. Tanto não aceitou, como proibiu o namoro. Chamou Enrico de mercador miserável e aproveitador. E o expulsou da casa.

Mamãe ficou arrasada. Tentou ainda pedir, implorar, mas vovô não cedeu. Ela pensou em desistir de Enrico. Naquela época, os filhos obedeciam cegamente aos pais. Desafiá-los podia render surras homéricas ou até mesmo expulsão do seio familiar.

— E o que vó Helena fez?

— Foi atrás de Enrico uma semana depois e propôs que eles namorassem escondido.

— Caramba! — fala em meio a risadas. Minha avó era o máximo mesmo. — E ele?

— Improvável ou não, ele hesitou um pouco. Enrico não queria esconder de ninguém que estava apaixonado por mamãe. Mas mamãe acabou por convencê-lo ao dizer que o arranjo seria temporário. Ela estava confiante que meu avô terminaria por aceitar o namoro dos dois. Uma menina de 17 anos, mais de 50 anos atrás, não tinha metade da malícia das garotas de hoje, né?

— Uma garota de hoje teria até achado bom a desaprovação do pai. Assim não precisaria aparecer com o cara em eventos familiares, por exemplo.

— Foi pura inocência. O primeiro ano se passou e nada de vovô aceitar. Bem ao contrário. Ele fez foi arrumar um pretendente para mamãe.

— Vô Getúlio!

— Sim. Meu pai. Ele vinha de uma família rica. O pai era um importante industrial paulista.

— E como ele conheceu meu bisavô? Ele vivia em outro círculo social. Era alfaiate, não?

— Bem... vovô era alfaiate, sim. Mas um alfaiate conhecido, que fazia roupas para magnatas. Foi assim que conheceu a família de papai. E se tornou amigo pessoal deles. Vovô sabia falar bem. Ainda me lembro do trato dele com as pessoas.

— Ele morreu logo que eu nasci, não?

— Sim. E até o último suspiro foi altivo, cheio de traquejo social.

— Pena que era um desalmado.

Tia Amora me olha com um sorriso sem graça. Um leve arrependimento corre por dentro de mim. Mas é abafado pela lembrança de que ele foi o causador de 50 anos de infelicidade de vó Helena.

— A verdade é que meu pai se encantou por mamãe quando a viu durante um jantar na mansão da família dele. Mas mamãe não sentiu nada. Nem a mínima simpatia, ela me confessou envergonhada.

— Mesmo assim meu bisavô continuou com a obsessão de juntar os dois.

— Ele dizia que a união seria benéfica para minha avó. Que mamãe deveria pensar nisso antes de recusar as investidas de papai.

— Meu bisavô sabia ser bem persuasivo.

Eu quero dizer maldoso, mas sei que estou indo longe demais. Estou com medo de tia Amora parar de confiar em mim.

— Apesar disso tudo, mamãe não desistiu de Enrico. E o segundo ano de namoro chegou.

— E como eles namoravam? Vovó só encontrava com ele nas idas ao mercado municipal, não era?

— Não. Depois que começaram a namorar, eles deram um jeito de se encontrar em outras ocasiões. Mamãe tinha uma amiga de confiança. A Martinha. Ela achava o amor clandestino de mamãe a última moda do romantismo. Ou seja, apoiava e ajudava em tudo que pudesse. E vovô gostava de Martinha.

— Ela era rica?

— Anabel!

— Desculpe!

— Martinha vinha de uma boa família. Mas não eram ricos. Eram comerciantes de tecido. Vovô tinha negócio com eles. E, além disso, ele achava Martinha um bom exemplo para mamãe. As duas tinham a mesma idade. Haviam frequentado a mesma escola. Porém, Martinha nunca apresentara um namorado para os pais. Enfim, graças a essa moça, mamãe pôde encontrar muito Enrico. Às escondidas.

— Se o namoro secreto estava tão bem, por que eles resolveram fugir?

— Por que uma vizinha viu Enrico e mamãe juntos no Parque da Luz e contou para papai.

— Puta que pariu, que fofoqueira! — Coloco a mão na boca e tiro rapidamente. — Desculpe de novo!

— Tudo bem. — Sorri minha tia. — Dá para imaginar o resto. Vovô chamou mamãe para conversar em seu escritório. O temido escritório, como dizia mamãe.

— Na carta, ela fala sobre esse escritório.

— Se vovô chamasse os filhos para lá, boa coisa não vinha. E não veio. Ele deu um ultimato à mamãe: nunca mais ela deveria encontrar Enrico, senão ela iria direto para a casa de uma tia numa fazenda no interior do Paraná e só sairia de lá casada com meu pai.

— Que absurdo! Ele pensava que vó Helena era uma boneca de dar corda ou o quê? E esse negócio de tempos antigos não é desculpa para mim. O homem era mesmo dominador e desumano.

— Mas mamãe ainda não se deu por vencida. Ela comemorou o fato de vovô não a tê-la trancado como punição. E usou mais uma vez a desculpa que sairia com Martinha... para encontrar Enrico.

— Ponto para vó Helena! — vibro.

— Enrico tinha um sonho antigo: cursar Direito. Claro que ele pretendia cursar em São Paulo mesmo. Estava juntando dinheiro e tudo mais. Só que alterou os planos assim que soube das ameaças de vovô. No mesmo instante, mamãe e ele bolaram o plano perfeito. Enrico pegaria suas economias. Mamãe, as dela. Ah, sim, ela tinha algumas economias de mesadas não gastas que vovô lhe dava. E os dois fugiriam na tarde seguinte rumo ao Rio de Janeiro. Lá iniciariam a vida juntos que tanto sonhavam.

— Foi aí que o amor deles foi interrompido. — A tristeza varre para fora toda empolgação que estava sentindo pela narração dos fatos entre vó Helena e Enrico.

— Bom, mamãe chegou a fazer a mala. Acreditou que daria tudo certo, pois vovô estava na alfaiataria junto com vovó. Fazia algum tempo que vovó não tinha surtos e estava animada ajudando com as costuras. E meu tio Frederico estava na escola. Mas a felicidade não durou muito tempo. Mamãe escreveu o bilhete de despedida para os pais e colocou sobre a mesa do escritório pela manhã, logo que vovô e vovó saíram. Porém, Frederico ainda não havia saído para escola. Ele viu e, curioso, assim que mamãe foi para o quarto, ele pegou o bilhete. E o desfecho da história você deve saber, não é, querida?

Minha tia está tão triste quanto eu. Estou certa disso. Seus olhos enchem-se de lágrimas novamente. E o olhar fica perdido. Acredito que seja uma tendência do ser humano: torcer pelos finais felizes. Mesmo quando a ética e a moral sopram para o lado contrário.

— E vó Helena casou com vô Getúlio para salvar a vida da própria mãe.

— Eles se casaram sete meses depois de vovô ter descoberto a fuga. O tratamento de vovó foi financiado pela família de vovô. Ela foi para um sanatório famoso na época. Mas acabou morrendo meses depois. Disseram à família que ela não resistiu ao tratamento revolucionário que vinham aplicando nela.

— No mínimo, era tratamento de choque.

— Nunca se soube, querida.

— Existe um buraco nessa história, tia! — Levanto num salto e volto a sentar. — A carta! A carta que vó Helena me incumbiu de entregar. Por que ela não foi entregue, afinal?

— Antes de te responder isso, que foi minha maior dúvida após tudo que mamãe confessou, preciso te contar sobre o encontro de mamãe e o pai de Enrico.

— É verdade. Ela diz na carta que o procurou meses depois.

— Procurou, sim. Na verdade, ela teve esperança de encontrar Enrico para se explicar. Mas ele havia partido para o Rio de Janeiro. O pai dele a recebeu receoso no começo. Então, mamãe explicou tudo o que havia acontecido naqueles meses em que passou vigiada pelo próprio pai. Foi aí que o homem concordou em entregar a carta que mamãe escreveria para Enrico. Ele terminou por achar uma boa ideia. Afinal, Enrico não estava feliz. O pai sabia disso pelas cartas que recebia do filho. Além de tudo, Enrico soube por alguém que mamãe, tão logo deixou de comparecer na rodoviária para fugirem juntos, ficou noiva de outro.

— E quando vó Helena escreveu a carta, levou para o tal homem, ele resolveu que não queria mais entregá-la?

— Não. Ele tinha morrido.

Pulo do sofá de novo. Que tipo de vida teve minha avó, afinal?! Daria um filme. Do tipo inspirado nos livros de Nicholas Sparks.

— Mamãe voltou ao mercado municipal no outro dia com a carta nas mãos apenas para saber, por um comerciante da barraca vizinha, que o pai de Enrico havia morrido de infarto na tarde anterior, logo que mamãe foi embora. O problema é que o homem não tinha família no Brasil. Eram apenas Enrico e ele. E mamãe não tinha ideia do paradeiro de Enrico no Rio de Janeiro.

— E a carta foi para o meio do edredom — deduzo o resto.

— Mas o casal de noivos foi para a penteadeira.

— Como assim? O que meu casal de noivos tem a ver com essa história?

— Ele foi o presente por um ano de namoro que Enrico deu à mamãe.

— Não acredito! — Rio nervosamente. — Mas ela me disse uma vez que foi o primeiro enfeite que comprou logo que se casou.

— Mamãe mentiu. Mentiu para você, para papai e para seus filhos. Apenas eu soube a verdade. Se ela contasse a todo mundo, principalmente para papai, não poderia manter aquela recordação por tantos anos em casa. Faz sentido para você, querida, não é?

— Faz, tia. — Já que agora nada mais fazia sentido quando se tratava de vó Helena, aquilo fazia sentido.

De repente, a memória daquele momento único em que presenciei uma avó frágil, tão humana, salta de meu cérebro, novamente. As lágrimas são mais uma vez inevitáveis. Era em Enrico que ela pensava quando acariciava aquele enfeite. Era sobre o amor que sentiu por Enrico que ela falava quando me aconselhou em relação a João.

— Eu me sinto triste também em saber que mamãe não foi capaz de amar outro homem. — Faz um carinho em meus cabelos enquanto eu limpo as lágrimas. — Não amou meu pai. Foi o que ela me confessou com todas as letras durante nossa conversa. Ela disse que não conseguiu amar meu pai. E jamais conseguiria, pois seu coração estaria preenchido para sempre com o amor que sentia por Enrico. Foi duro ouvir isso, sabe. Eu sou filha de Getúlio. Isso queria dizer que fui concebida sem amor. Mas sei que mamãe me amou muito. E papai também. Sinto-me abençoada por isso.

— Eu não entendo como vovô concordou em ficar num casamento sem amor, tia.

— Papai era um homem conservador. Era um pouco como meu avô. Mamãe cumpria os deveres de uma esposa. Era uma mulher generosa. Além disso, aceitava os defeitos dele.

— Que não eram poucos!

— O vício em jogo de papai quase levou a família à miséria. Mas nosso Deus é misericordioso e nos amparou. E Ele intercedeu na vida de papai, que morreu curado.

Esse é um assunto no qual prefiro não me aprofundar. Não estou respondendo pela minha língua na última hora. É melhor voltar a falar de vó Helena e Enrico.

— Então, é verdade que vó Helena não conseguiu se esquecer do relacionamento que viveu com Enrico...

— Sabe, filha, eu tenho uma teoria muito triste sobre isso. Eu acredito que mamãe morreu por conta desse amor todo.

— Em pleno século XXI, não se morre mais de amor, tia! — Reviro os olhos. Não posso evitar. Agora minha tia está "viajando" demais na história.

— Não que ela tenha morrido de tanto amar. Ou pela falta do amor dele em retorno, querida. Mas eu acho que esse câncer no estômago foi causado pela intensidade da culpa que ela carregava. Ou pior ainda: porque ela não deixou de amá-lo sequer um momento, mas sabia que ele podia tê-la odiado por quase cinquenta anos.

— Pode ser, sim, tia. Existem inúmeros estudos que apontam entre as causas do câncer, a causa emocional. Mas o que me pergunto é: como ela pode ter amado uma pessoa que encontrou pela última vez em 1961? Para mim, o amor só existe enquanto existe o objeto. Ou melhor, a pessoa amada.

— Você está falando de paixão, querida. A paixão é imatura e carnal. Amor. O verdadeiro amor. É outra coisa. É empatia entre duas almas. É quando uma pessoa encontra outra por quem sente profunda conexão. E, mesmo longe, elas continuam ligadas. Como se um laço invisível tivesse conectado duas vidas para sempre, transcendendo o espaço e o tempo. Esse é o sentimento que mamãe viveu com Enrico. Justamente por isso não pôde viver com meu pai. Além do mais, só desejamos tão ardentemente o perdão das pessoas que amamos.

— Eu confesso que para mim é difícil entender esse tipo de amor. Parece coisa de novela, desculpe a sinceridade. Porque sou uma pessoa prática. Reconheço. Mas por causa do meu modo de pensar, não posso julgar os outros. Muito menos vó Helena. Depois de tudo que você me contou, eu consegui entender por que é tão importante que a carta chegue às mãos de Enrico.

Estou falando sério. Apesar de ter dificuldade de processar o tipo de sentimento que tia Amora acabou de descrever, eu compreendi que vó Helena viveu para ele. Construiu cada tijolo da vida que teve após 1961 em cima desse amor. E por todo amor que EU senti (e ainda sinto) por minha avó (esse, sim, tenho certeza de que transcenderá o tempo), eu já sei a decisão a tomar.

— Eu vou entregar a carta para Enrico Balistieri. — Encaro uma tia surpresa.

— É isso que você quer fazer, querida? Tem certeza?

— Sim, tia. Uma das coisas que mais tenho certeza na vida. Não tenho a mínima ideia de onde encontrar esse homem. Nem se ele está vivo. — Ainda tem essa! — Mas vou procurá-lo até achar qualquer notícia que seja de seu paradeiro.

— Ah, Anabel, eu fico feliz! E agora sei por que mamãe deu a você essa missão e não a mim.

Tia Amora queria a missão? Putz, por que só disse isso agora?

— Você é a pessoa certa. Você tem uma energia contagiante. É determinada, cheia de amor e generosidade.

Minha tia leu a carta-bilhete-sei-lá-o-quê escrita por vó Helena para mim? Não era possível. Ela estava na minha bolsa, bem escondidinha. Só mesmo se ela tivesse dons mediúnicos.

— Eu não sei se sou a pessoa certa, tia — me vejo falando. — Mas juro que usarei todo meu empenho para que Enrico saiba que vó Helena o amou de verdade. Que ele foi o único homem que tocou seu coração no nível mais profundo.

— Linda promessa, querida. — Enxuga as lágrimas, que atingem em cheio meu coração.

Capítulo 10

*P*romessas. É fácil fazê-las. A dificuldade está no caminho que se deve percorrer para cumpri-las. Ou na falta dele. Como é meu caso. Tenho certeza da minha decisão em entregar a carta de vó Helena para Enrico. O problema é por onde começar. Não é como procurar um conhecido no Facebook. Alguém que estudou com você no colegial. Ou um amigo de infância. É um senhor que deve ter por volta de 77 anos.

E pode estar morto.

Na estrada, voltando da casa de tia Amora, hoje de manhã, essa possibilidade invadiu meus pensamentos duas, quatro... umas vinte vezes. E nenhuma delas trouxe a sensação de alívio que eu esperava. A verdade é que agora eu quero entregar em mãos a carta. Para quem passou três semanas sufocada por dúvidas, angústia e à espera de um milagre que não deixasse rastros da missão, esse parece um desejo estranho. Mas tão logo eu ouvi a história entre vó Helena e Enrico algo mudou dentro de mim. Tia Amora, que acreditei me faria jogar a carta no lixo, me fez entender que eu não conseguiria virar as costas para o último desejo de minha avó e continuar minha vida como se nada tivesse acontecido. Muitas coisas aconteceram. A primeira delas foi descobrir a Helena por trás do mito.

Se um desconhecido me pedisse para eu descrever vó Helena com três palavras, há um mês, eu diria, no ato: altruísta, forte e prática. Essa era a pessoa que meu cérebro e meu coração construíram ao longo da vida, colando pedaços de cotidianos que nós duas compartilhamos juntas. No entanto, hoje percebo que esse era o "mito Helena". Uma personagem construída, arduamente, por minha avó no intuito de esconder as memórias de um amor que seu coração não apagou. A verdadeira Helena vivia nas profundezas do "eu" que se doava por inteiro aos outros. Era quase como se ela tivesse duas vidas. Uma espelhava o mais perfeito equilíbrio e contentamento. A outra estava voltada para um passado que prometeu sonhos idílicos, mas entregou um futuro imposto pela realidade.

Quase como minha própria história.

Enxugo uma lágrima que escorre pelo canto de meu rosto. Viro de lado na minha cama. Ainda são 8 horas da noite, mas estou no quarto, deitada. A visita à casa de meus tios foi proveitosa porque me fez tomar a temida decisão. Por outro lado, abriu minha mente para a vida que levo. E as palavras que vó Helena escreveu sobre como eu não deveria abrir mão de meus próprios sonhos, como ela um dia fez, agora, apunhalam meu coração. O jeito que encontro para acalmá-lo, outro motivo para que eu entregue a carta a Enrico Balistieri, é atender à tal missão. Saber que a história de uma de nós duas terá um desfecho feliz (mesmo que não seja o sonhado) me faz sentir mais leve para prosseguir com minha realidade programada. A mesma que eu acreditei não ter produzido cicatrizes emocionais.

Olho para o alto, logo acima da cama, para a pequena prateleira onde estão os poucos livros que me restaram depois da decoração *fashion* que recebeu a sala. Ajoelho na cama. Pego o enfeite de noivos encostado em meu livro preferido de todos os tempos: *A Paixão Segundo G.H.*, de Clarice Lispector (bem bizarro uma pessoa que tem fobia de baratas ter como livro preferido um cujo enredo tem como pano de fundo uma barata. Mais ainda. Uma mulher que come as entranhas de uma.

É. Sempre achei isso. Mas talvez a Psicologia explique essa "bizarrice" como "fascinação e repúdio". Algo assim).

Deito novamente, abraçada ao enfeite. Vó Helena teve o casal de noivos para lembrá-la, todos os dias, os sonhos que foram despedaçados. E o que sobrou a mim? Se até as memórias do que havia projetado para meu futuro, eu, cuidadosamente, quis extirpar? Mas o que era melhor numa circunstância dessas: apegar-se ao que jamais vai poder ter ou apagar o que foi tão verdadeiro e trouxe tanta alegria em prol de uma realidade sem consequências ruins para os outros?

O pior não é refletir sobre possíveis respostas a essas perguntas. O pior é ter que lidar com a voz da consciência sussurrando que o mais sensato seria questionar se eu devo prosseguir com algo que me entedia ou retomar os sonhos abandonados. Enquanto ainda não é tarde demais. Como foi para vó Helena. Eu sei que é impossível ter de volta a vida que eu levava antes da morte de meu pai. Inúmeras responsabilidades recaem sobre meus ombros. E vidas. Mas nem tudo me foi imposto por um destino que não escolhi. Existe pelo menos uma coisa que não mudo por comodidade.

Meu namoro.

João e eu estamos estagnados numa rotina cômoda e morna. Nenhum de nós dois investe no relacionamento. A menos que procurar a namorada para pedir conselhos possa ser considerado um investimento na relação. Acho que não. Esse é um caso de proveito pessoal. Da pessoa chamada João. Não que eu sonhe com o tipo de relacionamento que minha avó teve com Enrico. Um que traga emoções inesperadas. Cumplicidade. Sonhos compartilhados.

Está bem, vou confessar. Eu fiquei balançada com a forma que Enrico e vó Helena se entrosavam, conforme minha tia contou. Sentiram-se atraídos um pelo outro desde o primeiro instante. Porém, dona Helena bancou a difícil até conhecer melhor o rapaz. Tiveram momentos inesquecíveis juntos, pelo que interpretei da carta. Minha avó lutou para ficar ao lado do amado até o último instante. E quando as situações os levaram a um beco sem saída, os dois planejaram uma fuga de uma vida segura para mergulhar no desconhecido apenas porque queriam ficar juntos. Imagine! Uma irrealidade total!

Uma irrealidade totalmente emocionante.

Encaro o casal de noivos entre meus dedos. Parece que a aceitação de cumprir o desejo de vó Helena escancarou dentro de meu cérebro a janela para um universo paralelo de mim. Um universo onde existe uma Anabel romântica. Uma mulher curiosa para saber se ainda dá tempo de transformar a história com João em uma história de amor inesquecível.

Meu celular emite um assobio. O barulho característico de nova mensagem. Sento na cama e estendo o braço para pegá-lo sobre a mesinha do notebook. Leio o visor. João. Um SMS dele. Será que era um sinal? Do tipo: ainda não é tarde para vocês transformarem o que têm num relacionamento apaixonado.

Aperto o botão de mensagem, rindo alto. Se Júlia estivesse aqui, e pudesse ler pensamento, me abraçaria emocionada por eu ter finalmente feito as pazes com meu "lado romântico". Mas, não. Meu lado romântico continua no universo paralelo que será trancado à chave.

E eis o que João escreveu:

    Anabel, você está fugindo de mim faz semanas. É assim? Você terminou comigo sem me avisar?

Nossa. Por essa eu não esperava. Depois de cinco anos, o relacionamento entre mim e João entra oficialmente no *status* de namoro. Bom, se ele acha que eu terminei com ele é porque estávamos mesmo namorando. Mas não é só isso. João parece magoado pelo meu descaso. Como uma pessoa apaixonada. Será que existe mesmo esse negócio de sinal?

Clico em responder a mensagem. Digito freneticamente.

`Desculpe, João. Não estou fugindo de vc. Juro. É que vó Helena me deixou um rolo para resolver. Depois te explico melhor. Bjs`

Se eu estou afim de dar uma repaginada em meu relacionamento, preciso começar com a questão da confiança. Acho que está na hora de João saber na bagunça que me meti. Ou melhor, fui metida.

`Você sempre tem um rolo para resolver. É trabalho, irmão, mãe... Agora sua avó. Estou cansado de ficar de lado, Anabel.`

Não. Não. Mil vezes, não! Eu não teria essa conversa com João via SMS. É claro que eu quero acertar as coisas com ele. Mas não através de mensagens no celular. Principalmente porque está indo longe demais essa mania do João de economizar. Ele poderia, pelo menos, ter me ligado.

`João, precisamos mesmo conversar. Mas não por SMS, por favor, né? Vamos nos encontrar na quarta-feira, às 18h, no Paulista's. Ok? Quarta, vc não dá aula, né?`

`Ok.`

Essa resposta seca de João deveria me incomodar. Mas, ao contrário, ela dá asas à minha empolgação interior. Meu relacionamento amoroso está prestes a mudar. Sinto de forma quase palpável. Finalmente, as coisas em minha vida vão voltar a seus devidos lugares. Vou achar o Enrico de vó Helena, cumprir minha missão, tirar um peso das minhas costas. E de bônus vou ter um namoro de verdade. Com isso, não quero dizer um arroubo de paixão. O êxtase pela história de amor de minha avó foi momentâneo. Graças a Deus. Entretanto, qual é o problema de ter uma relação um pouco mais apaixonada? Nenhum. Basta saber equilibrar razão e emoção. Não é saudável ter apenas um ou outro. Agora eu sei.

Pensando no vento favorável que voltou a soprar em meus dias, pulo da cama e abro o guarda-roupa para pegar meu pijama. Simetricamente dobrado. No instante em que começo a desabotoar o casaco, ouço uma batida na porta. Minha mãe? Não. Ela não voltaria tão cedo do cinema onde foi com sua querida amiga divorciada, Carla.

— Pode entrar — grito, desistindo de tirar a roupa.

Alan entra no quarto com um sorriso discreto. Parece nervoso. Por causa do final de semana corrido, acabei me esquecendo dele. Será que perdi algum evento no conservatório? Ah, não, será que ELE perdeu algum evento no conservatório por minha causa, por que não o levei?

— Oi, Alan. Aconteceu alguma coisa? Eu esqueci algum compromisso seu? Me perdoe, por favor. A semana foi agitada, e ontem tive que viajar mais de duzentos quilômetros para...

— Não esquenta, Belzinha. Você não esqueceu nada. Eu preciso te contar uma coisa. Tem que ser hoje. Eu tentei te contar a semana inteira, mas você sempre estava com dor de cabeça.

A dor de cabeça inventada. Que sentimento de culpa! Mas eu sabia que se o deixasse falar, ele tentaria me convencer sobre a ideia maluca de arrumar um emprego. Agora não tenho saída. Vou ser obrigada a ouvi-lo. Só que não preparei novo discurso. Fiquei tantos dias concentrada nos problemas envolvendo a missão Helena-Enrico que inconscientemente acreditei no sumiço mágico de meus problemas com Alan. No entanto, parece que não houve mágica.

— Senta na cama. Me sinto mal de ficar olhando você aí de pé.

— Está bem. — Senta, encarando minha agitação. Estou literalmente andando de um lado para o outro em meu mini quarto. — Senta também, Bel. Estou ficando tonto de olhar você andar sem parar.

— Ai, desculpa. — Sento. Quase confesso meu nervosismo, mas me seguro a tempo. — O que você quer me falar, Alan?

— Eu vou começar a trabalhar no escritório do pai do Cláudio amanhã.

— Você vai fazer o quê?

Molas imaginárias me lançam para fora da cama, me fazendo ir de encontro ao guarda-roupa do outro lado. Bato o braço, mas não sinto a dor. Sinto, na verdade, medo, desespero e uma vontade quase incontrolável de gritar. Olho meu irmão que continua impassível sobre a cama. Ele me devolve um olhar preocupado.

— Você se machucou?

— Não. — Esfrego o braço sem ainda ter registrado a dor. — Você poderia repetir o que acabou de dizer, só para eu ver se entendi o que entendi?

— Eu disse que vou começar a trabalhar amanhã no escri...

— Foi isso mesmo, então, que eu ouvi que você disse. Mas Alan essa é a maior loucura que você algum dia fez em toda sua vida!

A dramaticidade é proposital. Ele precisa entender que isso é uma insanidade completa. Não tenho tempo de apelar para o lado racional. Que eu seja irracional. Mas que ele desista dessa ideia. Ele tem intenção de começar a trabalhar amanhã?!

— Não estou fazendo loucura, Bel. Eu não sou louco. Minhas deficiências são nos movimentos, não no raciocínio.

Estou ficando roxa de vergonha. Sem dúvida. Meu rosto esquenta de uma forma que dói um pouco. Eu não quis chamá-lo de desequilibrado. Nem o acusar de ter uma doença mental. Os neurologistas, pelos quais passamos desde que Alan era um bebê, garantiram não haver nada de errado com suas habilidades cognitivas. A paralisia cerebral afeta tão somente a parte do cérebro que coordena os movimentos.

— Desculpe, Alan. Não foi isso que eu quis dizer. — Ajoelho em frente a ele. Pego suas mãos. — É que estou falando por impulso. Estou preocupada demais com você. Você entende meu lado, não entende?

— Eu entendo. Você que não entende o meu. Eu sempre fiz tudo que você queria. Sempre fui o menino com um monte de limitações que você me fez ser. Mas agora eu não quero mais ser assim. Eu quero ser normal. Como você. Como as pessoas que eu vejo passando na rua da janela do meu quarto.

— Você fez tudo que eu queria? Eu fiz você ser um menino com um monte de limitações? De onde você tirou isso, Alan? Eu jamais faria qualquer coisa que fosse para prejudicar você. Muito pelo contrário, eu vivo para você, para fazê-lo feliz.

— O problema é esse. Você tem que viver sua vida, não a minha.

Estou sonhando com essa conversa. É isso. Depois da troca de mensagem com João, eu acabei dormindo. Esse é apenas um pesadelo insidioso. Para ter certeza disso, discretamente, belisco meu braço. E dói pra caramba! Certo, estou acordada. Não existem subterfúgios possíveis para evitar essa conversa.

— Alan, me diga, é o Cláudio, não é? É aquele cara que está colocando merda na sua cabeça. É ele, sim. Desde que vocês se tornaram melhores amigos, você começou a ter ideias que nunca teve antes.

— Eu tenho minhas próprias ideias, Bel. Não sou mais criança. Eu posso tirar carta de motorista se eu quiser. Tenho 18 anos.

— Ah, não, não, não... Você não vai me enlouquecer, Alan. Minha vida está por aqui de problemas. — Levo a mão para o alto da minha cabeça. — Se você me arranjar mais um, sabe onde você me visitará? No hospício! E estou falando sério.

Resolvo dar golpe baixo. Vou recorrer ao sentimento de culpa de Alan. Joguei a ética pelo ralo assim que ele mencionou a carta de motorista. Eu não permitiria que meu irmão tivesse sua adolescência rebelde agora, quando ele passou ileso por ela.

— Você não é minha dona, Anabel. Eu amo você. Você é a melhor irmã do mundo. Mas você não tem o direito de tirar meus sonhos.

— Você tirou os meus!

Ah, não. Não. Não! Eu não posso ter dito isso. Eu não penso isso. Juro que não penso. Que espécie de irmã-monstro eu seria se pensasse assim? Cadê o cara que prometeu inventar a máquina do tempo quando se precisa dele? Preciso voltar no exato minuto em que disse essa monstruosidade e impedir que as palavras saiam da minha boca.

Alan apenas me encara. Provavelmente daqui a alguns minutos ele terá uma convulsão. E eu passarei o resto de meus dias me culpando por isso. E essa será a culpa mais real que terei. Porque isso realmente será culpa minha.

— Eu não tirei seus sonhos. Você os vendeu.

— Não entendi.

Estou tão apavorada com uma possível crise epiléptica que não consigo raciocinar sobre as palavras de Alan.

— Você vendeu seus sonhos porque era covarde para persegui-los. Você preferiu vender para quem pagasse mais e virou secretária. Não foi por causa de mim. Mas você acha que é. Foi por causa de você. Só de você e de sua covardia.

Minha garganta está fechada. Não exagero se falar que o oxigênio está com dificuldade para entrar por ela. A verdade é que mal consigo respirar. Ninguém nunca me disse palavras tão duras. Nem mesmo Júlia que adora falar as coisas na cara. Ela só costuma afirmar que eu superprotejo Alan e, por isso, deixo de viver minha vida. Mas nada se compara ao que Alan acaba de me dizer. Estou me sentindo uma prostituta. Prostituta de sonhos. Como se os sonhos representassem meu corpo e eu os tivesse dado para o cliente que pagou melhor. No caso, Nilton Ramalho.

— Você ficou mal. Desculpa. Eu não quero que você fique triste, Belzinha. Eu só quero que você volte a viver sua vida e me deixe viver a minha como eu quero.

Eu sei que você tem medo que minhas convulsões ataquem de novo. Mas eu não tenho uma crise há quase cinco anos. Esse remédio que estou tomando é bom. Eu fiz uma pesquisa na internet. Várias pessoas que tomaram sararam, sabia? Eu li um caso de uma moça que nunca mais teve crises. Acredita em mim. Não estou mentindo.

— Oh, Alan. — Envolvo meu irmão em meus braços. — Eu sei que você não está mentindo. Eu fico feliz que você acredite em sua recuperação. Eu também tenho fé de que você vai ficar bom para sempre. Mas você não pode abusar só porque mudou o remédio e está dando certo até agora. Nós não temos certeza de que você está curado. Você precisa esperar mais um pouco, me entenda.

— Esperar quanto tempo? Até que eu fique velho, numa cama? Ou até que minha vontade de viver desapareça porque não encontro mais sentido na vida? É isso que você quer, Anabel? Você quer que eu fique vegetando enquanto a morte não vem? Ou que eu me suicide?

— Não seja dramático, Alan! — Ignoro o arrepio apavorante que correu por minha espinha. Alan e morte são palavras que nem consigo pensar juntas.

— Estou dizendo o que penso. Você não é Deus. Não pode dispor com a vida dos outros. Não pode tirar meu direito de comandar minha vida.

— Alan, você está distorcendo tudo que eu falo. Por que você está fazendo isso? Você era um cara tão sensato!

— Eu era um cara obediente. Você mandava, eu obedecia. Você não enxergava isso porque eu estava fazendo tudo que você queria. Mas eu cresci, Anabel. E não vou adiar mais nada. — Corre as mãos pelos cabelos castanhos claros lisos. — Você não sabe o que é passar 18 anos privado das coisas que você sabe que pode fazer, mas outra pessoa diz que você não é capaz.

— Espera aí! Eu sempre estimulei você a fazer um monte de coisas, Alan. Pensa um pouco. O pai e eu levamos você para vários tipos de terapia e...

— Terapias. — Atropela minhas palavras. — Você ouve o que diz? Vocês só me achavam bom o suficiente para fazer terapias. Eu só podia ficar no meio de pessoas iguais a mim. Pessoas com alguma deficiência. Eu não era bom o bastante para conhecer também outros tipos de pessoas. Ter outros tipos de experiências. Até na escola vocês me acompanhavam. Eu não podia fazer amigos.

— De onde você tirou isso, Alan? É claro que você podia fazer amigos. Nós só queríamos o melhor para você... que você não sofresse.

— Você já parou para pensar que o sofrimento faz parte do processo de crescer, Bel? Por que você evita ele? Quanto mais você evita, mais você sofre. Você acha que sua vida é boa? Você acha que vive bem com seus sonhos vendidos a qualquer valor? Protegida do que está lá fora? Protegida de sofrer e sonhar?

Que bom! Voltamos a falar de mim. Virei o assunto preferido de Alan. Deve ser psicologia reversa. Ele me deixa mal porque eu abri mão de meus sonhos. Ou os vendi, segundo ele. E eu acabo permitindo que ele embarque no projeto maluco de primeiro emprego para que não abandone seus próprios sonhos. O pior, preciso admitir: está funcionando. Não sei se é por que quero interromper essa discussão que tenho medo de me levar à terapia. Ou se é pela admiração que estou começando a sentir pelo lado combativo de meu irmão. Um lado que não conhecia. Mais uma pessoa me mostrando lados desconhecidos para minha coleção.

— Ok, Alan. Você ganhou. Corra atrás de seus sonhos. Dê o melhor de você nesse trabalho. Eu te desejo toda sorte do mundo. Porque você é e para sempre será meu irmãzinho que eu amo tanto, tanto, tanto!

— Obrigado, Belzinha. — Jogamo-nos um nos braços do outro. As lágrimas que atravessam meu rosto transbordam o orgulho que incha meu coração neste momento. Como uma pessoa prática pode ser tão emotiva? Faz parte de um dos mistérios insondáveis da vida.

— Mas tenho várias perguntinhas antes, moço. — Afasto-me de seus braços e sento ao seu lado.

— Pode perguntar.

— Como você vai até esse trabalho? Onde ele fica? Qual é a jornada? O que exatamente você fará lá?

— Nossa, peraí, uma de cada vez. — Ri, relaxado. — O escritório não é longe daqui. É na rua detrás do conservatório. Vai dar uns 20 minutos de ônibus, porque o horário que eu vou é bom. Vou trabalhar entre 13 e 17 horas.

Alan fala "trabalhar" com um misto de alegria e orgulho que me contagiam por inteiro. Ele não lutou contra mim para conseguir seu intento por capricho. Ele quer mesmo esse trabalho. Esse novo desafio.

— Que jornada boa! — Admito que isso me dá uma satisfação impossível de ser disfarçada. — O pai de Cláudio concordou com isso, por quê?

— A moça que trabalha com ele está grávida e precisa de ajuda porque vive passando mal. E o seu Renato falou que quatro horas são suficientes para ajudar a moça e também aprender as coisas do escritório. Então, eu vou ajudar a arquivar documentos, arrumar os livros na biblioteca, que tem lá... essas coisas.

— Ah, legal. Mas ele vai mesmo te pagar por isso?

— Claro, né! Trabalhar de graça é para relógio. Vou iniciar ganhando um salário mínimo. Eu achei bom, porque são apenas quatro horas.

— É verdade... — Fico séria. — Você tem certeza de que é isso mesmo que quer, Alan?

— Sim, Belzinha. Pare de ficar preocupada. Tudo vai dar certo. Com esse dinheiro, vou poder pagar o conservatório e meus remédios.

— Não quero que você pense nisso, Alan. Eu vou continuar pagando tudo.

— Depois a gente vê isso. Eu vou dormir porque no primeiro dia, eu vou ficar lá o dia todo.

— Você não tinha me falado isso! — O nervoso volta a me nocautear.

— Desencana. Como o ônibus é cheio de manhã, o Cláudio vai passar aqui para me dar uma carona.

— Mesmo assim vou ligar no seu celular de minuto em minuto para saber como você está.

— Eu desligo o celular.

— Alan, não se atreva a...

— Zueira. Mas só não me liga muito porque pode atrapalhar o meu primeiro dia. — Me olha sério.

— Prometo. — Cruzo os dois dedos. Descruzo mentalmente. — Então, bom primeiro dia para você! Não se assuste. No primeiro dia de trabalho parece que nosso cérebro não vai comportar tanta informação. E que no outro dia teremos esquecido tudo. Mas é normal.

— Eu sei. — Alan me abraça. — Vai dar tudo certo.

— Vai, sim.

— Boa noite, Belzinha. — Vira-se. — Ah, foi mal tudo que eu te disse. Eu estava um pouco nervoso.

— Eu já esqueci.

— Boa noite, então.

— Boa noite.

Alan sai do quarto. E deixa a conclusão de que a calmaria em minha vida dura o suficiente para eu ter tempo de pegar fôlego e mergulhar em outra turbulência. Meu lema poderia ser: se pode complicar, por que facilitar? Com essas palavras vou dormir, procurando não pensar em cada palavra que Alan usou para me acusar. Mas sei que não poderei enterrá-las indefinidamente dentro de mim. Em algum momento, elas me confrontarão.

Temo por esse dia.

Capítulo 11

Liguei quatro vezes para Alan. Ainda são 11 horas da manhã. Até a última ligação, ele tinha sido compreensivo o suficiente com minha ansiedade para não desligar o celular. Tomara que dure. Eu pretendo ligar mais umas dez vezes antes que as 17 horas seja anunciada, e meu irmão volte, são e salvo, para nossa casa. Estou (quase) admitindo que subestimei Alan. Em todas as vezes em que ele me atendeu, estava eufórico, tão feliz, que eu desejei me contagiar com sua felicidade. Mas me contentei em sentir alívio por ele estar bem, apesar do lugar ser estranho. Eu só espero não passar diariamente por toda essa ansiedade e angústia até que Alan resolva parar de brincar de gente grande. O que pode ser nunca...

Guardo o celular na gaveta de minha mesa, na sala contígua àquela ocupada pelo seu Nilton. O horário de almoço se aproxima. Outro tipo de ansiedade resolve me fazer uma visita. Meu coração dispara. Meus joelhos tremem levemente um contra o outro. Faltam poucos minutos para eu começar a busca por Enrico Balistieri. Não posso mais adiar esse assunto. Eu resolvi que vou procurá-lo na internet assim que seu Nilton sair para almoçar. Fiz uma pesquisa rápida mais cedo pelo celular. Ok. Vou revelar. Mesmo sabendo que era a ideia mais idiota do mundo, eu digitei seu nome na busca do

Facebook. Não encontrei ninguém. Frustrante. Segundo o Facebook, não existe nenhum Enrico Balistieri. No mundo. Continuo no zero a zero. Mas minha próxima pesquisa será no Google. O santo dos internautas. Meu sexto sentido diz que encontrarei informações sobre esse homem no site de buscas. Nem que seja seu obituário. Não. Desde a manhã de hoje, eu sinto que Enrico está vivo. Acho que virei um para-raios místico. Não me preocupo mais. Vou usar esse "dom" a meu favor. Decisão tomada.

O telefone sobre a mesa toca. É seu Nilton. Por algum milagre que desconheço o santo, meu patrão resolveu usar o método tradicional, em vez de me gritar de sua sala. Estamos progredindo.

— Anabel.

— Eu sei que é você, Anabel. Será que você pode vir aqui? Agora.

— Estou indo. — Desligo com classe. No caso de alguém de fora vir meu gesto. Mas sei que ninguém verá minha boca, pois estou de costas para a porta. Então, sussurro, sem medo, todos os palavrões de meu vocabulário.

Dou uma leve batida na porta e entro.

— Aí, está você. — Recebe-me com o sorriso "eu sou um cara legal". Preciso dizer: conheço todos os sorrisos de seu Nilton. Todos eles guardam significados que tive cinco anos para esmiuçar.

— O senhor deseja passar a agenda de amanhã?

— Eu não vou vir amanhã.

— Não? E as duas reuniões em sua agenda?

— Pode desmarcar. Ah, e pode tirar o dia de amanhã para você.

— Posso?

Esse é outro de meus universos paralelos que desconhecia até agora? Ou quem sabe seu Nilton tem um irmão gêmeo que nunca me apresentou. Ele ocupou o lugar de meu chefe explorador por hoje e resolveu bancar minha fada madrinha.

— Pode, pode... Fique tranquila. Amanhã estarei *off*. Totalmente *off*, entendeu? Não quero ser incomodado por ninguém. Nada de telefonemas. Nem *e-mails*. Passe essas instruções para todo o pessoal da empresa, ok?

— Ok.

— Eles podem se virar sem mim por um dia. E sem você também. Isso é bom. Porque se você vier, eles vão dar um jeito de convencê-la a entrar em contato comigo.

Nossa, que mistério! O que o homem vai fazer amanhã? Terá um encontro clandestino? Não. Não é possível. "Nilton e encontro clandestino" é tão improvável quanto "Nilton sem pão de queijo".

— O senhor deseja mais alguma coisa?

— Que você pegue meu terno na lavanderia quando voltar do almoço.

Pelo menos, desta vez, eu terei um almoço, não é mesmo? Só que... não. Agora sou obrigada a pedir lanche pelo *delivery* por causa da pesquisa no Google.

— Está bem.

— Pode ir, Anabel.

Volta a atenção para o computador. Esquece que eu existo. É o bom (explorador) e velho Nilton Ramalho de sempre.

***

Meio dia e quinze. Meu coração vai voar boca afora. Já peguei o terno. Seu Nilton acabou de sair para o almoço. Estou sozinha. Eu e o Google aberto, prometendo encher meu mundo com informações sobre Enrico Balistieri. Meu lanche acabou de chegar do *delivery*. Essa foi a exceção que abri sem qualquer tipo de arrependimento. O buraco no estômago vai valer a pena quando achar o paradeiro do grande amor de vó Helena.

Dedos trêmulos digitam "Enrico Balistieri". Pouso o indicador sobre o Enter. Vou apertar. Não aperto. Eu tenho que apertar. Aperto. Então, dezenas de letras azuis grifadas aparecem na tela, me preenchendo com a mais pura alegria que eu não sinto desde a infância. A página 1 inteira mostra links que levam direto a conteúdos nos quais Enrico Balistieri é mencionado. No Brasil! E quem disse que é preciso de muito para ser feliz? Neste minuto, sou a própria imagem da felicidade. Para completá-la, numa rápida leitura, constato que não existe página de obituário. São todas páginas médicas.

Médicas?!

Enrico Balistieri foi para o Rio de Janeiro cursar Direito e se formou em Medicina? E, ainda por cima, exerce ativamente a profissão aos (prováveis) 77 anos de idade? Estranho. No mínimo.

Entro no primeiro link. O site é de cadastros médicos. Localizo o nome de Enrico. Não tem foto. Mas tem a data de nascimento. 22/03... Como assim ele acabou de completar 32 anos? Claro, felicidade de pobre dura pouco. Principalmente, felicidade de Anabel Dias da Silva. Estava fácil demais para ser verdade. Sem falar na rapidez.

Apoio o queixo nas mãos. Sou o retrato do desânimo. Penso em fechar o Google e comer a porcaria do lanche que pedi. É, então, que algo grita por minha atenção. Quase como o chamado da tábua solta no guarda-roupa de vó Helena. No entanto, desta vez, é uma abreviatura. Jr. Junior. Enrico Balistieri JUNIOR. Meu coração ameaça, de novo, abandonar meu corpo. Ao mesmo tempo que leio a naturalidade do médico. Rio de Janeiro.

É. Bom. Demais. Para. Ser. Verdade! Esse médico só pode ser filho do grande amor de minha avó. Não existem tantas coincidências assim no mundo. Enrico não é um nome comum no Brasil. Balistieri tampouco é um sobrenome que se encontra nas rodas de amigos. Não é como "Da Silva". Junte Enrico, Balistieri, Junior e Rio de Janeiro. Minha nossa! Eu encontrei o filho de Enrico Balistieri. Tão bom quanto encontrar o pai, é encontrar o filho. E se esse homem leva "Jr." no nome é porque deve ter uma relação muito próxima com o pai.

Eu preciso de mais informações sobre esse médico. Para ontem. Clico em Alt e na seta esquerda para voltar à página anterior. Dou uma lida geral e vejo o link de um hospital onde Junior trabalha. Em São Paulo. Finalmente, a sorte resolveu mesmo me sorrir. Clico.

Meus dedos estão tremendo tanto que nem me atrevo a pegar o suco de laranja. Não posso derramá-lo no teclado sob pena de ser demitida. A página do hospital abre. E junto, uma pequena biografia de Enrico Jr.. Passo os olhos rapidamente sobre ela. Isso é uma piada? O cara é especializado na área que poderia salvar a vida de meu irmão anos atrás! Ele é neurocirurgião funcional. Uma especialidade que trata cirurgicamente epilepsias. Sei disso porque uma vez um neurologista indicou que procurássemos um hospital com neurocirurgião funcional para estudar a possibilidade de operar Alan, quando estava no auge das crises. Acabei nunca indo atrás disso. Tenho receio de cirurgias no cérebro. Ignorância minha. Estou quase certa. O bom é que meu irmão nem precisou. Os novos remédios estão dando conta do recado.

Continuo minha exploração pelo perfil do neurocirurgião. Presto atenção à foto ao lado da biografia. Um homem de rosto redondo e óculos com aros vermelhos vivo sorri para mim. Eu sorrio de volta. Ele é tão fofo (não estou sendo pejorativa, juro) que eu não resisto. Um alívio percorre todas minhas terminações nervosas. É para este rosto receptivo que contarei a história da carta de vó Helena. Ele parece um daqueles pediatras simpáticos, sempre com um palito sabor morango a postos, à espera do próximo paciente. Quem imaginaria que uma missão com um começo tão angustiante teria um desfecho tão tranquilo?

Pego meu celular. Anoto o endereço do hospital no qual Enrico Balistieri Jr. trabalha. Irei até lá amanhã cedinho. Muito providencial eu ter o dia de folga. Se eu não pensar no caso de Alan, parece enfim que as entidades zombeteiras que jogam xadrez com minha vida resolveram se divertir com outra coisa.

A alegria retoma de assalto meu coração. Se eu não estivesse em local de trabalho, colocaria o novo clipe do Psy no YouTube e sairia dançando pela sala. Adoro dançar quando estou feliz. Mas eu já disse isso. O importante é que amanhã será o grande dia. O dia em que conhecerei Enrico Balistieri Jr.. E, se tudo der certo, ele me levará ao homem do qual minha avó Helena foi incapaz de esquecer mesmo após 52 anos de distância.

Capítulo 12

O relógio em meu pulso marca 8 horas. Estou em frente ao hospital onde trabalha o homem que só pode ser o filho de Enrico Balistieri, agarrada à minha bolsa, que contém o mais precioso dos tesouros para mim no momento: a carta de vó Helena. Minhas mãos tremem. Ainda não tenho certeza de como falarei da carta com ele. Não me parece uma boa ideia dizer: "Olha, estou aqui porque minha avó materna escreveu uma carta para seu pai na qual ela explica por que não fugiu com ele há 52 anos". Primeiro, o cara pode achar que eu sou louca. Segundo, se Enrico teve aquele filho, significava que ele casou (ou pelo menos, viveu) com a mãe do neurocirurgião. E o tal médico pode não gostar que eu dê a entender que o grande amor do pai não foi a própria mãe.

É tudo muito difícil e aterrorizador. Basta eu dar meia volta, pegar meu carro no estacionamento, guardar a carta no fundo do MEU guarda-roupa, esquecer essa história para sempre... mas não consigo. Não posso. Agora eu tenho certeza de que levarei a missão até o fim. Minha avó desejava isso. Meu coração exige isso de mim.

Chego à recepção geral. Mãos suadas. Uma moça uniformizada me dá um sorriso solícito, à espera de minha pergunta.

— Oi — me obrigo a dizer. — Estou procurando o centro de Neurocirurgia Funcional.

— Fica no 3º andar. Os elevadores estão à direita, no fundo do corredor.

— Obrigada.

Minhas pernas resolvem bancar as teimosas. Não me lembro da última vez em que passei por uma situação tão surreal. Talvez nunca. A verdade é que muito provavelmente eu sou a única no mundo a enfrentar tal situação. À parte personagens de filmes ou livros, não acredito que uma garota procurando o amor de juventude da avó para entregar uma carta datada de 52 anos aconteça em todas as esquinas das grandes (e pequenas) cidades.

Paro em frente aos elevadores. Puxo a respiração com força pelo nariz e a solto pela boca. Pelo menos serviu para alguma coisa o curso de técnicas respiratórias que Júlia me obrigou a fazer junto com ela dois anos atrás. Aperto o botão para chamar o elevador. No mesmo instante, um deles se abre e deixa sair uma equipe de médicos. Discretamente, procuro o meu neurocirurgião. Quero dizer, o filho de Enrico Balistieri. Não visualizo nenhum rosto redondo de óculos chamativos e sorriso amistoso. Melhor assim. Prefiro ganhar mais tempo (e coragem) até ficar cara a cara com ele. Por mais simpático que o homem pareça ser por foto, nunca se sabe o lado sombrio que esconde. E que eu posso despertar.

Entro no elevador e em poucos segundos a porta se abre novamente. Desta vez, sou eu quem deve sair. Vejo-me em uma ampla sala de espera, com quatro fileiras de cadeiras e dois guichês no extremo oposto. Caminho até o primeiro onde um rapaz digita algo freneticamente. Abro a boca para falar. Ele ainda não me notou.

— Olá! Eu estou procurando por um médico.

— Você tem consulta agendada? — Desvia os olhos do computador e me encara.

— Não. — Coloco as mãos que voltaram a suar para trás. — Nada de consultas. É um assunto pessoal, na verdade. Eu sei que ele trabalha neste setor. Gostaria de saber se ele está no momento.

— De quem se trata, moça?

A desconfiança que vejo em seus olhos me faz emudecer por um instante. Provavelmente, ele pensa que eu estou ali para conseguir uma consulta gratuita. É só o começo do meu constrangimento...

— Doutor Enrico Balistieri Jr..

— Ah, claro, só podia ser ele. — O olhar de desconfiança aumenta.

— Como? — pergunto confusa.

— Nada, não... vou ver se o doutor Enrico pode falar com você, só um momento. — Levanta-se e acrescenta: — Qual é o seu nome?

— Ele não me conhece. — Preciso ser convincente agora porque, do contrário, o recepcionista ao invés de chamar o neurocirurgião, chamará os seguranças ou o psiquiatra de plantão. — Diz para ele, por favor, que é um assunto muito importante. É um assunto de família e que é do interesse dele — minto descaradamente no final da explicação.

— Vou ver o que posso fazer. Aguarde numa das cadeiras, por favor.

Corro para a cadeira mais próxima e sento. Menos de meio segundo depois, a ansiedade ganha meu corpo. Levanto. Minha vontade é ficar andando de um lado para o outro. Ou melhor, correndo. Para gastar toda a energia acumulada em meu cérebro. Talvez se desse umas dez voltas naquela imensa sala de recepção, o cansaço resultante do esforço desapareceria com meu raciocínio, e eu pudesse enfrentar o filho do grande amor de minha avó sem qualquer traço de pânico. Porém, se eu fizer isso, com certeza, a recepcionista, que me olha por sobre os óculos, optará pelo psiquiatra plantonista. Não posso correr o risco de pôr tudo a perder quando falta tão pouco para sair vencedora.

Volto a sentar. Desta vez, na fileira de trás. Tem uma senhora na cadeira ao lado. Ela me encara, sem pudores de me analisar de alto a baixo. Sorrio. É o que basta para ela iniciar uma conversa.

— Tão novinha e já sofre de alguma dor crônica?

— Não, não, senhora. Não estou aqui para me consultar. É por causa de um assunto pessoal, sabe. Preciso falar com doutor Enrico Balistieri Jr.. Algo um pouco complicado de explicar, mas eu espero que ele me escute, que concorde comigo e... — Ah, pronto, estou falando como uma tagarela. É incrível como algumas situações têm o poder de arreganhar o lado de minha personalidade que eu tranco com tanto esmero.

— Ah, quer ver o bonitão...

— Desculpe? — "Bonitão"? Eu devo ter ouvido mal por ter me perdido nos pensamentos. Claro que a idosa não estava falando do neurocirurgião que vim procurar. Quero dizer ele é fofo. Tem um sorriso simpático. Mas os óculos e o rosto redondo eram meio cômicos. Parecia um ovo míope. Rio de minhas análises. E sinto vergonha. Não costumo ser tão maldosa em meus julgamentos. Aquele era um dia atípico em todos os sentidos.

— Meu sorriso também ficou bem assim quando ele entrou no consultório do doutor Carlos na última consulta. Ele afeta as mulheres de todas as idades. — Pisca conspiradora.

Definitivamente, não podíamos estar falando da mesma pessoa. Olho para os lados. A senhora parece estar desacompanhada. Sinto uma rebelião interior. Como seu marido, filhos, netos ou qualquer pessoa com um pingo de humanidade deixavam a idosa, aparentemente fora de suas faculdades mentais, vir ao hospital sozinha? Poderia acontecer-lhe alguma coisa no caminho de volta para casa! Se a conversa com o neurocirurgião fosse rápida, me ofereceria para acompanhá-la. Decidido.

— Seu príncipe chegou.

Ao som dessas palavras, abandono a revolta e levanto a cabeça. A quatro metros de distância, mais ou menos, na porta que deveria dar para o interior do centro de neurocirurgia, parado, ao lado de meu recepcionista, está o homem mais lindo que eu jamais sequer imaginei botar os olhos pessoalmente algum dia. E ele está olhando para mim. O resto de forças que possuía some e minhas pernas transformam-se em geleia. Meu coração escolhe este momento para me afogar na taquicardia mais assustadora que já tive na vida. Meu cérebro registra *flashes* de um homem alto (absurdamente alto), com olhos azuis-piscina, cabelos lisos, negros, e pele bronzeada. Tudo isso caminhando em minha direção. Um pensamento cruza a minha mente: "Ele é o tal Enrico Balistieri Jr.? E o gordinho míope do site?". Não, não pode ser. Este deve ser o amigo do gordinho, vindo falar que doutor Enrico está muito ocupado numa cirurgia ou consulta. Não faz muito sentido. Mas é a única explicação.

Agarro-me a ela e, graças a isso, consigo me colocar de pé quando o galã-cinematográfico-*wanna-be* chega à minha frente.

— É você quem quer falar comigo, moça? — Encara-me de um jeito que eu acredito conseguir ler minha alma sem nunca ter me visto antes.

Não. Exijo falar com o gordinho míope da foto, quase grito de volta. Aquela beleza toda, que até hoje só conhecia por revistas e tevê, me intimida. Se antes estava apavorada em expor sobre a carta, imagine agora!

— E-eu estou procurando o doutor Enrico Balistieri Jr.. — Obrigo o pânico a descer para o fundo de meu cérebro. Eu tinha ido longe com aquela história. Não podia recuar no momento mais importante. Deixaria para devanear em casa.

— Bom, costumam me chamar assim desde que eu nasci. Então, acho que sou eu mesmo quem você procura. — Sorri, mostrando dentes tão brancos que só podia indicar que foi uma pessoa muito boa na outra encarnação. Ninguém nascia com tanta beleza a troco de nada. Ainda com senso de humor. E talvez duas dúzias de mulheres. — E? — Levanta uma sobrancelha. — Desculpe a insistência, mas tenho uma cirurgia dentro de 30 minutos. Não posso deixar o paciente esperando na mesa enquanto você decide se sou ou não quem você procura.

— Oh, claro, perdão! — Decido que a babação de ovo de minha parte estava indo longe demais. Tudo bem que nunca vi um homem tão lindo como o tal doutor Enrico de perto. Mas tampouco sou uma acéfala que se deixa levar por um rosto bonito. — Meu nome é Anabel. Será que podemos conversar num lugar mais tranquilo? O assunto que me trouxe até você é muito pessoal. É um assunto relacionado ao seu pai.

Assim que falo a palavra "pai", o semblante do médico muda drasticamente. Suas feições ficam mais escuras do que noite nublada, sem lua, nem estrelas, no meio do mato. Isso me assusta. Meu primeiro pensamento é que Enrico Balistieri havia morrido, como minha avó. Em meu coração, eu tinha tanta certeza de que o encontraria vivo! Não estava preparada para isto. Então, num tom ríspido, o neurocirurgião volta a falar:

— Eu não tenho pai. Não sei de quem você está falando, moça. Com licença, preciso me reunir à equipe que fará a cirurgia.

É pior do que imaginei. Ele não disse "meu pai está morto" ou "perdi meu pai". Ele alegava não ter UM pai. Como assim?! Não encontrei vestígio de outro Enrico Balistieri no Brasil. E, muito menos, uma coincidência tão grande quanto aquela: um rapaz de 32 anos que claramente recebeu o mesmo nome do pai, que só pode ser o amor perdido de vó Helena.

Corro atrás dele, que está para entrar pela porta por onde acabara de sair há instantes, e pego em seu braço. Choque. Um tremendo choque sai das pontas de meus dedos e percorre todo meu braço. Assusto-me. Dou um pulo para trás. Ele vira-se e me encara. Os olhos azuis parecem ter sido invadidos por labaredas. Pegam fogo.

— Me escute, por favor! É muito importante. — Vejo-me implorando. — Preciso falar de Enrico Balistieri com você.

— Vou deixar uma coisa bem clara aqui, moça. — Aproxima-se de mim, inclinando a cabeça até nossos olhos ficarem na mesma altura e meu coração ameaçar sair pela boca. — Nada, absolutamente nada que se relacione a este homem me interessa e nada, absolutamente nada, do que você disser vai me fazer falar com ele. Entendeu?

Não, eu não entendia. Não entendia por que ele parecia odiar tanto o próprio pai. Não entendia o que o homem fez de tão errado para merecer aquele sentimento. E entendia menos ainda minhas reações malucas desde o instante em que aquele médico pisou na sala de espera. Não quero acreditar que tenha apenas a ver com sua beleza de tirar o fôlego. Não quero acreditar que por baixo da mulher inteligente exista uma que se derrete pelo primeiro homem lindo de morrer que encontra.

Esta conclusão é o que basta, mais uma vez, para meu lado impetuoso dar as caras quando mais preciso mostrar que sou uma mulher equilibrada.

— Se você ama, detesta ou nunca mais quer ver seu pai, não é da minha conta, doutor Enrico. Não vim aqui a pedido dele ou de qualquer pessoa que seja da sua família. — Tiro a mecha de cabelo, velha companheira de guerra, do olho. — Meu interesse é puramente pessoal. Da minha pessoa. A única coisa que quero de você é o endereço de Enrico Balistieri, que pelo que entendi é mesmo seu pai. Entendeu?

Se eu não estivesse tão transtornada, juraria que vi um sorriso passar por seus olhos. Mas percebo claramente que ele retoma o controle. Endireita os ombros, a respiração passa a ser controlada e as palavras saem sem inflexão:

— Desculpe não poder ajudá-la. Eu não tenho essa informação. Desejo sorte em sua busca. — Começa a virar as costas, de novo.

Eu preciso ser rápida. Só me restavam duas alternativas. Persuadir o neurocirurgião a me fornecer qualquer informação que fosse sobre o pai. Ou contratar um detetive particular. A segunda hipótese está fora de cogitação. Um serviço desse tipo deve ser caro. Não posso comprometer meu salário com mais nada. Resta-me, então, pular em frente do médico e implorar por sua ajuda.

E é exatamente o que eu faço.

— Por favor, por favor, isso é muito importante! Será que podemos conversar com mais calma? Eu espero você fazer a cirurgia. Não tem problema. Tenho o dia livre. Daí, eu posso te explicar o motivo de precisar tanto encontrar Enrico Balistieri. Prometo não tomar muito do seu tempo. Só preciso de uma pista. Só isso. Por favor!

Ele me encara assombrado. Tenho consciência que devo parecer uma louca. Penso novamente sobre a possibilidade de alguém chamar um psiquiatra. Sinto que todas as pessoas estão nos olhando. Então, enxergo uma mudança em seu olhar. Curiosidade. Rendição. Tenho vontade de sair comemorando antes mesmo de ouvi-lo capitular. Ele levanta a sobrancelha. Sexy. O gesto mais sexy que jamais vi em um homem. Com certeza nunca vi em meu namorado. Fala e eu me seguro para não me jogar em seu pescoço, agradecendo pelo resto da vida.

— Você não vai desistir, não é mesmo? — Ele me dá um meio sorriso que faz meu sangue percorrer meu corpo mais rápido do que a velocidade da luz. — Bem, eu tenho uma cirurgia, para a qual estou bem atrasado no momento, e depois preciso atender alguns pacientes. Saio do hospital às 7 da noite. Se você estiver por aqui, podemos nos encontrar na lanchonete no primeiro andar.

— Eu vou para casa, mas volto mais tarde, não tem problema. — Devolvo o sorriso, agradecida. — Muito obrigada, muito mesmo. Se não fosse um caso importantíssimo, eu não insistiria tanto, desculpe.

— Isso é o que verificarei mais tarde, Anabel.

Passa por mim, entra pela porta e desaparece, me deixando com o som rouco de meu nome a percorrer cada terminação nervosa de meu corpo. E, eu, tentando a todo custo cortar essa ridícula reação em cadeia.

***

Às 19 horas, em ponto, estou sentada a uma mesa, logo na entrada da lanchonete no hospital. Dizer que estou, mais uma vez, tensa é eufemismo. Sou a própria latinha de refrigerante sob o sol, pronta para explodir. Fiquei em casa por oito horas (após ter lutado contra a vontade de passar esse tempo sentada em uma das cadeiras da lanchonete, comendo doces... que prometi não comer tão cedo). Usei cada segundo na organização de meu quarto. Consegui enfileirar as calcinhas por ordem de cor, na primeira gaveta do guarda-roupa. As calças sociais, sem um vinco, ganharam cabides individuais. Os vestidos de trabalhar estão com suas respectivas meias finas (porque, sim, para cada um deles tenho uma diferente). As roupas de final de semana couberam, todas, na última gaveta, dobradas em rolinhos simétricos. E o quarto não tem uma nano poeira com que me preocupar. Mas tudo isso foi suficiente para adormecer meu nervosismo. Bastou entrar no hospital e ele despertou mais sedento do que nunca. Não resisto perguntar (pela milésima vez) por que vó Helena acreditou que eu era a pessoa ideal para essa missão. Só consigo pensar que, assim como ela escondeu a história de amor com Enrico Balistieri, ela camuflava uma terceira personalidade. A sádica. Deu um jeito, de propósito, de me colocar numa situação que fugisse totalmente de minha rotina e me deixasse à beira da loucura.

Peço perdão mentalmente à minha avó. Estou sendo covarde, eu sei. Quantas pessoas gostariam de viver uma aventura dessas. Ter histórias inusitadas para contar a seus filhos, seus netos. Eu preciso apenas arrancar do doutor Enrico Balistieri Jr. alguma informação sobre o paradeiro do pai. Se eu conseguir, com certeza, me sentirei mais calma. Isso se ele aparecer.

Olho para meu relógio. O carinha está atrasado 15 minutos. Fui ingênua. Nem pensei na hipótese de ele ter mentido apenas para se livrar de mim. Meu cérebro ficou babando pelo tipo moreno, alto, bonito e sensual. Meu raciocínio virou doce de leite. Pego minha bolsa do encosto da cadeira, decidida a levantar. Não tenho ideia de como acharei o ex de minha avó. Mas, uma coisa é certa, não vou pagar outro mico com aquele médico sem coração.

O neurocirurgião escolhe este momento para adentrar a lanchonete, usando uma calça tactel azul-marinho e camiseta branca. Onde ele tinha escondido aqueles ombros largos e braços musculosos quando nos encontramos de manhã? Instintivamente, me encolho na cadeira, tentando não analisar o que um homem com aquela aparência deve pensar ao ser obrigado a encontrar uma mulher sem atrativos, igual a mim.

Ele me vê. Abre um sorriso de reconhecimento. Eu me endireito na cadeira. Profissional. Impossível entender a mudança em minha personalidade quando ele está perto de mim.

— E você veio mesmo. — Senta-se à minha frente, rindo, como se eu fosse a maior piada do século.

— Desculpe frustrar suas expectativas. — Não posso evitar a réplica. Recebo alguma entidade zombeteira na frente deste homem. A única explicação.

— Você é uma baixinha brava e decidida, hum? — Cruza os braços sobre o peito, relaxado na cadeira. E eu tenho vontade de desviar os olhos. Se eu tiver mais um pensamento sobre o quanto ele é bonito, vou me deixar sem um único doce pelo resto do ano.

— Vamos aos negócios, que é o que interessa — me obrigo a falar.

— Que tal você começar me explicando como chegou até mim? — Levanta a sobrancelha.

— Fiz uma pesquisa na internet e descobri que você trabalhava neste hospital. Mas você estava um pouquinho diferente na foto. Nada que óculos e uns quilinhos a mais não resolvam. — Não resisto de novo.

Ele solta uma gargalhada que me arrepia da cabeça aos pés.

— Trapalhadas do TI que cuida da manutenção do site. Quem está na foto é meu colega Marcus. Já pedimos três vezes para que mudassem. Até agora continuo um médico fantasma. Você não é a primeira pessoa que reclama disso, aliás.

Prefiro deixá-lo acreditando que fiz uma reclamação. Quero passar o perfil de uma mulher de negócios. E não o de uma mulher com o interior em rebuliço apenas por causa de um par de olhos azuis e ombros largos.

— Já que está tudo esclarecido, vamos ao que me trouxe aqui.

— Sou todo ouvidos. Você me prometeu explicar o porquê da urgência em descobrir o endereço do meu...

daquele homem — fala, evitando propositalmente a palavra pai. E eu não posso evitar cutucar a ferida, como uma pequena vingança. Devia isso pelo baixinha e brava. Pelo baixinha, principalmente.

— Ele é ou não seu pai, afinal?

— Temos o mesmo DNA. Mas isso não faz dele meu pai.

— Entendo. — Mas não entendia. Para variar, doutor Enrico Balistieri Jr. é um mistério para mim.

— Você acaba de descobrir que é filha dele? — pergunta, de repente.

— O quê?! — Dou um pulinho para trás. Quase caio da cadeira. Ele descruza os braços, se aproxima de mim e faz uma revista em todo meu rosto.

— Você não se parece com ele. Não com a foto que minha mãe tem dele. Olhos marrons grandes, boca carnuda, cabelos lisos acobreados. Rosto longo, delicado. Parece mais com a Anne Hathaway ruiva. — Sorri despreocupado, como se seus olhos me percorrendo não tivessem me feito parar de respirar por longos segundos.

— Só se for a Anne Hathaway do mangá — me pego respondendo, em vez de negar que era sua irmã.

Ele solta outra gargalhada que faz seus olhos se iluminarem como um céu limpo, cheio de estrelas.

— Isso é para me dizer que não se acha bonita?

Para de rir. Mas os olhos continuam iluminados pelas estrelas.

— Você é linda, Anabel. E não estou falando isso para reabilitar sua autoestima. — Pisca para mim. — É a pura verdade.

— Não somos irmãos. Seu pai não é meu pai — digo, rapidamente, no desespero de mudar de assunto, antes que eu siga o impulso de colar meus lábios nos dele para agradecer as palavras tão gentis com um beijo que jamais desejei tão intensamente.

Decidido. Sem doces pelo resto da vida!

— Certo. — Volta a encostar-se na cadeira. — Então, vamos à sua história misteriosa.

— Bom, tudo começou com a morte da minha avó materna três semanas atrás. — Expiro pesadamente antes de voltar a me concentrar no assunto que me trouxe ali. — Ela e eu sempre tivemos uma ligação muito forte. Senti muito a morte dela. Ainda sinto. — Fecho os olhos, lutando para desfazer o nó que se formou em minha garganta. Um toque quente envolve minha mão direita. São as mãos de Enrico que me confortam, aquecendo minha pele e meu coração.

— Sinto muito por sua perda — fala suavemente.

Abro os olhos. No mesmo instante, ele recua as mãos. Coloca uma expressão neutra no rosto.

— Obrigada — digo, com uma sensação de vazio, repentina. A mão que foi tocada pela de Enrico esfria de tal forma que quase a coloco embaixo das pernas para aquecer. Jogo minhas reações exageradas àquele homem no fundo de mim. Concentro-me no que era preciso ser dito. — Mas eu sei que foi melhor assim. Minha avó sofreu muito nos últimos meses. Quando descobrimos o câncer de estômago, já era muito tarde.

— Já tinha sido acometida por metástases? — Olha-me sério.

— Sim, infelizmente. O médico deu três meses de vida. Ela viveu quase um ano. Era uma mulher forte, sabe. Tinha muita fé. E uma bondade tão grande no coração que, mesmo morrendo, não pensava em si mesma. Quando íamos ao hospital, ela só queria saber como estavam todos. Se ninguém estava precisando dela.

— Uma forma de fuga — afirma, convicto. — Era como ela resolveu lidar com a doença. Preferiu transferir sua atenção para outros assuntos a pensar no que estava acontecendo para ela.

— Acho que não. Ela era uma pessoa altruísta por natureza. Era incansável quando se tratava de ajudar os mais necessitados. Não importava se era gente ou animais. Chegou a ter oito cachorros, que recolheu nas ruas de São Paulo. Foi obrigada a doar todos porque meu vô Getúlio não gostava de animais. Também se voluntariava como enfermeira de idosos, cozinheira em albergues sociais ou leitora de estórias para crianças em ONGs. Assim era ela. A pessoa mais doce e generosa que conheci.

— Seus olhos parecem dois topázios ao falar dela. — Inclina a cabeça para o lado, sorrindo. — Gostaria de ter conhecido sua avó. Com certeza, era uma mulher especial.

Não posso evitar meu sorriso de agradecimento. Não quero admitir. Mas Enrico Balistieri Jr. é um cara legal. Aquele lado fofo dele me pegou de surpresa.

— O fato é que três dias após a morte de vó Helena, meus tios, minha mãe e eu fomos até a casa onde ela viveu, por mais de 50 anos, retirar seus pertences pessoais e desmontar os móveis. Minha mãe e minha tia combinaram que ficariam com a cozinha e a sala. E eu tiraria os pertences do quarto. Tirei todas as coisas da penteadeira e de uma parte do guarda-roupa. Dobrei tudo direitinho. Então, comecei a mexer na parte onde ela colocava as roupas de cama e banho. Encontrei só roupas, claro. Nada de extraordinário. Quando tirei a última peça, percebi algo diferente no assoalho. Era uma tábua solta. Não sei explicar por que, mas aquilo chamou minha atenção. O mais sensato a pensar era que a tábua estava solta por causa da idade do móvel. Estava lá desde que me entendo por gente. Mas senti que não era só isso. Eu senti uma urgência de arrancar a tábua. Parece maluquice, eu sei. Mas foi o que senti.

Enrico não demonstra nenhum julgamento no olhar enquanto falo. Apenas me escuta com atenção. Isso me motiva a continuar.

— Era uma necessidade imensa de levantar a tábua solta e descobrir o que tinha debaixo dela. Corri até a porta do quarto e a tranquei. Algo dentro de mim me impelia a explorar aquilo sozinha. Voltei para o lugar em que estava e forcei a tábua. Ela não cedeu com facilidade. Tive que tentar por vários minutos até arrancá-la do guarda-roupa. Já estava achando que tinha enlouquecido, quando vi a caixa.

— Estou me sentindo dentro de um livro de suspense — me interrompe, cruza os braços.

— Desculpe. — Sinto a necessidade de dizer. — Eu tenho a tendência de dar duas voltas no mundo antes de falar do que interessa.

— Não se desculpe. Você é boa nisso. — Seu rosto é iluminado por um da coleção de sorrisos de tirar o fôlego que tem.

— Bem, obrigada, então. — Devolvo o sorriso. — Mas agora é que vem a melhor parte. Eu peguei a caixa e li uma inscrição na tampa. Estava escrito: "Para minha neta Anabel". Você não imagina o susto que tomei com aquilo. Minha avó jamais mencionou que guardava algum presente para mim ou deixaria alguma herança. Não sabia o que pensar na hora. Curiosa, resolvi abrir a caixa. Não era uma caixa grande. Era do tamanho de uma caixa de sapatos para bebês. Dentro dela encontrei vários papéis. Um deles era endereçado a mim também. Era uma folha de caderno e parecia recente. Nela minha vó havia me escrito palavras emocionadas, fortes, que fizeram meu mundo girar. E, no final da página, ela me incumbia de uma missão.

— Uma missão? — Levanta a sobrancelha.

Meu cérebro reza para que aquele médico não tivesse começado a acreditar que eu fantasiava tudo.

— Sim. E é por causa desta missão que estou aqui, na sua frente. — Puxo o ar com força. — Os outros papéis, que estavam junto com o bilhete que ela me deixou, traziam o conteúdo de uma carta de amor. Quer dizer, uma carta de amor e um pedido de perdão... — O momento chegara. — Tudo dirigido ao seu pai. — Tiro, cuidadosamente, os papéis da minha bolsa. — Aqui está ela.

— O que isto significa? — Levanta abruptamente da cadeira. — Você me encheu o saco até que eu concordasse em te ouvir, me enredou numa estorinha de suspense, para no final me mostrar uma carta de uma entre a dúzia de mulheres que aquele homem deve ter usado? Não acredito que perdi meu tempo por isso. Com licença.

— Do que você está falando? — Dou um salto, derrubando a cadeira. O neurocirurgião sai da lanchonete e caminha. Não. Corre para o elevador. Eu vou atrás, com as batidas do coração sufocando minha respiração — Espere! Eu não terminei de explicar. Doutor Enrico!

Alcanço-o. Ele está apertando o botão, que leva o elevador para baixo, desesperadamente. Finge que não estou a ponto de sacudi-lo para me olhar.

— Você precisa me ouvir! Não cheguei até aqui para morrer na praia. O que falei de errado, caramba?

— Aquele homem, aquele maldito homem, é o erro. Ele destruiu minha mãe há 32 anos. Não vou permitir que ele volte para assombrar nossa vida novamente.

O elevador chega. Ele entra. Eu me jogo para dentro. Noto que luta consigo mesmo para retomar o controle. Aquilo parece um caso de vida ou morte para ele.

— Anabel, escute — Encara-me, tentando mostrar emoções controladas. Mas seus olhos o traem. Seu interior está no meio da Terceira Guerra Mundial. — Não duvido que sua avó foi uma boa mulher. Mais um motivo para ter acreditado naquele homem. Estou certo de que ela o amou de verdade. Ele tem esse poder sobre as mulheres. Todas caem de quatro por ele. E depois são descartadas como lixo. Só que agora ela está morta. E se livrou dessa maldição. — Fecha os olhos. — Pelo amor que você teve por ela, queime essa carta. Ou jogue-a no lixo. Esqueça esse assunto!

— Nunca! — grito, no mesmo instante em que a porta do elevador abre no estacionamento do hospital e seis pares de olhos nos encaram.

O médico abre caminho pelos curiosos que estavam à espera do elevador. Parece ter ficado surdo, de repente. E eu pareço uma louca ao me jogar em sua frente, impedindo seus passos, pela segunda vez no mesmo dia. Porém, desta vez, ele quase cai por cima de mim. Segura-me pela cintura para não nos estatelarmos, os dois, no chão do estacionamento. Puxa-me e me vejo colada a ele, as mãos espalmadas em seu peito. Só consigo pensar que estou presa numa muralha. Rígida. Quente. Olhamo-nos por instantes eternos. Nossos rostos ficam tão próximos que sinto seu hálito tocar meu nariz. Seu perfume amadeirado amolece minhas pernas. Sinto as batidas aceleradas de seu coração sob meus dedos.

Nem o castigo dos doces me impede de bancar a louca periguete. Tenho consciência. Mas não me mexo. Ao contrário, sinto cada músculo daquele peito forte pressionar meus braços, minhas mãos. Instintivamente, tento me aproximar ainda mais dele. Meus olhos ficam pesados. Reconheço o desejo assaltando célula por célula de meu corpo. Tão poderoso que me enfraquece. O motivo pelo qual me atirei na frente do neurocirurgião de beleza cinematográfica evapora da minha mente. Pela primeira vez na vida, sou só sensações. Onde aquilo levaria? À traição de meu namorado com alguém que vi pela primeira vez há 12 horas.

O pensamento invade minha mente e traz a lucidez, me fazendo debater nos braços fortes.

— Me solta! — grito, lutando contra ele. Contra uma Anabel que me assusta. Muito.

Ele me solta. Os braços, ao redor do corpo. O olhar fica perdido por alguns instantes. Mais uma vez, se refaz, como se não tivesse ficado à beira de um amasso selvagem no estacionamento de um hospital.

— Vá embora, Anabel. — Passa as mãos pelo rosto, num gesto de cansaço. — Por favor. Eu já ouvi tudo que você tinha para dizer. E já disse tudo que você precisava ouvir. Não temos mais nada para conversar.

— Eu não disse tudo, Enrico. — Esqueço o título de doutor. De qualquer forma, depois de tudo, é supérfluo. — Me deixe, pelo menos, terminar. É só o que eu peço. Ou pelo menos me explica o que seu pai fez de tão grave para você ficar tão transtornado quando mostrei a carta.

— Eu não vou ler a carta, Anabel. Nada do que você disser vai me fazer lê-la. Estou falando sério!

Que homem terrivelmente teimoso!

— Não estou pedindo para você ler nada. Só quero terminar a minha história.

Ele consulta o relógio.

— Passei 12 horas neste hospital. Amanhã volto às 7 horas. Estou cansado, doido por um banho. Que tal nós dois irmos para nossas respectivas casas?

— Eu não vou desistir disso. — Não sei de onde saiu essa determinação. Esse homem a despertou? Ela sempre esteve dentro de mim? Estou confusa. Agindo puramente pelas emoções, sei disso. — Volto aqui vinte vezes se for preciso!

— Ok. Então, vamos acabar logo com isso. — Segura meu cotovelo e sai me arrastando pelo estacionamento, até parar na porta do passageiro de uma Hillux (por que acredito que esse carro imenso é a cara dele?) e abri-la. — Entre, por favor.

Eu obedeço, prontamente. Ele contorna o carro e joga-se no banco ao meu lado.

— Termine sua história. — Massageia a testa. — Antes que minha cabeça exploda em mil pedaços dentro deste carro.

— Você saiu feito um louco quando eu mostrei a carta que minha avó escreveu para seu pai. — Ele me olha ameaçadoramente. — Não vou mostrá-la de novo, não se preocupe. Está guardada na minha bolsa. Só vou dizer o que ela contém. — Ajeito os cabelos atrás das orelhas. Duas vezes. E eles voltam ao meu rosto. Desisto. — Na carta, minha avó pede perdão para seu pai, por tê-lo deixado esperando na rodoviária de onde fugiriam para o Rio de Janeiro. E também explica por que ficou noiva de outro homem logo depois. Mas essa carta jamais chegou às mãos de seu pai. Uma tia minha me contou que quando minha avó foi levar a carta a seu avô para que ele a entregasse a seu pai, descobriu que seu avô havia morrido. E minha vó nunca mais pôde saber do paradeiro de seu pai. Ela passou 52 anos amando seu pai, arrependida por não ter aparecido na rodoviária. Mas a culpa não foi dela. Ela abriu mão de tudo por causa da mãe, minha bisavó. Ela era muito doente e podia morrer se a filha fugisse de casa. Vó Helena casou com outro homem para que ele pudesse custear o tratamento da minha bisavó. O pai dela, meu bisavô, a chantageou, praticamente a obrigou a abandonar Enrico Balistieri.

— Foi uma atitude sábia. Ela não deveria ter passado mais de 50 anos se remoendo por causa disso. Aquele homem acabaria com o emocional dela se tivesse optado por fugir com ele. Ele a transformaria em uma sombra do que foi, acredite em mim. Ela não o conhecia suficientemente bem quando escreveu a carta. Estava iludida por um sedutor mau caráter. Ele não ama ninguém. Nunca amou. Nunca amará. Ele apenas usa as mulheres.

Os olhos de Enrico cospem rancor, ódio. É assustador. Resolvo não entrar no terreno pessoal. Não conheço Enrico Balistieri, mas preciso defender minha avó.

— Não sei nada sobre seu pai. Até descobrir essa carta, o relacionamento que minha avó teve com ele era desconhecido para mim. Fiquei muito surpresa em saber que minha tia sabia de muita coisa sobre isso. Porém, eu conheci muito bem vó Helena. Como eu te disse, fomos muito unidas. Ela era uma mulher generosa, mas igualmente prática e forte. Nada tinha o poder de abalá-la. Nem o câncer teve! — Desvio os olhos dos dele. De repente, a dor que aqueles brilhantes olhos azuis passaram a espelhar me angustiou. Entendi que ele deveria ter motivos reais para odiar tanto o próprio pai. No entanto, eu não estava ali para descobrir sobre sua vida. Nem se eu quisesse. Eu era uma desconhecida. Minha única missão deveria ser arrancar-lhe qualquer pista de como achar Enrico Balistieri, pai.

Obrigo meus pensamentos a vestir uma rédea. Volto a falar:

— Li a carta milhares de vezes para tentar entender o lado de vó Helena que jamais conheci. E, ainda assim, não consigo entender. A mulher da carta era uma mulher que se entregou ao amor e que recebeu esse mesmo amor. Ainda que meu avô tenha morrido dez anos atrás, eu me lembro bem do relacionamento dos dois. Tinha respeito. Nunca vi os dois discutindo, apesar dos motivos graves que meu avô dava. Porém, o mais importante, não existia. Amor. Ela não o amava. Hoje tenho certeza disso. Meu avô nunca pôde dar para ela o tipo de amor que ela teve com seu pai.

— Anabel, eu posso entender que você não queira se separar de sua avó ainda. Que você não consiga aceitar a morte dela porque teve um amor de filha por ela. Isso é um sintoma normal da perda. E você está usando essa carta, que achou no fundo de um guarda-roupa, para que sua avó permaneça viva. O problema é que se trata de uma carta que tem 52 anos?! Olha para mim. — Gira meu queixo com suavidade, obrigando-me a encará-lo. — Sua avó deveria ser bem nova quando escreveu. Talvez fosse seu primeiro amor. É natural que uma pessoa ache que é o fim do mundo ao ser separada da pessoa por quem se apaixonou pela primeira vez e acreditou que duraria para sempre. São fantasias juvenis. Todos nós passamos por experiências desse tipo. Sua avó viveu em outro tempo. Não tão permissivo como o de hoje. O pai dela deveria ter sido rígido, como eram os pais de antigamente. Para ela foi ainda mais difícil superar o primeiro amor. Mas isso, Anabel, não quer dizer que aquele sentimento, se ele não tivesse sido interrompido, fosse durar para sempre. E, principalmente, essa carta não prova, mesmo se eu não a li, que aquele homem sentiu algo por ela.

— Escute. — Desvencilho do toque quente. Não posso me entregar às minhas sensações fora de controle. Preciso me empenhar a fazê-lo entender que a morte de minha avó não tirou minhas faculdades mentais. — Eu nunca fui uma mulher romântica. Nunca fiquei suspirando pelos cantos ou colocando música de fossa por namorado. Nem pelo primeiro. Estou falando sério. Eu me considerei desde sempre prática como minha avó. Nunca me imaginei perdendo a cabeça por causa de homem. Ou acreditando que viveria um lindo amor de conto de fadas. Simplesmente não rola para mim. Acho que cada um tem seu estilo de vida. Esse tipo de amor pode se encaixar para alguns. Não se encaixa no meu estilo de pensar e ser. Os pais de minha melhor amiga, por exemplo, são superapaixonados desde a adolescência. Transformaram em realidade uma história de amor de livros, como minha amiga gosta de falar. Era no relacionamento que eles colocavam mais energia em suas vidas. Fico feliz por eles e torço que estejam juntos para sempre. — Respiro fundo. — Estou dizendo tudo isso porque até o mês passado, eu acreditei que minha avó também pensava assim. Acreditei que ela era feliz em pôr sua energia em outras coisas. Nunca a vi como uma mulher romântica. Ler a carta e ouvir da boca de minha tia que minha avó guardava um amor tão grande dentro de si, um amor que a corroía por dentro, que, por isso, ela não conseguiu amar outro homem, fez despertar algo dentro de mim. Eu preciso, nem que seja a última coisa que eu faça, achar esse homem, entregar a carta, e sossegar o meu coração e o espírito de minha avó. Para que ela possa descansar em paz.

— Acabo de te conhecer, mas tenho certeza de que jamais conheci mulher com uma impetuosidade tão grande. Você é um tipo de "pessoa-furacão", aquela que chega tirando as coisas do lugar, bagunçando, pondo tudo de pernas para o ar — filosofa, com os olhos vidrados em mim. — E eu tenho a clara impressão de que você não sabe que é assim.

O clima dentro do carro muda. Vejo, como espectadora, em câmera lenta, Enrico levantar uma das mãos e aproximá-la de meu rosto. Ele toca na mecha de meu cabelo que não concordou em ficar atrás da orelha. Tira-a de meu olho. É de uma delicadeza que parece que estou na linha tênue entre fantasia e realidade. Coloca no lugar de onde foi expulsa milhares de vezes. Nos últimos 20 anos. Sorri. Eu suspiro, sem pensar em evitar.

— Você me venceu, Anabel. Vai entregar a carta nas mãos de seu dono.

Aproveito que toda a razão abandonou meu cérebro e jogo-me nos braços do médico recém-conhecido. Sinto-me tão feliz e agradecida que passo meus braços ao redor de seus ombros apertando-o forte contra mim. Ele, imediatamente, me enlaça também e retribui o carinho.

— Obrigada. Muitíssimo obrigada — sussurro contra a pele macia de seu pescoço. Tarde demais, percebo uma lágrima deslizar por meu queixo e molhar a camiseta dele.

Separo-me, envergonhada. Seco meu choro, discretamente. Não tenho coragem de encará-lo neste momento. Olho para o painel do carro.

— Mas tem uma condição, moça — diz, descendo meus pés das nuvens. — Não quero me envolver em nada disso. Muito menos quero que envolva minha família. Vou te conseguir a localização e só.

— Tudo bem. Eu preciso apenas saber do paradeiro de Enrico Balistieri. Com o resto, eu me viro. Prometo. — Arrisco encará-lo. Olhos ternos acolhem-me. E meu estômago entra em polvorosa, num festival de descargas elétricas.

— A última vez que nos encontramos ele morava no Rio de Janeiro. — Desvia os olhos. O tom é controlado. Voltara a ser o médico.

— Pela carta da minha avó, ele estudou Direito lá. — Fico ereta, na tentativa de reencontrar o profissionalismo arremessado na lata do lixo na lanchonete.

— Quando minha mãe o conheceu, ele era um advogado muito bem-sucedido. Tinha um dos escritórios de advocacia mais famosos do Rio.

Como me incomoda a falta de inflexão na voz de Enrico ao falar do pai! Talvez fosse por eu ter amado tanto o meu. É difícil aceitar que nem todo mundo saiba o que é o amor de um pai.

— Viemos para São Paulo faz 26 anos.

— E vocês não se encontraram desde então?

— Não. Só que ele continuou depositando uma pensão na conta da minha mãe até eu completar 24 anos. Por ela, eu soube que ele não estava mais no Rio de Janeiro.

— Onde ele está? — Se este médico começasse a criar suspense, como eu tinha a péssima mania de fazer, eu, juro, o chacoalharia sem pensar no amanhã. Já que minha personalidade tinha entrado em curto-circuito, não custa adicionar mais um comportamento bizarro a ela.

— Eu... — hesita, desvia os olhos — não tenho certeza, Anabel.

— Como não tem?!

— Minha mãe só soube que o dinheiro não saía mais da agência bancária no bairro da Tijuca, no Rio, onde ele costumava depositar. Os números da agência do depositante mudaram quando eu completei 21 anos.

— E vocês não se interessaram em procurar saber para onde ele tinha se mudado? — Se a intenção deste homem é acabar com o equilíbrio que sempre fiz questão de cultivar, como um plano de vingança por ter despertado seu passado, parabéns para ele! Eu não queria mais segurar a língua.

— Nunca me interessou saber onde aquele homem esteve, está ou algum dia estará, Anabel. Essa investigação só vai acontecer por causa de você e de sua avó. Ele deixou de ser importante na minha vida quando eu tinha 5 anos de idade. — Encara o painel do carro. — Não precisei da presença de um pai para alcançar minhas metas e chegar aonde cheguei. Agora preciso menos ainda.

O mesmo homem que despertou meu lado impulsivo foi o responsável por refreá-lo. Não sei o que responder à confissão de Enrico. Meu pai foi um paizão. Desses que pegam no colo, fazem carinho, perguntam como foi o dia do filho, ajudam na lição e levam para passear no final de semana. Era muito presente em minha vida e na do meu irmão. O que faltou em minha mãe, sobrou em meu pai. Não conseguiria imaginar viver por 20 anos sem a presença dele. Por isso, escolho o silêncio. Dizem que ele fala mais do que mil palavras. O problema é que o meu é exatamente pelo motivo oposto: eu quero falar, mas nem uma única palavra parece apropriada.

— Vamos combinar assim — Ele retira o celular do bolso traseiro, me arrancando da situação desconfortável —, você me fala o número do seu celular e eu te ligo assim que tiver a informação de que você precisa.

Ele não está pedindo seu número de celular para marcar um encontro. Ele não quer manter qualquer ligação que seja com você. E, mais verdadeiro de tudo: você tem um namorado. Enrico Balistieri Jr. só quer seu número para te passar a informação de que você precisa. Levo meio segundo para gritar tudo isso para a expectativa adolescente que cresce em meu estômago.

Não me lembro de uma única ocasião em que fiquei tão eufórica de falar meu celular para alguém. Na verdade, com o homem que está me encarando, à espera de um número, eu me transformo numa caixinha de surpresas. Sou uma novidade atrás da outra.

Falo meu número. Duas vezes. Para o caso de ele ter digitado errado. Tudo pelo bem da missão que minha avó me incumbiu, claro.

— Você pode me dar seu e-mail, também? Se eu não te localizar pelo celular, te passo um e-mail.

Minha euforia murcha um pouco. Estava claro que ele me enviaria uma mensagem fria, profissional, do tipo que termina com "atenciosamente". Ainda assim falei o e-mail da empresa. Aquele eu acessava a cada cinco minutos.

— Anotado. — Faz um clique no celular e o coloca sobre o painel do carro. — Prometo conseguir isso rápido para você.

Acho que essa é a deixa para eu me despedir e sair do carro. Só preciso fazer com que minhas pernas obedeçam à ordem de meu cérebro. Nunca mais veria doutor Enrico Balistieri Jr.. Nem sentiria seu perfume másculo ou olharia seus olhos comunicativos. De repente, essas conclusões pesam dentro de mim.

Conheço o homem há 12 horas. Não dá para entender minhas reações. Sempre afirmei que não sou o tipo de garota que perde a cabeça por homem nenhum. E, cá estou eu, a um passo de me jogar nos braços de um.

— Foi um prazer conhecê-la, Anabel. — Ele estende a mão, tomando uma decisão por nós dois. — De verdade. — Seus olhos sorriem para mim. — Peço desculpas pelo ataque de fúria que tive. Em minha defesa, digo que não costumo agir assim. E nem posso. Sou um neurocirurgião. Equilíbrio é a lição número um que aprendemos na residência.

— A culpa foi minha. — Aperto sua mão, ignorando o segundo choque do dia. — Eu apareci do nada, trazendo de volta assuntos delicados para você. E querendo a todo custo que você me ajudasse. Em minha defesa, tenho a dizer que eu tampouco costumo agir desse jeito. Juro!

Rimos juntos. Ele leva minha mão, que ainda segura, aos lábios. Pressiona um beijo demorado. Pego meu subconsciente desejando que fosse minha boca a receber a carícia.

— Você está de carro?

— Hã? Sim, sim, estou, sim. — Puxo minha mão de volta. Estou começando a me preocupar com meu comportamento. Preciso resgatar urgentemente a sensatez da lata de lixo para onde a arremessei. Provavelmente a mesma que engoliu meu profissionalismo. — Eu já vou. Muito obrigada por aceitar me ajudar. A mim e a minha avó.

Assim que toco na maçaneta, Enrico salta do carro, contorna o veículo, e aparece ao meu lado, segurando a porta para eu sair. Sinto-me personagem de filme. Na vida real, nenhum homem havia tido aquele ato cavalheiresco comigo.

Saio, ajeitando minha calça jeans, na esperança de que meu quadril pareça menor. Prefiro não analisar por que isso é importante para mim. Coloco a bolsa no ombro direito. Os cabelos atrás das orelhas. Respiro. Uma, duas, três vezes antes de encará-lo.

— Bom, é isso. Mais uma vez, obrigada. Eu ficarei esperando seu telefonema — *lutando contra a vontade de colocar o celular na saboneteira quando for tomar banho e, assim, não me separar dele nenhum instante.* Penso, mas não digo, claro.

— Eu ligarei, como prometi. — Bate a porta da qual acabei de me afastar.

— Tchau, Enrico — me despeço andando de costas.

Ele abre um sorriso de rosto inteiro. Lembro o que minha avó escreveu na carta e, finalmente, entendo o que ela quis dizer. Enrico pai e Enrico filho deveriam saber sorrir do mesmo jeito.

— Tchau, moça dos cabelos de fogo.

Viro em direção à vaga onde deixei meu carro. Tenho vontade de correr até lá. No entanto, ando com passos calculados, ciente do olhar de Enrico em minhas costas. De repente, o "jamais o esquecerei" de vó Helena salta em meu cérebro. E dessa vez corro. Para valer.

Capítulo 13

Vou ao encontro de João no Paulista's Café como quem vai ao dentista para tratar um canal. Tenho plena consciência de que no domingo à noite fiquei superempolgada com a conversa que teríamos hoje. O problema não é nosso encontro. O problema sou eu. Não me recuperei ainda de um outro encontro. Com Enrico Balistieri Jr.. Ontem. Estou muito decepcionada comigo. Eu praticamente me joguei nos braços de um desconhecido. Espera aí! Eu literalmente me joguei nos braços do neurocirurgião. Justo eu! Eu que vivia criticando as garotas oferecidas de minha faculdade.

A desculpa que saí de meu estado mental normal porque ele é lindo não passa disso: desculpa. Ontem à noite pensei com calma e cheguei à conclusão de que Enrico não é o primeiro homem lindo de morrer que vejo pessoalmente. O Marlon do financeiro, por exemplo, é considerado o Brad Pitt da Ramalho. Tudo bem que é um sem-vergonha. Mas é um loiro de olhos verdes que chama a atenção por onde passa. E o que dizer do meu próprio namorado? Ele pode não ser um modelo de beleza. Contudo, tem um sorriso charmoso. E fica muito bonito com a barba por fazer.

Falta de sexo. É esse meu problema. Uma luz ilumina-se em minha cabeça quando o semáforo abre e eu atravesso em direção ao Paulista's. Uma mulher saudável, namorando, não pode ficar tanto tempo sem isso e acreditar que não vai ter efeitos colaterais. Eu me subestimei. A verdade é que estou na seca. E o primeiro bonitão que cruza meu caminho desperta minha libido (pseudo) adormecida.

Puxo o ar com força. Aliviada. Falta de sexo é relativamente fácil de resolver. Aliás, se tudo der certo na conversa que terei agora com João, nosso relacionamento entrará numa nova etapa. Esta, confio, será recheada da mais pura sacanagem. Quero dizer, não sacanagem, sacanagem... Enfim, faremos mais sexo. E todas as imagens repetidas à exaustão pelo meu cérebro sobre as dez mil formas de um certo médico sorrir, seus olhos azuis-piscina brilhantes, ou os braços fortes em volta de mim desaparecerão da minha memória. Simples assim.

Entro no Paulista's mais animada. Eu teria um namorado de verdade, e, em poucos dias, o endereço de Enrico Balistieri. No fim, entregaria a carta de vó Helena. Depois disso, minha vida voltaria ao eixo que reprogramei há cinco anos. E a sensação de derrota que está à espreita, enquanto chego a todas essas conclusões, vai evaporar.

Vejo João sentado a uma mesa no fundo do café. Ele tamborila os dedos, impaciente. Olho meu relógio de pulso antes que ele me veja. Só atrasei dez minutos. E isso porque seu Nilton me fez procurar o botão do paletó que havia perdido em sua sala. Depois de um tempo em que eu rastejava, parecendo uma cobra em roupa social, pelo chão acarpetado, ele lembrou que o tal botão estava em seu bolso. Ele tirou na hora do almoço porque estava caindo. Por sorte, seu Nilton não me pediu para costurá-lo no lugar. Caso contrário, a conversa que teria com João poderia ser lembrada para sempre como nosso término e não o início oficial do namoro.

— Oi, João! Seu Nilton me segurou um pouco além do horário. Desculpe. — Chego, finalmente, à mesa. E João me recepciona com um muxoxo. Do tipo: "já acostumei em ser a última preocupação de sua lista".

Sento. Pensei em beijá-lo. Mas não sei direito como as coisas estão entre nós. Ou como vão ficar.

— Vou pedir um *cappuccino*. Você já tomou alguma coisa?

— Estava esperando você. Vou pedir um *cappuccino* também.

Faço um gesto para chamar o garçom, que se aproxima. Fazemos os pedidos. A mesa cai num silêncio pesado. Resolvo quebrá-lo porque não tenho estrutura para o suspense. Como disse, sou boa em fazer para os outros. Mas detesto que façam para mim.

— Você está muito chateado comigo?

— Um pouco, Anabel. Pensei que nosso relacionamento fosse importante para você. Parecia que era importante até sua avó morrer. — Cruza os braços. Nem de longe com o mesmo jeito sexy de Enrico.

Anabel, você não vai entrar no terreno das comparações! Você está com esse cara há cinco anos. O outro conheceu há 36 horas (Não que eu esteja contando. Que fique claro!).

— Nosso relacionamento é importante, João. Você sabe que sim. Por que estaríamos juntos por todos esses anos se não fosse? — Não vou pensar na questão da comodidade. Não mesmo. — O problema é que muitas coisas estão acontecendo ao mesmo tempo. E ainda não consegui conversar com você sobre todas elas. Você também estava envolvido no problema com o Côrrea. Lembra?

— Eu já resolvi isso. Apelei para a direção da escola e alguns alunos foram punidos. Por enquanto, as coisas estão calmas com os outros. Mas nem sei se você se interessa em saber. — Bufa. — Você nem me ligou depois daquele dia que desabafei sobre os problemas que estavam me deixando doente. Você sempre está metida em seus próprios problemas. Para que vai se importar com os meus?

Que cara egoísta! Eu sou para-raios dos problemas dele faz anos. Ele é obtuso de propósito ou é tão desligado que não percebeu isso?

— Você está sendo injusto, João. Sou sempre eu quem ouço seus problemas e procuro dar conselhos práticos. Já você, é muito raro me ouvir — desabafo.

— Eu não vim aqui para brigar com você, Anabel. — Pega minhas mãos. Um gelado atinge meu estômago. Mas não é uma sensação de prazer inesperada, como quando Enrico fez o mesmo gesto para me consolar.

Enrico. De novo. Ah, meu Deus! Quando essas comparações vão parar?

— Eu também não vim até aqui para brigar com você, João. — Nosso *cappuccino* chega. Bebemos um gole. Eu volto a falar: — Na verdade, eu vim aqui para fazer as pazes. Acho que andamos muito distantes ultimamente. Não quero que nosso relacionamento caia na rotina entediante da maioria dos casais. Nós nem fazemos sexo mais — sussurro, consciente que ruborizei.

— É. Eu sei. — Constrangido. — Eu estava cheio de problemas, você sabe. Sem cabeça... Ainda bem que tudo está resolvido. Por enquanto, pelo menos. Agora quero investir na gente.

Esse é o tipo de declaração feita pelo namorado que faria uma mulher pular da cadeira e se entregar a um beijo demorado em público. Entretanto, não faço isso. Simplesmente não tenho vontade. A culpa invade todos os meus sentidos. O *cappuccino* perdeu o gosto. Eu sei que era para eu estar empolgada, pois é o momento pelo qual esperava há cinco anos. O problema é que eu me acostumei com o João sem paixão. E a Anabel totalmente prática. Uma parte de mim quer seguir os conselhos que um dia vó Helena deu. Quer se apaixonar de verdade. Quer equilibrar razão e emoção. A outra, entretanto, não consegue quebrar a barreira erguida entre a mente e o coração.

— Legal, João. — É o melhor que posso dar de mim.

— Você não parece muito animada com o que eu disse. — Seu rosto perde a expressão. Parece derrotado.

— Eu estou animada, sim. Claro que estou — minto descaradamente. — Eu esperei por isso muitos anos. Cheguei a pensar que não tivéssemos uma relação amorosa. Do tipo namoro, sabe.

— Se você não é minha namorada, o que mais seria, Anabel? Depois de todo esse tempo?!

— Ah, não... é eu sei. Namorada, o que mais, não é? Nunca falamos em namoro, essas coisas... Mas sei que sou sua namorada. — Me confundo toda para explicar.

— Acho que está na hora de darmos outro passo.

— Outro passo? — *Outro passo?* Essas palavras não querem parar de fazer eco em minha cabeça.

— Casamento. — E ele solta uma bomba atômica no meu colo.

— Como assim casamento? Com papéis, cartório, igreja e vestido de noiva?

— Não! Quero dizer, você quer tudo isso? Acho que é muito gasto. Eu ganho pouco, Anabel. Eu sei que você tem um bom salário, mas me sinto mal em ser bancado. Já conversamos sobre isso *n* vezes. Acho que a gente podia morar juntos. Estou com um apartamento legal. Nós temos certeza do que sentimos um pelo outro...

EU não tenho certeza do que sinto! Quase, quase eu grito isso de volta. Desta vez, porém, minha boca se controla. Num milagre inesperado.

— Casamento é algo sério, João. Não que eu esteja dizendo que nosso relacionamento não é sério. Mas esse é *O* passo. Você entende? — Ele faz que sim com a cabeça.

— Eu sei que estamos juntos desde 2008, que nos conhecemos bem e tal. Mas pensa: a gente vai passar a conviver, pelo menos nos finais de semana, 24 horas por dia. Vamos saber todas as manias um do outro. E os defeitos que escondemos no dia a dia, porque pelas poucas horas que nos vemos é possível camuflar aquilo que pode atrapalhar o relacionamento.

— Eu sei de tudo isso, Anabel. Mesmo assim eu estou disposto a arriscar. Eu sei que pode dar certo. Você é uma mulher inteligente, que me ajuda nas decisões mais importantes da minha vida. Não posso perder você. Eu quero acreditar que nós dois podemos formar um casal que durará. Vai dar certo, você também tem que acreditar.

João está ansioso. Muito ansioso. Eu sei que ele anda assim por causa dos novos alunos do Côrrea. Mas não é só isso. Ele parece a um passo de me sequestrar e me enfiar na primeira igreja que encontrar para nos casarmos. Ou cartório. Sinto-me com sorte por não estarmos conversando num cassino de Las Vegas. Se fosse o caso, acabaríamos fazendo algo de que nos arrependeríamos no dia seguinte.

— Eu só não entendo, João, por que você tomou essa decisão de repente? Bom, precisamos encarar o fato de que nosso relacionamento anda mais frio do que quente. Estamos mais distantes do que juntos. Eu não sei se é o melhor momento para tomarmos uma decisão assim tão importante.

— Você não me ama. É isso.

Estou concluindo que realmente os alunos estão tirando meu namorado do juízo perfeito. De outra forma, ele não estaria afirmando algo tão infantil. Ele nem ao menos estaria se preocupando com um assunto que jamais mencionou.

— Não, João, não é isso. E você... você me ama?

E eu estou embarcando em sua infantilidade. Não posso acreditar no que acabei de perguntar!

— Lógico. Lógico. E por qual outra razão eu estaria pedindo para você casar comigo? — Ruboriza.

Mas não disse que me ama. E, de repente, as palavras que nunca quis ouvir, são aquelas que mais desejo escutar neste momento. "Eu te amo".

— Preciso pensar, João. Não posso te dar uma resposta assim. Você me pegou desprevenida. A verdade é que estou com a vida de cabeça para baixo. Sem condições de decidir nada neste momento.

— Afinal, o que está acontecendo na sua vida?

Finalmente, pergunta! Pensei que fosse juntar minha vida com a dele antes de João querer saber a história da missão Helena-Enrico Balistieri.

— Vó Helena me deixou uma missão.

— Deixou o quê? Como assim? Você vai me dizer que conversou com o espírito dela? — Toma um grande gole de *cappuccino*. O meu continua pela metade.

— Claro que não. Deus me livre que isso aconteça! O que aconteceu é que achei uma carta no assoalho do guarda-roupa dela dirigida a mim. — Resolvo resumir a história. João não vai se interessar de qualquer jeito. — Bom, para ser sincera, eram duas cartas. Uma para mim e outra para um tal Enrico Balistieri.

— E o que você tem a ver com isso?

— Na carta ou bilhete, não sei direito como chamar o papel, que era para mim, vó Helena pede para eu entregar a carta, com data de 1961, a um homem chamado Enrico Balistieri. Esse Enrico foi o primeiro namorado dela, a quem ela seguiu amando por mais de 50 anos.

— Você está de brincadeira, né, Anabel? Entregar uma carta de namoro de infância para um homem que deve estar embaixo de sete palmos faz anos! Ou está tão caduco que nem sabe quem foi Helena. — Ri, mórbido.

— Me deixe contar a história toda, por favor, João.

— Sua risada causa-me um arrepio incômodo. — Minha

avó marcou de fugir com Enrico porque o pai dela queria empurrar-lhe um marido que ela não queria. O pai dela não aceitava o namoro com Enrico. Vó Helena chegou a fazer as malas, mas não compareceu à rodoviária onde Enrico a esperava. Meu bisavô descobriu tudo antes e ela foi obrigada a casar com outro homem para não matar a própria mãe, que tinha uma doença mental grave. Vó Helena escreveu essa carta para pedir perdão a Enrico e explicar porque o deixou esperando por alguém que jamais apareceria. Também falou que o amaria pelo resto da vida. E assim o fez.

— Anabel, eu quero acreditar que você não pensou em entregar essa carta. Você é uma mulher inteligente. Não é possível que você emburreceu desde a última vez que nos encontramos.

— Eu vou entregar essa carta, João. E continuo com todos os neurônios no lugar. Funcionando como sempre. Não entendi a relação entre entregar uma carta antiga e ter ficado burra.

— E como você vai localizar esse homem? Sua avó falou onde ele estava?

— Se ela soubesse, teria entregado a carta, você não acha? Mas eu já o estou quase achando. Não se preocupe.

— Como?

— Pela internet — falo a verdade incompleta. Não contarei sobre o doutor lindo de morrer. Não mesmo. Não que eu pretenda trair meu namorado. Longe disso. Entretanto, João acaba de dar provas suficientes de que não merece ter tudo de mim. Só não sei como isso dará certo num casamento. Deixo para pensar nesse assunto mais tarde.

— Cuidado com o rolo que você vai se meter. Esse negócio de internet é perigoso, você vê os casos que surgem diariamente por aí, não vê?

— Já falei para você não se preocupar. Só vou encontrar um senhor de 77 anos.

— Que pode ser um maníaco!

— Que exagero, João! — Reviro os olhos. — Minha avó namorou ele. O amou por mais de 50 anos. E prometeu amá-lo além da vida.

— Você está bem encanada com essa coisa de "amor eterno", hein? Sua avó estava era com tempo ocioso no final da vida! Isso vai acontecer para você também, pode acreditar. Ficar desenterrando passado por falta de coisa melhor para fazer.

João me acusa de ter emburrecido em menos de um mês. Mas, e ele? Virou um insensível em tempo recorde! E é com esse homem que estou pensando (só pensando, por enquanto) sobre casamento? As dúvidas quanto a valer ou não a pena investir meu tempo e meu coração num relacionamento que pode me trazer mais surpresas desagradáveis do que agradáveis no futuro querem invadir minha cabeça. Antes que eu magoe João, acho melhor ir para casa. Nada de noite de sexo hoje. Prefiro caminhar para o aniversário de cinco meses na seca.

— João, acho melhor cada um ir para sua casa. Vamos acabar brigando por causa desse assunto.

— Eu não sou obrigado a concordar com você, Anabel. E, além disso, sou seu namorado e tenho medo de você se colocar numa situação de perigo.

— Eu te agradeço por isso, João. Mas nada do que você falar vai me fazer mudar de ideia, porque já estou decidida. — Levanto, deixando o *cappuccino* pela metade. De qualquer forma, ele não vai descer por minha garganta.

— Você vai mesmo embora? Pensei que a gente pudesse...

— Fica para um outro dia. — Sei que estou sendo fria. Detesto-me por isso. Entretanto, estou assustada ainda com a insensibilidade de João. E com minha ansiedade de fugir dele.

— Ok. Quando você pensar sobre a proposta que te fiz, você me liga. No próximo final de semana, estarei fora.

— Vai para casa de seus pais?

— É.

Os pais de João mudaram para Poços de Caldas faz algum tempo. Raramente visitam João. E eu só os visitei uma vez. Mas João vai sempre para lá.

— Eu prometo que te ligo assim que essa bagunça se assentar.

Pagamos os *cappuccinos* (cada um sempre paga o seu, sem exceção), saímos pela porta do café e paramos. João se aproxima de mim. Ficamos na mesma altura. Seus lábios tocam os meus. Receosos. Eu retribuo o beijo, concentrada para não desapontá-lo. Tão concentrada que não sinto nada. Apenas pressa para que o contato termine.

— Até mais, Anabel.

— Tchau, João.

Meu coração grita que tem algo errado em João. Só não sei se tem a ver com a proposta repentina de casamento ou o pânico que vi em seus olhos antes de ele me deixar na calçada. Talvez as duas coisas.

Capítulo 14

Só uma pessoa é capaz de me ouvir com doçura e paciência quando meu mundo eclipsa e eu já tentei de tudo para reconectá-lo. Vó Helena. Contudo, não posso mais apelar para ela. Não neste plano. Pensei em ir ao cemitério. Colocar tulipas em sua lápide. Ter um monólogo com ela. Porém, hoje eu serei egoísta. Totalmente. Preciso ter uma conversa a dois. Preciso que alguém me ofereça o ombro para chorar. E me ajude a dar sentido aos pedaços confusos de minha vida.

Júlia.

Preciso falar com a Júlia. Quanta saudade sinto de minha amiga! O *São Paulo Fashion Week* ficou para trás na semana passada. Estamos na quinta-feira e nada de notícias dela. Como diz o ditado: se Maomé não vai à montanha, a montanha vai a Maomé. É isso que faço neste momento. Estou dirigindo, na hora do *rush*, para o ateliê que Júlia e Sabrina administram.

Tenho que contar a história de Júlia e Sabrina. Porque tenho muito orgulho de minha melhor amiga! Júlia simplesmente é sócia da herdeira de uma varejista de roupas famosa. As duas fundaram, juntas, a marca *Dengo de Menina*. A história toda começou quando Sabrina conheceu Júlia na faculdade, viraram amigas, e resolveram apostar na própria marca. Claro que Sabrina entrou com o dinheiro. Mas quis que as duas trabalhassem de igual para igual. Em quatro anos, elas, com talento e dedicação, cresceram rápido. Conseguiram até abrir a loja, embaixo do ateliê, num bairro chique de São Paulo. E agora participaram do segundo *São Paulo Fashion Week* como convidadas. Muito chique!

Chego à frente da loja-ateliê. As luzes do andar de cima estão acesas. Estou com sorte. Isso significa que Sabrina e Júlia ainda estão por aqui. Travo o carro. Toco o interfone no pequeno portão, colado à porta da loja. Ouço uns barulhinhos de estática e, em seguida, a voz de Júlia.

— Quem é?

— Sou eu, Ju. Anabel.

— Amiga! — grita entusiasmada. Então, o portão destrava automaticamente. — Abriu?

— Abriu. Estou subindo.

Subo o lance de escadas que termina numa porta de madeira com desenhos elaborados, cheia de estilo. Assim como é tudo no ateliê das meninas. Júlia aparece com o sorriso mais largo do que o do Gato Risonho de Alice no País das Maravilhas. Jogamo-nos uma no braço da outra.

— Que saudade de você! — falo.

— E eu de você, sua sumida. — Separamo-nos. — Eu ia te ligar hoje. Olha a coincidência! Estava só esperando dar a hora que você está em casa.

— Precisava conversar cara a cara com você. Estou com a vida de cabeça para baixo, Ju. Preciso do seu ombro amigo.

— Oh, Bel! Estou me sentindo culpada agora. — Conduz-me para dentro e fecha a porta atrás de mim. — Mas você sabe como são as semanas pré e pós-*Fashion Week*. E elas tinham que calhar justo agora que sua avó morreu! Desculpe.

— Não estou te cobrando nada, amiga. Não esquenta.

Entro na sala onde uma imensa mesa cobre o espaço. Tecidos estão espalhados sobre ela. Parece que

Júlia está trabalhando apesar da loja já ter fechado. Porém, não vejo Sabrina.

— Cadê a Sabrina?

— Ela foi visitar um fornecedor. E depois ia direto para casa... você sabe como eu sou, né? Por mim, eu dormiria neste ateliê. — Dá de ombros.

— É, eu sei. Conheço bem sua paixão por tudo isso daqui. — Sorrio.

— Senta aqui. — Puxa uma das cadeiras (metálicas, super, mega estilosa também) que está no canto da sala. — Agora sou toda sua.

— Tenho tanta coisa para te contar que eu não sei por onde começar, amiga.

— Aconteceu tanta coisa assim desde a última vez que nos falamos?

— Aconteceu tudo. — Suspiro.

— Tudo o quê? Pensei que você ainda estivesse mal por causa da morte de sua avó.

— Eu tenho que te confessar que até esqueci que estava mal por isso. — Sinto o rosto quente. Acho que não pega bem confessar uma coisa dessas. Nem para a melhor amiga.

— Gente! Agora você me deixou curiosa. Vamos admitir que sua vida não é das mais movimentadas, né?

— A vida que eu amo exatamente porque é assim.

— Tem gosto para tudo... — Ri por poucos segundos antes de ficar séria. — Mas para de enrolar. Conta logo o que está acontecendo.

— Por onde você quer que eu comece: pelo pedido de casamento do João...

— O João te pediu em casamento? — Arregala os olhos de uma forma que temo pela saúde ocular de Júlia.

— Sim. Acredite, se quiser.

— Seria uma história mesmo ótima para esse programa... Me conta, quando foi isso?

— Ontem. No domingo, João me passou um SMS todo magoado porque acha que não tenho mais tempo para ele. Daí, combinamos de nos encontrar no Paulista's. E lá ele soltou essa bomba: que deveríamos nos casar.

— Na igreja, papel passado, vestido de noiva, tudo isso?

— Foi o que eu perguntei para ele também. E ele falou que se eu fizesse questão...

— Caramba! Estou chocada. O que deu na cabeça do João? Você tem que admitir que ele não é dos caras mais românticos do mundo. Quero dizer, ele não é nada romântico! Desde que vocês começaram a namorar, ou seja lá o nome do que vocês dão ao que têm, ele te trata mais como uma amiga do que qualquer outra coisa. Sabe aquela química, aquela tensão sexual, nunca vi isso entre vocês dois.

— É, sei... Eu também nunca vi. Mas você sabe que eu não me importo com isso. Bem ao contrário de você. — Cruzo os braços e a desafio a me contrariar. Mesmo sabendo que ela não fará isso.

— É claro que eu me importo, Anabel! Você deve ser a única mulher desse planeta que não se importa. Como ficar com um cara pelo qual não tem tesão? Mais importante ainda, como ficar com alguém que você não ama? Em pleno século XXI?! Sinceramente, só você mesma. E eu já desisti de te convencer que essa não é uma relação saudável. E que não existe esse negócio de amar uma pessoa racionalmente, como você fica jogando na minha cara.

— Já discutimos mil vezes isso, Júlia. Você tem seu ponto de vista. Eu tenho o meu. O problema é que preciso tomar uma decisão. Aceitar ou não o pedido de casamento.

Passaram-se 24 horas desde que João fez a proposta, e eu ainda não cheguei a nenhuma conclusão. Não sei se digo um "sim" para um relacionamento morno a longo prazo (ou pelo resto da vida), mas que me dá segurança; ou se digo "não" e vou parar direto nas prateleiras das solteironas e sem qualquer perspectiva de encontrar um homem que repare numa mulher comum como eu.

— Isso, amiga, só você pode decidir. Eu acho que você não ia gostar da minha opinião. Mas você já deve saber minha opinião, não? — Sorri conspiradora.

— Você vai mandar eu não casar porque o João é um idiota, eu sei.

— Não é bem assim. Eu ia mandar você ir aí, dentro do seu coração, e descobrir se o que você sente pelo João é o suficiente para casar com ele. Porque casamento sem amor, Anabel, é a forma perfeita para entrar nas estatísticas do divórcio. E, além disso, está fora de moda.

— Eu estou confusa, Ju. Bom, pelo menos, tenho um tempinho para pensar porque o João vai visitar os pais no próximo final de semana. E até lá tenho outros problemas para resolver — concluo.

— E isso nos leva a esses outros problemas. — Inclina a cabeça para o lado e une as sobrancelhas. — A propósito, qual é o próximo?

— Alan começou a trabalhar na segunda-feira.

— Trabalhar fora? Para receber um salário?

— É. Um trabalho de verdade, com patrão, carteira assinada e salário. — Deslizo minha bunda pela cadeira. Na perfeita imagem da derrotada.

— Não preciso nem pensar para saber que você não está feliz com isso. Seu rosto está péssimo.

— Isso porque você não sabe da metade do que ele me disse no domingo à noite.

— O que ele disse?

— Basicamente que eu não o deixo viver como quer. Que eu destruo os sonhos dele. Mas que agora ele tem 18 anos e vai fazer o que quiser da vida. E que se eu destruí meus próprios sonhos o problema era meu. Na verdade, ele me acusou de ser covarde e ter vendido meus sonhos.

Júlia bate palmas. E eu tenho vontade de bater NELA. Que espécie de melhor amiga é a minha?!

— Eu não resisti, Anabel. Desculpe-me! Alan finalmente te enfrentou. Eu sabia que isso algum dia ia acontecer. Você não podia esperar que ele fosse seu bebezinho para sempre, não? E ele te disse o que você precisava ouvir.

— Você vai ficar do lado do Alan? Ninguém entende que eu só quero protegê-lo. Que tudo que eu faço é com essa intenção?

— Esse é o problema, Anabel. Olha o peso que você colocou nos ombros do cara. Você desistiu da sua vida porque acreditou que seu irmão era um inválido que não podia trocar uma roupa sozinho.

— Não exagera! Você sabe que ele passou 13 anos tendo sérias crises de epilepsia. E que minha mãe nunca ligou muito para isso.

— Sua mãe é outra história. Mas quanto ao Alan, você exagerou na superproteção. E eu sempre te disse isso. Você nunca quis ouvir e agora ouviu do próprio Alan. — Aponta-me o dedo. — Espero que de agora em diante você mude esse seu jeito.

— E eu tenho escolha? Ele está lá, no emprego, todo feliz. Chego em casa e ele vem, quase saltando de alegria, me contar sobre seu dia de trabalho.

— Ah, que Alan fofo! Sinto falta de um irmão. Ser filha única é um saco, às vezes. — Faz beicinho. — Mas e a parte de você ter vendido seus sonhos... você está pensando seriamente sobre ela também, né?

— Depois que eu resolver o caso entre minha avó e Enrico Balistieri, talvez eu tenha tempo para pensar em mais alguma coisa — solto.

— Quem é Enrico Balistieri? Que caso? — questiona confusa.

— Esse é outro dos meus problemas que você desconhece.

— Nossa, sua vida não fica excitante assim desde seu namoro com o Paulo. Lembra?

Rimos juntas. E nossas próximas palavras saem em meio a ataques de risos, lágrimas e falta de fôlego para falar.

— Acho que atraí para ele todo o azar da vida dele em apenas um ano que ficamos juntos — falo.

— O cara quebrou a perna, depois quebrou o braço. Então, foi assaltado por um homem fantasiado de Batman — continua.

— E poderia receber o troféu do mais azarado do ano, quando me ligou numa tarde depois da escola, porque estava no hospital tratando a alergia causada pelo enxame de abelhas que o atacou — termino.

Nossas gargalhadas duram mais alguns segundos até eu conseguir falar sem sentir tanta falta de ar.

— A gente ri agora. Mas foi um ano trágico para mim. Pensei que eu tivesse me transformado em algum tipo de ímã do azar. Deus me livre! — Limpo as últimas lágrimas. — Exatamente como estou me sentindo agora.

— E o que é essa história com sua avó?

— Bom, dias depois que vó Helena morreu, foi a família toda na casa dela para despachar as coisas porque minha querida mãezinha queria colocar com urgência a casa de minha avó à venda.

— Típico da sua mãe...

— É... Agora a casa está lá com a placa. Por enquanto não vendeu. Mas quem sabe venda até o inverno do ano que vem, assim dona Haidê pode curtir os ares do verão europeu.

— Por quê?

— Esse é outro dos meus problemas. Só que te conto numa outra hora. Senão, vou passar a noite contando minha vida para você. — Olho o relógio. 8 horas da noite. — O que aconteceu foi que eu fiquei responsável por tirar as coisas do guarda-roupa de vó Helena e encaixotá-las. E, assim que terminei de tirar tudo, achei a coisa mais improvável da vida de minha avó.

— O quê?

— Uma história de amor. Quero dizer, uma carta. Dentro de uma caixa. Junto com outra carta para mim.

— Que história confusa, Anabel! Não estou entendendo nada.

— Foi assim. — Respiro fundo para continuar: — No assoalho do guarda-roupa da minha avó tinha uma tábua meio solta. Do nada eu fui tomada por uma vontade maluca de arrancar a tábua para ver o que tinha embaixo dela. E foi o que fiz. Para meu espanto, embaixo tinha mesmo alguma coisa. Uma caixa pequena em cuja tampa estava escrito "Para minha neta Anabel". E dentro dela eu encontrei várias folhas. Algumas bem amareladas. E uma carta dirigida a mim, me incumbindo de uma missão.

— Qual era a missão? — Franze as sobrancelhas.

— Entregar a carta, datada de 25 de setembro de 1961, para um homem chamado Enrico Balistieri. — Abro minha bolsa, que está em meu colo, e tiro a famosa carta de lá de dentro. — Aqui está ela.

Júlia olha de mim para a carta algumas vezes. Seu rosto estampa a mais pura confusão. Eu estendo a mão e deposito a carta nas mãos dela. Delicadamente. Morro de medo da carta rasgar antes de ser entregue a seu dono.

— Leia que você vai entender.

Sou obedecida imediatamente. Júlia mergulha na leitura da carta. Eu aproveito para comer a barra de cereal que coloquei no meio das minhas coisas pela manhã. Ofereço para minha amiga, mas ela está tão concentrada que nem percebe. Resolvo não insistir. Ela deve estar sob o mesmo transe que o meu quando li a carta pela primeira vez. Júlia conheceu vó Helena quase tanto quanto eu. Eu a carregava junto comigo todos os sábados, praticamente, para a casa de meus avós.

Termino de comer a serragem que chamam de barra de cereal (quase uma semana sem doce. É uma vitória!), ao mesmo tempo que Júlia levanta os olhos chocados da carta.

— Helena escreveu isso? — Vira a carta duas vezes, à procura, acredito, da assinatura da minha avó. Não aquela "Sua bem-amada".

— Também me fiz essa mesma pergunta quando achei a carta. Dez mil vezes! A mulher que era o espírito da praticidade em pessoa escondia um amor secreto. Um amor que, segundo ela disse na carta ou bilhete, sei-la-o-quê, dirigido a mim, durou até o dia de sua morte.

— É a história mais linda que já ouvi em toda minha vida! — Júlia começa a chorar. — E a mais triste também.

— Eu sei... — Eu também estou chorando. Virei uma manteiga derretida da noite para o dia.

— Vó Helena, a mesma que me servia bolinhos de chuva quando eu ia à casa dela com você, que sorria para mim com a ternura que só uma avó sabe, teve uma história de amor de filme... sem final feliz. Que raiva desse pai dela, gente! — desabafa de repente.

— Foi exatamente como me senti, amiga, quando terminei de ler. E depois que tia Amora contou o que sabe, fiquei ainda mais mexida com tudo.

— Sua tia sabia de tudo isso? Por que nunca contou a ninguém?

— Quem tinha que ter contado era minha avó, não?

— Acho que sim. Mas o que Amora falou?

— Ela disse que o relacionamento entre Enrico Balistieri e vó Helena foi muito intenso. Eles se sentiram atraídos um pelo outro desde o primeiro instante que se viram. Mas demoraram alguns meses para começar a namorar. Vó Helena deu uma de difícil e Enrico teve que aceitar uma inocente amizade, primeiro. Quando começaram a namorar, tiveram que enfrentar a recusa de meu bisavô. Ele não aceitava de jeito algum o namoro, porque queria que a filha fizesse um casamento bom. Casar com um homem rico, era o que ele queria dizer. Daí, os dois namoraram escondidos por quase dois anos. Até que foram descobertos. E meu bisavô ameaçou levar minha avó para o interior permitindo que ela voltasse apenas se casasse com o filho de seu amigo rico. Vó Helena, como resposta, planejou a tal fuga. E você sabe o desfecho.

— E ela sofreu por esse amor o resto da vida. — Devolve-me a carta com os olhos tristes.

— Sim. E foi isso que me convenceu a entregar a carta para esse Enrico. Ela também disse na mensagem para mim que só conseguiria descansar em paz se eu a entregasse.

— Que gesto lindo, amiga! Eu também faria a mesma coisa. Eu sei que isso não vai trazer Helena de volta e muito menos recuperar o tempo que os dois passaram separados. Mas vai levar alegria para o espírito dela, onde quer que esteja. E também, quem sabe, pode aliviar o coração do Enrico. Acredito muito que quando o amor é forte, como foi o deles, é inesquecível. Enrico deve ainda sofrer por sua avó.

— Mais de 50 anos depois? Não, não vou tão longe assim com essa história. — Mesmo porque ele tem, pelo menos, um filho. Alguma experiência amorosa deve ter tido depois de vó Helena.

Abro a boca para falar de Enrico Balistieri Jr. (que, aos poucos, está visitando menos meus pensamentos. No entanto, ainda visita demais para meu gosto), mas Júlia volta a falar.

— Você já começou a busca pelo Enrico? Pesquisou no "TeleListas ponto Net" pelo nome dele?

— Não. Nunca ouvi falar desse site.

— É uma lista telefônica virtual. Eu achei um amigo de infância do meu pai lá. Você digita o nome completo da pessoa e, se ela for assinante de uma linha telefônica, o endereço dela aparece lá.

— Sério? E só agora você me diz isso?

Neste instante, sinto-me a mulher mais desinformada do Brasil. Não acredito que eu me humilhei para o neurocirurgião. Pior! Joguei-me nos braços dele à toa.

— E você, por acaso, me contou essa história toda antes?

— É. Pois é...

— O que foi?

— Digamos que eu achei o filho dele primeiro.

— Como você conseguiu achar o filho antes do pai?

— Os dois têm o mesmo nome. Com a diferença de um "Junior" no final. Bem, eu joguei o nome Enrico Balistieri no Google, e a pesquisa voltou dezenas de sites com esse nome. Eu fiquei supereufórica, na hora. Até descobrir que se tratavam de sites médicos. No primeiro site, descobri que o tal Enrico Balistieri era um neurocirurgião de 32 anos. Quando o desânimo ameaçou me tomar por completo, vi em outro site o acréscimo do "Junior" no final do nome dele. E que ele era natural do Rio de Janeiro. Para onde foi o ex de vó Helena estudar Direito. Mas o hospital onde trabalha fica aqui em São

Paulo. Daí, anotei o endereço e no outro dia fui bater lá. Faz dois dias.

— Você fez tudo isso, e eu sou a última a saber?

— E tem mais ainda.

— Mais? Que espécie de pessoa deixa a melhor amiga fora de uma aventura tão excitante?

— A pessoa que sabe que a vida da melhor amiga é corrida demais para ser perturbada por um assunto banal desses.

— Banal? O acontecimento mais excitante da sua vida em anos? — Faz uma careta. — A gente vai conversar sobre isso depois, dona Anabel. Ô se vamos! Mas agora estou curiosa para ouvir o resto desta história.

— Primeiro, preciso te contar um detalhe importante — prossigo. — No site do hospital, tinha a foto do doutor Enrico. Mas eu fui enganada.

— Como assim?

— A foto mostrava um médico com óculos *fashion*, rosto redondo e um sorriso simpático, como dos pediatras que nossas mães nos levavam quando éramos crianças. Porém, quando cheguei ao hospital não foi esse rapaz que encontrei.

— O que você encontrou? — Júlia projeta o corpo para frente. É toda ansiedade.

— O cruzamento dos olhos do Giulio Berruti, aquele ator italiano cuja série você me obrigou a assistir no ano passado, e os músculos do Hugh Jackman, depois de ter passado duas vezes pela fila do *sex appeal*.

— Oh! — Literalmente de queixo caído.

— É, essa foi minha reação também.

— E o que você fez? Contou a história toda, mostrou a carta, pediu autógrafo?

— Engraçadinha. Ha-ha. — Finjo uma risada forçada. — Claro que eu não saquei a carta da bolsa e entreguei na mão dele, né, Júlia? Já bastava a cara de louca que eu deveria estar naquela hora. Se eu fizesse isso, não duvido que me levassem para a ala psiquiátrica.

Júlia ri. Ouço ecos do que se transformou minha vida no último mês. Uma piada. A mais sem graça que eu já ouvi.

— Tá certo. Mas, então, o que você falou para o médico bonitão?

— Não consegui falar quase nada no nosso primeiro encontro, na verdade.

— Vocês tiveram outro encontro? — Arregala os olhos.

— Dois. No mesmo dia.

— Anabel?! — Mira-me como se eu tivesse mudado do *status* "humana" para o *status* "alienígena". — Para onde você levou minha amiga com a vida toda certinha e chata?

— Ju, se você ficar debochando de mim, não vou contar mais nada. — Amarro a cara.

— Parei, parei, desculpe. Foi irresistível. — Sorri ternamente. — É que estou feliz com as novidades da sua vida. Finalmente, você está vivendo! No pleno sentido da palavra.

— Vivendo até demais para o meu gosto.

— Mas e, aí, conta da conversa, ou das conversas, com o Berruti-Jackman.

— Na primeira vez que falei com ele, na manhã de terça-feira, foi um desastre. Assim que mencionei o pai dele, o cara saiu disparado. Nem queria mais me ouvir. Disse que estava atrasado para uma cirurgia. E que não tinha pai.

— Você se enganou, então?

— Não. Eu percebi que era algum tipo de trauma. Ele estava negando a existência do pai.

— Ixi, a relação dos dois deve ser uma merda.

— Parece que o negócio é mais grave. Eles não se falam desde a infância do médico. E pelo que entendi o grande amor de vó Helena não tem uma boa fama com as mulheres. Enrico acusou o pai de "usá-las e destruí-las".

— Nossa! Mas pela carta da Helena e pelo que sua tia te contou, o cara era muito legal. Ele teve paciência para esperar sua avó decidir ficar com ele. Imagina se a maioria dos caras de hoje é assim.

— Eu não entendi também. E não quis entrar em detalhes, sabe? Parecia um assunto bem delicado, porque ele só ficava transtornado quando o assunto era o pai.

Quando falávamos de outras coisas, Enrico assumia um lado diferente. Era todo fofo, atencioso, protetor, bem-humorado, carinhoso e...

— Você ficou bem impressionada com ele, hein? Nunca te vi falando de homem nenhum desse jeito.

— Você também ficaria, Ju. Não é todo dia que se encontra um homem lindo de morrer como ele.

— Eu não sei, não. Já encontrei vários modelos gataços. Você sabe que tenho privilégios como esses na minha profissão. — Sorri, me dando uma piscadela. — Mas posso afirmar que nunca fiz uma descrição tão entusiasmada e detalhada de nenhum deles. E nenhum deles deixou meus olhos brilhando como estão os seus ao falar desse Enrico.

— Meus olhos não estão brilhando! — Pisco duas vezes. — Isso é coisa da sua imaginação.

— Seus olhos estão brilhando e seu rosto está mais corado. Só estou falando do que estou vendo.

— Você está tentando desviar o assunto e...

— O João sabe disso?

— Você está perguntando isso para eu me sentir mal?

Se foi, ela conseguiu. Pronto. Agora estou péssima. Sou a traidora mor.

— Não, amiga. Estou perguntando isso porque você está pensando em casar com ele.

— E o que isso tem a ver com o neurocirurgião?

— Tudo a ver. Você não pode casar com uma pessoa impressionada por outra.

— Júlia, eu vi esse cara duas vezes! Só estou relatando a impressão que ele me passou. Isso é importante. Afinal, é ele quem vai me levar até o pai. Contra a vontade, mas prometeu me ajudar.

— Ah, sim. E como terminou os encontros? Ele te deu o endereço do pai?

— Ele também não sabe o endereço de Enrico Balistieri. O pai depositou para ele um dinheiro, uma pensão, não sei bem, até os 24 anos. E ele vai rastrear o endereço onde o Enrico está morando através desses depósitos. Parece que o idoso se mudou do Rio de Janeiro faz um tempo.

— Como assim, Anabel? Só dá para ele saber de qual agência bancária o pai dele depositava a grana. Com certeza, o banco não vai fornecer o endereço desse homem. Nem mesmo para o filho desse homem. Pensa um pouco.

Certo. Eu não havia pensado nisso. Talvez eu tenha ficado (um pouco) impressionada com doutor Enrico Balistieri Jr.. Sou obrigada a concordar com Júlia. E talvez meu cérebro tenha virado uma imensa panela de mingau desde então.

— Acho que eu não pensei nisso.

— Sabe o que isso quer dizer?

— Bem, eu... não, não sei.

— Anabel, isso quer dizer que o cara quer te ver de novo!

— E por que você chegou a essa conclusão? — Meu coração acelera de tal forma que pressiono a mão no peito.

— Porque ele deve ter o endereço, sim, do pai. Mas te enrolou com essa história sem lógica para poder te encontrar outra vez e, aí, sim, te falar qual é o endereço do Enrico Balistieri.

— Eu acho que você está deixando essa sua veia romântica e fora de controle falar por você, Ju. O que um neurocirurgião lindo de morrer ia querer com uma secretária gordinha e sem graça como eu? — Cruzo as mãos sobre a bolsa. Não acredito que reajo emocionalmente às sandices românticas de Júlia.

— Vou ignorar essa pergunta, Anabel. — Olha-me com uma cara de *serial killer*. Se é que eu sei como é a cara de um. E volta a falar: — Você acha que ele foi "fofo, atencioso, paciente, protetor, etc." a troco de nada com você?

— E falou que eu sou linda.

— Ele falou isso? — O queixo dela cai de novo.

— Bom, foi mais ou menos assim. Quero dizer, primeiro, ele achou que eu era irmã dele. Uma bastarda. Esse tipo de coisa. Daí, começou a analisar meu rosto.

Descreveu todo meu rosto, na verdade. Devo ter ficado com cara de tomate maduro. Ai, que vergonha, não gosto nem de lembrar os olhos dele presos em mim. — Abano-me. — Enfim... ele chegou à conclusão de que eu não podia ser a irmã dele porque parecia a Anne Hathaway. E quando eu respondi que eu estava mais para a forma em mangá dela, ele me disse que se isso significava que eu me achava feia, eu estava errada. Porque eu era linda. Ah, e falou que gostaria de ter conhecido vó Helena, que ela deveria ter sido uma mulher especial.

(O abraço e o quase beijo serão omitidos de propósito. Nem pensar que vou dar mais corda para minha amiga me enforcar em seu laço cor-de-rosa.)

— Ai, pronto, agora sou eu que estou apaixonada por esse homem. — Suspira.

— Júlia?!

— Eu, hein, nem posso mais brincar. — Ri. — O caso aqui é que podemos estar diante de um amor à primeira vista, como foi comigo e o Caio.

— Não, não, não! Não vou embarcar nos seus delírios românticos. Vamos esquecer tudo isso. Eu nem deveria ter te contado nada. O assunto aqui é vó Helena e Enrico PAI!

— Seu irmão tem razão, Anabel. Você se sabota. Você destrói as coisas boas que surgem na sua vida antes que elas possam criar raízes. E pior é que sempre usa um subterfúgio para isso. A morte do seu pai, as limitações de Alan, a história de amor de sua avó. Sabe, amiga, algum dia, alguém lá de cima pode cansar das suas recusas em acolher as bênçãos. E você vai acabar com uma vida amarga e infeliz.

As palavras de Júlia espalham-se por meu corpo, causando dor, frio, desamparo. Entretanto, com a maior rapidez que consigo, eu as empurro para dentro do mesmo compartimento onde estão as palavras ditas por Alan no domingo. Em algum momento, eu sei, todas elas pressionarão tanto para sair que não conseguirei contê-las. E, então, serei obrigada a confrontar as verdades que não permito ouvir de meu coração.

— Que tal agora você me contar sobre suas novidades?

— Fuja, Anabel, pode fugir. Algum dia você acabará chegando a um beco sem saída, daí quero ver como você vai se arranjar.

— Eu não estou fugindo de nada, Júlia. Só acho que não tem cabimento falar só de mim. Você também deve ter um monte de coisas para me contar. Como foi o *Fashion Week*? E o contrato do qual você me falou pelo telefone aquele dia? No Rio de Janeiro, não é?

— É difícil te convencer a mudar esse seu jeito autodestrutivo, hein? — Faz um barulho impaciente enquanto solta o ar. — Bom, a semana da moda foi perfeita. E o contrato é no Rio, sim. Sabrina e eu estamos tão felizes! Uma loja de lá vai dar espaço para nossa marca. Também vamos fazer um desfile no mês que vem em Fortaleza e...

E, assim, eu mergulho nos acontecimentos da vida de Júlia. Feliz pelas novas conquistas de minha melhor amiga, agarro-me a esses momentos preciosos nos quais a bagunça que se tornou minha vida fica do lado de fora.

Capítulo 15

*H*oje é sexta-feira. A sensação é de que a semana passou voando. Geralmente, minhas semanas se arrastam e, chego aos sábados, como se tivesse passado por três segundas e duas quartas-feiras. Não sei se essa mudança é boa ou ruim. Na verdade, não sei mais o que é bom ou ruim em minha vida. Quero pôr a culpa dessa bagunça na missão a qual vó Helena me incumbiu. Contudo, não posso. Ela foi o estopim. O resto foi a costumeira reação em cadeia que me atropela de tempos em tempos. Só que desta vez não estou achando uma solução rápida para levar de volta as coisas aos lugares com os quais estou acostumada. Júlia me acusou de sabotar minha vida. Alan, de ser covarde. Apesar de continuar com o firme propósito de não pensar nisso, não posso evitar a pergunta: eu estou mesmo me desfazendo de todas as coisas boas que surgem em meu caminho?

A pergunta certa a fazer é se eu sou realmente feliz com o que construí ao longo dos últimos cinco anos. Nunca pensei muito nisso. Ok. Nunca pensei NADA nisso. Minha felicidade esteve atrelada à de Alan por anos. No fundo, até mesmo na época em que eu perseguia meu sonho de ser editora e bem antes disso. Se meu irmão dava uma tosse, como uma mãe coruja, eu deixava o que estava fazendo de lado e corria para acudi-lo.

Quantas vezes eu deixei de ir a uma balada (tudo bem que nunca fui muito ligada em perder noites de sonos), encontrar um amigo ou namorado porque Alan estava resfriado ou havia tido uma convulsão de manhã. Milhares. Não é à toa que tenho uma única amiga próxima e um namorado distante. Foi o que consegui com meu comportamento Alan-dependente. Uma vez, quando contei a forma com a qual tratava meu irmão, um médico disse que eu tinha o perfil de uma viciada. Quase como se Alan fosse minha cocaína. Eu não conseguia ter uma vida plena se não fosse em função do vício. De Alan. Claro que eu contestei. Achei o absurdo maior que já ouvira. Eu, viciada? A garota mais careta das caretas? O tipo de garota que só tomava uma vez por ano bebida alcoólica. No Natal e Ano Novo. Duas, na verdade. E ele me respondeu que existiam várias formas de dependências. Não necessariamente era preciso drogas e bebidas alcoólicas estar envolvidas. Existiam a dependência amorosa (aquele tipo de pessoa que não consegue ficar sem um namorado), a dependência em segurança (a pessoa que não se arrisca nunca) e a minha forma de dependência. A dependência em querer fazer outra pessoa feliz à custa da própria felicidade. Contra essas palavras, fiquei sem muitos argumentos na época. Disse apenas que para mim isso não era uma dependência. Era uma maneira de recompensar Alan pelo que ele não podia ter. O médico, então, entrou em outro terreno perigoso. O do sentimento de culpa. E eu abandonei a discussão. Até hoje acreditei que minhas atitudes eram perfeitamente normais. Sadias.

E que minha felicidade era a felicidade de Alan.

Algo, entretanto, está mudando. Pego-me desejando ter minha própria felicidade. Existe um anseio crescendo dentro de mim, querendo ser saciado. E uma voz dizendo que se eu não fizer alguma coisa urgente, vou perder a verdadeira Anabel entre sonhos e exigências dos outros. Porém, outros lados de mim ainda me obrigam a ouvir que está tudo bem com a vida que levo. Sou uma secretária eficiente com um bom salário. Consigo manter meu irmão saudável e feliz. E tenho um namorado que quer casar comigo.

Esfrego meus olhos. Desperto do devaneio no qual me enfiei na última hora. Estou de volta à Ramalho Consultoria, olhando para a tela em branco do Word. Não sou o tipo de pessoa que planta os pés nas nuvens e os esquece lá. Sou o oposto disso. E ando bem assustada com meu comportamento dos últimos dias. Se continuar assim, acabarei tendo que pensar sobre a consulta com a mãe de Júlia. "Anabel na terapia". Isso não soa como música para meus ouvidos. Isso soa mais como um alarme de que estou perdendo o controle das coisas. Minha imensa sorte é seu Nilton estar há horas conversando com o vice-presidente de uma das empresas para qual prestamos serviço. Pelo menos, esqueceu de me fazer de escrava. No entanto, daqui a pouco é horário de almoço e ele sairá pela porta, pedindo algum favor. Preciso começar a digitar a ata da última reunião. Às 15 horas os supervisores devem estar com ela nas mãos.

Antes, porém, não consigo resistir, pego meu celular da primeira gaveta para conferir se não recebi nenhuma ligação ou, talvez, um SMS. Estou fazendo isso a cada dez minutos desde ontem quando cheguei do ateliê de Júlia (pelo menos, não coloquei o aparelho na saboneteira enquanto tomei banho). Seria uma informação supérflua dizer que estou à espera do contato de Enrico Balistieri Jr.. Em todo caso, é por causa dele que pareço uma adolescente à espera do telefonema de um cara que conheceu na balada. A meu favor, poderia dizer que estou ansiosa para concluir o mais rápido possível a missão Helena-Enrico. Mas não tenho isso a meu favor. Eu sou sincera o bastante para admitir que quero bis de Enrico. Aceito ligação, SMS, e-mail. Não importa. Quero que ele se dirija a mim de qualquer forma. O que vou dizer será a coisa mais estranha que já disse na vida, mas lá vai: estou com saudade dele. Como a gente pode sentir saudade de alguém que viu duas vezes e conversou por poucas horas? Adoraria saber a resposta.

Eu sei que esse sentimento é perigoso (ainda bem que isso eu sei). Mas minha cabeça diz uma coisa e meu coração outra. Meu coração deseja que Júlia esteja certa. Que Enrico me enrolou com a história de localizar o novo endereço do pai através da conta bancária apenas porque queria me ver de novo. E, quem sabe, de repente, ele decida me ligar marcando um novo encontro. Aí, eu poderei rever aqueles duzentos sorrisos diferentes. Sentir de novo o perfume que amoleceu meus sentidos. Ouvir a voz profunda que espalhou ondas quentes por meu corpo. E, se eu tiver sorte, eu sentirei, mais uma vez, o toque carinhoso em mim.

Meu ramal toca. Abro os olhos, assustada (é sério que eu estava de olhos fechados, sonhando?). Falo meu nome sentindo a cabeça leve.

— Anabel, o que você fez para atrair o homem mais gostoso da cidade? Macumba?

Desperto totalmente do planeta Enrico para o qual havia me transportado. *Do que aquela louca estava falando? Não tinha como ela ter escutado os anseios confusos de meu coração. Tinha?*

— O que você quer, Eloísa? Por favor, fale logo porque tenho muito trabalho aqui. — Definitivamente minha paciência zen chegara ao fim com aquela fofoqueira.

— Será que dá para você vir aqui na recepção antes que seu Nilton descubra que você está se encontrando com o "mister olhos azuis perfeitos" no horário de trabalho?

Bato o telefone na cara de Eloísa e pulo da cadeira.

Meu coração salta uma, duas, três, vinte vezes no espaço de poucos segundos. Ela só podia estar falando de uma pessoa. Largo os papéis desorganizados, pela primeira vez, na mesa do trabalho. Olho-me. Quase grito por um espelho. Sei qual é minha aparência. Vestido de lã azul-marinho, meia calça cor de pele (não exatamente da minha. Senão, seria branca), sapatos de salto médio e tiara preta, a única forma de manter as mechas rebeldes longe de meus olhos. O problema é saber se essa aparência conseguiu piorar nas últimas cinco horas desde que me vi no espelho em casa.

Obrigo meus pensamentos a ficarem sob meu controle. E, literalmente, corro para a entrada da empresa, pouco me importando com os olhares curiosos. Só paro na recepção, no momento em que meu cérebro enxerga quem meu coração não conseguiu abandonar desde terça-feira: Enrico Balistieri Jr..

Assim que ele me vê, seu rosto se ilumina com um de seus sorrisos inesquecíveis. Então, caminha em minha direção. Tenho plena consciência dos olhos de Eloísa presos em mim. Com certeza, fazendo interiormente a mesma pergunta que me fez pelo telefone. Uma dúvida que agora é minha também. Que espécie de macumba trouxe o neurocirurgião para o lugar onde trabalho?

— Oi, moça — me cumprimenta, voz terna, quando chega a poucos passos de onde estou congelada.

— Como você me achou?

— Eu vou bem e você? — provoca. Os olhos sorridentes.

— Olá, Enrico! Como vai você? Passou bem os últimos dias? Trabalhou muito, teve muitas cirurgias, saiu tarde do hospital? — Faço uma parada dramática proposital. — E, agora, me diga, como foi que você me achou?

E lá vem o espírito que baixa em mim quando estou cara a cara com esse médico. As palavras saem da minha boca sem eu ter o trabalho de pensar nelas antes. Se não for um espírito, ou caso de dupla personalidade, deve ser o nervosismo que dispara a autodefesa diante das reações assustadoras que a presença dele causa por meu corpo inteiro.

— Então, você é assim mesmo. Pensei que a impetuosidade toda no hospital fosse para me convencer a aderir à sua causa. — Ri. — Prefiro você sem a tiara.

Muda de assunto tão abruptamente que eu demoro dois ou três segundos para assimilar o que ele disse. Ruborizo. Como a adolescente que jamais fui. Pior ainda. Quase elevo as mãos para arrancar a tiara.

— Achei você pelo endereço de seu e-mail. Você me passou o e-mail de sua empresa, lembra? Foi só digitar o domínio no Google e localizar onde você trabalhava.

— Eu pensei que você fosse me passar um SMS ou talvez um e-mail — confesso, e me obrigo a vestir uma máscara por cima da alegria que sinto ao saber que o neurocirurgião gatão, como diria Júlia, teve o trabalho de procurar o endereço de minha empresa.

— Pensei bem e achei o assunto muito importante para ser tratado por celular ou e-mail. — Inclina-se até quase tocar os lábios em meu ouvido esquerdo. E o sussurro vibra por cada recanto de mim. — Será que podemos almoçar juntos? Estou me sentindo incomodado com o olhar insistente da recepcionista em cima de nós.

Automaticamente encaro Eloísa. Ela não desvia o olhar. Ao contrário, levanta o queixo num claro gesto de desafio. Não tenho dúvida de que eu serei a próxima fofoca da semana. Só não sei até que ponto isso pode prejudicar meu trabalho na Ramalho. Volto minha atenção para os maravilhosos olhos de Enrico. Eles me fascinam bem (bem!) mais do que deveriam.

— Vou apenas comunicar meu chefe. E volto rápido.

— Qual é seu cargo aqui? — dispara antes que eu pense em buscar a porta de comunicação com o interior da empresa.

— Sou secretária do diretor-presidente. — Sorrio constrangida. Odeio sentimento de inferioridade. Mas é nele que me sinto envolvida até o pescoço enquanto respondo à pergunta de Enrico.

— Uma secretária. — Inclina a cabeça para o lado, no seu jeito peculiar de ser sexy. — Seu perfil não é o de uma secretária.

— Você não vai vir com alguma piada machista sobre secretária, né? — Obrigo-me a transmitir seriedade. E fazer cara de brava.

— Não ia fazer piada, baixinha invocada. — Bagunça meus cabelos e eu não quero nem pensar no que senti ou no que Eloísa viu. — Eu ia dizer que você tem o perfil de vendedora. Mas que daria também uma excelente atriz.

— Vou entender isso como um elogio. — Começo a me virar no intuito de procurar seu Nilton para avisar sobre meu almoço, mas lembro de algo e me aproximo de Enrico. Maldita altura que não me deixa sussurrar também nos ouvidos dele. Então, ousadamente, e dando mais coisas com que Eloísa se entreter, eu me apoio nos braços dele, fico na ponta dos pés, e falo, o mais próximo que consigo de seu rosto. — Se eu fosse você, ficaria lá naquele sofá da entrada, me esperando. Eloísa tem as garras mais afiadas do que um gavião.

Ele pousa as mãos nos meus cotovelos. Meu coração bate a trezentas vezes... por segundo! Nossos olhos se encontram. Aos poucos, meus pés voltam para o chão. No entanto, ainda estou próxima de Enrico. E sendo segurada por ele.

— Obrigado pelo aviso — diz as palavras que quebram o encanto seja lá do que estava acontecendo entre nós.

Separo-me dele de supetão. Volto para o interior da empresa, sem olhar para trás, sem dar atenção à voz esganiçada de Eloísa gritando meu nome.

Chego à minha sala sem ar. E não estou exagerando. Encho um copo com a água da máquina próxima à mesa que ocupo e bebo de um gole só. *Enrico Balistieri Jr. está na recepção da Ramalho. Enrico Balistieri Jr. está na recepção da Ramalho.* Meu cérebro está no botão de *repeat*. Mal consigo ouvir a lógica tentando dizer que ele está me esperando para um almoço de negócios. Negócios de meu interesse. Para, provavelmente, me entregar o endereço que resolverá metade de meus problemas. E, mais importante, ainda, eu não deveria estar nesse estado de euforia por um homem que não é meu namorado.

Inspiro pelo nariz, expiro pela boca. Cinco vezes até me acalmar. A mulher equilibrada e sensata, que abandona meu corpo toda vez que encontra Enrico, vai voltar na marra. Um pouco mais calma, bato à porta de seu Nilton e aviso que estou saindo para almoçar. Ele está imerso na conversa. Mal presta atenção às minhas palavras. Assente, mas não tira os olhos do homem à sua frente.

Pego minha bolsa, pendurada no suporte ao lado da mesa, abro o zíper, enfio a mão dentro dela e tiro a escova. Pela primeira vez, desde que me lembro, estou preocupada em pentear meus cabelos. Quase (eu disse, quase) removo a tiara. Parece, porém, que resta ainda um pouco da velha Anabel. Jogo a escova para dentro da bolsa e vou ao encontro de Enrico, antes que Eloísa decida fazer-lhe alguma fofoca. Sobre mim, claro.

Eu o reencontro de pé, mãos nos bolsos do blusão preto, olhando pelos vidros das janelas que cobrem toda a parede do lado oposto da recepção. Sua postura emana poder, autoconfiança e classe. Uma das curiosidades que tenho é como existem pessoas que nascem terminadas. Quero dizer, elas passam a impressão de que não tiveram as terríveis fases padrão do ser humano: as traquinagens na infância, a síndrome de patinho feio na adolescência e as dúvidas sem fim na idade adulta. É assim que vejo Enrico Balistieri Jr.. Como um membro desse seleto grupo. Já eu... bem, eu mal consigo exercer meu poder sobre Eloísa, que, não preciso olhar para saber, está me fulminando com seu veneno. Quanto a ser autoconfiante, tenho dúvidas. Acho que a coisa de não me sentir confortável em situações que não estejam absolutamente sob meu controle é um sinal de que preciso trabalhar a autoconfiança. Já sobre ter classe... nem vou comentar. Quem sabe na próxima encarnação eu possa tratar do assunto.

Enrico nota minha presença, assim que começo a andar em direção a ele. Seus olhos estão nublados. Como quando a pessoa está perdida em pensamentos. Entretanto, eles logo sorriem, mostrando a miríade de estrelas que ligam instantaneamente minhas terminações nervosas. Mas continuo andando, em passos sincronizados, como se nada estivesse acontecendo dentro de mim.

— Vamos? — falo quando estamos bem próximos.

— Hum-hum. — Seguimos para a porta, que Enrico abre para eu passar. Não posso deixar de reparar nesse detalhe.

— Você tem preferência de restaurante? — pergunto, após chamar o elevador.

— Com exceção de restaurante japonês, encaro qualquer um. — Sorri.

— Restaurante japonês é muito caro para o meu vale refeição, de qualquer forma — falo sem pensar, o que está se tornando uma variante fixa em minha vida. Agora Enrico vai me encarar como a secretária miserável.

— Confio em você para me levar a um restaurante onde a comida é deliciosa e não se paga o valor da avaliação cinco estrelas na revista Veja por ela.

— Conheço um *self-service* exatamente com essa descrição. — Descontraio-me. A simplicidade de Enrico derrete o sentimento de inferioridade que voltava a me espreitar.

Entramos no elevador. O neurocirurgião mantém-se quieto. Tenho vontade de perguntar se ele conseguiu o que me prometeu. Assim que penso em falar, as portas se abrem e ficamos em meio a uma superlotação. Sou obrigada a colar a lateral de meu corpo a dele. Dizer que estou consciente de cada parte de Enrico encostada em mim é dizer meia verdade. Estou em combustão espontânea. E se o elevador não chegar logo ao térreo, é provável que eu hiperventile. Cometo o erro de erguer o rosto para encará-lo. Ele está me olhando. Prendo um sorriso amarelo nos lábios, que atrai seu olhar para eles. Finalmente, chegamos a nosso destino. As pessoas começam a sair. Minha boca é abandonada pela insistente observação. O ar, então, reencontra o caminho até meus pulmões.

Alcançamos a calçada gelada. Eu indico que devemos virar à direita. Ele coloca as mãos nos bolsos. Existe atitude mais sexy? Enquanto caminho ao lado desse homem alto e charmoso, não consigo pensar em outra coisa. Ao mesmo tempo, chego à conclusão de que não posso negar que esse cara me impressiona. Júlia estava mesmo certa. E é algo que vai além da beleza cinematográfica. É a aura que emana dele. Mas esse fascínio vai passar. Vai ter que passar. Hoje será a última vez que nos vemos. O tempo é um amigo confiável. Ele sempre apaga insanidades momentâneas de nosso coração.

— Cuidado! — O braço de Enrico passa por meus ombros, e sou puxada junto a ele, no exato instante em que um carro virava para entrar na rua onde eu ia atravessar sem olhar.

— Obrigada — sussurro, assustada.

— Espero que você não esteja acostumada a atravessar a rua sem olhar para os lados. — Solta-me.

— Não. Eu... estou um pouco nervosa. Agora que todas as dúvidas sobre cumprir a missão que minha avó deixou não existem mais, tenho medo de que você tenha vindo me procurar para me dar uma notícia ruim. — Resolvo colocar a culpa na missão Helena-Enrico.

— Você sabe minha opinião sobre essa história toda. E sabe também que não quero ter contato com aquele homem. Mas não estou aqui para te dar uma notícia ruim. — Indico com um gesto que chegamos ao restaurante. — Depois que pegarmos a comida, conversamos melhor.

Damos de encontro com três mulheres que vêm em sentido contrário. Elas olham Enrico tão escancaradamente que eu me sinto constrangida. Temo, por alguns instantes, que alguma o abordará para entregar seu número de telefone. Bom saber que não é apenas em mim que o homem tem esse efeito.

Encho (nem tanto) meu prato, enquanto Enrico vem logo atrás, servindo-se no amplo balcão de salada e comida. Procuro pegar coisas *lights*. Até arrisco um pedaço de manga. Quero passar a imagem de saudável. Estou na companhia de um médico. Ele deve saber de trás para frente as regras da boa alimentação. E, quem sabe até, analisar comportamento. Afinal, opera cérebros. Apesar de que eu espero que não possa lê-los. Se o fizer, temo que saia correndo do restaurante antes de me dar o endereço do pai.

Terminamos de nos servir, pesamos nossos pratos e sentamos a uma mesa no fundo do restaurante. Antes que eu enfie a primeira garfada na boca, Enrico mexe no bolso da calça e o vejo tirando algo.

— Aqui está o que eu te prometi. — Estende-me um pequeno pedaço de papel, que eu pego com as mãos trêmulas. Sei que é o endereço mais sonhado de minha vida.

— Como você conseguiu?

— Tenho minhas fontes — responde misterioso.

Essas fontes genéricas poderiam ser uma prova de que Júlia tinha razão. Enrico Balistieri Jr. já tinha esse endereço e só não me deu antes porque queria me ver de novo. Ainda não acredito nisso, contudo. Talvez a explicação mais plausível, para que ele não tenha me dado o endereço no outro dia, seja: ele tinha intenção de fazer uma pequena pesquisa sobre mim no Google antes, no intuito de eliminar a possibilidade de eu ser louca ou *serial killer*. Ainda que alegue estar pouco se importando com o pai.

Abandono minhas conjecturas fora de hora. Preciso saber onde Enrico Balistieri mora. Leio o papel, que estou encarando desde que peguei. Duas palavras saltam em meio a todas as outras: Fazenda Helena. Meus olhos enchem-se de lágrimas. Instantaneamente. O inesquecível amor de vó Helena mora em uma fazenda que leva o nome dela. Agora eu acredito em sinais. De repente, a missão se torna a coisa mais importante que já me pediram para fazer na vida.

— Você está chorando?

Sinto um toque suave em meu rosto. Tiro meus olhos do tão desejado endereço e me deparo com um par de olhos azuis terno. Enrico limpa com o polegar a lágrima que deslizava sem pressa por minha bochecha. Um sentimento desconhecido enrosca-se em meu coração. Mas estou tão envolvida com a descoberta da fazenda que não quero analisá-lo neste momento.

— Seu pai deu o nome da minha avó para a fazenda onde ele mora, você percebeu?

— Provavelmente por que sua avó foi a única mulher com quem ele não ficou tempo suficiente para detonar com a vida. — Dá de ombros. Volta a comer.

Acho melhor ignorar esse comentário. Não quero estragar o enlevo que me atingiu. Mudo de assunto.

— Onde fica exatamente a fazenda? Nunca ouvi falar desta cidade.

— Fica setenta quilômetros antes de Bauru. A quatrocentos quilômetros de São Paulo. Aproximadamente cinco horas e meia daqui. — Acho que tenho uma interrogação na testa porque ele acrescenta: — Fiz uma pesquisa no Google Mapas.

— Vou até lá amanhã. — Decido ou minha boca decide antes de mim.

— Sozinha? — Arqueia a sobrancelha.

— Eu e o Charlie.

— Quem é Charlie? Seu namorado?

É interesse que está brilhando nos olhos de Enrico?

— Meu carro.

— Seu carro tem um nome? — pergunta incrédulo.

— Qual é o problema? Eu gosto dele o suficiente para lhe dar um nome. — Dobro cuidadosamente o papel e coloco, com mais cuidado ainda, dentro da minha bolsa.

— Por que Charlie?

Eu e minha boca enorme. Agora sou obrigada a expor meus podres.

— Por causa do Charlie do filme "A Fantástica Fábrica de Chocolate". Vamos dizer que eu gosto do filme e de doces um pouco além da conta.

Ele ri. Mas não é o tipo de risada de alguém que está tirando sarro. E mais como uma risada de admiração. Ou é meu cérebro hiperativo que vê assim.

— Você é surpreendente, Anabel. É a melhor palavra para te descrever. — Percebo tanto carinho em sua voz e em seus olhos que falo a primeira coisa que vem à minha cabeça.

— Surpreendentemente atraída para problemas.

— Você não aceita muito bem elogios, hum? — Sorri com os cantos dos lábios. — Mas, então, não há um parente, uma amiga... um namorado, talvez, para te acompanhar?

— Na verdade, eu tenho um namorado. Há cinco anos. — Não havia necessidade de acrescentar essa informação, é claro. Fiz por pura curiosidade de ver a reação de Enrico.

— Tudo isso? — Surpreso (um pouco decepcionado talvez?) — O relacionamento mais longo que tive durou dois anos.

Coloca uma garfada na boca. Eu não consigo mexer no prato de comida. Incrível. Anabel Dias da Silva sem apetite. Assustador, na verdade.

— Foi você quem terminou com ela?

Não posso acreditar que estou entrando num terreno tão pessoal. Ele tem todo o direito de me responder com um "não é da sua conta". Sempre cultivei a discrição. Meu novo comportamento está ganhando de dez a zero do antigo.

— Ela pulou fora.

— Você a traiu?

Por que isso parece tão importante para mim? Na verdade, por que estou afundando até o pescoço na vida pessoal de um homem que jamais voltarei a encontrar?

— Claro que não! Eu fico com uma mulher por vez, moça curiosa. Ela caiu fora porque cansou de tentar me convencer a casar com ela.

— Você é o tipo "homem alérgico a casamento"?

— Não tem a ver com alergia. É uma convicção pessoal. Nada de casamento. Nada de louca paixão. Eu entro numa relação com a cabeça. Não acredito no amor romântico. Meu coração nunca estará envolvido. Ele tem função bem definida no meu corpo. Bombear sangue.

Colo minhas costas na cadeira. Tirando a parte do "nada de casamento" (porque não sou propriamente contra casamento), é como se Enrico falasse minhas palavras, de até um mês atrás, por sua boca.

— Bom, sempre fui bem prática em relação a esse assunto. Mas nem eu fui tão longe.

— Reações químicas, Anabel. O amor é um monte de reações químicas que podem facilmente ser revertidas em nosso favor. Não tem nada de complicado depois que aprendemos a fazer.

— O que ando me perguntando é se não deixamos de viver algo importante ao seguir essa filosofia. — Reviro minha comida na expectativa da fome voltar.

— Ao contrário, você adquire liberdade sobre sua vida. E evita sofrimentos, que são desnecessários.

Sofrimento faz parte do processo de crescer. De repente, as palavras de meu irmão infiltram-se nos meus pensamentos.

— Às vezes, sofrer faz parte do pacote.

— Que pacote?

— Da vida.

— Não se você aprende como evitar.

— Venho questionando se isso é saudável, ultimamente — desabafo.

— Saudável é ter uma vida plena, Anabel. Sofrimento e vida plena não combinam.

— Mas podem se completar.

Um silêncio incômodo insinua-se entre nós. Corto o filé de frango que me espera quase gelado. Obrigo algumas garfadas descerem por minha garganta. Então, volto a falar.

— Meu namorado não pode ir comigo. Ele não estará em São Paulo no final de semana.

— Então, vou com você — dispara.

Deixo o garfo cair sobre o prato. Metade do restaurante nos olha. Pelo menos, a metade que consigo enxergar.

— Você vai comigo?

— Você não vai dirigir quatrocentos quilômetros para ir e outros quatrocentos para voltar. Completamente sozinha, moça.

— Mas eu pensei que você não quisesse se envolver nesta história... — A empolgação está querendo fazer um voo rasante dentro de mim. Preciso segurá-la. Urgentemente.

— E não vou me envolver. — Passa o guardanapo sobre os lábios com toda a calma que EU não sinto — Vou apenas te levar até lá e te esperar no carro enquanto você resolve tudo.

— Não sei se a conversa com seu pai vai ser rápida.

A palavra pai não foi uma escolha feliz. Os olhos de Enrico ateariam fogo em mim, se pudessem. A curiosidade em saber qual é a causa de tanto antagonismo entre filho e pai está começando a me cutucar. Porém, este não é o melhor momento para tratar disso. Já fucei suficientemente a vida privada do homem à minha frente por hoje.

— Neste caso, eu te deixo perto da fazenda e te espero num hotel — volta a falar, invadindo meus pensamentos. — Aproveito e coloco a leitura para minha pesquisa em dia.

A palavra hotel faz disparar minha língua incontrolável. Não que ela precise de muito incentivo ultimamente.

— Mas vamos voltar amanhã mesmo. Não importa a hora em que eu saia da fazenda de seu... Enrico Balistieri. Podemos pegar a estrada à noite, não vejo problema. É até melhor porque ela estará vazia. Sem caminhões, você sabe. A gente volta mais rápido do que foi. Não precisa fazer mais do que uma parada. Apenas para abastecer e descansar o carro. Ir ao banheiro também, claro, e...

— Respira, Anabel. Assim você vai se afogar com as palavras — me corta e ri de uma forma tão relaxada, braços cruzados, olhos odiosamente brilhantes, que eu tenho vontade súbita de quebrar meu prato (quase cheio ainda) na cabeça dele.

— Só quero dizer que não vou dormir na cidade. Assim que eu concluir essa missão, voltamos imediatamente.

— Eu entendi, moça. — Pisca sorridente para mim. — Mas temos ainda um problema.

— Qual?

— Deixei meu carro na revisão há pouco e vou pegá-lo apenas na segunda-feira.

— Quem disse que eu aceitaria ir no seu carro? — Percebo que o chateei com o comentário brusco. O rosto dele se fecha. O famoso brilho desaparece de seus olhos. Então, acrescento o mais rápido que posso: — A missão é minha, Enrico. Você nem queria saber dela no início. Nada mais justo do que eu ir com o meu próprio carro. Além disso, será mais cômodo. Deixo você no hotel e vou à fazenda sem necessidade de você fazer duas viagens.

— Você está certa. — Descruza os braços e aproxima a mão de meu rosto. Estou morrendo por antecipação. Nem pareço a mesma mulher que desejou partir a cabeça dele com um prato há pouco. Quando penso que ele vai fazer algum tipo de carinho, o seu polegar limpa uma sujeira em meu queixo. E eu quero conjurar os poderes do Hulk para abrir um buraco embaixo da cadeira e me enfiar lá junto com a vergonha. É a minha cara pagar esse tipo de mico. Quase como numa criança, a comida não gosta de ir direto para dentro de minha boca. Ela dá um jeito de lutar antes. E sempre se espalha primeiro por meu rosto.

Modulo o melhor que posso a voz para não transparecer a raiva assassina que estou de minha falta de estilo à mesa.

— O horário do meu almoço está acabando. Melhor combinarmos logo sobre amanhã. Estou pensando em sair de São Paulo às 6h30.

Eu tenho consciência de que aceitei rápido demais a oferta de Enrico para ir comigo. Prefiro pensar que faço isso por questão de segurança pessoal. Mesmo que eu tenha dirigido sozinha para casa de tia Amora, apenas cento e cinquenta quilômetros a menos, duas semanas atrás.

— Você não acha que está levando um pouco sério demais toda esta história? Você sabe que aquele homem pode se recusar a falar com você, não sabe? Ou ele pode rir quando você mostrar a tal carta. E você vai acabar magoada no final.

Tem tanta preocupação nos olhos de Enrico enquanto fala que fico comovida. Era João quem deveria estar atuando nesse papel. Mas duvido que meu namorado ainda se lembre da história na qual me meti.

— Eu sei que uma dessas possibilidades pode acontecer. Apesar disso, eu preciso tentar. O nome de minha avó na fazenda tem que dizer alguma coisa. Boa — acrescento rapidamente.

— Você é quem sabe, Anabel. — Dá de ombros. — Vou passar meu endereço para seu e-mail depois. Pode ser?

— Claro. — Levanto. Ele faz o mesmo.

Dirigimo-nos ao caixa. Há apenas três pessoas na fila. Enrico passa por mim e intima:

— Vou pagar seu almoço.

— Não, obrigada. Acabei de receber meu vale refeição. E esse foi um almoço de negócios. Cada um paga o seu. — Passo por ele de novo.

— Você leva a sério essa sua personalidade de ruiva, hum? — Ri.

Ignoro as palavras. Entrego o cartão ao atendente. Ele faz a pergunta clássica: "Algo mais?". A resposta "não" está na saída de minha garganta. Mas a traiçoeira ansiedade, causada pela presença, que sinto até os ossos, de Enrico atrás de mim, a atropela. E eu digo:

— Duas paçocas, por favor.

O moço me entrega os doces, passa o cartão, digito a senha e fico olhando para as paçocas sem acreditar em minha fraqueza. O lado bom é que não as abri imediatamente. Existe a esperança de eu me desfazer delas tão logo chegue à empresa. Enrico surge ao meu lado, comentando naquela voz sedutora que eu não deveria perceber tanto:

— Você é a primeira mulher que eu conheço que come paçoca.

Puxo a porta bruscamente, antes que ele o faça, e o vento gelado bagunça meus cabelos. Mais essa.

— Então, você não deve conhecer tantas mulheres assim. — Abro uma das paçocas e enfio na boca (*eu sei!*). Arrisco um olhar para Enrico, que, para variar, está rindo de algo que eu fiz ou falei, e lhe ofereço a outra.

— Quer?

— Não, obrigado. Nada de doces após o almoço.

— Isso é uma crítica para mim? — Começamos a andar.

— Não. Isso é meu fígado fraco. — Faz um movimento imprevisível. Arranca minha tiara e me entrega. — Quis fazer isso desde que te peguei para almoçar. Esse negócio esconde seus cabelos.

Enfio a outra paçoca na boca. Um pensamento surge: "talvez seja melhor eu enganar Enrico. Não passo na casa dele para pegá-lo. Vou sozinha ao encontro de Enrico Balistieri". É uma possibilidade a ser delicadamente estudada.

— Fiz residência num hospital aqui perto — fala de repente. — Só que não conhecia o restaurante no qual almoçamos. Naquela época, meu dinheiro cabia apenas no bolso do prato feito do Chico's.

— Onde fica isso?

— No fundo de uma galeria suja com goteiras por todos os lados, inclusive sobre as mesas dos clientes. E com a mesma opção de pratos a semana toda: imitação de omelete ou imitação de frango frito. A única coisa que prestava no lugar era o som ambiente. Os donos tinham, ao menos, o bom senso de colocar rock.

— Eu não gosto de prato feito. Gosto de ter opções. Para pegar um pouco de cada bandeja — confesso, rindo. — E esse suplício durou quanto tempo?

— Cinco anos. — Coloca a mão em meu ombro direito enquanto atravessamos a rua. — Não é à toa que meu fígado hoje em dia é um lixo.

— Mas você é médico?!

— O que tem? Médico não é gente?

— Médicos têm mais cuidado com a saúde. E ganham bem... — falo do que sempre acreditei.

— Médicos se esfolam por mais de dez anos até juntar tempo e dinheiro suficientes para se dar ao luxo de comer decentemente.

Paramos na calçada em frente ao prédio onde trabalho.

— Medicina deve ser um pouco como toda profissão, no final das contas.

— Tirando o privilégio de salvar vidas, talvez seja até um pouco pior. — Me encara sorridente. — Então, é isso, moça, obrigado pela companhia no almoço. Faz tempo que não faço uma refeição tão prazerosa.

— Obrigada a você. — Fico uns segundos sem saber o que dizer. A intensidade dos olhos de Enrico esquenta minha bochecha. Olho para baixo. Ergo a cabeça de novo. Não vou deixar essa Anabel versão Disney levar a melhor. — Você não vai para o hospital hoje?

— Acabei de sair de um plantão de 24 horas.

— Nossa! E você está bem desse jeito?

— A gente se acostuma ao ritmo pesado.

— Você está a pé?

— De metrô. — Leva a mão em direção a meu rosto. Fico a segundos de gritar *de novo, não!* Não grito. Mas sei que meus olhos estão arregalados. O toque, desta vez, é em meus lábios. Desliza o polegar sem pressa por minha boca. Temo por minha saúde ocular. E minhas pernas, que ameaçam virar uma poça de geleia na calçada.

— Restos de paçoca. — Coloca as mãos nos bolsos de novo.

— Ah... — O que mais eu poderia dizer? — Bom, então, até amanhã. — Viro as costas. E o sussurro rouco chega a meus ouvidos.

— Até amanhã, minha linda.

Capítulo 16

*E*stou tendo uma conversa com minha mãe há meia hora, mais ou menos. Logo que Alan nos deu boa noite e se recolheu em seu quarto, tomei a decisão. Contaria para ela a história toda envolvendo a missão Helena-Enrico. Talvez eu seja a filha mais ingênua do mundo, porque continuo acreditando que algum evento vai aflorar o melhor lado dela. Um que dará mais importância às pessoas do que a sapatos, roupas e perfumes.

O começo de nossa conversa foi promissor. Ela me escutou sem me interromper para falar com Carla ou passar algum sermão. Fiquei tão entusiasmada que contei, num fôlego só, a descoberta da caixinha no guarda-roupa, as cartas, a participação de tia Amora, a busca por Enrico Balistieri, o encontro com Enrico Balistieri Jr. e minha intenção de ir à cidade onde mora o grande amor de vó Helena amanhã. Tive apenas que repetir uma ou duas passagens porque atropelei um pouco as palavras. No final, o único comentário que ela fez foi, na verdade, um pedido. Ver a carta de vó Helena para Enrico.

E, neste momento, minha mãe lê a carta que não será mais minha responsabilidade a partir de amanhã. Se tudo correr conforme as expectativas que estou depositando. Não consigo, porém, evitar o sentimento de nostalgia a me invadir toda vez que penso estar me despedindo dessa missão. Acho que, no meio do caminho, entre as dúvidas e as certezas, acabei me apegando a essa história. Ela se tornou (preciso dar razão a Júlia) o acontecimento mais excitante em anos. E deixar tudo isso para trás, voltando a encarar a rotina exageradamente planejada, é uma perspectiva que me deprime.

— Como minha mãe pôde esconder tudo isso de mim e dividir com Amora?

Sobressalto-me. Encaro uma mãe irada no sofá onde estamos. Era totalmente dona Haidê não se abalar com uma carta carregada de emoção, escrita pela própria mãe, para o único homem que ela amou, ou com o resto da história, mas se fazer de vítima porque foi deixada de fora do grande segredo.

— Vó Helena não dividiu "tudo isso" com tia Amora, mãe. Não por iniciativa própria. Já te falei que tia Amora achou a carta por acaso.

— Amora saber não deveria ser surpresa para mim. — Devolve-me a carta e, ignorando o que acabei de dizer, prossegue: — Ela era a filha preferida. Sua avó não escondia que gostava mais dela do que de mim.

— Isso não é verdade, mãe. Vó Helena não fazia diferença entre você, tia Amora ou tio Raul. Você que é uma pessoa difícil de convivência. Repele todo mundo — desabafo sem me preocupar com as consequências. Pela primeira vez desde que me lembro.

— Anabel, você...

— Você só tem palavras duras para as pessoas, com exceção de sua amiga, Carla. — Interrompo. — Isso quando não está querendo que obedeçam às suas ordens ou se fazendo de vítima.

— Anabel, eu...

— Ainda não acabei de falar. — O baú onde travei o antagonismo pelas atitudes de minha mãe foi arrombado sem possibilidade de ser fechado novamente. — Quantas vezes vó Helena se aproximou de você para mostrar um de seus trabalhos manuais e você disse que era fora de moda, ou muito colorido, ou muito apagado, ou seja lá a crítica que você fazia? Dezenas de vezes! E isso foi o que eu presenciei. Posso imaginar que você tinha essa mania mesmo antes do meu nascimento. E quanto à sua irmã? Você só sabe colocar defeitos nela. "Que mulherzinha passiva." "Que mulherzinha que vive se fazendo de santa para todo mundo gostar dela" — imito-a. — Nunca te ouvi dizendo uma palavra boa de tia Amora. E quanto a mim, mãe? Para você, eu sou a burra de carga da casa, útil apenas para ocupar a posição que meu pai deixou quando morreu. Você nunca se preocupou com a vida difícil que jogou nas minhas costas. Nem ligou que eu abdiquei de todos meus sonhos para deixar você vivendo do jeito que desejava.

Paro de falar. Abruptamente. Tremo da cabeça aos pés. Fui longe demais. Será? Posso afirmar, entretanto, que sinto como se um veneno mortal tivesse sido extirpado de meu sangue.

Arrisco olhar minha mãe. Ela está mordendo o lábio inferior. Fitamo-nos. Penso ter visto vulnerabilidade em seus olhos. Mas a condição some rápido, cedendo espaço ao brilho enérgico, que ela exibe com orgulho para todos. E, com a voz firme, cospe palavras em mim.

— A vida não foi moleza para mim, Anabel. Por um único erro, aos 18 anos, eu tive que pagar por anos. Você sabe o que é abandonar todos os seus sonhos de adolescência porque engravidou e seu pai te enxotou de casa, sua mãe, nem sua irmã, mexeram um dedo para impedir, daí, você foi obrigada a casar com um taxista miserável, que contava os centavos para pôr comida na mesa? Sair do conforto de sua casa para ir morar numa edícula na periferia? Ou, então, talvez você saiba o que é cuidar de uma criança chorona que não te deixou dormir por cinco anos? E, depois, quando você consegue passar num concurso público, pensa que vai entrar na maré da sorte, você pega uma maldita rubéola e seu filho nasce com paralisia cerebral? Agora, pensa bem, você acha mesmo que eu sou a vilã da sua história? A vilã escolheria afundar a própria vida em vez de fazer um aborto?

As lágrimas ficam no limiar de meus olhos. Eu as engulo de volta. Esse é o momento para colocar definitivamente uma pedra sobre minhas expectativas quanto à mudança na relação mãe e filha, não de chorar.

— Eu acho, mãe, que a vida deve ser medida pelas escolhas que fazemos, não pelos erros que cometemos. Você pode ter cometido o maior erro da sua vida quando não decidiu me abortar, mas você fez a melhor escolha para a minha. E eu te agradeço eternamente por isso. Só que eu não vou mais esperar o que você não pode me dar... — Levanto do sofá. — amor de mãe.

— Onde você vai?

— Dormir. Amanhã vou acordar às 5 da manhã.

— Você vai mesmo atender a esse pedido sem pé nem cabeça de sua avó?

— Vou, sim — falo de costas para ela. — Esse pedido "sem pé nem cabeça" é o único acontecimento feliz em minha vida atualmente.

— Dirija com cuidado. E me avise quando chegar lá.

Meu coração não quer que eu pense as implicações dessas palavras. Ele está dolorido, pesado, chorando sem parar. Caminho para o corredor, em direção a meu quarto, sem nada responder.

***

Ouço um barulho insistente à distância. Quero colocar o travesseiro por cima da cabeça e gritar para alguém desligar o som. Ele continua por alguns minutos. Então, para ao mesmo tempo que meu cérebro acorda e se lembra do despertador, programado no celular. Dou um pulo na cama. Caio sentada. Alcanço o aparelho na mesa do notebook.

Ontem, quer dizer, hoje, peguei no sono depois da meia-noite, por isso a dificuldade imensa de acordar. Meu cérebro traiçoeiro não quis colocar as palavras duras de minha mãe em algum compartimento para eu analisar depois. Repassou minuciosamente cada uma delas num mantra macabro. O resultado disso é uma dor de cabeça e um coração partido. Não queria dar tanto crédito a palavras ressentidas. Ainda que eu não as tenha escutado antes, eu estou cansada de saber que minha mãe põe a culpa da droga de sua vida em mim. Entretanto, elas me fizeram refletir que talvez meu subconsciente tenha sido suscetível a essa culpa, indo de encontro ao que eu sempre acreditei. Até esse momento achei que abri mão de meus sonhos em prol de uma vida saudável para Alan. Exclusivamente. Agora me pergunto se não foi também para recompensar minha mãe por ela ter escolhido ficar comigo.

Esfrego meu rosto. Não acho que esse seja o momento certo para fazer reflexões profundas sobre o significado de minhas escolhas. Eu deveria estar focada, somente, na bendita missão. Mas, como se uma coisa puxasse a outra, sem eu entender o motivo, vejo-me questionando o que antes era tão certo. Com um empurrãozinho extra de Alan e Júlia, sinto-me tentada a explorar novos horizontes. O problema é que não sei exatamente quais são esses "horizontes". Não posso simplesmente pedir a conta de meu trabalho estável, apesar de chato, e começar do zero. Esse zero seria retomar minha carreira editorial. Que não teve um início de verdade. Ou fazer uma pós-graduação. Ainda preciso sustentar a casa. Não devo me permitir embarcar no delírio de que Alan se adaptará no emprego e crescerá nele. A qualquer momento, meu irmão pode voltar a ter uma de suas crises (Deus me livre!), e eu serei sua única provedora novamente.

Coloco os pés para fora da cama. Continuar perdida em pensamentos não vai me levar a lugar algum. Ou melhor, me levará ao atraso da viagem. E Enrico me esperando no portão do prédio onde mora.

Sim. Quero dizer, não. Resolvi que não vou enganá-lo e partir sozinha para essa viagem. Prefiro acreditar que quem me convenceu do contrário foi Júlia, ontem, após meu almoço, com seus argumentos infindáveis no telefone.

Assim que cheguei do almoço com Enrico (após beber dois copos de água), liguei para Júlia (aproveitei que seu Nilton não estava) e a enchi de profundo êxtase por 40 minutos. Contei cada detalhe do encontro que tive.

Bom, não TODOS os detalhes porque senão terminaria casada com Enrico antes mesmo de ter rompido com João (não que eu esteja pensando em fazer isso, claro). Ela soube, entretanto, das partes principais. E, me surpreendeu quando disse que eu deveria levar o neurocirurgião na viagem como um teste de fogo para saber se aceito ou não o pedido de João. No início, achei a história maluca. O que tinha a ver meu (talvez, quem sabe) casamento com João e a viagem na companhia de Enrico? Munida de muita paciência, que só Júlia sabe ter quando quer convencer alguém de alguma coisa, ela me explicou que se eu fosse com o Berruti-Jackman (bendita hora que eu dei a ideia para o apelido) teria a chance de conhecê-lo melhor e também conhecer meus sentimentos, pois dependendo da forma que meus sentidos reagissem à proximidade, por horas, do cara, eu chegaria à conclusão do impasse "caso ou não caso". O único problema que vi na teoria foi a parte de meus sentidos. Não tenho tanta certeza de que posso confiar cegamente neles. Na verdade, eu sei que eles não são mais confiáveis. Pelo menos, enquanto eu estiver em jejum sexual.

Confessei isso para a Júlia. Ela respondeu, brava, que não estava falando em sexo, estava falando em amor. Que sexo se podia conseguir em qualquer esquina. Porém, não a ligação transcendental entre duas almas (Júlia ainda está sob efeito do curso de *Magnified Healing* que fez no começo do ano. Para esse, ela não conseguiu me arrastar junto). Era nisso que eu devia prestar atenção quando estivesse com Enrico. No final, ela acabou me convencendo. Ou eu me deixei convencer para que ela abandonasse a obsessão Enrico-João-amor.

Terminei de me vestir. Estou com minha única calça jeans, uma blusa de tricô branca e tênis confortável. Também já penteei os cabelos e escovei os dentes. Na minha bolsa grande, estão meu celular, com os devidos endereços de Enrico Balistieri e Enrico Balistieri Jr. (que me enviou num *e-mail* superfofo perguntando se eu gosto de *Clube Social*), uma calcinha (nunca sei direito o porquê, mas quando vou passar o dia fora, sempre ando com uma reserva), creme dental, escova de dente e de cabelo, um batom, protetor solar (para não deixar essa pele branca exposta por nenhum minuto), a carteira, um perfume, o casal de noivos que era de vó Helena (acho que faz mais sentido ele ficar com Enrico Balistieri do que comigo) e... meu pijama do Macaquinho *I Love You*. Não, eu não mudei de ideia. Eu pretendo voltar hoje mesmo. Mas uma mulher deve ser prevenida. Existe a possibilidade de Enrico Balistieri estar fora da fazenda até amanhã. Claro que não vou para casa e volto no outro dia. Sem cabimento. Posso muito bem dormir no hotel e retornar no domingo à fazenda. Hotel tem vários quartos. Enrico terá o dele. Eu, o meu. Um bem distante do outro. De preferência.

No entanto, essa é uma hipótese das mais improváveis. Com certeza, volto hoje mesmo para casa.

Corro na ponta dos pés para não fazer barulho. Estou ficando atrasada e ainda não tomei café da manhã. Assim que chego à cozinha, noto um pacote sobre a mesa. Aproximo-me. Tem um bilhete com meu nome em cima. Abro e leio:

Coloquei no papel alumínio alguns pedaços da torta de frango que trouxe ontem. Pegue duas caixinhas de suco na geladeira. E coloque tudo na bolsinha térmica que está no armário. Boa viagem.
Sua mãe.

Releio. Torno a ler. Meu coração volúvel transborda alegria. Minha mãe arrumou um lanche para mim depois que fui dormir. E me desejou boa viagem. O mais provável seja que fez movida pelo senso de culpa. Além de nem se importar com a minha missão, ainda me disse palavras duras. Mas não estou com vontade de pensar nisso agora. Quero curtir mais um pouco a sensação de ser paparicada por uma mãe.

Pego a bolsinha térmica no armário, sabendo que meu sorriso deve ser visível da Lua.

Capítulo 17

*E*stou a duzentos metros da rua onde Enrico mora. A moça do GPS acabou de me dizer. Ao contrário do que acreditei, antes do *e-mail* chegar, o endereço não fica em bairro nobre. O prédio localiza-se num bairro classe média da zona sul, vizinho ao meu (o que achei uma coincidência meio assustadora). Aos poucos, é como se ele estivesse virando de carne e osso. Não decidi ainda se isso é bom ou ruim. Talvez a imagem do médico inatingível para uma secretária seja a mais segura, contudo.

Entro na rua. Diminuo a velocidade à procura do número 1.753. Como se não bastasse o novo hábito de meu coração querer sair pela boca, agora ele resolveu tentar a saída por meus ouvidos. Para completar o ritmo intenso das sensações, minhas mãos estão tremendo sobre o volante. E as duas bisnaguinhas, que engoli junto com o copo de achocolatado, querem fazer o caminho inverso de meu estômago.

Penso que o nervosismo não pode ficar maior, então, avisto um rapaz alto, moreno, vestido com agasalho preto, mochila no ombro, encostado nas grades da frente de um prédio bege. Enrico Balistieri Jr.. Meu corpo todo antecipa o sorriso que ele dará quando me vir.

O sorriso não acontece.

Manobro para estacionar junto à guia, enquanto sou observada por um rosto fechado. Desligo o carro. Saio, apressada, abafando a decepção ridícula, e curiosa para saber o que eu havia feito para merecer aquela cara de poucos amigos. Mas não tenho tempo de abrir minha boca porque Enrico, sobrancelhas juntas, caminha em minha direção, questionando:

— Essa caixa de sapatos vai aguentar oitocentos quilômetros?

— Olha como fala do Charlie! — Aponto o dedo para ele, que começa a examinar cada centímetro cúbico de meu carro.

— Qual foi a última vez que esse carro passou por uma revisão? — Ignora-me.

— No mês passado. — Fico a poucos passos dele, que está próximo ao capô. — E pelas minhas próprias mãos, se você está interessado em saber. Eu faço pessoalmente a manutenção dele. Pelo menos, das partes que não exigem ferramentas muito específicas. Meu carro é bem mais inteiro do que muitos que andam por aí e...

— Você conserta o seu carro? — Interrompe-me, incrédulo.

(Uma peculiaridade sobre a qual me esqueci de comentar: adoro mecânica de carros.)

— Conserto. Mecânica de carro não tem muito segredo. E, além disso, tem um monte de vídeos sobre consertos de carro na internet. Eles ensinam muitos macetes. Os melhores são os do Doutor Carro, no YouTube. Você nunca assistiu? — Enrico está literalmente de boca aberta. — Ah, é verdade, seu carro é importado. Você só pode fazer revisão em concessionárias. É cheio de frescurinhas.

— Opa! Meu carro não é "cheio de frescurinhas" — me imita, com as mãos no quadril.

— Está certo. — Volto para a porta do motorista. — Mas vamos logo para dar tempo de chegarmos na hora do almoço na cidade.

Pego na maçaneta, com a intenção de entrar no carro. Enrico, porém, não se move. Olho para ele, que parece confuso.

— O que foi agora?

— Eu não vou dirigindo?

— Óbvio que não! — exclamo. — E não ouse dizer que mulher não dirige bem. Se falar, eu dou a partida e deixou você aí.

Sento, mãos grudadas no volante. Um Enrico relutante ocupa o banco do passageiro e coloca a mochila no assoalho. Sei que está me encarando. Sinto seu olhar queimar minha bochecha direita. Mas não vou me virar. Não vou MESMO!

— Desculpe. Eu não queria te deixar chateada. Eu... — hesita. — Eu me sinto um pouco claustrofóbico em carro pequeno. Principalmente se não sou eu quem está na direção.

— Posso imaginar... — Dou um suspiro exagerado. — Você está acostumado a sua espaçosa Hilux.

— Eu comprei a Hilux no ano passado. Na verdade, estou acostumado a motos. Dirigi uma por 12 anos.

Anabel, você não vai criar o quadro mental de Enrico Junior em cima de uma moto. Tampouco imaginar quão sexy deve ser isso. Ou que você tem uma queda por homens sexies sobre motos.

— Tudo bem. Na volta, eu deixo você dirigir o Charlie — falo o primeiro pensamento que passa por minha cabeça para cortar as asas da imaginação.

— Obrigado. Prometo cuidar bem do seu Charlie. — Coloca a mecha irritante, que caiu do meu rabo de cavalo, delicadamente, atrás de minha orelha.

Ligo a ignição. E o aparelho de som. Surge a tentação de aumentá-lo no último volume para que a música me faça esquecer a presença ao meu lado. Seguro-me, entretanto. Coloco o carro em movimento. Rumo à Rodovia Castelo Branco.

— O que tem aí na sua *playlist*?

— Bom, tem bastante gente — cedo à voz rouca que não permite ser esquecida. — Shakira, minha cantora preferida de todos os tempos, Bruno Mars, Adele, Taylor Swift, John Mayer, algumas músicas da Madonna e da Lady Gaga...

— E o bom e velho *rock'n'roll*? — me interrompe.

— Eu até tenho rock...

— Mas você é uma garota Pop. Do tipo que tem Gangnam Style no toque de celular — julga e me dá a sentença em tempo recorde.

— Qual é o problema de escutar Psy? É superlegal para dançar. E malhar. Mas não, ele não está no toque do meu celular. Além disso, eu ia falar, antes que você me cortasse, que eu tenho bastante MPB também. E Queen. Meu pai era fanático por eles e acabou me contaminando.

— Então só me resta desligar os ouvidos até as músicas do Queen aparecerem.

Faço uma curva fechada com a destreza de um Sebastian Vettel. Quase falo para meu companheiro implicante: "Engula essa!". Mas, no último segundo, resolvo responder ao comentário dele.

— Você pode colocar o fone de ouvido do seu celular e ouvir suas próprias músicas. Eu não me importo.

— Eu me importo. Não vou fazer isso. Quero ficar ligado enquanto a senhorita está dirigindo.

— Não acredito que você não confia em mim depois dessa curva perfeita que acabei de fazer — Sinto-me na obrigação de me gabar.

— Eu não confio em ninguém que não seja eu na direção.

— Que pena! Desse jeito você não vai aproveitar a viagem.

— Não estou preocupado com isso. Só quero ir e voltar vivo.

— Enrico Junior, já te falaram que você é um chato? — provoco, mas, confesso, estou adorando o bate-rebate.

— Algumas pessoas. Minha mãe diz que a chatice faz parte do meu charme.

Trocamos olhares sorridentes. E uma corrente de cumplicidade me atinge. A primeira em anos que sinto por um homem. Então, uma buzina e Enrico me trazem de volta à realidade.

— Cuidado com o caminhão, Anabel!

Eu consegui a proeza de fechar um caminhão. Isso de ter um moreno charmoso e bom de papo ao lado pode se tornar bem mais perigoso do que pensei. Bem mais. Acho melhor entrar num assunto neutro.

— Trouxe torta de frango, maçãs e suco para lancharmos no caminho.

— E eu, os biscoitos *Clube Social*, conforme escrevi no *e-mail*. Quando minha mãe não está em casa, eu fico sem opções. Cozinhar não está entre minhas especialidades — *a voz sedutora é coisa da minha imaginação também?*

— Você mora com sua mãe?

Lá vou eu novamente me meter na vida privada de Enrico...

— Moro com minha mãe e uma tia. Os únicos membros que sobraram da minha família.

Quero contradizê-lo. Mencionar Enrico. O pai. Porém, o carro está em movimento. E sua reação nunca é boa quando falo de Enrico Balistieri.

— Elas estão em Miami faz quatro dias — volta a falar.

— Excursão de compras?

A imagem de minha mãe, cheia de sacolas, se forma na minha cabeça. Dona Haidê adoraria fazer amizade com as parentas de Enrico.

— Não exatamente. O propósito principal é relaxar. Comprei um pacote em promoção num site de viagem e quis presenteá-las com ele. Tive um pouco de dificuldade em convencê-las a aceitar, no princípio — confessa. — Minha mãe sempre precisa de um estímulo extra para sair de casa. Tive que apelar para o lado emocional. Disse que se elas não aceitassem, estariam jogando na lata do lixo 96 horas que não dormi para fazer os plantões e pagar o pacote.

— Você não teria esse problema com a minha mãe — falo em meio às nossas risadas.

— Por quê? Ela gosta muito de viajar?

— Não. De comprar. Ela é uma compradora compulsiva.

— Esse é o tipo de problema que talvez nunca tenha com a minha. Ela precisa ser estimulada, quase obrigada, a fazer as coisas de pessoas saudáveis, como compras.

Olho de relance para ele, procurando entender o que está querendo dizer.

— Ela sofre de Transtorno Depressivo Recorrente. Teve vários episódios depressivos ao longo dos anos. Tentou, inclusive, o suicídio duas vezes. Atualmente, as crises estão sob controle. Ela tem um acompanhamento multidisciplinar, com medicamentos e sessões com um psicólogo. Só que ainda é difícil encorajá-la a sair de casa.

— Puxa... Há quanto tempo ela tem esse transtorno?

— Desde que eu nasci.

Essas palavras foram ditas na mesma inflexão profissional com a qual expôs sobre o transtorno. Porém, eu consegui captar uma nota de tristeza tão nítida que quase sigo o impulso de tocar sua mão.

De repente, quero saber mais sobre ele. Não trivialidades para saciar a curiosidade feminina. Quero que Enrico me conte sobre sua infância, seus sonhos, seus medos, suas batalhas. Estou afundando até a testa na vida desse médico, eu sinto. Como aconteceu na missão a qual vó Helena me incumbiu. Mas a diferença entre as duas coisas é gritante.

Na missão, é o descanso do espírito de vó Helena que está envolvido. No aprofundamento da ligação com Enrico, será meu coração, o mesmo sobre o qual acreditei ter pleno controle.

***

Duzentos quilômetros depois da conversa sobre a mãe de Enrico, estamos chegando à parada que programei para abastecer o carro e comer. O silêncio dentro do carro, por intermináveis minutos, foi quebrado apenas pelo som das minhas músicas favoritas. Cheguei a acreditar que Enrico estava levando a sério o negócio de desligar os ouvidos até começar a tocar as músicas do

Queen, e de bônus resolveu desligar a boca também. Isto me irritou porque era provável que não conversaríamos por uns duzentos e cinquenta quilômetros se dependesse das benditas músicas. Porém, quando eu definitivamente cansei do mutismo, abri a boca para dizer algo, ele voltou a falar. Quero dizer, primeiro, pegou uma de minhas mãos e disse sua frase clássica: "É a primeira vez que conheço uma mulher...". Dessa vez, reparou em meus dedos longos. E eu não pude deixar de reparar que os lugares onde ele tocou entrou em combustão espontânea. Outro novo hábito para a série "Coisas novas (e não bem-vindas) na vida de Anabel Dias da Silva".

Em seguida, conversamos sobre coisas corriqueiras. A temperatura que despencou em São Paulo na última madrugada. O trânsito que está cada dia mais caótico na cidade (até mesmo nos finais de semana). O timbre forçado de Shakira. Mas isso quem disse foi Enrico. E eu prontamente contestei, falando que ela tem um timbre poderoso, nada forçado. Outros momentos de silêncio também se insinuaram entre nós. Porém, não foi incômodo. Na verdade, achei bem-vindo, pois, conforme os quilômetros são vencidos, a cada hora está mais difícil evitar a vontade de saber mais sobre meu companheiro de viagem. É claro, eu poderia seguir o conselho de Júlia. Conhecer melhor sobre Enrico Balistieri Jr. e prestar atenção às minhas sensações por ele, no intuito de me ajudar a decidir se caso ou não com João. Mas essa decisão não deve ser tomada sob influência de um possível deslumbramento por outro homem. Apesar de João não ser o namorado mais dedicado no mundo, merece honestidade. Nossa relação também merece. Afinal, cinco anos não são cinco dias.

Estaciono ao lado de uma bomba de combustível. Esse não é o melhor momento para refletir sobre o assunto "João e casamento". Isso é algo que deve ser feito com calma, solitária, e principalmente longe desses olhos azuis brilhantes que, eu sinto, estão me encarando.

— Se eu me oferecesse para pagar a gasolina, você teria um chilique?

— Se você quiser pagar na volta, não farei objeção.

— Entrego a chave do tanque para o frentista. Peço para encher o tanque. E volto meus olhos para Enrico. — Ah, eu não tenho chiliques.

— É claro que não tem, ruiva. — Ele ri e pisca para mim.

— Você gosta de me dar apelidos, não? — Desço do carro para passar o cartão de débito, não sem antes ouvir a resposta dele.

— Você me inspira.

E você muda minha personalidade, penso enquanto digito, pela segunda vez (espero que certo agora!), a senha na máquina de cartões.

A sensação que tenho é de perda do controle sobre o que foi tão demorada a construção: equilíbrio e sensatez. Graças ao doutor Enrico Balistieri Jr. parece que não consigo manter meu lado selvagem na jaula construída à custa de muito esforço. O pior é que nem percebo mais quando esse lado rouba a cena. E a conclusão a que chego não me agrada: quando estou com o médico cheio de *sex appeal*, a pressão de atender a expectativas desaparece. Eu sou inteira. E isso reflete em meu comportamento.

Entro no carro. Consigo segurar o impulso de bater a porta. O cérebro deveria ter um mecanismo que o impedisse de gerar pensamentos conflituosos nas horas erradas. Por exemplo: no meio de uma viagem com o cara que te faz abandonar os filtros mentais depois de anos.

— Vou estacionar perto do centro de conveniência.

— Obrigo minha mente a se calar.

— Ok.

— Preciso ir ao banheiro... do tipo urgente — confesso.

A risada de Enrico ecoa pelo interior do carro enquanto entro na vaga. Ela é tão contagiante que, além de me fazer rir também, sou estimulada a fazer novas confissões.

— Não sei como não parei umas três vezes antes de chegarmos aqui. Meu pai me chamava de Maria Xixi quando viajávamos. Eu queria que ele parasse a cada dez minutos. Na verdade, eu era uma criança hiperativa. Não conseguia ficar muito tempo num lugar só. — Abro a porta e desço. Enrico faz o mesmo.

— Uma criança hiperativa explica muitas coisas no seu comportamento. — Coloca a mão em meu ombro esquerdo e me conduz para o interior do centro de conveniência.

— Mas eu deixei isso para trás faz muito tempo. Agora sou uma mulher centrada que...

— Se atira no caminho das pessoas e é impossível de ser esquecida.

O tom de flerte esquenta meu rosto. Um prazer inevitável prende-se à boca de meu estômago. Quando crio coragem de levantar os olhos para Enrico, sou recebida por um sorriso caloroso que me faz flutuar, quase acredito, literalmente.

O corredor onde estão localizados os banheiros se aproxima. Ele tira a mão de meu ombro, brinca com meu rabo de cavalo e fala:

— Te espero no carro.

É encostado no carro, através das janelas verticais na saída do banheiro, que o vejo. Ele está... conversando com uma mulher?! Uma morena alta e magra do jeito que, nesta vida, eu jamais serei. Algo forte o suficiente para me fazer andar rápido surge dentro de mim. Ciúmes? Não pode ser. Tive três namorados e, por nenhum deles, senti isso. Nunca. Não acredito que eu terei uma crise de ciúmes por um quase total desconhecido.

Corro. Só paro quando alcanço o carro.

— Cheguei — falo o óbvio.

A mulher desvia a atenção de Enrico. Passa os olhos da minha cabeça até meu quadril. Então, perde o interesse em mim. Deve ter concluído que eu não represento uma concorrente.

— Paula, esta é a Anabel.

Paula?! Ele a conhece? Seria uma namorada, que o seguiu até aqui? Ai, minha nossa! Eu não tenho estrutura para brigas passionais cujo estopim seja eu.

— Anabel? Ei!

Ouço meu nome e desperto do limbo onde estava me enfiando. Enrico está gesticulando à minha frente.

— Eu estava dizendo que a Paula é enfermeira no hospital onde faço plantões. Foi uma grande coincidência nos encontrarmos aqui. Ela está indo prestar concurso em Bauru.

— Prazer, Paula. — Estendo a mão, recuperando a boa educação.

— Igualmente. — Suas palavras e o aperto da mão são mais falsos do que a bolsa *Louis Vuitton* da Eloísa. A tal da Paula parece incomodada com minha presença.

— Você está pensando em sair mesmo do hospital? — Enrico pergunta. Eu aproveito para me encostar no carro, bem ao lado dele.

— Este concurso que vou prestar está oferecendo um bom salário, sabe? E é na cidade onde mora minha família. É claro, será difícil abandonar o pessoal do hospital se eu passar. Vou sentir falta de todo mundo. Principalmente de você.

Colo-me na lateral do corpo de Enrico.

— Também sentiremos sua falta, Paula. Você é uma enfermeira muito eficiente. E uma boa amiga.

"Boa amiga", sua magrela. Toma essa!

— Preciso voltar para a estrada. Na semana que vem conversamos com mais calma. — Aproxima-se de Enrico e dá um beijo (demorado!) na bochecha dele. Depois se vira para mim, disfarçando a antipatia (e uma mulher sabe quando outra mulher está fazendo isso), e acrescenta: — Legal te conhecer, Anabel.

— Também, Paula — respondo, usando toda a falsidade que eu pensei não existir em mim.

É... Paula é do tipo que pega "uma boa amiga" e usa todas as armas femininas para transformar em "uma boa amante". Resta saber se Enrico Balistieri Jr. é homem de cair nesse tipo de armadilha.

— Paula é uma garota legal. É incansável na dedicação aos pacientes e aos médicos — Enrico volta a falar assim que a talzinha entra no carro oposto ao meu e dá partida.

— Posso imaginar. Incansável deve ser o nome do meio dela. — Pulo para dentro do carro e bato a porta.

— Você está brava? — Senta no banco ao lado.

— Não. Por que você acha isso?

— O tom de sua voz está um pouco alterado. E você acabou de bater a porta de seu precioso Charlie.

— Impressão sua. Só exagerei na força para fechar a porta. — Abro minha bolsa e pego a bolsa térmica. — Quer torta de frango? Tem suco também.

— Está assim por que não foi com a cara da Paula? — Pega um pedaço de torta.

— Você vai insistir neste assunto? — Dou uma mordida GG na torta que está em minhas mãos. — E por que eu não iria com a cara de alguém que eu vi por dois minutos? Além disso, se você disse que ela é uma garota supereficiente, boa amiga, incansável, linda, alta e magra, por que eu não gostaria dela?

— Eu não disse que ela é linda, alta e magra. — Olha-me confuso.

— E você precisa dizer? É bem óbvio! — Enfio o resto da torta na boca.

— Você está... — Examina meu rosto como, eu imagino, os estudantes fazem com os corpos dissecados nas aulas de Medicina. — Você está com ciúmes, Anabel? — Os olhos de Enrico brilham mais do que de costume.

— De onde você tirou essa ideia? — Meu rosto é uma pimenta vermelha comprida e madura, de novo. Não preciso de espelho para saber disso. — Eu jamais sinto ciúmes. Além disso, se eu tivesse que sentir ciúmes, seria do meu namorado.

— Ah, o namorado de cinco anos que não está aqui com você agora. — Dá de ombro e come o resto da torta.

— Eu não vou discutir isso com você! — Pego outro pedaço e quase jogo o pacote em Enrico para que ele fique com o último pedaço.

Comemos, por alguns minutos, sem conversar. Temo que Enrico tenha novas ideias (erradas) sobre meu ciúme (imaginário), então resolvo fazer o que decidi evitar a todo custo: fuçar na vida dele.

— E, aí, por que neurocirurgião?

Ele tira os olhos das pessoas que transitam pela calçada do centro de conveniência, vira-se para mim e responde com um sorriso de indisfarçável satisfação:

— Eu sempre quis ser médico. Desde a primeira memória que tenho da infância. Minha tia costuma dizer que tracei essa meta na barriga da minha mãe. Ela conta que quando acompanhava minha mãe no pré-natal, bastava um médico passar perto delas para eu começar a fazer acrobacias na barriga. Eu ficava tão agitado, tia Lourdes diz, que era possível ver a barriga da minha mãe assumir várias formas diferentes.

— Isso é que eu chamo de pessoa focada em seus objetivos. — Ponho as mãos ao lado de meu rosto, representando um gesto de foco.

— É. E sou assim até hoje. Traço uma meta e não me desvio dela até alcançá-la. Com a faculdade de Medicina e as especializações foram a mesma coisa. Passei no vestibular em 1999, na Federal de São Paulo, depois de quase dois anos com a cara metida nos livros umas 18 horas por dia. Valeu a pena o sacrifício, já que grande parte dos candidatos ao curso de Medicina não consegue entrar na primeira tentativa.

— Foi mesmo um grande feito. A nota de corte de Medicina é absurda. — Arregalo os olhos.

— Mas necessária. É uma das garantias que a universidade tem para admitir pessoas preparadas.

— Pensando por esse lado...

— Bom, eu entrei na faculdade com a intenção de me especializar em Neurologia. Eu tinha uma espécie de obsessão por questões relacionadas ao funcionamento do cérebro. Então, quando fiz a disciplina de Anatomia II, me inscrevi para a prova de monitoria em Neuroanatomia. Passei na prova e, como monitor, eu tive a oportunidade de ficar mais próximo dos professores de alguns departamentos. Acabei conhecendo, e me tornando amigo, de um dos neurocirurgiões mais humanos e competentes que esse país já teve. Graças a ele, eu me encantei pela área de neurocirurgia. Terminei a graduação, me matei de estudar de novo, dessa vez para a prova de residência em neurocirurgia. São poucas vagas oferecidas todos os anos para essa especialização. Consegui fazer a residência num bom hospital. A residência dura cinco anos. Mas ainda fiz um sexto ano de subespecialização em Neurocirurgia Funcional. No final, o médico que eu auxiliava na residência me chamou para trabalhar com ele no hospital onde você me achou. E cá estou eu hoje, me dividindo entre o Centro de Neurocirurgia Funcional e os plantões de 24 horas que faço num outro hospital. Além do tempo que dedico a escrever artigos para um periódico e me aprofundar na cirurgia estereotáxica para Parkinson.

A expressão facial de Enrico Jr. transmite o amor imenso que sente pela profissão. Sorriso largo. Olhos entusiasmados. Mandíbula relaxada. Adoraria me sentir assim em relação à minha profissão...

— Puxa, muito legal! Dá para ver que você ama ser médico.

— Amo muito. — Sorri. — A dedicação necessária a esse trabalho, às vezes, é extenuante. Mas terminar uma cirurgia bem-sucedida, seguida de um pós-operatório tranquilo, faz valer a pena cada minuto e esforço gastos.

— Preciso te contar sobre uma coincidência grande em nossas vidas — falo, contagiada, de repente, pela intimidade entre nós.

— Uma coincidência em nossas vidas? Hum, parece interessante. — Desliza os dedos por meu cabelo, que descubro, neste instante, perdeu o elástico. — Conta.

Espero uns três segundos até que meu coração bata num ritmo compassado e volto a falar:

— Uma vez eu quase tive que procurar um neurocirurgião funcional.

— Para você?

— Para meu irmão.

— Você pode contar por quê? — Enrico me olha sério. É o médico que me observa. Sinto-me um pouco como num consultório, mas prossigo.

— Meu irmão nasceu com paralisia cerebral. Ele tem hemiplegia espástica. No lado direito.

— Quantos anos ele tem?

— Fez 18 anos em janeiro. A hemiplegia dele não é tão grave, sabe? Com as fisioterapias que ele fez desde criança, nem muletas Alan usa. Manca um pouco do lado direito e não coordena bem a mão direita. O problema mesmo é a epilepsia.

— Foi por isso que sua família cogitou consultar um neurocirurgião funcional? Os medicamentos não estavam surtindo efeito para controlar as crises. E vocês pensaram em cirurgia?

— Isso mesmo! — falo, admirada diante de sua perspicácia. Apesar de que ele deve tratar casos assim rotineiramente.

— Você disse que não procurou. Por quê?

— No fim, acabou não precisando. O novo remédio que o neuro receitou está mantendo Alan sem convulsões há cinco anos.

— Existe a possibilidade da área epileptogênica ter cicatrizado.

— O que isso significa?

— Já estudei casos de pessoas epilépticas que tiveram a área do cérebro, que gera as convulsões, cicatrizada. Usar intensamente as habilidades cognitivas pode ser a chave para que isso tenha acontecido.

— Meu irmão ama música. Compõe e toca piano com a mão esquerda.

— Provavelmente isso esteja ajudando muito.

— Tomara que seja assim! — Exulto. — Porque as convulsões de Alan eram um pesadelo.

— Geralmente, epilepsia em pacientes com hemiplegia espástica é parcial. Ela é causada pela mesma porção do cérebro que foi afetada pela paralisia. E as convulsões dão sinais mais discretos. A pessoa pode ter alguns formigamentos ou sentir cheiros diferentes, por exemplo.

— Eu não entendo dessa parte técnica, Enrico. O que eu posso afirmar é que as convulsões do meu irmão não eram nada discretas. Ele ficava descontrolado. Caía, desmaiava. E se não tivesse ninguém por perto, se machucava feio. As convulsões eram sempre na parte da manhã. Perdi várias aulas na escola para ficar ao lado de

Alan, esperando o momento em que a convulsão começaria e eu teria que segurá-lo no colo até ela passar. — Meus olhos se enchem de lágrimas.

— E seus pais, Anabel? — Está tão sério que me sinto uma criança desamparada, de repente. Contudo, me concentro para responder à pergunta.

— Meu pai estava se acabando em corridas no táxi para colocar comida em casa e pagar o tratamento de Alan. E minha mãe... estava fazendo as coisas dela. Eu sempre fiz o papel de irmã e mãe na vida de Alan. E faço ainda. Eu devo isso a ele. Se não fosse a rubéola que eu peguei na infância e que passei para minha mãe, meu irmão não teria nascido com essa doença. Foi o que minha mãe disse quando eu tinha 8 anos. E ela só estava repetindo as palavras que ouviu de um médico. Então, o mínimo que eu posso fazer é me dedicar a dar uma vida feliz e saudável a ele.

Encaro o assoalho onde está a mochila. Uma lágrima fica suspensa. Não quero piscar para não derrubá-la. Tenho consciência do relato cheio de autopiedade que fiz. E estou com vergonha. Chorar só vai deixar minha situação pior.

Delicadamente, Enrico toca meu queixo e me faz levantar a cabeça. Acredito que ele vá me olhar com piedade. Surpreendo-me, porém, diante de sua expressão preocupada. Ainda sério, ele começa a falar:

— Medicina não é matemática em que 2 e 2 dá 4, Anabel. Apesar da causa mais provável da hemiplegia de seu irmão ter sido a rubéola congênita, nunca poderemos afirmar com certeza. Só que o problema não é esse. É o sentimento de culpa infundado que você carrega por todos esses anos. Você não pegou a rubéola porque quis, tampouco a transmitiu pelo mesmo motivo. Apesar do advento das vacinas, as doenças de infância ainda circulam pelo mundo. Se você quer apontar um culpado, talvez pudesse pensar em sua mãe, que colocou todo o peso da condição do seu irmão nas suas costas.

Eu já ouvi palavras similares da boca de pessoas que me conheceram bem. Talvez seja a segurança que Enrico emana enquanto fala. Ou talvez seja o peso cada dia mais difícil de suportar depois de anos lutando por uma vida perfeita para Alan. O fato é que a acusação de ter feito tudo que fiz por Alan ter sido movido pelo sentimento de culpa causa uma rachadura nas convicções construídas cuidadosamente por mim. Fecho os olhos. As lágrimas não cabem mais em canto algum. Elas banham meu rosto.

— Não chore, querida. — Puxa-me para seus braços, e eu não ofereço resistência. Deixo-me ser aconchegada em seu peito.

Entrego-me às emoções reprimidas dentro de mim. Os soluços escapam de meus lábios. Descontrolados. Um colado ao outro. Apressados. Infinitos. Enrico pacientemente aguarda meu choro diminuir enquanto faz carinhos em meus cabelos. Uma carência, que eu não imaginei ter, de repente, surge junto com a dor, dominando todos os meus sentidos. Só o que quero é permanecer nessa doce rendição. E é ela que me move a escancarar meus pensamentos mais profundos quando os soluços ficam espaçados.

— Eu abri mão de todos meus sonhos em prol da saúde de Alan — confesso, mal notando a gravidade do que disse.

— Como assim, minha linda? — pergunta, carinhosamente, depois que eu me afasto dele.

— E-eu — hesito, mas a porcaria já está feita. Não tem como voltar atrás. — Eu fiz Letras em busca do objetivo de adquirir conhecimentos sólidos em literatura e português. Minha intenção era começar a carreira como revisora de textos. E, em alguns anos, seguir meu sonho: abrir uma pequena editora. Então, meu pai morreu quando eu tinha 20 anos. Ele sustentava a casa sozinho. E também pagava pelos remédios e terapias do Alan. Quando ele morreu, nós descobrimos que o financiamento do apartamento não era pago há tempos. A pensão que minha mãe passou a receber era de apenas um salário mínimo. Eu tinha uma bolsa trabalho, que também pagava um salário mínimo. Seria impossível pagar as dívidas e o tratamento do Alan com essa quantia. E não dava para contar com o salário da minha mãe porque ela dizia ganhar uma miséria. Além disso, foi mal acostumada por meu pai. Nunca pôs um tostão em casa. Foi aí que eu resolvi deixar meus projetos para trás. Saí à procura de um emprego como secretária. Eu sou uma pessoa organizada — até demais. Tenho um bom português e inglês, modéstia à parte. Uni essas coisas e deu resultado. Faz cinco anos que sou a secretária-babá do presidente da Ramalho Consultoria.

— Secretária-babá? — Arqueia as sobrancelhas.

— Foi a função criada especialmente para mim pelo seu Nilton, meu chefe. Basicamente, consiste em executar as funções de secretária e comprar pães de queijo e *cappuccino* todos os dias, de preferência no horário do meu almoço; rastejar pelo chão do escritório à procura de botões de paletó perdido; levar e buscar terno na tinturaria; ajudar seu Nilton a se exercitar quando a *personal trainer* dele está doente. E por aí vai...

Penso que Enrico vai rir da piada que é minha vida. Porém, a seriedade volta a seu rosto. Mais uma vez, está exageradamente sério.

— Você encontrou na morte de seu pai a desculpa de que precisava para se punir pelo que acredita ter feito a seu irmão — me acusa.

— Claro que não! — Surpreendo-me. — Alguém tinha que fazer um sacrifício. Alan precisava dos remédios, das terapias. E precisávamos pagar as dívidas do apartamento.

— Se fosse apenas por altruísmo que você fez o que fez, Anabel, você já teria arrumado um jeito para escapar dessa vida. São cinco anos que você vive assim. No fundo, você acredita que não merece ir atrás dos sonhos que tem.

— Você também estudou Psicologia? — Cruzo os braços.

— Não. Só estou fazendo uma análise fria de acordo com tudo que você me contou até agora.

— Pois sua análise é uma furada. Não faço isso por mim. Ou contra mim. Faço, principalmente, para que meu irmão tenha uma vida plena e feliz.

— Com base nos meus conhecimentos de hemiplegia espástica, e no que você me contou, eu não acredito que seu irmão seja um inválido, que precise de alguém vivendo a vida dele. Ao contrário, ele deve ser estimulado a ter uma rotina normal, dentro das limitações que possui.

— Foi o que Alan me disse no dia que me obrigou a aceitar o novo emprego dele num escritório de advocacia. — Mais uma das minhas intermináveis confissões. Daqui a pouco, Enrico saberá mais sobre mim do que João.

— Se até seu irmão te libertou da maldição que você se impõe, você não acha que já passou da hora de se libertar também?

— Eu acho que vamos chegar à cidade do seu pai à noite se continuarmos a conversar sobre esse assunto. Esqueça o que eu disse.

Ligo a ignição

— Ok. Eu não vou continuar a me intrometer na sua vida. — Coloca o cinto de segurança. — Só acho que não custa nada você refletir um pouco sobre o que está perdendo por causa de uma doença que você supervalorizou.

Dou ré no carro e o tiro da vaga. Sigo a placa que indica a saída. Entro novamente na estrada. Maldita hora em que deixei minha língua grande falar por mim. Agora as palavras de Enrico dançam de um lado a outro em meu cérebro. E, para deixar a pista de dança mais cheia, as palavras acusadoras de Alan e Júlia chegaram também. Eu sabia que em algum momento tudo eclodiria. Não se pode viver para sempre uma história forjada. A farsa acaba sempre sendo desmascarada. É um pouco como a história da "mentira tem pernas curtas". Quando essa missão terminar, vou sentar num canto com minha vida nas mãos e decidir o que faço. Pedir conta de emprego estável, eu sei, não posso. Não tem cabimento. Porém, sei que alguns pequenos detalhes profissionais podem ser mudados. Como o tratamento de seu Nilton comigo. Está na hora de assumir apenas a função pela qual fui contratada. Claro, preciso ainda pensar em como falar com ele. Mas acho que pode dar certo. E, no final, provo para Alan, Júlia e Enrico, que nem sei se estará por perto quando essa mudança acontecer, que eu não saboto minha própria vida. Só estava adiando mudanças necessárias por pura comodidade. Simples bem assim.

Leve, como uma pena sobre o asfalto, que corre embaixo das rodas de Charlie, eu acelero.

— O limite de velocidade é cem quilômetros por hora, moça. Você não leu na placa pela qual acabamos de passar?

Então, aparece o doutor sabe-tudo cortando meu barato.

— Eu vi. Estou a cento e cinco, cento e seis quilômetros por hora. — Olho de relance para um Enrico, que aperta um pedal de freio imaginário em seu próprio assoalho. — Já estou diminuindo. Não precisa procurar o freio do seu lado.

— Engraçadinha. Eu... — Interrompe-se por breves instantes. — Você sentiu isso?

— Sentiu o quê?

— Acho que temos um pneu furado.

De repente, o carro começa a puxar para um lado só. Ah, não, não, não... Depois de todo o estresse da "conversa", mais esta?!

— É, temos um pneu furado. — Paro no acostamento.

— Eu bem que desconfiei da capacidade do seu Charlie de fazer essa viagem longa. — Coloca a mão na maçaneta.

— Espere um pouco aí! Um pneu furado pode acontecer com qualquer carro. E essa é a segunda vez que acontece na vida de Charlie. Provavelmente, eu estacionei em cima de algum pedregulho lá no posto. — Começo a abrir a porta.

— Você vai descer do carro, dar a volta nele e me esperar dentro da trilha que estou vendo aqui do meu lado. Dá a chave do porta-malas que eu vou trocar o pneu — ordena.

— Você entra na tal trilha, porque eu posso muito bem trocar esse pneu. — Desço do carro. Corro até o porta-malas. Enrico vem furioso para o meu lado.

— Anabel, já pedi para você ir para a maldita trilha! Aqui é perigoso. — Aproxima-se de mim.

— Eu não vou deixar você correr perigo sozinho. Vai ter que me arrastar, se quiser que eu saia.

Enrico fica ainda mais perto de mim. E segura meus braços. Os carros passam fazendo barulho tão próximo de nós que instintivamente colo-me a ele. Seus olhos passeiam por meu rosto e param em minha boca. E, então, miram os meus. Sinto-me hipnotizada por emoções que eu nunca vi nos olhos de um homem. Desligo-me dos carros passando em alta velocidade, do pneu furado, do perigo que estamos correndo. São apenas Enrico e eu, trocando fagulhas de algo que eu tenho medo de nomear.

De repente, a voz de Freddie Mercury abre passagem entre nós. *Love of my life, you've hurt me. You've broken my heart. And live me. Love of my life, can't you see?*[1] E eu sei que nunca mais escutarei essa música da mesma forma. Ela me lembrará para sempre dos olhos de Enrico enroscando-se em mim.

— Por favor, Anabel, vá para o outro lado do carro. — fala num tom rouco. Dá um passo para trás. Solta-me. Eu obedeço à sua ordem sem contestar, dessa vez. Porque estou ocupada, lutando para meu coração retomar um ritmo seguro.

---

[1] Amor da minha vida, você me machucou. Você partiu meu coração. E me deixou. Amor da minha vida, você não consegue ver?

Capítulo 18

4h30.

Esse é o horário que marca o relógio no painel do carro ao entrarmos na cidade onde fica a fazenda. Duas horas de atraso em relação ao horário que calculei que chegaríamos. A diferença não foi tão grande se considerar o tempo perdido com "a conversa", a porcaria do pneu furado e que paramos para almoçar num restaurante de beira de estrada. O problema é que ainda devo enfrentar seis quilômetros (segundo o Google) para chegar à fazenda de Enrico Balistieri, me apresentar, rezar para que ele se lembre de vó Helena, entregar a carta (e o casal de noivos) e, finalmente, refazer os quatrocentos quilômetros, à noite, com um homem carrancudo na direção.

Carrancudo. É a palavra perfeita para descrever Enrico desde o incidente do pneu furado. Primeiro, acreditei que a mudança de humor se devia ao estresse causado por mim. No entanto, quando pedi desculpas, ele pareceu aceitar numa boa. Disse inclusive que estava se acostumando à minha personalidade forte. Então, transcorreram outros vários quilômetros de um médico mudo, expressão fechada. Tentei puxar conversa umas dez vezes. Recebi, em todas, respostas monossilábicas. Em seguida, resolvi pensar que ficou mal-humorado por eu ter atrasado a viagem ao desabafar sobre minha vida. Não aguentando de curiosidade, perguntei se o havia chateado por conta disso. Ele respondeu que, ao contrário, gostou de saber mais sobre mim. E que não tinha tanta pressa de voltar, pois seu próximo plantão seria na segunda-feira (foi difícil abafar a alegria em saber que Enrico tinha o sábado e o domingo livres para mim. Não exatamente "para mim"... enfim...). Conforme fomos alcançando a cidade, cheguei à conclusão de que ele está sombrio por causa da proximidade com o pai. Abri a boca umas quatro vezes para perguntar qual era o babado entre ele e o pai (não com essas palavras, porque não sou tão indelicada assim). Porém, a energia que emana dele me fez fechar a boca todas as vezes. Parece que o cara não tem a mesma facilidade para fazer confissões como eu tenho.

Paramos em frente ao único hotel no centro da cidade, segundo um senhor muito simpático por quem passamos há poucos minutos, e eu ainda não consegui tocar no assunto Enrico pai. Contudo, eu quero falar. Quero entender o motivo de Enrico não conseguir falar sobre o próprio pai sem ter um ataque de estresse. A verdade é que preciso saber mais para fazer uma tentativa de reaproximar pai e filho. Esse desejo intenso, provavelmente, tem a ver com meu próprio pai. Com a falta imensa que ele me faz. Quantas coisas eu não faria para tê-lo de volta em minha vida. Tenho dificuldade de compreender um filho que não deseja a presença do pai.

Respiro fundo. É agora.

— Você vai mesmo esperar no hotel?

— Você quer que eu te acompanhe, e espere do lado de fora no carro? — Vira para mim, após pegar a mochila no assoalho.

— Não, Enrico. — Encho o peito de ar. Solto devagar. — Eu quero que você me acompanhe e entre comigo na fazenda de seu pai.

— Anabel, não me arrependi de ter vindo com você, como pensei que pudesse acontecer. Apesar de sua teimosia em trocar aquele pneu, no acostamento de uma rodovia, você foi uma companheira de viagem maravilhosa — O sorriso discreto cede lugar à expressão fechada novamente. — Não quero começar a me arrepender. Nem brigar com você. E termos que fazer o trajeto da volta num clima pesado. Então, eu te peço, não comece a ter ideias sobre colocar aquele homem e eu no mesmo lugar. Você não sabe de nada do que ele fez à minha mãe. Tenho motivos suficientes para não querer saber dele pelo resto da vida.

— Por que você não me conta sobre esses motivos, Enrico? Eu te contei quase minha vida toda. Você sabe mais sobre mim do que eu sei sobre você.

— Não tem muita coisa para contar. Apenas um homem que seduziu uma moça órfã com idade para ser filha dele, casou com ela, prometendo amar e respeitar pelo resto da vida, então, quando soube que ela havia engravidado, a chamou de vadia adúltera e a jogou na rua. Os apelos de inocência da moça, endossados pela irmã da moça, não surtiram qualquer efeito no homem. Ele insistia no adultério fictício. A moça tornou-se, assim, obsessiva por esse homem. Obsessão essa que se agravou ao longo da gravidez, gerando uma depressão pós-parto gigantesca e uma tentativa de suicídio. Mas, como aquele homem não estava ainda satisfeito com o que havia feito para aquela moça, ele se juntou a outra mulher ainda casado. Cinco anos depois, a moça, com transtorno depressivo recorrente, o procurou novamente. Dessa vez, junto com o filho. O homem não pôde negar a semelhança entre ele e a criança. Disse, então, que lhe depositaria uma pensão, mas que não queria nenhum outro tipo de contato com o garoto para que não atrapalhasse a nova vida que mantinha com a amante. A mulher acatou sua ordem, porém não se curou da obsessão. Criou uma espécie de altar no quarto dela com fotos do ex-marido. E passou a controlar, à distância, a vida dele. Assim é, até hoje. Numa montanha-russa entre episódios de depressão e obsessão.

Estou vivendo a situação de uma pessoa que ouve uma história chocante, tenta trazer para sua própria realidade, não encontra um paralelo possível, então, faz a única coisa que está a seu alcance: tenta dar conforto.

Aperto a mão dele.

— Eu sinto muito, Enrico. Não imaginei que houvesse tanto sofrimento envolvido na sua história com seu pai. Imaginei que fosse um caso de pais que se magoam no processo de divórcio e acabam magoando os filhos também.

— Não se preocupe. Quem mais foi afetada nessa história foi minha mãe. — Solta minha mão.

— Ela não esqueceu Enrico Balistieri apesar de ter passado 32 anos — Suspiro e não posso evitar fazer um paralelo com o que viveu vó Helena. — Parece muito com a história da minha avó.

— Sua avó foi a mais sortuda de todas. Ela foi a única que escapou inteira daquele homem.

— Por que você diz isso?

— Ele era viúvo quando minha mãe o conheceu. Depois ela descobriu que a primeira mulher dele cometeu suicídio. Eu imagino as torturas psicológicas as quais ela foi submetida.

— Eu não sei o que pensar. O homem que você descreve não parece o mesmo descrito tão amorosamente por vó Helena na carta. E também por tia Amora. Como se fossem duas pessoas opostas, na verdade.

— Ele só deve ter bancado o encantador para seduzir sua avó. Era o truque dele, Anabel. Agora ele deve estar no quinto casamento. Da última vez que minha mãe teve informações, estava com a quarta esposa.

— Se sua mãe rastreou Enrico Balistieri por tantos anos por que você não o procurou? Talvez conversando com ele, você pudesse entender as razões...

— Eu nunca o considerei como pai. O pagamento de uma pensão alimentícia mostra que a pessoa teme a lei e não que tem vontade de exercer a paternidade. E tem mais: se quisesse ser pai, não teria jogado a esposa grávida na rua.

— As pessoas são imprevisíveis, Enrico. Principalmente os pais... — Minha mãe é a prova irrefutável dessa verdade. Num dia, só falta chutar meu traseiro. No outro, me deixa um lanche para a viagem. —

E, depois, eu acho que não devemos deixar nada mal resolvido em nossa vida.

— Não tem nada mal resolvido na minha vida, Anabel. Só estou aqui porque não ficaria tranquilo em permitir que você viajasse sozinha. Esse deveria ser o papel do seu namorado. Só que ele tirou o corpo fora.

Ah, que ótimo! Por que esse negócio de psicologia reversa tem sempre que funcionar comigo?!

— Eu já disse que o João teve um compromisso, por isso não pôde me acompanhar. — Faz de conta que ele viria se não tivesse...

— Melhor você ir porque está ficando bem tarde.

Ele tem razão. Está BEM tarde mesmo para uma visita. Melhor deixar esse assunto complexo de pai e filho para lá. Ou quem sabe eu volto a ele num momento mais oportuno.

— Eu já vou. Espero terminar tudo o mais rápido possível e vir te buscar no hotel.

— Te espero, então. Dá um toque no meu celular quando tiver chegado (*sim! Ele me deu o número!*). — Segura a maçaneta, mas volta-se para mim novamente. — Tenta não se meter em encrenca, porque não estarei por perto para te salvar.

— E quem te disse que eu não sei me defender sozinha? — Faço uma careta. — Fora que os cavaleiros de armadura brilhante não estão mais na moda.

— Eu não usaria uma armadura brilhante. Ela ia me impedir de sentir você em meus braços quando a salvasse. — Pisca para mim e desce do carro.

Estamos realmente no outono? A temperatura subiu uns 20 graus, e minha imaginação criou o mesmo número de asas, enquanto observo Enrico caminhar para dentro do hotel. Se Júlia desejava um teste para meu namoro com João, ela está conseguindo uma prova de vestibular. Estou tão mexida que nem mesmo tenho certeza de que devo continuar namorando João. Que dirá casar com ele! E depois de saber que o médico todo seguro de si não é o super-homem idealizado por mim (essa coisa de "não tenho nada mal resolvido na minha vida" não me convenceu mesmo. Suas palavras estavam carregadas de "tenho muita coisa mal resolvida dentro de mim"), sinto-me ainda mais ligada a ele.

As revelações chocantes de Enrico sobre o pai retornam à minha cabeça conforme eu contorno a praça da cidade e sigo pela avenida que me conduzirá à Fazenda Helena (Enrico imprimiu um mapa passo a passo saindo da praça central da cidade até chegar à fazenda. Parece que não sou a única organizada por aqui). Realmente vó Helena foi a mulher mais sortuda entre todas as que passaram pelas mãos de Enrico Balistieri? Será que, se os dois tivessem fugido para o Rio de Janeiro, minha avó terminaria arrasada emocionalmente? Ou será que uma vida de arrependimentos não foi tão destruidora quanto um homem colecionador de casamentos e psicológicos destroçados poderia ter sido?

Arriscado.

Por mais improvável que pareça, eu, Anabel Dias da Silva, teria arriscado uma fuga para o Rio de Janeiro se fosse vó Helena. Mesmo diante da probabilidade de engrossar a lista de um discípulo de Fábio Junior (será que Enrico Balistieri já casou tanto quanto o cantor?), eu teria preferido isso a enfrentar o arrependimento cancerígeno.

É uma constatação surpreendente, já que, segundo o bilhete-carta-sei-lá-o-quê escrito por vó Helena para mim, eu estou trilhando o mesmo caminho que ela: abri mão de meus sonhos para viver uma vida futura de arrependimentos. E, se assim for, esse arrependimento gerará uma doença em algum período de minha vida. Vó Helena não foi tão longe nas "análises" de meu comportamento. Porém, não é preciso ser vidente para saber que isso pode acontecer. E eu me entupindo de doces, tampouco estou evitando que aconteça.

Prossigo pela avenida enquanto cercas de fazendas cortam as laterais da pista. Sou invadida pelos ares bucólicos de... estrume de vaca. Ninguém merece sentir esse cheiro! E pensar que eu deveria considerar viver no campo depois de minha aposentadoria. Assim, talvez, eu terminasse a vida afundada em arrependimentos, mas salvaria minha saúde com bosta de vaca. Quero dizer, não apenas isso, mas todo o "pacote" de uma vida natural no campo: leite recém-tirado das vacas (eca!), pé descalço na terra (e as minhocas, meu Deus?!), cavalgadas matinais (ai, minha bunda dói só de pensar) e algumas outras coisas que as pessoas do campo têm o hábito de fazer e sobre as quais eu não faço a mais remota ideia.

Pois é. Viver a aposentadoria na praia, sentada embaixo do guarda-sol (porque daqui a 40 anos acredito que minha pele estará até mais branca do que é), tomando água de coco e dando muitos mergulhos no mar (se eu não estiver muito entrevada para isso), pode igualmente me salvar do destino trágico que o tal arrependimento me lançará.

Coloco a mecha de estimação atrás da orelha. Acho que no mundo todo devo ser a única pessoa a fazer piada nos momentos mais tenebrosos da vida. A verdade é que preciso me distrair do nervoso tentando sequestrar meu estômago. A mocinha chata do GPS acabou de falar que cheguei à fazenda com o nome de minha avó. Vou enfrentar o tal Enrico, pai de Enrico Jr., amor eterno de vó Helena. Minhas mãos ressuscitam. Faz alguns dias que elas não tremem tanto. Pensei terem superado o hábito. Superestimei-as.

Paro em frente a uma porteira (é assim que esses portões largos de madeira que protegem a entrada de uma fazenda chamam, não?) envernizada. FAZENDA HELENA. Em letras pretas. É isso que está escrito na placa logo acima da porteira. Quero rir. Chorar. Tremer. Meu emocional entrou em curto-circuito. Da última vez que isso aconteceu eu estava assistindo a semifinal de um campeonato, com o São Paulo (ah, sim, sou são paulina. Meu irmão também. Para a maior decepção da vida de meu pai, que era corinthiano). E ele perdeu. Espero muito que o desfecho com o Enrico Balistieri não seja o mesmo.

Desço do carro, agarrada à bolsa. Não que eu tema ser assaltada justamente agora e no meio do nada, claro. Entretanto, é melhor prevenir do que remediar. Posso repetir palavra por palavra o que está escrito na carta. O problema é que não estou certa se isso vai atender completamente ao desejo de vó Helena. Fora que vou parecer um bobo da corte na época do Trovadorismo. E tem também o casal de noivos na bolsa. Estou supercuriosa para saber a reação de Enrico Balistieri quando vir.

Encaro a porteira. Como se avisa o dono da fazenda que ele tem visita? Tipo, bater palmas em frente a um terreno de não sei quantos hectares não parece a coisa mais inteligente do mundo. E o terreno, quero dizer, a fazenda parece ser imensa. Consigo ver gramado e mais gramado a perder de vista, além de um monte (não chega a ser uma montanha) do lado direito e muitas árvores (não tenho a mínima ideia de quê) do lado esquerdo. Ah, tem vacas e bois também. Estão pastando no fundo, ao longe, parecendo brinquedos. É tudo o que consigo ver. Mas será que conseguem me ver? Daqui é impossível ver a casa. Só vejo uma estradinha que parece levar até ela.

Um carro vem pela avenida. Quase faço sinal, pedindo para ele parar. Assim posso perguntar como se chama um dono de fazenda. No último instante, porém, fico com medo. A pessoa dentro do carro pode não ser da paz. Vai que resolve sequestrar minha bolsa. Ou pior. Sequestrar-me. Imagino que a violência numa cidade pequena seja cem mil vezes menor do que a de São Paulo. Contudo, ser humano mal-intencionado tem de São Paulo a Groenlândia.

No instante em que realmente começo a ficar aflita, duas coisas acontecem ao mesmo tempo. Eu avisto um interfone na coluna que sustenta a porteira (só o nervoso para não deixar ver algo tão gritantemente aparente. E se fosse uma cascavel?!) e um rapaz se aproxima a pé pela estradinha. Deve trabalhar na fazenda. A roupa está suja de terra. Assim que ele me vê, anda mais rápido. Não tão rápido quanto estão as batidas de meu coração, porque era querer demais do moço.

— 'tarde, moça — me cumprimenta ao chegar perto da cerca. — O carro quebrou?

— Boa tarde. Não, não. Está tudo certo com meu carro. — Passo a língua nos lábios ressequidos. — Na verdade, estou à procura de uma pessoa da fazenda.

— *Cê é repórti?* — Examina-me desconfiado.

— Repórter? De televisão? — pergunto confusa. A fazenda de Enrico Balistieri é tão famosa que atrai jornalistas?

— É, moça. É porque *tá* tendo uma feira agropecuária na vizinhança e o patrão *tá* expondo os bezerros lá. Já veio *reportagi* aqui ontem para falar com ele. Até saiu na televisão. Os bezerros dele *vale* ouro.

E por que não encontrei nenhuma informação sobre Enrico Balistieri quando pesquisei na internet? Bom, quem sabe tem a ver com o fato de eu ter encontrado o nome do filho dele, na página 1, e não ter lido mais nada.

— Eu não sou jornalista, não. — Volto a me concentrar na conversa. — Eu sou... meu nome é... eu... será que eu poderia falar com seu patrão? É um assunto pessoal. Ele não me conhece, sabe. Mas é muito importante para mim poder falar com ele. Não vou tomar muito o tempo dele.

— Seu Enrico não *tá*, moça. *Tá* lá na feira que falei. Ele só volta amanhã de manhãzinha.

Ah. Ah. Ah. E um AH bem grande! De todos os dias do ano que eu poderia ter escolhido, sorteei justamente o de uma feira famosa de vacas para vir até aqui. É muito azar até mesmo para mim. Esses jogadores de xadrez do além que usam minha vida como tabuleiro não vão levar a melhor, entretanto. Não mesmo!

— Eu vou até essa feira! Onde fica, por favor?

— Moça, escute, não sei qual seu assunto e nem por que tanta gastura, mas *cê* não deve ir até lá. Seu Enrico não vai querer falar com a senhorita. Ele não vê ninguém quando *tá* tratando de negócios com os compradores. Melhor a moça voltar amanhã. Pode voltar 10 horas da manhã, que é garantido encontrar o *homi*.

As ignições de meu cérebro estão funcionando no limite máximo. Se eu for atrás de Enrico Balistieri, volto hoje para casa. Mas corro o risco de não ser ouvida, se é verdade que ele não fala com ninguém quando está "tratando de negócios com os compradores". Sem contar que cheiraria a cocô de vaca por quatrocentos quilômetros. Se eu ficar, serei obrigada a dormir no hotel.

Com Enrico Balistieri JUNIOR. Não exatamente, óbvio. Cada um no seu quarto. Nenhuma dúvida quanto a isso. Porém, vou ter dificuldade para conter minha imaginação hiperativa sabendo que um moreno maravilhoso está dormindo a poucos metros de mim, talvez nu (ah, minha nossa...!).

— Moça? Moça? Moça?

— Oi! — Encaro o rapaz que me chama insistentemente.

— Não vai na feira. Aquilo não é lugar para uma senhorita bonitona feito *ocê*. — Ele está tentando olhar minha bunda inclinando a cabeça desse jeito? — A peãozada lá vai cair matando *n'ocê*.

Ok. Decidido. Hotel e Enrico Jr.. Definitivamente a melhor opção. Se esse rapaz continuar inclinando a cabeça nesse ângulo, e se a tal "peãozada" fizer o mesmo para ver minha bunda detestavelmente grande, serei responsável por suicídio em massa. Morrer de pescoço quebrado não deve ser muito legal.

— Você está certo...

— Mateus. Chamo Mateus, moça. Muito prazer conhecer a senhorita.

Certo. É oficial. Eu atraio caras com nomes bíblicos. Se eu não contar Enrico Balistieri Jr.... Mas esse é muita areia para meu caminhãozinho. Enfim...

— Prazer, Mateus. — Omito meu nome, contudo.

— Então, amanhã às 10 horas, eu volto. — Começo a andar para trás. — Está ficando um pouco tarde e eu preciso fazer uma reserva no hotel.

— A moça pode ficar aqui. Seu Enrico não liga, porque a casa é grande e eu vivo lá também.

— Mas eu ligo.— Ando rápido até o carro. — Obrigada pela atenção, Mateus.

— De nada, moça bonitona. Foi um prazer.

Não sou louca de dizer "para mim também". Principalmente porque enquanto ele falava, eu lutava para abrir a porta do Charlie, todo esse tempo, o tal Mateus não tirou os olhos de meu traseiro.

Dou marcha à ré no carro. Voltaria assim a avenida inteira se não fosse imprudência. Não estou mais acostumada a homens, como Mateus. Na verdade, eu me acostumei ao jeito assexuado de João. Para ele, minha bunda serve apenas para sustentar minha coluna e fazer as necessidades fisiológicas.

Faço o retorno e me dirijo ao centro da cidade. O que farei até amanhã às 10 horas? Vou ficar trancada num quarto de hotel assistindo à tevê? Se eu imaginasse que meus delírios se transformariam em realidade e que eu só falaria com Enrico Balistieri no domingo, teria trazido meu notebook. Pelo menos, haveria a opção de ler um dos 15 *e-books* que estão na "pilha" de leitura. Agora terei que me contentar com a programação televisiva chata dos sábados. Claro, vou evitar ao máximo a companhia nada chata de Enrico Junior. Ele que fique no quarto dele, afogando-se nas tais pesquisas. Nem vou pensar sobre a diferença gritante entre passar um sábado na frente da televisão e passá-lo conversando com "doutor olhos luminosos". Tampouco vou entrar em depressão por conta disso.

Ligo a música no volume mais alto que meu aparelho permite. Preciso me embriagar de alguma coisa, já que bebida alcoólica está fora da minha lista. Puxa, que "sorte". Justamente agora começa *Underneath your Clothes* da Shakira. A segunda canção que sempre me lembrará de Enrico. Não é por causa da letra. Nada a ver com isso. Imagina se algum dia um "debaixo de suas roupas há uma história infinita. Há o homem que eu escolhi. Há o meu território. E todas as coisas que eu mereço por ser uma boa menina, querido" será uma paráfrase para meu relacionamento com o neurocirurgião. Se tivesse que ser, seria para o meu namorado, quem eu venho esquecendo com bastante frequência ultimamente.

A história toda com essa canção é que logo após encontrá-lo pela segunda vez, e ele concordar em ouvir a história da carta e me ajudar, eu entrei correndo no carro, liguei o MP3 e ela começou a tocar. Em resumo, nenhuma história romântica envolvida...

Capítulo 19

O hotel está ao meu lado. Lá vem o (nada) camarada nervosismo. Como vou explicar a situação toda em que me encontro para Enrico? Como ele vai reagir? Depois de abrir toda a história envolvendo o pai, não tenho certeza de que ele queira ficar muito tempo por aqui. E pode pensar que fiz de propósito. Apenas para ganhar tempo, no intuito de convencê-lo a encontrar o pai. Nunca estará mais longe da verdade, contudo. Não sou desse tipo. Não sei pressionar as pessoas para fazerem coisas que ela não querem (como dona Júlia). A não ser que estejamos falando de Alan. Nesse caso, é diferente. Mas só (quase) obrigo meu irmão a fazer o que eu quero para protegê-lo.

Tiro o celular da bolsa e o encaro, encaro. E encaro um pouco mais... Preciso ligar no celular de Enrico. Não posso ficar sentada aqui até amanhã de manhã. Vou acabar chamando atenção da cidade toda. E sem contar a dor de cabeça que estou. Só agora me lembrei de que dormi menos de cinco horas, dirigi por seis e estou quebrada.

Abro a agenda. Clico no número que preciso ligar. Uma voz alerta me atende.

— Que encrenca você se meteu agora, ruiva?

— Eu estou aqui embaixo, em frente ao hotel.

— Já?

— Seu... Enrico não está na fazenda. Foi a uma feira agropecuária. Só volta amanhã de manhã. Teremos que ficar no hotel esta noite.

— Estou descendo. — Desliga. Parece nervoso. Eu sabia que ele ia pensar que era armação minha. Ah, é muita merda para pouca Anabel!

Guardo o celular. Desço do carro. Minhas pernas estão bambas. Não sei se é de medo. Ou de cansaço acumulado. Enrico surge na porta menos de um minuto depois. Seus olhos estão daquele jeito que eu não gosto muito: cospem fogo.

— Temos um problema — fala antes mesmo de chegar perto de mim.

— Olha, eu juro que não é culpa minha. Eu não fiz de propósito. Seu pai, o Enrico, não está mesmo na fazenda. Mateus, um rapaz superestranho, que não parava de olhar minha bunda, disse que...

— Quem é Mateus? E por que ele não parava de olhar sua bunda? — Junta as sobrancelhas de uma forma que deve estar doendo.

— Um carinha que trabalha para seu pai... seu Enrico... enfim... — Eu e minha magnífica boca grande!

— Eu disse que isso não ia acabar bem, Anabel. Mas você é a mulher mais cabeça-dura da face da terra. Puta que pariu! Não vai ficar satisfeita enquanto não se meter na maior encrenca da sua vida! Vamos embora. Vou pegar minhas coisas.

Enrico está tão nervoso que consigo ouvir o barulho do maxilar trincando. Eu consegui abalar um neurocirurgião. Em alguma encarnação, eu devo ter sido torturadora de idosos. Não é possível atrair tantos problemas.

— Espera, Enrico! — Puxo seu braço antes que saia de perto de mim. — Eu não vou embora de jeito nenhum. E eu não me meti em encrenca alguma. Só precisamos esperar até 10 horas da manhã e tudo estará resolvido. Esse Mateus trabalha na fazenda e pediu para eu voltar lá nesse horário. Depois de eu falar com Enrico Balistieri, tudo estará terminado e poderemos ir embora tranquilamente. Será apenas um pernoite num quarto do hotel.

— Você quer dizer no MEU quarto do hotel.

— Como? — O choque quase faz minhas pernas dobrarem na calçada. Solto o braço de Enrico e me seguro no carro atrás de mim.

— O hotel está lotado. Todos os hotéis da região estão na mesma situação, segundo a recepcionista. Essa feira da qual você falou é bem importante para o setor agropecuário. Criadores bovinos do Brasil inteiro vêm para ela. Ou seja, eu tive uma puta sorte de encontrar a única suíte vaga.

— Ah, não brinca... — Eu vou me estatelar no chão... Ainda bem que Enrico percebe a tempo e me segura.

— Você está bem? — Os olhos, que eu deveria qualificar como odiosamente brilhantes, me encaram lindamente preocupados.

— Não. Acho que minha pressão caiu.

Tudo está perdendo a nitidez em volta de mim. Braços fortes me erguem. Estou nos braços de Enrico. Acho que minha pressão disparou agora, porque estou morrendo de calor. Mas não protesto. Deito a cabeça em seu ombro e me deixo conduzir.

Devo ter perdido a consciência por alguns segundos. Não lembro como cheguei à cama onde estou deitada de costas. Abro os olhos. Enrico está de pé, sério.

— Deite do lado esquerdo. Respire devagar pelo nariz e solte pela boca — fala pacientemente.

Fecho os olhos, de novo. E obedeço.

— Isso. Devagar. Mais uma vez. — Tira os cabelos de meu rosto, com delicadeza. — Está se sentindo melhor?

— Um pouco. — Ele senta perto de mim. Tira meu pulso. Mas é todo meu corpo que está descontrolado. Quem dera fosse apenas meu coração.

— Não para de respirar do jeito que ensinei.

— Você é autoritário com todos os seus pacientes?

— Tento levantar a cabeça para encará-lo.

— Abaixa essa cabeça. — Solta meu pulso. — Só sou autoritário com os pacientes que são riscos para si mesmos.

— Eu não sou um risco para mim mesma. Esta queda de pressão é de puro cansaço. Dormi apenas cinco horas e dirigi por seis. — Dou um bocejo mal-educado.

— Você precisa descansar um pouco. — Levanta minha cabeça e põe um travesseiro embaixo. — Tenta dormir. — Faz uma carícia no meu rosto. — Se precisar de mim, estou sentado à mesa, lendo.

— Você está bravo comigo? — Deve ser o sono me dopando. Mas saber disso é importante para mim neste momento.

— A palavra certa é preocupado. — Seus carinhos ganham meus cabelos espalhados pelo travesseiro. — Fico pensando em quantas encrencas você já não se meteu com esse seu jeito impulsivo. E em quantas outras vai se meter.

— Você pode não acreditar, mas tenho uma vida totalmente sem graça. Pode perguntar para minha melhor amiga, Júlia. Ela vai confirmar. E não podia ser diferente. Por que uma pessoa sem graça, como eu, teria uma vida excitante? — Meus olhos estão tão pesados...

— Minha linda, se existe uma coisa que você não é e não será nunca, é sem graça. Mas estou quase desejando que fosse. Assim eu não teria vontade de tocá-la a todo instante.

Enrico disse o que eu pensei ter ouvido dizer? Deixa para lá... O sono está ganhando de dez a zero de mim...

***

Abro os olhos. Onde estou? Tem uma porta à minha frente. Não é a de meu quarto, entretanto. Esta é maior. Deito de costas e sinto a presença de alguém. Viro o corpo para o lado direito e vejo. Enrico. Ele está sentado a uma pequena mesa, de braços cruzados, cabeça encostada na parede, dormindo. Estou num hotel que só tem um quarto disponível. O quarto do médico maravilhoso ao meu lado. E eu serei obrigada a dividi-lo com ele. Um espaço de 3x3. A outra opção é o banco do carro.

Dou um pulo da cama. Ai, como dói minha cabeça! Aproximo-me de Enrico. *Flashes* de um sonho chegam até mim. Algo como ele dizendo que tem vontade de me tocar a todo instante. Teria sido mesmo um sonho...? Eu ainda tenho dúvida?! A troco do quê esse homem, que deve ter todas as mulheres do tipo Paula do Oiapoque ao Chuí a seus pés, quereria a azarada Anabel Dias da Silva?

Meus olhos são atraídos para o rosto de Enrico. É impossível desviar a atenção. Aproximo ainda mais. É a primeira vez que reparo em seu queixo. É forte. Tem um furinho sexy. Tão masculino. Um convite a fantasias. Não me importaria em perder uma noite beijando este queixo com a barba despontando. Ando para trás e caio sentada na cama. Que tipo de pensamento estou tendo?! Eu posso não me importar. Porém, tenho certeza de que João se importa. Bom, eu acho que tenho certeza...

Deveria dar meia volta e procurar o que fazer. Mas continuo analisando o homem à minha frente. Fico de pé novamente. Seus cabelos são de um preto tão reluzente que me lembro da descrição de José de Alencar em Iracema: "como asas da graúna". Uma mecha está caída sobre a testa. Parece a minha mecha teimosa. Tenho uma vontade irresistível de tocá-la para saber se é tão macia quanto é brilhante. Minha mão se move. Estou quase lá... Enrico abre os olhos.

Caio na cama (sorte que tem ela atrás de mim).

— Desculpe. Não queria te acordar — falo qualquer coisa para disfarçar o constrangimento.

— Como você está? — Enrico espreguiça e, minha nossa, como é lindo fazendo isso!

— Com fome. E com dor de cabeça.

— Tem restaurante no hotel. Melhor descermos para jantar. — Consulta o relógio. — Quase 8h30.

— Eu dormi bastante. E... você também estava cansado e acabou dormindo todo torto aí...

— Eu tomei um banho e acabei cochilando. — Levanta-se completamente desperto. — Esse não é o pior lugar que já dormi, acredite.

— E qual foi o pior? — pergunto, enquanto pego minha bolsa, colocada por Enrico ao lado da tevê.

— Entre um esfregão de limpeza e um armário na área de serviço do hospital durante um plantão. — Abre a porta para eu passar.

— É... pior do que isso, só o chão do hospital.

— Que eu também acabei dormindo na vez em que caí da maca e não percebi.

Trancamos a porta rindo. E eu aciono uma borracha imaginária para apagar da mente os detalhes do rosto de meu companheiro de aventura.

***

O jantar foi surpreendentemente agradável. O oposto do que imaginei ser depois dos momentos tensos pré-queda de pressão. O restaurante do hotel estava cheio. Conversamos o tempo todo em que estivemos por lá. Enrico me contou sobre seus gostos pessoais. O que sei sobre ele já dá para encher algumas páginas de diário (não que eu cultive o hábito de anotar coisas em diário. É só um exemplo...). Resolvi encarar o "conhecer melhor Enrico" como um acontecimento natural entre amigos. Algo inofensivo.

Soube que ele teve uma paixão meio doentia por motos (até participava de um clube de motociclistas), mas sua mãe e sua tia o obrigaram a aposentá-la. Contou também que teve uma fase de obsessão por esportes radicais e artes marciais. Acabou, porém, abandonando algumas modalidades mais agressivas por causa do perigo de lesionar as mãos, seus maiores instrumentos de trabalho. Assim, está mais dedicado à musculação e natação (isso explica os músculos à la Hugh Jackman. Mas não disse isso para ele, claro). E também faz trilhas, por isso comprou um utilitário. Então, me disse que foi duas vezes, no ano passado, para Ilhabela e explorou algumas trilhas por lá. Nesse momento, preciso confessar, eu surtei. Até derrubei o garfo da mesa (Anabel e seus micos...). Isto porque eu AMO Ilhabela. Nossas viagens nas férias em família, antes de meu pai morrer, costumavam ser para lá. Ficávamos na pousada de um homem que meu pai fez amizade durante uma corrida de táxi. São as vantagens de ser taxista. Facilita conhecer pessoas interessantíssimas.

Quando contei sobre meu amor pela Ilha, Enrico também ficou superentusiasmado (só que não derrubou nada). Eu, mais excitada do que nunca, aproveitei para falar de meu amor por praia e água. Falei que se pudesse passaria 24 horas dentro do mar nas férias. Foi aí que descobrimos algo em comum. Ele tem a mesma paixão por mar também. E adora mergulhar. Descobrimos que nós dois já mergulhamos nas imediações da Ilha das Cabras. Perguntei em qual pousada (ou hotel) ele ficava quando ia para Ilhabela. Ele respondeu que não ficava em nenhum dos dois. Hospedava-se na casa de um amigo, próximo à praia da Pedra do Sino. Esse amigo está fazendo doutorado na Europa e a casa, vazia. Ele acabou deixando as chaves para que Enrico pudesse ir quando quisesse, pois a família o está acompanhando na Alemanha. Pensei instantaneamente que o amigO, na verdade, deveria ser amigA. E devo ter expressado em voz alta, porque Enrico levantou (bastante) a sobrancelha e falou que eu tinha uma mente muito imaginativa para o meu tamanho. Não gostei do comentário, mas a sobremesa chegou e eu acabei deixando para lá.

Antes do fim da sobremesa, conversamos ainda sobre música. Como já deu para perceber, Enrico só ouve rock. Achei meio (bem) chato isso. E ele ficou meio (bem) bravo. Disse que preciso refinar meu gosto musical. E que sou uma herege por qualificar Led Zeppelin, Metallica, Black Sabath, Pearl Jam, como barulhentos ou desatualizados. Para me redimir, prometi que vou ouvir algumas músicas desses grupos com mais consideração.

Assim que coloquei o último pedaço da torta holandesa na boca, tomei coragem (doce sempre me dá coragem) e perguntei se ele tinha namorada. Enrico respondeu que estava sozinho no momento, porque quis dar uma folga a dores de cabeça feminina. Preferia relaxar no tempo livre a ganhar mais estresse. Chamei-o de macho cínico. Ele riu e disse que era um macho sincero.

Saímos da mesa e fomos para a recepção do hotel. Concordamos que dormir no carro, estacionado na rua, pode ser um pouco perigoso. Mesmo em cidade pequena. E que não haveria mal em dividirmos um quarto. Como estudantes em albergues. Porém, nosso plano foi frustrado pela simpática recepcionista. Não existe colchão extra. Nem cobertor ou edredom extras. Não existe nada "extra" no hotel. Voltamos cabisbaixos para o quarto.

E, neste instante, olho para cama, enquanto meu companheiro está no banheiro. A cama é bem grande. Não sei se é porque estou acostumada com a minha, que é minúscula, mas a do hotel parece uma *king size*. De repente, um pensamento se forma em minha mente. Eu já dividi várias vezes a cama nas viagens de férias. Com a Júlia, minha prima Mariana, meu irmão. Acho que posso fazer isso com Enrico. Basta apenas eu me encolher num canto e ele, no outro. E eu desligar a chave geral de meu cérebro.

Suspiro. Não tenho muita certeza de que isso vai funcionar. Quando eu reencontrar vó Helena, no céu ou no inferno, ela vai me ouvir por horas... ou seja lá como é contado o tempo nesses lugares.

— E, aí, moça, o que vamos fazer?

Levanto a cabeça. Sentei na beira da cama sem perceber. Enrico me olha de braços cruzados.

— Acho que... quem sabe... talvez... bem, podíamos dormir os dois na cama. — Enrico abre a boca, e eu me apresso a acrescentar: — Cada um do seu lado, claro. Eu não costumo me mexer. Tenho sono pesado. E não ronco. Nunca ninguém reclamou disso até hoje, pelo menos.

— Anabel, acho melhor dormir no carro mesmo. Se essa história cai no ouvido do seu namorado, você vai se meter em encrenca, para variar.

— E, como ele vai saber? — Sinto o rosto esquentar. Se Enrico estiver pensando que pretendo atacá-lo, com o que acabei de dizer, não terá mais dúvidas. — Quero dizer, não vamos fazer nada que me meta em encrenca. Apenas dormir e ficarmos descansados para as quase seis horas da volta para casa. Não se esqueça de que você vai dirigir amanhã. — Estou quase implorando para Enrico dormir na cama comigo, estou consciente de minha *periguetagem*.

— Ok. Você embaixo das cobertas, e eu, em cima. — Caminha até a mesa e deposita o relógio.

— E você vai passar frio?

— Estou acostumado a situações extremas, lembra? — Pisca para mim.

— Mas não está certo. Faz assim. Eu fico com o cobertor e você, o lençol. Eu até ficaria com o lençol, sabe? O problema é que meu pijama é de verão. Trouxe o mais confortável. E o que mais gosto e...

— Você trouxe pijama depois de falar até quase ficar sem ar sobre as razões para não dormir no hotel, aquele dia no restaurante? — Cruza os braços, de novo. Franze as sobrancelhas. Parece desconfiado.

— Não é bem assim... Eu só não achava necessário. Mas eu tive um tipo de premonição, sei lá... Acabei colocando o pijama na bolsa de última hora. — Alcanço a bolsa perto da mesinha. Agarro-me a ela e abro a porta do banheiro. Em todo o trajeto, evito olhar para Enrico.

— Eu me enganei. Você não trouxe um furacão para minha vida. — Hesito na porta, à espera do final da declaração. — Você veio acompanhada de todos os fenômenos da natureza.

Fecho a porta atrás de mim. Eu é que deveria dizer isso. Porque faz um bom tempo que um furacão, um tsunami, um terremoto e um vulcão ativo invadiram minha vida. Tiro a roupa. Entro no chuveiro. Esfrego meu corpo com energia. E deixo a água correr por ela. Quando acredito que me limpei o suficiente para quase ficar transparente, desligo o chuveiro e vejo a toalha pendurada. A toalha que foi usada por Enrico. A única toalha no banheiro, porque, provavelmente, a outra está no pequeno armário localizado perto da cama onde está sentado o médico.

Ah, meus deuses ancestrais, só preciso saber do que sou culpada para tantas tragédias juntas...

Pego a porcaria da toalha. Ignoro (o máximo possível) o cheiro delicioso que ela solta e me enxugo. Neste momento, eu poderia estar sozinha, em casa, em meu quarto, colocando as leituras em dia, enquanto enchia a cara de chocolate (as barras de cereal que vão para o inferno!). No entanto, isso é descomplicado demais para Anabel Dias da Silva. Eu preciso estar aqui, neste banheiro com cheiro masculino para todos os lados, vestida numa blusa com os dizeres *I Love You* agarrados em meus seios, um *short* grudado na bunda (ou encolheu desde a última vez que vi ou eu engordei) e as pernas mais brancas do que jamais tive.

Olho no espelho. Estou ri-dí-cu-la! E estou sendo boazinha comigo mesma. Pareço uma menina de 12 anos, usando o pijama da irmã dela, de 5 anos. Mas ainda é melhor do que dormir de calça jeans apertada. Não gosto de usar calça jeans no dia a dia. Que dirá dormir com uma! Escovo os dentes. O que Enrico estará pensando? Será que ele trouxe também pijama? E o pijama dele é de verão? Ou ele dorme só de cueca? Quem sabe, nu...

Anabel, cala a sua boca! Você não era assim...

Eu não era assim. Não era mesmo! Nem reparo como João dorme, nas raras vezes em que dormimos juntos. Estou sempre tão exausta da semana de trabalho, que nem ligo para esse detalhe.

Dou outra volta na frente do espelho. Não há o que fazer. Da próxima vez, coloco na bolsa a camisola da *Victoria's Secret* que Júlia me trouxe de Nova Iorque e eu nunca usei.

Que próxima vez, sua louca?!

Abro a porta. Ensaio dois passos. Enrico está concentrado na mudança de canais. Ainda não me viu. Dou outro passo tímido. Penso seriamente em correr para debaixo das cobertas. Então, ele me vê. Derruba o controle na cama. Olhos percorrem meu corpo de cima a baixo. Fazem, em seguida, o caminho inverso. Sinto-me nua. E não sei o que é pior: o pijama infantil ou a nudez.

— Você vai dormir com isso? — O olhar para em minhas pernas e não as abandona. *Ele precisa demonstrar com tanta veemência o quanto elas são brancas?*

— Estou muito ridícula, não é?

— Está bem o contrário disso. Está deli... — interrompe-se e fala rápido: — Entra embaixo dessas cobertas e tenta só sair amanhã de manhã, Anabel. E de preferência, enrolada nelas.

— Estou mesmo ridícula. E gorda. — Obedeço, desanimada.

— Você tem que retrucar tudo o que eu digo? — Pula da cama quando entro nela.

— Onde você vai?

— Tomar banho.

— Você já não tomou?

— Vou tomar outro. Gelado desta vez. — Bate a porta do banheiro.

Começo a mudar os canais freneticamente. Melhor não pensar no significado do banho. Melhor não pensar em nada. Pelo bem da minha saúde mental. E de minha libido, que resolveu ressuscitar na hora errada.

Troco de canal sem parar em nenhum, até ficar tonta. Enrico retorna. Puxo o cobertor até o pescoço.

— A tevê é uma bosta no sábado. — Tento manter uma conversa normal.

— A tevê é uma bosta quase sempre. — Deita de costas o mais longe que pode de mim.

As batidas de meu coração ameaçam me ensurdecer.

— Você não gosta de tevê? — Preciso continuar num assunto inofensivo.

— Para filmes e séries é ótima. — Dá de ombros, sem olhar para mim.

— Também não sou de assistir muita tevê. Sou meio viciada em livros.

Nenhum comentário.

Minhas mãos começam a suar sob o cobertor.

— Acho melhor tentarmos dormir, Anabel.

— Estou sem sono. — *Também sei ser chata quando quero, doutor Enrico Balistieri Jr..*

Ele vira-se de lado. Para o meu lado. Os olhos impressionantes passeiam pelo meu rosto.

— Nunca estive numa situação tão inusitada quanto esta.

— Nem eu — admito. — E nem num bilhão de anos pensei que algum dia estaria. A maior aventura da minha vida ultimamente se resumia em não deixar os pães de queijo do seu Nilton esfriarem até eu chegar na sala dele. E enfrentar os programas chatos do João, meu namorado.

— Onde você conheceu seu namorado? — pergunta abruptamente.

— Na universidade. Ele fazia História.

— O típico caso de relacionamento que começa no *campus* da universidade. — Passa as mãos pelos cabelos, e eu consigo ver o bíceps musculoso. Meu coração dispara novamente. Mas me concentro na resposta.

— Na verdade, nos conhecemos num curso que fizemos juntos. De literatura russa. Saímos, como amigos, por seis meses e, só então, ficamos juntos.

— O cara demorou seis meses para te beijar? — O rosto de Enrico é puro espanto. *Por que isso é importante na história de meu namoro?*

— Bem... é... eu... Fui eu quem o beijou primeiro, que tomou a iniciativa — entrego.

— Sei o tipo de cara que é esse tal João. O tipo que vive com o nariz enfiado nos livros e que só percebe uma linda mulher quando ela cai em seu colo.

As borboletas dançarinas executam o *Lago do Cisne* em meu estômago.

— Eu não caí no colo dele, seu chato. — Dou um tapa no braço de Enrico, que pega minha mão e não solta. — Ele me pediu em casamento — falo, de repente, talvez impulsionada pelo calor que se espalha em meus braços.

— Você não é nova demais para se casar?

— Tenho 25 anos.

— Continuo te fazendo a mesma pergunta. — Acaricia meus dedos. O calor, agora, ganha todo meu corpo e mal consigo me concentrar na conversa.

— Eu falei para o João que vou pensar.

— E você pensou? — Os olhos brilham mais do que jamais vi até hoje.

— Eu... bem, ainda não tenho muita certeza. Mas... não sei... talvez fosse melhor aceitar. São cinco anos de relacionamento. E eu conheço superbem o João. Sou até uma espécie de terapeuta para ele.

— Vocês vão ser mais um casal para engrossar as estatísticas de divórcio.

— Você está falando como minha amiga Júlia. Ela diz isso por excesso de romantismo. E você, por total falta dele.

Seus olhos escurecem, de repente. Minha mão continua na dele, colada ao peito quente, apesar da barreira da camisa.

— Eu digo isso porque esse João não é homem para você. Se ele fosse, você não estaria neste momento deitada numa cama comigo. Pode ter certeza de que, se você fosse minha namorada, não deitaria na cama com outro homem, querida.

A distância entre nós, subitamente, desaparece sem termos nos mexido. Uma corrente elétrica quase palpável corre de Enrico para mim. Minha respiração parou há vários segundos. Mas meu coração nunca trabalhou tanto.

— Sabe o que eu vou fazer, moça dos cabelos de fogo? — Solta minha mão e pula da cama. — Vou dormir na caixa de sapatos.

— Onde? — Sento, confusa, acalorada.

— No seu carro.

— Já pedi para não chamar o Charlie assim. É ofensivo e arrogante!

— Ok. Desculpe. Onde estão as chaves?

Enrico parece disposto a tirar o pai da forca, como diria vó Helena.

— Está falando sério?

— Isso não vai dar certo, Anabel. — Ergue a minha bolsa, investiga embaixo e, só então, olha para mim. — Não me encare com essa cara de quem não faz ideia do que estou falando. Você sabe tão bem quanto eu o que é.

Afasto o cobertor, passo por Enrico, dando tudo de mim para ignorar o magnetismo que quer me lançar contra ele, e abro a bolsa onde estão as chaves. Tiro-as do fundo e arremesso em suas mãos. Ele as deixa cair porque sua atenção está toda concentrada na porcaria de meu pijama.

— Eu adorei mesmo esse seu pijama.

A lascívia que derrama de seus olhos me causa um rubor instantâneo. Falo, de novo, a primeira coisa que surge na minha cabeça:

— Eu me enrolo no cobertor, num cantinho da cama. Você não precisa ir para o carro. Vai acordar com a coluna estropiada. E pode ser perigoso. Não conhecemos a cidade, Enrico.

— Anabel, preste atenção, temos duas opções — fala pausadamente, como se eu fosse uma retardada, enquanto pega as chaves do chão. — Eu, no carro. Ou você traindo seu namorado.

Passa por mim, como um jato de determinação. Bate a porta, pela segunda vez no dia. E minhas pernas se dissolvem. Caio sentada no chão.

Capítulo 20

O resto da noite de ontem e toda a madrugada de hoje foram uma batalha. A batalha comigo contra eu mesma para esquecer as palavras ditas por Enrico. No final, a insônia venceu. Depois de horas virando, a cada dois minutos, na cama, fazendo o melhor para ignorar o perfume masculino do travesseiro ao lado, eu me rendi a ela.

Estou exagerando. Eu dormi, sim. Entre 4 e 8 horas da manhã, mais ou menos. Tive inclusive um sonho. Sonhei com Enrico, peito nu, pele absurdamente bronzeada, sob mim. O que fazíamos não deu para ver, porque minha hiperventilação me acordou... na melhor parte.

Lavo o rosto. Pela terceira vez. Encaro o espelho do banheiro. *Falta pouco, Anabel. Muito pouco. Assim que entregar a bendita carta, você terá sua vida e, principalmente, seu juízo de volta. Voltará ao ponto no qual morenos sedutores não perdem dois segundos de suas vidas para te olhar. Mas você não se importa, pois está concentrada em outras coisas, tais como não deixar os pães de queijo de seu Nilton esfriarem, morrer de tédio ao lado de João ou ser humilhada por sua mãe.*

Suspiro. Esse não é o melhor momento para fazer piada com a porcaria da vida que levo. Pego a toalha para enxugar o rosto. Preciso focar em dois assuntos.

Número um: a cara que vou usar quando reencontrar Enrico.

Número dois: a conversa com Enrico Balistieri.

Tiro o pijama, que se juntou à coleção "coisas para lembrar o doutor Enrico Balistieri Jr.", dobro, como nem um origamista faria tão bem, e visto a roupa de ontem. A cara perfeita para usar quando vir Enrico é a amnésica, com tradução livre: *Deitamos na mesma cama: eu, pijama dois números abaixo do meu; você, despertando minha libido aposentada? E insinuou que poderíamos partilhar uma noite incrível de algo que não faço há cinco meses? Você acredita que não me lembro? Você deve ter sonhado enquanto dormia de mau jeito no banco do Charlie.* Assim, as coisas entre nós voltarão a ser como antes da fatídica noite de ontem. À exceção da minha imaginação hiperativa. Ela passará meses visitando as mais diversas fantasias, que seriam doces lembranças se eu tivesse pedido para Enrico não sair do quarto.

Sento na cama. Coloco o tênis. Enrico PAI. Ele quem deve ser minha maior preocupação neste momento. Em uma hora, estarei novamente em frente à fazenda Helena. Espero ser recepcionada pelo próprio dono. Meu traseiro já foi encarado suficientemente por duas vidas. Além disso, não consigo prever o que Mateus-seca-bunda disse ao idoso. Depois das confissões de Enrico, não posso deixar de refletir sobre a hipótese do amor inesquecível de vó Helena ter outros filhos espalhados pelo Brasil. Imagina se ele acredita ter recebido, na tarde anterior, a visita de uma filha em busca do pai perdido. Ou, pior, uma filha à procura de dinheiro. Duvido encontrar as porteiras abertas para mim nesse caso.

Prendo o elástico automaticamente num rabo de cavalo. Juro que ao final da missão-presente-de-grego vou tomar um banho de sal grosso. Em seguida, purificarei meu quarto com água benta. E acho que também vou investir num curso de vidência. Runas ou tarô. Qualquer tipo de adivinhação para me ajudar a prevenir ou, pelo menos, prever com antecedência os acontecimentos trágicos de minha vida. Nunca mais quero me meter em aventuras iguais a essa. Não preciso viver histórias mirabolantes para contar a meus netos durante a velhice, muito obrigada! Os livros estão aí para isso. Quero ser lembrada como a mulher inteligente, prática e organizada. Não como a azarada cuja inspiração de vida era a Lei de Murphy.

Levanto da cama. Alcanço a bolsa sobre a mesinha da tevê. Algo chama a atenção na periferia de meus olhos. Viro-me. A blusa de Enrico está no encosto da cadeira. Até agora não havia percebido.

Ah, minha nossa, como se não bastasse o cara dormir todo torto no carro, ele deve ter congelado lá dentro!

A temperatura não está tão baixa quanto na capital, mas a madrugada foi fria. E Charlie mal tem um ar desembaçador, que dirá ar quente. Defendo meu carro. Sei das deficiências dele, contudo. Ele é um mendigo perto de uma Hilux. Espero que Enrico esteja bem.

Esse pensamento me perturba de tal forma que agarro a blusa do agasalho, minha bolsa, a chave e tranco o quarto. Enquanto corro em direção ao lugar onde estacionei Charlie, tento não pensar nos outros perigos que o médico pode ter corrido. Brincadeiras de mau gosto, assalto, sequestro, assassinato... Certo, estou pensando em cada uma das possibilidades. E meu coração vai sair pela boca se eu não alcançar a bendita calçada.

Passo pela pequena recepção como se estivesse competindo na São Silvestre, em primeiro lugar, a dois metros da linha de chegada. Antes de cruzar a porta de entrada, tenho tempo apenas de ver uma senhora atrás do balcão. Ela me encara assustada. Devo ser a hóspede mais estranha que ela já teve. Primeiro, entrei desmaiada. Então, pedi um colchão extra para um quarto de casal onde está hospedado um casal. Em seguida, permiti que meu companheiro de suíte dormisse no carro. Agora, cruzo o saguão a cem quilômetros por hora.

Finalmente, chego onde está Charlie... vazio.

Ah, não elevado ao cubo!

Encosto o rosto no vidro, esquadrinhando o interior do carro. Caso Enrico esteja... sei lá, encolhendo seus 1,90m no banco traseiro? Claro, não o encontro. E entro em desespero. Olho ao redor. A praça à frente está vazia. As ruas em volta, idem. Se Enrico não está no carro, se não voltou ao quarto, se não está dando uma caminhada matinal pelas redondezas, será que aconteceu o pior? Meu corpo é invadido por um frio ártico. Para variar, começo a tremer da cabeça aos pés. Por que eu não me ofereci para dormir no carro? Apenas porque meu cérebro virou *mousse* de chocolate após a declaração tentadora de Enrico? Isso não é desculpa, entretanto. Eu poderia ter trocado de roupa e descido até aqui para oferecer a troca de lugares.

Abraço-me à blusa. Ela desprende o perfume amadeirado, marca registrada de seu dono. Meus sentidos despertam, misturando-se às pernas bambas e ao coração acelerado. Não adianta chorar pelo leite fervido e derramado. Retorno, derrotada, para o interior do hotel. Meus passos me conduzem ao restaurante. De repente, lembro-me do celular. Posso ligar para Enrico e tentar localizá-lo!

Óbvio, Anabel Dias da Silva!

É incrível como passo por cima do discernimento (para não dizer da inteligência) quando fico nervosa. Paro na entrada do restaurante, abro a bolsa e puxo meu celular. Acesso a agenda. Clico no número de Enrico. Ele atende no segundo toque.

— Bom dia, moça.

— Onde você está?

— A uns dez passos de você. — Ouço a risada ecoar em meu ouvido e pelo salão. Levanto a cabeça. Certo. Enrico está sentado à mesa, ao lado da janela que dá para um jardim, olhando para mim e rindo. A manhã não poderia começar "melhor".

Sigo até a mesa, camuflando o constrangimento. Se existe um momento no qual não faço a mínima questão de saber o que o médico do sorriso perfeito pensa sobre mim, sem dúvida, é este.

— Oi — cumprimento e me jogo na outra cadeira em frente a ele, exausta pela tempestade de emoções. — Você esqueceu sua blusa no quarto. Espero que não tenha congelado de madrugada. — Estendo o braço para entregá-la.

— Tive só uma hipotermia leve. — Pega a blusa, tocando meus dedos. De propósito?

— Você já tomou café? — Recolho a mão rapidamente. Observo a mesa vazia.

— Hum-hum. — Encara-me. O brilho dos olhos poderia orientar um barco na escuridão. — Dormiu bem?

Essa fala deveria ser minha, não?

— Maravilhosamente bem — minto. Tento fazer a tal cara amnésica convincentemente. — E você? Conseguiu descansar um pouquinho no banco duro?

— Não foi tão ruim. Até que seu Charlie é aconchegante. — Pisca para mim. — Acordei cedo para andar um pouco. A cidade é charmosa. Bem cuidada e limpa. Pelo jeito um dos raros lugares com habitantes conscientes.

— Vi a praça de longe. E outros poucos pontos quando passamos de carro. Mas parece bem preservada mesmo. Só que não me atrai muito, sabe? Acho que sou uma garota da cidade grande. Preciso da rotina barulhenta, dos prédios, das pessoas correndo de lá para cá. Faço exceção às praias. Como eu te disse ontem, eu amo o litoral. E você, gosta do campo? — Mordo o lábio inferior.

— Também prefiro o litoral. — Desce os olhos para a minha boca e desvia no instante seguinte para a mesa. — Sabe a história de carioca adorar praia? É verdadeira. Eu saí do Rio aos cinco anos de idade, mas o Rio não quis sair de mim. — Sorri.

— Você nunca quis morar lá de novo?

— Quis. Várias vezes. Só que não consegui convencer minha mãe, nem minha tia de me acompanhar. Elas adquiriram uma espécie de fobia de voltar ao Rio de Janeiro.

— Elas não são cariocas também?

— São. O problema é que se adaptaram muito bem em São Paulo e não se lembram mais desse detalhe. — Brinca com um palito. — Um dia desses fiquei tentado em abandonar tudo aqui e me mudar para o Rio. Estavam oferecendo uma vaga bem legal para plantonista num hospital de lá, no Barra D'Or. Eu trabalharia menos horas seguidas, ganharia mais, teria mais tempo para me dedicar aos estudos e a outros plantões. Quem sabe, conseguiria começar a investir concretamente no projeto de montar um centro de neurocirurgia e reunir uma boa equipe comigo.

Uma leve tristeza espalha-se em meu interior. O dia em que Enrico partisse para o Rio de Janeiro marcaria definitivamente o fim de nossos encontros. Não que eu pretenda vê-lo de novo. Porém, sempre existe a hipótese de encontros acidentais... numa megalópole, como São Paulo...

Dou um pulo da cadeira.

— Vou me servir. Está ficando tarde.

— Sim, senhorita. — Tira o celular do bolso, após um ruído invadir o restaurante, e digita a senha, suponho. Provavelmente, é mensagem de uma das mil admiradoras.

Alcanço o balcão onde é servido o café da manhã. Pego uma bandeja. Passo direto pelas frutas, sem ter o trabalho de ver quais são. Sirvo-me de um copo grande de achocolatado, dois minipães doces, duas fatias de presunto (pão doce com presunto, a combinação dos céus!) e um pedaço de bolo de chocolate. Fico consciente de que deveria ter escolhido algo *light*. Mas meu humor do momento não permite. Dirijo-me à mesa. Enrico continua mexendo no celular.

— Não encontrei você no Facebook. Você não tem? — falo. Bebo metade do achocolatado e enfio quase um pão todo na boca.

Ele desvia a atenção do aparelho. Levanta a sobrancelha.

Ah, minha santa protetora de pessoas com língua grande! Ele deve estar pensando que eu digitei seu nome na busca da rede social para adicioná-lo aos meus contatos!

Em pânico, acrescento rapidamente:

— Na pesquisa que fiz no Google em busca de Enrico Balistieri, não tinha link para página do Facebook.

— Eu tive até o ano passado. Por causa de algumas mensagens inconvenientes, acabei deletando a conta. — Recoloca o celular no bolso.

— Se você colocou uma foto com close deste rosto espetacular, posso imaginar os tipos de mensagens que recebeu — minha língua, que não quer se trancar dentro da boca, fala.

Enrico solta a gargalhada mais rouca, sensual, perigosa para hormônios femininos que já tive o prazer de ouvir. Aproxima-se da mesa. Olhos colados em meu rosto. A mão grande prende meu queixo. O oxigênio vai fazer uma visita em Marte.

— Obrigado. Fico feliz em saber que você não me acha apenas chato, arrogante e cínico.

Meu rosto incendeia. Ele recoloca a mão sobre a mesa.

— Na verdade, eu acho que já vou indo. — Empurro a cadeira e fico de pé. — Quero chegar à fazenda no horário marcado.

— Não vai terminar de comer?

— Não. Peguei comida demais. Não costumo ter muita fome quando acordo — minto descaradamente. De novo.

— Eu te acompanho até o carro. — Sai da cadeira.

Eu caminho rápido, sem olhar para verificar se Enrico me segue. Na real, preferia que não me seguisse. É melhor não ter mais oportunidades para dar gafes. Ele, contudo, está bem atrás de mim. Os pelos eriçados em meu corpo denunciam sua presença.

Termino a marcha (a vontade foi de correr de novo. No entanto, pensei na possibilidade da senhora na recepção chamar a polícia ou a ambulância do manicômio). Viro-me para Enrico, próximo demais para o meu gosto. Resolvo não dar chance de ele falar alguma coisa sobre minha quase corrida.

— Eu te ligo quando chegar, como fiz ontem. Espero que desta vez dê tudo certo.

— Eu também, moça. Outra noite no carro não está nos meus planos.

Dou as costas para Enrico. Dois passos. É o que meus pés caminharam quando sinto o elástico de meu rabo de cavalo deslizar, lançando meus fios em todas as direções, sobretudo em meu rosto. Olho para trás. O responsável pelo desastre capilar está sorrindo, travesso, com a prova do crime nas mãos. Enrico segura meu elástico na maior cara de pau!

— Por que você insiste em esconder seus cabelos, ruiva?

— Por que você cisma com eles, moreno chato? — Avanço para cima dele, tentando recuperar o que é meu.

— Sou fascinado por seus cabelos — confessa para a revolução de borboletas em meu estômago.

— Porque não ficam na sua cabeça. — Fico na ponta dos pés para alcançar o objeto que me pertence. O neurocirurgião engraçadinho, porém, o coloca a cada segundo mais longe da minha mão esticada. — Enrico Junior, dá a porcaria do meu elástico!

— Seus cabelos combinam perfeitamente com você. É um crime impedir que eles caiam livremente em volta do seu rosto lindo.

O elogio me aquece por inteiro. Este homem vai acabar me acostumando mal. E quando eu voltar à vida real, sofrerei por causa disso. Esse pensamento me faz avançar ferozmente. Percebo muito tarde que, na ânsia de recuperar o elástico, colei meu corpo ao corpo de Enrico. De repente, tenho plena consciência de meus seios encostados ao peito rígido. Um braço envolve minha cintura. Não sei se é um gesto instintivo ou se Enrico faz para me prender junto a ele. Em qualquer dos casos, o efeito é o mesmo. Todas as zonas erógenas de meu corpo resolvem se comunicar ao mesmo tempo.

Olhamo-nos. O elástico perde a importância. O outro braço de Enrico tomba. Uma de minhas mãos pousa sobre o braço musculoso que me segura. Arrepios cortam minha espinha. Os olhos azuis obscurecem, enviando faíscas de desejo. Minhas pernas ficam fracas para sustentar o peso de meu próprio desejo. Então, tudo acontece muito rápido. Meu raciocínio evapora, volto a erguer os pés, desta vez para saciar a fantasia desesperadora de beijar aquele homem. Ele me afasta, pega minha mão e deposita o elástico na palma.

— Vá concluir sua missão inusitada antes que fique muito tarde para irmos embora.

Capítulo 21

Aqui estou eu. Fazenda Helena. Novamente. Mãos suando. Pernas moles. Coração trovejando no peito. Os sintomas de sempre. Talvez um pouco mais pronunciados devido à provocação infantil de Enrico. Que, no final, se transformou numa armadilha para mulheres adultas incautas. E *a perigo*.

Tranco o carro. *Foco, Anabel!* Parece que estou ouvindo a voz de seu Nilton falando sua frase preferida para mim. Esta é uma boa hora para repeti-la mentalmente. Estou prestes a enfrentar o momento mais importante de toda a missão Helena-Enrico. E o último. Tenho que colocar toda a energia nisso. Concentrar toda minha atenção no desfecho que minha avó sonhou por 52 anos. Quero dizer, o desfecho sonhado por ela eu jamais poderei realizar. Ah, e como eu gostaria de realizar! Exatamente como num filme ou livro de final feliz, eu gostaria que vó Helena reencontrasse pessoalmente Enrico Balistieri e lhe dissesse o quanto ainda o amava. E que os dois terminassem a velhice juntos.

Paro em frente à porteira. Que ideias malucas estou tendo?! Quem pode garantir que o final, mesmo se vó Helena estivesse ainda viva, viesse até aqui comigo, seria mesmo esse? Todas as pessoas mudam. Bem, quase todas. Continuo em dúvida em relação às mudanças de minha mãe. O fato é que o pai de Enrico deve ter se apaixonado tantas vezes ao longo da vida que o sentimento nutrido por vó Helena não passou de namorico de adolescência. Quase como aquele paquera que adoraríamos apagar da História, pois não conseguimos lembrá-lo sem nos sentir envergonhadas. Meu único pensamento deve ser contar sobre o último desejo de vó Helena (ou quem sabe, antes, lembrá-lo quem era Helena Florentz), entregar a carta, o casal de noivos (se Enrico Balistieri aceitar, porque existe uma grande chance de ele rir da minha intenção) e ir para casa.

Esfrego uma mão na outra. Ajeito a bolsa em meu ombro. Nem sinal de Mateus-seca-bunda. *Gracias!* Prefiro um milhão de vezes tocar o interfone e me anunciar. E é exatamente o que faço. Espero segundos de eterna aflição até um sinal de estática atingir meus ouvidos.

— Pois não?

Minha voz não quer sair. *Isso não é hora para vocês darem um piripaque* — tento gritar para minhas cordas vocais.

— Tem gente aí?

Respiração, Anabel. Ela é a chave de uma vida de sucesso. Respire profundamente que sua voz sai.

— Bom dia — e a voz volta. — Eu gostaria de falar com Enrico Balistieri.

— De quem se trata?

Por que as perguntas difíceis são feitas com tanta facilidade e tão frequentemente?

— Eu estive aqui ontem. Conversei com um rapaz chamado Mateus. Ele me disse que Enrico Balistieri estava numa feira agropecuária e estaria de volta hoje de manhã. Preciso muito falar com ele. É um assunto pessoal. Ele não me conhece. Mas conhece uma pessoa de minha família.

— Ah, é *ocê* moça bonitona... *Tô* indo te buscar. Saí daí, não.

Sorte.

Nunca saberei o que é ter. É isso. Melhor aceitar logo para poupar expectativas. Se for esperar essa paroxítona para conseguir vencer os obstáculos, vou sentar em frente a eles, devorando todos os doces do mundo, e ela não chegará.

Uma caminhonete se aproxima pela estradinha asfaltada que sai do interior da fazenda. É o Mateus-secabunda. Quem mais poderia ser? Para alguns metros antes da porteira.

— 'Dia, moça. — Tira o chapéu para me cumprimentar. Seu sorriso largo me assusta (bastante).

— Bom dia.

— Falei pro seu Enrico que *cê* veio aqui *onti*. O *homi* ficou confuso... Disse que não conhece nenhuma moça bonitona de cabelos cor de cenoura.

Acho que prefiro cabelos cor de fogo, como diz Enrico...

— Eu vou poder falar com ele? — Passo as mãos pela calça. Ela deve estar imunda de tanto que já fiz isso nos últimos dois dias.

— Eu falei pra ele que *cê tá* aqui. Ele tá curioso para saber quem *cê* é. Pula pra dentro do teu carro e me segue. Vou abrir a porteira.

— Obrigada — suspiro aliviada.

Não espero Mateus-blá-blá-blá fazer o que prometeu. Entro no Charlie. Vai que o cara decide que é melhor eu segui-lo até o banco de carona da caminhonete. Ligo a ignição. A porteira abre. Entro no caminho rumo à casa principal. *Estômago querido, sossega e faça a digestão como se deve!* Olho ao redor. Gramado, mais gramado. Uma árvore aqui, outra ali. Cercas. Metros e metros de cercas. Vacas (ou bois?) para todos os lados. E uma pequena chapada, linda! ao fundo. Da estrada eu pensei que era um monte. Ela me parece uma Chapada Diamantina em miniatura. Fico tão encantada com a paisagem, que quase paro o carro. Os quadros de vó Helena infiltram-se em minha mente. Como minha avó amaria este lugar! As lágrimas aparecem inesperadamente. Seco-as com o ombro. Percebo que a caminhonete está bem distante de mim.

Aumento a velocidade. Porém, a dor e a saudade que se ergueram de meu coração não me abandonam. Não pensei que esses sentimentos fossem voltar com tanta força. Estava tão concentrada em cumprir logo a missão que não contava com a possibilidade de lidar com o sentimento de perda num lugar desconhecido.

A casa da fazenda aparece, de repente. É larga, com várias colunas na varanda, janelas escancaradas, cadeiras confortáveis espalhadas, um balanço convidativo. Meu coração, doído, dispara. Este poderia ter sido o lar de vó Helena. O lugar onde ela realmente encontraria felicidade. E seria amada por Enrico Balistieri. Naquelas cadeiras, ela sentaria com seu querido tricô. Nelas, observaria a encantadora chapadinha. As estrelas no vasto céu da fazenda. Ou passaria boa parte da noite conversando com seu amado, entre sorrisos compartilhados, sobre doces lembranças da juventude.

Estaciono Charlie no lugar em que Mateus está indicando freneticamente, num terreno ao lado da casa. Limpo, discreta, outras lágrimas teimosas. Tiro a chave da ignição. Desço. O ar é tão leve. Meus pulmões confundem-se um pouco. Não estão acostumados a tanta pureza. O rapaz aproxima-se de mim. O nervoso lembra-se da minha existência. De novo.

— *Vam'entrá*. Seu Enrico *tá* assinando a papelada dos bezerros que vendeu *onti*.

Acompanho Mateus, que não olhou mais para minha bunda (um problema a menos) até o interior da casa. A emoção de estar prestes a conhecer Enrico Balistieri, o inesquecível namorado de vó Helena, eclipsa a ansiedade. A sensação de que estou vivendo um dos momentos mais especiais de minha existência domina-me. Já não me importo com as acusações de Enrico contra o pai. Ou um possível esquecimento desse pai sobre os acontecimentos que viveu com minha avó. Importa-me apenas encontrar o homem que marcou profundamente a vida da mulher mais especial de meu mundo.

A sala, que me recepciona, é imensa. Parece saída de novela rural. Dois sofás de couro escuros. Um armário de mogno ao fundo. Muita luz, entrando através das amplas janelas. Pratos de porcelana decorando uma parede ao canto. E um quadro de paisagem no meio dos pratos. Então, novas lágrimas são inevitáveis. Assim como a pergunta: por que a vida separa pessoas que têm afinidades e junta outras que nada têm em comum?

— Vou *chamá* seu Enrico. Faz de conta que a casa é tua, moça.

— Obrigada. — Viro o rosto para que Mateus não me veja chorando.

Sento em um dos confortáveis sofás. Ele faz um pequeno barulho de couro esticando-se. Aproveito que estou sozinha e abro a bolsa. A carta e o casal de noivos estão onde os deixei, claro. Por um instante, tive medo que eles tivessem sumido. Mais do que jamais quis algo, quero mostrá-los a Enrico Balistieri. Olho, de novo, para o quadro. Montanhas, várias. Uma casinha. Um moinho de vento. Tão parecido com o segundo quadro favorito de vó Helena que se afirmassem ser do mesmo pintor eu não contestaria.

Ouço passos ecoando pelo corredor atrás de mim. Salto do sofá. Paro de pé. Sem coragem de me virar. Uma leve tontura deixa minha cabeça leve. O peso da responsabilidade resolve dar também um "oi".

— Você quer falar comigo, minha jovem?

A voz profunda às minhas costas é quase idêntica à outra que já se tornou inesquecível para mim. Pai e filho partilham algo além de um sorriso em comum. Viro-me. Assombro. Diante de mim está Enrico Balistieri Jr. uns 40 anos mais velho. A semelhança é assustadora. Agora entendo por que Enrico Balistieri não pôde negar a paternidade quando a mãe de Enrico apareceu com o filho de 5 anos em sua porta. Os olhos possuem o mesmo tom azul-piscina, brilhantes. Ele é também absurdamente alto (para uma pessoa de 1,60m, como eu). O porte emana autoconfiança, poder. Apenas os, prováveis, cabelos negros foram substituídos pelos mais branquinhos e bastos que algum dia vi num idoso.

Enrico Balistieri me examina. Aperta os olhos. Então, um lampejo os ilumina. Ele se aproxima mais. Estamos a dois braços de distância. Quem sabe menos. Um sussurro enche a sala e transborda meu coração:

— Helena...

Uma lágrima desliza rápido para dar espaço à próxima, que é igualmente ansiosa. Não penso em limpá-las. Quero apenas ficar ali, assistindo às emoções indisfarçáveis que dominam o rosto de Enrico Balistieri. Um rosto que nem as rugas tiveram o poder de tirar a beleza. Então, uma preocupação surge. E se as emoções causarem um infarto neste homem? Jamais me perdoarei. Tampouco minha avó, de onde estiver. Limpo a garganta. Enxugo as lágrimas.

— Meu nome é Anabel. Eu sou neta de Helena.

— Você é muito parecida com ela. — Seus olhos brilham, de uma forma que, estou certa, é causada por lágrimas represadas. — Se não fosse pela cor dos cabelos, eu teria certeza de que você era a Helena do passado.

— O senhor ainda se lembra dela... — falo o óbvio, muito emocionada para raciocinar.

— Como se a tivesse visto ontem, minha cara menina. — Procura o sofá para se sentar. Parece um pouco desnorteado. Preocupo-me. Apresso-me em ajudá-lo.

— O senhor está bem?

— Sim. Se você não está perguntando sobre minha velhice.

Rio. Também tem o mesmo tipo de humor do filho.

— Helena veio contigo? — A esperança em seus olhos destroça o sorriso no meu rosto.

— Ela não pôde...

— Claro que não. Se não voltou para mim em 50 anos, por que faria isso quando só posso lhe oferecer meus ossos velhos? — Passa a mão pelo rosto.

— Não é isso, seu Enrico. Tenho certeza de que ela daria tudo para estar no lugar em que estou agora. Diante do senhor, lendo em seus olhos a emoção ao falar dela. —

Respiro pausadamente. — O problema é que ela faleceu no mês passado.

As lágrimas rolam pelos sulcos esculpidos na face de Enrico Balistieri. Demoradamente. Apunhalando meu coração. Obrigando-me a acompanhá-lo no sofrimento.

— O tempo passou. Ele só congelou no meu coração. Eu sempre soube disso. Sempre soube que algum dia receberia esta notícia. Deus me deu a saúde forte para que eu pudesse testemunhar esse dia.

Sinto-me impelida a segurar suas mãos. Sento na beirada do sofá ao lado e aperto forte seus dedos.

— Ela jamais foi capaz de se esquecer do senhor. Mas apenas recentemente eu fiquei sabendo da história de amor que vocês viveram.

— A primeira e última história de amor que vivi — fala convicto, olhando em direção às amplas janelas. — Como num castigo por não ter voltado para buscá-la.

A voz soava amarga, culpada. Fico um pouco confusa. Não acreditava que Enrico Balistieri fosse lembrar-se de minha avó com tamanha acuidade. Ou se lembrasse, pensei que me mostraria um homem ressentido.

— O que o senhor quer dizer com isso?

— Eu fui egoísta, minha jovem. Parti para o Rio de Janeiro sem olhar para trás, mesmo sabendo que Helena foi obrigada a ficar noiva do janota arranjado pelo pai dela.

— Quem contou para o senhor que meu bisavô a obrigou a se casar? — Minha confusão aumenta.

— Ninguém. Eu apenas sabia que minha Helena não casaria com outro homem se não fosse obrigada pelo pai, de uma forma em que fosse impossível escapar. Meu dever era resgatá-la das garras daquele homem. Mas eu agi irracionalmente. Não. Eu fui ganancioso. Provar para o pai dela que eu poderia fazer tanta fortuna quanto o janota se tornou mais importante do que ficar ao lado de Helena. Por isso, parti para o Rio de Janeiro. Meti-me em toda sorte de empregos que conseguia acumular, me formei na faculdade de Direito. E só pensava em acumular louros da profissão e dinheiro. Até que se tornou tarde demais para regressar. — Leva a mão aos cabelos.

— E ela se casou e foi infeliz para sempre. — Uma nota de rebeldia reverbera dentro de mim.

— Então, minha cara, isso talvez seja a única coisa que Helena e eu continuamos a compartilhar desde que nos separamos. — Olhos tristes me encaram.

Vacilo por um instante. Aquele idoso estava tentando me dizer que, assim como vó Helena, sofreu mais de 50 anos por um amor de juventude? Algo tão surreal que não posso evitar soltar minha famosa língua.

— Mas o senhor casou várias vezes depois que se separou de minha avó, não se casou?

Enrico Balistieri fica em silêncio por alguns segundos. Espero ansiosamente o instante em que dirá como sei tanto sobre ele. Ou como cheguei até ali. E terei que falar sobre Enrico Jr. antes de terminar a missão que me trouxe aqui. Não estou certa se devo falar sobre o filho dele. Não sei se Enrico me perdoaria caso eu o fizesse.

— Logo que me formei em advocacia. — Começa de repente. — Estava deslumbrado pelo poder de ter o que quisesse. Junto com um amigo descobrimos um filão pouco explorado na área de Direito, o Direito da Família. Naquela época, a lei do divórcio ainda não tinha sido sancionada. O que só aconteceu em 1977. Quando um casal queria se separar, passava por um processo trabalhoso. E conseguiam apenas um desquite que não possibilitava um novo casamento civil. Por isso, os recém-formados não gostavam de trabalhar nessa área. Mas eu e Adolfo achávamos tudo um verdadeiro desafio. O dinheiro começou a chegar. Montanhas dele. As mulheres também. Saíamos com as mais belas moças quase que diariamente. Elas caíam a nossos pés sem que precisássemos ir atrás delas. Então, veio meu primeiro casamento. Deise era uma linda mulata. Uma feiticeira. Pedi-a em casamento dois meses depois que nos encontramos pela primeira vez num bar em Copacabana. Os primeiros anos do casamento foram marcados pela euforia de ter uma mulher para exibir aos amigos advogados. Eu era o todo poderoso. Dono de um escritório na avenida Rio Branco, marido da ex-miss Rio de Janeiro. De vez em quando meus pensamentos eram invadidos por minha doce Helena. A culpa e a saudade rasgavam tudo por dentro nesses momentos. Então, eu olhava para a mulher que estava me proporcionando *status* e afogava os sentimentos. Até que as lembranças de minha juventude começaram a ser substituídas pela vida superficial da alta sociedade que me seduzia. Eu não estava mais satisfeito com Deise. Ela era possessiva, briguenta e exigente. Brigávamos quase diariamente. Ela me cobrava filhos. Estávamos casados havia cinco anos e ela ainda não havia engravidado. O médico dizia que não havia nada de errado com Deise. Não deveria mesmo haver. Havia algo de errado comigo. Eu não podia ter filhos. Foi o que o médico de família falou uma vez para minha mãe, quando ainda morávamos na Itália. Provavelmente por causa de uma caxumba. No final, não aguentei mais. Expulsei Deise de casa. E ela morreu.

As palavras de Enrico Balistieri saem, uma atrás da outra, sem pausa para respirar. Como se ele precisasse extirpá-las de seu interior. Permaneço quieta. Sinto que preciso ouvir até o final antes de fazer qualquer tipo de comentário.

— Recebi a notícia de sua morte no meu amplo escritório. Ela havia se enforcado com uma das gravatas que roubara do meu guarda-roupa quando a mandei embora. A morte de Deise me assombrou por anos. Trouxe de volta a lembrança de Helena. Era uma culpa dupla. Não pude salvar Helena, nem Deise. As duas estavam perdidas para mim. As duas perdas causadas pelo estilo de vida que eu havia escolhido. — Entrelaça as mãos sobre as pernas. — Então, decidi que era hora de fazer uma mudança em minha vida. Afastei-me das noites desregradas entre amigos. Passei a me dedicar integralmente a advogar. Meu escritório, em poucos anos, tornou-se um dos mais respeitados e bem-sucedidos do Rio de Janeiro. Tínhamos tantos clientes que Adolfo e eu precisamos contratar mais advogados. Tratávamos de partilha de heranças, divórcios, sucessão de herdeiros, testamentos, reconhecimento de paternidade. Éramos brilhantes no que fazíamos. Então, um dia, conheci Selma. A tímida garota de cabelos cor de camurça. Magra e delicada. Senti-me atraído por sua juventude e beleza. Nessa época, eu já contava com 43 anos. Ela tinha 20.

Ele está falando da mãe de Enrico? Meus dedos tremem levemente sobre a bolsa, repousada em minhas pernas.

— Vinha com a irmã procurando os serviços do meu escritório. Elas haviam escutado a fama do Balistieri & Santos Advogados Associados e desejavam ser assessoradas pelo melhor do ramo de Direito de Família. A irmã de Selma tinha dado um flagrante no marido com outra mulher. E, no outro dia, soube que o homem sacara todo o dinheiro da conta que mantinham juntos e fugira com a amante. Ela queria justiça. Muito além de um divórcio litigioso. Eu peguei o caso pessoalmente. Movido muito mais pelo interesse em Selma do que a necessidade de adicionar mais um caso de sucesso a meu *curriculum vitae*. Ganhamos o caso. Lourdes recebeu uma bolada em dinheiro. E eu ganhei Selma. Ela aceitou meu pedido de casamento com seu jeito reservado. Casamo-nos em questão de dias, apesar dos protestos da irmã, de personalidade forte. Ela não aprovava a decisão de Selma. Dizia que eu era muito velho e vivido. Que a irmã precisava encontrar um rapaz da idade dela. Mas, no final, consegui convencer as duas sobre minhas boas intenções. Meu segundo casamento foi diferente do primeiro. Deise era espevitada, explosiva, exuberante. Selma, fechada, sensível e quieta. Contudo, sentia-me bem com ela, pois eu havia decidido abandonar o estilo de vida desenfreado. O primeiro ano do casamento terminou com um fato inesperado, que mudou o rumo dos meus próximos anos. Selma me revelou que estava grávida. Como grávida? Era impossível uma mulher engravidar de um homem que não pode ter filhos. Foi o que falei para ela e a mandei embora, assim como fiz com Deise. Mas a irmã de Selma não aceitou fácil minha decisão. Ela me infernizou por meses, tentando, inclusive, me desabonar como advogado perante meus amigos. Selma, às vezes, aparecia junto com ela. Estava sempre abatida, pálida, ainda mais quieta do que de costume. Porém, eu não queria saber de nada. Havia sido ferido no meu brio masculino. E sabe o que eu fiz? — Encara-me, lembrando, abruptamente, que havia uma ouvinte de seu lado. Faço não com a cabeça. — Voltei à minha desvairada vida antiga. Passei a sair com todo tipo de mulher de novo. Até arrumar uma amante e trazê-la para dentro de minha casa. Foi quando Selma e Lourdes me procuraram pela penúltima vez, com um bebê, alegando que haviam registrado o menino como meu filho, porque Selma e eu ainda éramos casados. E que dariam uma última chance para eu me arrepender de renegá-lo. Eu ainda estava cego. Mal olhei a criança e joguei no colo de Selma os papéis do divórcio. Cinco anos se passaram. Elas voltaram. Agora vinha com elas um menino. Um garoto com olhos azuis e atitude determinada. Tão parecido comigo mesmo que foi um baque admitir que estava diante de meu filho.

Percebo uma lágrima escorrer pelo canto dos olhos do idoso. Uma vontade quase incontrolável ganha minhas mãos. Quero segurar novamente seus dedos calejados. Mas, não quero atrapalhar a narração emocionada. Preciso, como o ar que está entrando devagar dentro de mim, saber o desfecho dessa história na visão do pai de Enrico.

— Fiquei um pouco perdido com a descoberta. Não sabia o que propor. Não podia pedir para Selma voltar para mim. Eu já havia me casado de novo e minha nova esposa estava para chegar de uma visita à casa dos pais. Então, fiz o melhor que pude para contornar o meu erro. Falei que pagaria uma pensão alimentícia mensalmente. Meu coração era esmagado toda vez que o garoto levantava os olhos para mim. Nunca havia pensado muito sobre ser pai, porque eu tinha certeza de que não poderia ser. E, de repente, meu filho surge, já uma criança, e eu não sabia nada sobre ele, nada sobre como deveria se comportar um pai. Resolvi que não poderia continuar a conversa na frente do menino. Chamei Selma para um particular. Mas veio Lourdes. Ela entrou no meu escritório do apartamento soltando fogo pelas ventas. Acusou-me de bígamo. Que eu era como o resto dos homens. Um traidor e calculista. Exigiu que eu desaparecesse da vida de Enrico. Lourdes ainda gritava, exigindo que eu falasse para Selma que abria mão da convivência com meu próprio filho. Ela alegou que a irmã estava muito doente psicologicamente e que só tinha concordado em trazê-la até ali para conseguir os direitos do sobrinho. Mais uma vez, eu me deixei levar. Talvez tenha concordado tão facilmente porque me sentia totalmente perdido com minha nova condição. Voltei à sala. Falei que os acordos tinham sido feitos. A meu filho não faltaria nada materialmente. Mas que nossa convivência seria complicada, pois eu voltara a me casar e minha nova esposa não sabia sobre aquele filho. Lembro ainda do rosto ferido de Enrico, as lágrimas contra as quais ele lutava bravamente para não derrubar. As duas se foram. Selma, sendo arrastada por Lourdes. E meu filho atrás, olhando-me, com raios de esperança perpassando sua íris. Nunca mais o vi depois daquele dia.

Um soluço escapa de minha garganta. Olhos buscam os meus. Agora são meus dedos que sentem um aperto forte. Uma tentativa de consolo. Mas a dor descomunal me domina. Mal-entendidos, desencontros e atitudes egoístas. Duas vidas que não voltaram a se reunir por causa de mazelas que poderiam ser sanadas com uma segunda chance. Enrico Balistieri e Enrico Balistieri Jr.. De repente, uma nova missão quer dar espaço à antiga. Penso que talvez esteja em minhas mãos a oportunidade de apagar o passado tempestuoso entre pai e filho. Quem sabe, consigo reverter o presente e o possível futuro cheio de arrependimentos e rancor os quais estão à espera dos dois. Prometi que não me meteria nesse assunto, eu sei. O problema é que, às vezes, o que grita a cabeça é derrubado pelo que sussurra o coração.

— Eu conheço seu filho — anuncio no silêncio sepulcral da sala.

Capítulo 22

Enrico Balistieri mira-me. Espantado. Interessado. Ansioso.

— Então, chegou mesmo o momento de acertar as contas com o meu passado... Mas acho que Enrico tampouco veio com você, não é, minha jovem? — Os olhos arregalam, levemente. — Ele também...

— Não, não, ele está vivo. Está bem. Muito bem (cada instante melhor, isso, sim). Foi através dele que cheguei até o senhor. Na internet, encontrei dados sobre seu filho. Fui até o hospital onde ele trabalha. Ele é neurocirurgião.

— Sim, eu sei. — Sorri, orgulhoso. — Adolfo me contou na última vez que veio aqui. Meu filho se formou em medicina com louvor. E é um competente neurocirurgião. Herdou de mim a força de vontade de vencer.

— Seu ex-sócio ainda conversa com a família de Enrico? — pergunto, confusa.

— Selma e Lourdes ainda têm contato com Adolfo. Talvez até mais do que eu, já que vim para essa fazenda em 2003 e nunca mais saí dela.

— Desculpe perguntar, seu Enrico, mas se elas mantêm contato com um amigo do senhor, por que o senhor nunca procurou seu próprio filho? Para desfazer os mal-entendidos, por exemplo. Ou quem sabe, pedir perdão por deixá-lo acreditando que o senhor era um desumano mulherengo. — Ok, agora fiquei revoltada de verdade!

Enrico Balistieri está constrangido. Disfarça um sorriso amarelo.

— Comodismo, medo, falta de oportunidade, velhice... qualquer motivo que eu alegar serão desculpas, não é, minha cara? Já percebi que você é uma moça inteligente. E muito bonita. Seria a namorada de Enrico?

Ele está tentando me enrolar? Desta vez, a velha e maligna psicologia reversa não vai funcionar comigo. Ainda que meu coração tenha disparado com a simples menção de "namorada" e "Enrico" na mesma frase.

— Sou apenas amiga de Enrico. O caso é que seu filho acredita que o senhor não vale o prato que come, me desculpe a franqueza. E o senhor não moveu uma palha para desfazer essa impressão. Ele acredita que o senhor saiu destruindo as mulheres com quem se envolveu de propósito.

— Pode não ter sido de propósito, minha jovem. Mas ele não deixa de ter razão. Tive quatro casamentos. Todos acabaram de forma desastrosa. Não tenho nenhum orgulho da vida amorosa que levei. Ou do pai que nunca pude ser. Foi por isso que apliquei quase todo meu dinheiro nessa fazenda e na criação de gado nelore. Queria tentar, pelo menos, dar um rumo adequado ao final da minha vida. E, nos últimos 11 anos, posso dizer que tenho certo orgulho das minhas atividades.

— E seu filho? O senhor disse ter tanto orgulho dele. Ainda não é tarde para vocês se aproximarem. Meu pai foi tão importante em minha vida, seu Enrico. Para mim, é difícil conceber a ideia de um pai e um filho distantes e vivos. — Olho para ele e sei que meus olhos estão implorando. Alguém precisa ceder nessa história.

— E, meu filho, minha cara, por que não veio com você? Parece-me que não cabe apenas a mim dar o primeiro passo. — Levanta a sobrancelha, assim como um dos famosos tiques de Enrico Jr..

Dois homens teimosos como a mula em *Dom Quixote*!

— Seu filho, neste momento, está enfiado num quarto de hotel exatamente com os mesmos problemas do senhor: não quer ser o primeiro a dar o tal passo.

Inesperadamente, Enrico Balistieri ri. O famoso sorriso do qual fala vó Helena na carta? Acho que não. Deve ter sido tirado do mesmo arsenal de Enrico Jr.. Esse é o sorriso cara de pau.

— Parece que eu te aborreci, Anabel... é seu nome, não é?

Faço que sim com a cabeça. Para a pergunta feita e a implícita.

— Bom, minha cara, então foi por isso que você veio até aqui? Para tentar me reunir com meu filho perdido... Temo que as coisas não sejam assim tão fáceis. Não estou certo de que tenho idade para sair numa aventura dessas e...

— A minha missão é outra, seu Enrico. — corto-o, na maior falta de educação. Quer saber? Não deveria ter me metido nessa história de pai e filho. Vó Helena deve estar ansiosa para eu entregar logo a carta. Deve estar assistindo ao encontro num camarote especial, lá onde se encontra agora.

— E qual seria? — Os olhos brilham de forma tão idêntica a do filho que vacilo por alguns segundos antes de abrir a bolsa.

— Eu vim até aqui para entregar-lhe uma coisa. Na verdade, duas — corrijo-me. Tiro a carta da bolsa e o casal de noivos. Enrico Balistieri olha para minhas mãos. Uma nova emoção cobre seu semblante.

— Eu me lembro desse bibelô — Pega-o. — Dei para Helena quando namorávamos.

— Sim. Eu fiquei sabendo. Quando tiramos as coisas da casa dela, logo após o falecimento, eu levei o casal para meu apartamento. Tinha intenção de ficar com ele. Então, descobri a história do enfeite e resolvi entregar para o senhor.

— Muito obrigado, minha cara. Fico comovido por sua atitude. Será mais um item que juntarei à coleção de coisas de Helena.

— O senhor tem uma coleção de coisas da minha avó? — pergunto surpresa.

— Um instante que já venho. — Levanta-se, ágil para a idade. Começa a caminhar em direção ao corredor, que conduz ao interior da casa. Para. Volta-se para mim. — Você aceita um café, uma água?

— Aceito água, obrigada.

Oferece-me um sorriso cálido. A simpatia por esse homem cresce dentro de mim. Ele entra pelo corredor. Fico ali, olhando para o espaço vazio, sem entender muita coisa. Aquela visita estava pondo minhas convicções de ponta cabeça. Quase sinto Júlia apontando o dedo para mim a dizer: "Viu, sua antirromântica, não disse que existem almas gêmeas?". E realmente será que existiam? Almas gêmeas, eu não sei. Mas pessoas que conseguem se apaixonar apenas uma vez na vida parece possível. Antes uma vez do que nunca. Como é meu caso.

Abraço a bolsa. Por que toda vez que me deparo com uma parte da história entre vó Helena e Enrico Balistieri penso em minha vida amorosa? A vida que, neste momento, está de pernas para o ar. E que terei apenas poucos dias para decidir como terminará. Porque, claro, é questão de dias para João me pressionar em busca de uma resposta. Caso ou não caso? A pergunta abandonou meus pensamentos enquanto estive enfeitiçada pelo médico-arrasa-quarteirão, mas diante das confissões de Enrico Balistieri, ela resolveu me pôr contra a parede. O problema é que a resposta ainda é a mesma. Não tenho a mínima ideia!

— Aqui está, minha cara menina.

Enrico Balistieri surge, estendendo um copo cheio de água. Eu estremeço de susto. Para variar, estava afogada em meus pensamentos fora de hora.

— Desculpe por assustá-la. — Senta ao meu lado com um pequeno baú nas mãos.

— Não foi nada. Eu estava distraída. — Tomo a água num único gole. Coloco o copo na mesa em frente do sofá.

O baú é aberto. Consigo ver várias coisas lá dentro. Contudo, no ângulo em que estou é difícil identificá-las. Sento na beirada do sofá, projeto o corpo para frente. Então, vejo. Uma gargantilha dourada, com um pingente de coração. Uma foto cuja imagem está virada para o interior da caixa. Um cartão com a imagem de um casal se beijando. Um chumaço de... cabelos?! Encaro Enrico Balistieri. Estou espantada (pra caramba!).

— Minha avó que te deu essas coisas?

— Sim. Guardei todas as coisas que ganhei de Helena nessa pequena caixa. Os fios de cabelo foram a última lembrança que ela me deu. Foi num dia anterior à fuga que planejamos. Ela me disse que os fios representavam a promessa de que me seguiria para onde quer que eu fosse. Infelizmente, apenas seus lindos cabelos acabaram me seguindo para o Rio de Janeiro. E até aqui. — Sorri tristemente. — Helena gostava de acumular símbolos para representar o relacionamento que tínhamos. A correntinha com o coração, ela me dizia, era seu coração preso a mim através de um laço que jamais seria quebrado. O cartão dos apaixonados foi o símbolo de nosso primeiro beijo. Lembro-me de terminar o beijo que tanto ansiei, e Helena me olhar, sorridente, dizendo que precisava comprar algo que a lembrasse para sempre daquele momento. Entramos num bazar, e ela comprou o cartão. E escreveu: "Para Enrico, o homem que me ofereceu um passeio às estrelas quando me beijou pela primeira vez". — Entrega-me o cartão. É exatamente isso que está escrito nele. Na letra redondinha de minha amada vó Helena.

— E a foto? — pergunto, comovida, pensando na Helena romântica.

— Foi tirada por um fotógrafo quando saíamos de uma matinê no Cine Ritz. — Entrega-me uma foto na qual dois namorados sorriem, como se toda a felicidade do mundo estivesse em seus olhos. Vó Helena e Enrico Balistieri... Junior?

A minha querida amiga tremedeira faz a foto cair no chão. Ajo rápido para recuperá-la. Olho mais uma vez a foto. É como se eu estivesse diante de Enrico de topete à la Elvis Presley e jaqueta de couro. A semelhança é impressionante. Sem dúvida, vó Helena não teve como evitar se apaixonar por Enrico Balistieri. E parece que vou pelo mesmo caminho... Não, obviamente não deixarei esse tipo de pensamento florescer no meu cérebro.

Entrego a foto. Abro a bolsa, nervosa. Tiro a carta. Coloco-a nas mãos do idoso.

— Isso pertence ao senhor, também.

Ele pega a carta, primeiro. Abre. Olha para mim, sobrancelhas erguidas.

— Leia, por favor. O senhor entenderá tudo.

Quero dar privacidade a Enrico Balistieri. Levanto e caminho até uma das janelas. A paisagem lá fora me encanta. Engraçado. Para onde foi meu horror pelo campo? Só consigo sentir a brisa suave, cheirando a terra, invadir minhas narinas. O céu azul, sem nuvens, atrair meus olhos. E o sentimento de fazer parte de algo especial espalhar-se por meu interior. Queria ficar, ali, perdida nas sensações. Esquecida de tudo e qualquer coisa que não fosse o amor compartilhado por vó Helena e Enrico, cinco décadas atrás. Fecho os olhos por alguns instantes. Uma paz imensa escorrega para dentro de mim. Então, um soluço me arranca a sensação agradável. Volto para perto de Enrico Balistieri.

— Tudo bem com o senhor? — Sento-me novamente.

— Por que essa carta não chegou às minhas mãos antes? — Encara-me com os olhos molhados.

— Vó Helena tentou entregar antes. Uns seis meses após a fuga que vocês planejaram, ela procurou seu pai. Eles tiveram uma conversa. Mas quando minha vó voltou com essa carta, não encontrou mais a barraca de vocês no mercado municipal. Seu pai havia morrido...

— Meu pai morreu de um infarto fulminante. Fiquei sabendo disso um mês depois. Ele foi enterrado como indigente. — Olha para cima, lutando contra as lágrimas. Mira-me, em seguida. — Ela acreditou que eu a odiava? E que era a culpada pelo desfecho da história que vivemos?

— Sim, seu Enrico. Pela carta, parece que sim. Ela nunca contou para ninguém sobre o relacionamento que vocês tiveram. Apenas minha tia Amora sabia. Foi ela quem me contou, inclusive, a história de como vocês se conheceram. A carta só chegou até mim porque vó Helena a deixou numa caixa, em seu guarda-roupa, junto com outra carta me pedindo que eu procurasse o senhor e fizesse, finalmente, esse pedido de perdão chegar a seu destino. Esse foi o último desejo de minha avó. O desejo que, realizado, permitiria que ela descansasse em paz.

Enrico Balistieri anda em direção à porta. Eu o sigo. Ele para na varanda. Deixa os olhos perdidos na paisagem, assim como eu fiz há pouco. E fala, de repente:

— Eu me lembro da primeira vez em que vi minha doce Helena como se tivesse acontecido poucas horas atrás. Ela usava um vestido creme fechado até o pescoço. Saia rodada. Sapatinho preto brilhante. Era a moça mais linda que já conheci. Os cabelos loiros de Helena caíam retos pelas costas. Os olhos dela eram de um castanho intenso, me faziam pensar nas folhas das árvores no outono. E a boca era cheia. Mas não foi a beleza que me fez apaixonar-me perdidamente por ela. — Faz uma pausa. Os olhos rasos de lágrimas contidas. — Foi seu sorriso travesso. O sorriso que ela me dava quando acreditava que eu não podia vê-la. Sua impetuosidade e generosidade também. Helena era movida por uma energia contagiante, vivaz. E sempre tinha uma palavra amiga para as pessoas com quem encontrávamos. — Encosta a carta no peito. — Tínhamos tantos planos para o futuro. Casamento, carreira, uma volta ao mundo.

— Volta ao mundo? — De repente, minha curiosidade é atiçada. Vó Helena nunca comentou comigo sobre o desejo de conhecer outros países. Na verdade, não se mostrava interessada em nenhum tipo de viagem. À exceção, os passeios à casa de tia Amora. Ou as viagens que deveria fazer ao admirar seus quadros.

— Sim. Combinamos que tão logo eu me formasse na faculdade e tivesse uma boa clientela, nós faríamos uma viagem para conhecer vários países ao redor do globo. O primeiro deles seria minha terra natal, a Itália. Helena era fascinada pelas memórias que eu tinha de lá. Da minha Angiari. Uma pequena comuna na província de Verona.

— Onde se passa a história de Romeu e Julieta, de Shakespeare... — sussurro para mim mesma.

— Foi de lá que vim, aos 10 anos de idade, com meu pai e minha mãe. Todavia, mamãe não resistiu à viagem de navio. Pegou uma gripe que se transformou em pneumonia. Morreu tão logo aportamos no Brasil. — Faz um pequeno trejeito com os lábios. A carta continua presa contra o peito. — Helena adorava ouvir as histórias que eu contava sobre mamãe. Ela me fazia repetir, todas as vezes em que nos víamos, a frase preferida de mamãe: *Bambino, prende la testa della luna.*

— Qual é a tradução? — Adoro a língua italiana. Acho forte, musical. Mas dessa frase sei apenas que "bambino" significa "menino". E, bem... "luna" só pode significar "lua", não é?

— "Moleque, tira a cabeça da lua" — Enrico traduz com um sorriso no canto dos lábios. — Eu era um garoto imaginativo, sonhador. E ambicioso. Mamãe enxergou isso antes que eu mesmo pudesse fazê-lo. Helena também enxergou. Ela costumava me dizer que se eu não fosse cuidadoso, terminaria por conquistar o mundo. E eu fazia-lhe meu galanteio favorito. Dizia que estava muito feliz por ter conseguido conquistá-la. Que ela era todo o mundo do qual precisava. — Suspira pesaroso. — De todos nossos sonhos, só pude realizar um. Mas sozinho. A compra desta fazenda. Gostávamos de falar que algum dia nos transformaríamos em fazendeiros. Os filmes do velho oeste aos quais assistíamos quase todo domingo nas matinês nos contaminavam. Passávamos um grande momento, após os filmes, discutindo como seria nossa fazenda. Teria uma casa arejada, um pomar e pasto vastos. E um lago com uma pequena ponte. Quando Adolfo me contou sobre esta propriedade, que era de um cliente dele, e eu vi as fotos, lembrei-me do sonho de Helena. Comprei a fazenda na mesma semana. No mês seguinte, vendi minha parte na sociedade a Adolfo. E a fazenda Santa Clara virou Fazenda Helena.

A cada novo detalhe que Enrico Balistieri acrescenta à sua história, sinto uma apunhalada no peito. Tenho a impressão de que a presença de vó Helena foi a sombra na vida dele, assim como a presença dele foi a sombra na vida de minha avó. Chego a uma conclusão: algumas pessoas ou alguns eventos são insuperáveis. Por mais poderoso que seja o tempo, até ele mesmo, às vezes, falha.

— Muito obrigado, Anabel, por vir até aqui me entregar lembranças tão preciosas do meu passado. Dolorosas, sim. Muito. Mas são tesouros preciosos que trazem à minha memória momentos felizes e verdadeiros. — Segura minhas mãos e deposita um beijo carinhoso nelas. — Você herdou de sua avó a personalidade generosa. E audaz. Isso me traz grande felicidade, minha jovem. Gosto de saber que minha doce Helena vive em seu espírito.

As palavras somem de minha cabeça. Fica apenas a vontade de abraçar aquele homem sofrido, mas cheio de uma energia surpreendente. E não resisto a ela. Jogo-me nos braços do pai de Enrico. Ele retribui o abraço e fala, com a voz embargada:

— Eu jamais deixei de amar Helena. Como eu queria acreditar nas palavras que ela diz nesta carta. Que ainda viveremos nosso amor sob o olhar de Deus.

Aperto-o mais forte enquanto novas lágrimas surgem. Aquela missão, eu não tenho mais dúvida, foi o acontecimento mais forte pelo qual passei em minha vida. Trará transformações para o meu interior? Não sei responder. Ainda não. Quero apenas, por enquanto, me concentrar na gratidão que brota de todas as direções dentro de mim.

Enrico Balistieri me afasta com delicadeza. Limpa suas próprias lágrimas. Dobra a carta com cuidado. Sorri para mim.

— Meu filho está mesmo num quarto de hotel na cidade?

— Sim. Está me esperando. Ele me acompanhou, num gesto supergentil, para que eu não viesse sozinha. Acabou até dormindo no meu carro, coitado. É que o hotel estava lotado ontem. Foi um fofo.

— É um brilho apaixonado que vejo em seus olhos, pequena Anabel?

Certo. Meu rosto é uma beterraba grande e da melhor qualidade neste momento. Mais uma vez, o espelho é desnecessário para que eu comprove isso. A quentura diz tudo.

— Eu tenho um namorado, seu Enrico. Estamos até mesmo falando em casamento.

— A minha história com a sua avó não lhe provou que uma decisão errada pode render frutos amargos para o resto da vida? — Arqueia a sobrancelha.

— Eu preciso ir. Já passa da hora do almoço. Seu filho está me esperando. Temos que voltar os quatrocentos quilômetros que nos trouxeram aqui. — Entro na sala para pegar minha bolsa sobre o sofá. No entanto, me sinto uma covarde. Pela primeira vez na vida, sei que estou descaradamente fugindo de enfrentar uma situação.

— Não queria te constranger, minha cara. Desculpe-me. — Aproxima-se. — Você não aceita almoçar comigo?

— Eu preciso mesmo ir, seu Enrico. — Olho para ele. De repente, sinto vontade de fazer uma última tentativa de uni-lo ao filho. — O senhor não quer vir comigo até o hotel?

— Eu desejo reencontrar meu filho, Anabel. É claro que eu sonho com isso. Penso nele todos os dias, se você quer saber. E tudo que estou construindo no final da minha vida é para deixar um futuro garantido a ele. Todavia, o encontro não pode ser assim. Não quero aparecer sem a permissão dele. Você me entende? Em 27 anos, eu não o procurei. Não posso surgir em sua frente como se sempre estivesse ao seu lado. Eu quero que ele esteja preparado. Eu quero que ele me aceite... — hesita. — Quem sabe você não possa fazer essa ponte entre nós? Assumir o papel de intermediadora.

— E-eu não sei... Enrico está tão relutante. Ele está muito ferido. As mágoas que ele carrega são imensas. Ele mal quer conversar sobre o senhor. Desculpe...

— Está tudo bem, minha cara menina. Eu compreendo. Eu quem procurei por isso, não é? Não está no meu direito contestar as razões de meu filho. Os médicos afirmam que eu tenho a saúde de um touro. Pode ser que o touro aqui ainda resista alguns anos... até que Enrico aceite escutar meu pedido de perdão.

O sorriso é inevitável, apesar da tristeza que ronda meu coração. Noto, então, a solidão espelhada nos olhos de Enrico Balistieri. E minha promessa quebra o silêncio repentino:

— Eu voltarei para outra visita. Mesmo que não seja em companhia de seu filho, eu voltarei. Sinto-me ligada ao senhor por causa da minha amada vó Helena. Nós duas tivemos uma relação de mãe e filha, sabe? E depois de tudo que o senhor contou sobre ela, sobre vocês, tenho um carinho muito especial pelo senhor.

— As portas estarão abertas para você. Será um prazer te receber como minha hóspede. A casa é grande. E moro apenas com Mateus e o pai dele. Poderemos conversar com mais calma. Sobre assuntos mais alegres. Também mostrarei para você a fazenda. — Sorri carinhosamente. — Obrigado, minha menina. Não permita que o medo guie seus passos. Ele é um fantasma tenebroso, disposto a minar a felicidade a todo custo. — Passa o braço em volta de meus ombros. — Mas deixa-me parar de falar como um caduco. Senão, você não volta mais.

Saímos porta afora para o sol radiante do meio-dia.

Capítulo 23

"*Convencer Enrico a encontrar o pai. Ainda hoje.*", esses pensamentos não me abandonaram desde que deixei a Fazenda Helena. E continuam comigo enquanto abro a porta do carro, em frente ao hotel onde nos hospedamos. O impacto de toda a conversa com Enrico Balistieri me fez ter uma vontade alucinante de tentar, mais uma vez, convencer meu neurocirurgião (não que ele seja meu... enfim, é só um modo de falar) a dar uma chance ao pai. Não custa nada tentar de novo. Não quero ganhar um arrependimento GG por falta de tentativas. Melhor ganhar por excesso.

Passo, o mais serenamente que posso, pela pequena recepção. A senhora atrás do balcão precisa me ver, pelo menos uma vez, sendo a pessoa equilibrada que sou... na maior parte do tempo. Depois que chego às escadas, corro. Só paro na porta do quarto em que dividi com Enrico. Bato. Acho o certo a fazer. Em poucos segundos, Enrico abre. Meu coração escolhe o pior momento para anunciar um desfile de escola de samba. Mas é impossível não ter todas as sensações afloradas. É impossível não se lembrar da semelhança entre pai e filho. Ou o fato de que o Enrico Balistieri que vó Helena conheceu era idêntico a Enrico Jr..

— Aconteceu alguma coisa, querida? O que aquele homem fez para você? — Puxa-me. Começa a deslizar os braços em volta de mim, como se me revistasse. Acordo do transe doido no qual me meti.

— Seu pai não fez nada para mim, Enrico. Que ideia! — Entro no quarto. — Eu só estava te olhando, pensando na semelhança assustadora entre vocês dois.

— Pensei que você fosse me esperar no carro. Você pretende almoçar por aqui mesmo antes de irmos embora? — Ignora, de propósito, claro, o que acabei de falar.

— Enrico, eu quero conversar com você antes de irmos embora. — Sento na cama.

— Se for o tipo de conversa que eu imagino que seja, eu acho melhor você nem começar, Anabel. Não vamos brigar no final dessa viagem. — Fecha a porta e caminha até a pequena janela, ao lado da mesa.

— Não há motivo para brigarmos. Eu só quero contar como foi a conversa com seu pai e...

— Eu não quero saber. Só me interessa saber se você concluiu a missão maluca e se podemos pegar a estrada.

— Seu pai nunca quis se afastar de você, Enrico. — Terei que fazer isso na marra, não tem outro jeito. — Sua tia foi quem pediu que ele se afastasse. E depois ele ficou receoso de te procurar. Ele pensava que não podia ter filhos por causa de uma doença de infância. Então, sua mãe surgiu grávida. Seu pai pensou o pior dela. Típico pensamento machista. A primeira coisa que vem à cabeça de vocês homens é a traição. Você me entende? Foi tudo um imenso mal-entendido. Seu pai te ama. Ele pensa em você todos os dias...

Os ombros de Enrico sobem e descem como se ele tivesse dificuldade para respirar. O silêncio pesa entre nós. Então, olhos flamejantes me encaram.

— Chega, Anabel! Não quero ouvir mais nenhuma palavra. Vamos embora agora. — Pega no meu braço. — Eu concordei com toda essa maluquice porque você me prometeu não me envolver nela. E muito menos a minha família. Mas meia dúzia de palavras de um velho mau-caráter te fez esquecer o bom senso.

Desvencilho-me da mão forte. As palavras saem atropeladamente de minha boca:

— As pessoas erram, Enrico. Às vezes, os erros custam muito. Outras vezes, custam tudo. Errar é parte do que somos. Tanto quanto os acertos. Podemos errar por teimosia, é claro. Mas a maioria dos erros é resultado do que aprendemos de nossas experiências ou da falta delas, ao longo da vida. O maior problema, na minha opinião, não é errar. É não perdoar um erro. Você pode errar movido pela ignorância de não saber fazer diferente. Mas você só pode deixar de perdoar movido por uma escolha consciente.

Ele fixa os olhos nos meus, absorvendo as palavras.

— Sua teoria é bela, Anabel. Mas sua realidade foi outra. Você teve pai, mãe... uma família convencional. Além disso, nenhum erro que seu pai possa ter cometido contra você ou contra sua família mudou o rumo de toda a sua vida. Nenhum destruiu sua mãe. Ou a deixou apenas a sombra da verdadeira mulher que você desejou conhecer desde a infância.

Ele cerra os punhos contra o corpo. Sei que é um gesto instintivo. No entanto, é um gesto que diz tudo. Ele está fechado para uma possível reconciliação com o pai. Impotente, penso que posso passar horas contando sobre as coisas que Enrico Balistieri dividiu comigo, ou parindo filosofias floreadas, bancando um livro de autoajuda ambulante, porém, será inútil. A opinião de Enrico foi erigida cuidadosamente para que ninguém a mudasse.

— Vamos embora, Enrico. — Rendo-me. — Quero voltar para minha casa. A gente come pelo caminho. — Passo por ele. Procuro as escadas. Sem esperar resposta.

***

— Anabel... — Seja quem estiver me chamando vai esperar. Estou num sono delicioso. Há quanto tempo não durmo sem preocupação? Mais de um mês. Desde que a missão Helena-Enrico invadiu minha vida. Mas agora está tudo terminado. Não tem nada para perturbar meu sono. — Acorde, minha linda. Já chegamos.

A não ser a voz rouca de Enrico. E o toque carinhoso em meu rosto.

Arregalo os olhos. Estou no banco de passageiro de meu próprio carro. Viro a cabeça e me deparo com Enrico e seu meio sorriso fatal (para minha paz de espírito). Estou dormindo desde que saímos do restaurante na beira da estrada. Isso faz... quantas horas?

— Você dorme pesado, hum? Estou tentando te acordar faz um tempinho. Estava começando a acreditar que teria de usar o método dos contos de fadas.

— Hã? — Detesto quando os olhos de Enrico acendem da forma como fazem neste momento, porque meu raciocínio vira paçoca.

— Te acordar com um beijo — acrescenta sorridente.

Ignoro as novas moradoras de meu estômago, as borboletas, ignoro meu coração afogando-se em taquicardia, ignoro, também, a vontade sufocante de fechar os olhos novamente e fingir que ainda durmo, na tentativa de receber o tal beijo. Sento ereta no banco.

— Desculpe. Devo ter pegado no sono há horas.

— Há quatro horas para ser exato. — Parece ansioso. Agora que estou desperta consigo notar. Será que está arrependido por não tentar uma reconciliação com o pai? Eu fiz minha parte para aproximar pai e filho. Não deu certo. Paciência. Não posso obrigar ninguém a nada. Mais importante: não posso usar a desculpa de convencer Enrico a procurar o pai para continuar em contato com este neurocirurgião que deixa meus sentidos em polvorosa. Esta será a última vez que nos veremos. E o choro ridículo, preso em minha garganta, terá que aceitar a decisão.

— Bem... acho que já vou indo — falo, evitando olhá-lo. — Amanhã acordo às 5h30.

— Eu também acordo cedo.

O carro mergulha no silêncio. Aquele tipo de silêncio que é possível ouvir o estalar das coisas e o barulho do vento do lado de fora.

— Muito obrigada por toda a ajuda, Enrico. — Obrigo-me a quebrar o ambiente lúgubre. — E me desculpe pelo episódio no hotel antes de sairmos. Minha personalidade sai um pouco do controle, às vezes. — Tento sorrir, mas meus olhos tristes devem eclipsar a tentativa.

— Também peço desculpas por ter sido grosso com você. — Sorri, mas assim como acontece comigo, não existe alegria. Olha através do vidro dianteiro. — Houve um tempo em que eu acreditei que meu pai chegaria de surpresa. Isso acontecia, principalmente, no Natal. Eu me lembro de olhar para a mesa da ceia e pensar que a quarta cadeira vazia, na cabeceira, não estaria mais assim à meia-noite. Porque quando o relógio da cozinha indicasse esse horário, meu convidado especial chegaria. A campainha ia tocar. Eu diria para deixarem que eu abrisse. Então, correria para a porta e atrás dela estaria meu pai. Alto, como minha mãe o descrevia, mas com uma expressão terna. Ele me veria, abriria os braços e nos abraçaríamos. Eu diria: "Finalmente, você veio para o Natal". E ele responderia: "Desculpe, meu filho, eu estive ocupado nos outros natais. Mas, desta vez, eu vim para ficar". Passaríamos o melhor Natal de todos. A família reunida em volta da mesa, rindo, conversando, rodeada por pratos tradicionais, como nas famílias dos meus amigos — para de falar por alguns segundos. — Mas isso nunca aconteceu. O tempo passou. Meu pai não apareceu, não deu notícias. Fui crescendo e me acostumando a passar natais cada vez com menos significados. Até que um dia decidimos não comemorar mais a data. Minha mãe e minha tia acharam que era mesmo o melhor a fazer. Passamos a jantar às 8 horas e dormir às 10. Sem celebrações, sem abraços simbólicos, sem o sonho de ver meu pai entrar pela porta. Foi quando eu me libertei da necessidade de meu pai. Substituí as expectativas em relação a ele pela certeza de que eu venceria mesmo sendo filho de uma mãe solteira. E eu venci. Agora é tarde para meu pai aparecer. A porta foi trancada há muito tempo, Anabel.

As lágrimas, que viraram minhas melhores amigas nesta jornada, caem sem controle por meu rosto. A imagem de um garotinho de olhos azuis, olhando cheio de expectativa para a porta da entrada de sua casa, enquanto a mãe e a tia servem a ceia de Natal, gravou tão incisivamente em minha mente que tenho dificuldade de enxergar o homem crescido, olhando para o painel do carro na tentativa de esconder a dor.

— Existe sempre a possibilidade de destravar a porta, Enrico. Você pode não ser mais o garotinho que esperava com ansiedade a volta de seu pai no Natal. Mas é o homem que pode ir ao encontro dele e desfazer os mal-entendidos de quase uma vida. Pensa nisso.

— Talvez, Anabel, eu não queira desfazer nada. Eu não preciso desfazer nada para prosseguir com a vida que levo. Principalmente, não quero que minha mãe reviva o passado e tenha novo quadro depressivo. — Prende minha mão esquerda entre as suas. — Não quero voltar a discutir sobre aquele homem. Nem sei por que falei tudo isso.

— Porque você não tem esse assunto tão bem resolvido quanto acredita. E você está jogando pela janela a chance de resolver — acuso. — Você me disse durante a viagem que eu não mudo minha vida, porque uso a doença do meu irmão para me punir. Mas você está fazendo quase a mesma coisa. Está usando a doença de sua mãe como um subterfúgio para não acertar as coisas com seu pai.

— Parece que aquele homem usou mesmo todo o poder de sedução também com você. Você caiu na lábia dele direitinho, como todas as mulheres de quem ele se aproxima. — Arqueia a sobrancelha. Igualzinho ao pai.

— Você está falando das coisas que ouviu falar de Enrico Balistieri ou com base na mágoa que tem dele por causa da sua mãe. Não estou falando que seu pai é perfeito. Ele cometeu muitos erros. O problema, Enrico Junior, é que você é muito teimoso. Prefere se agarrar a seu rancor e aos preconceitos sobre seu pai do que verificar com seus próprios olhos a realidade. — Arranco minhas mãos das dele e cruzo os braços.

— Vamos brigar de novo, ruiva? — Ri. O tipo de risada que amolece meu coração já mole por natureza.

— Não. Eu não vou brigar com você. Quero me despedir com boas lembranças.

— Isso é um adeus, então. — Fica inesperadamente sério.

— É... eu acho que sim. — Minha garganta volta a travar por causa das lágrimas.

Um Enrico mudo pega a mochila no assoalho onde estão meus pés. No processo, seu braço esbarra em minha perna. Eu prendo a respiração ao mesmo tempo que sinto a perna esquentar num nível alarmante. A sensação me incomoda tanto que abro a porta e desço do carro. Puxo o ar com força para que entre nos dois pulmões uniformemente. Enrico aparece em minha frente. Ostenta a expressão que eu mais detesto: o controle trabalhado do médico.

— É isso, Anabel. Foi bom conhecer você. E fico feliz em ter podido ajudá-la. — Estende a mão para mim. Eu a encaro. Tenho que fazer apenas um gesto: apertar sua mão. Depois nos tornaremos dois desconhecidos novamente, seguindo caminhos que, provavelmente, não se cruzarão mais.

Levanto a mão direita. Olho para Enrico. Uma emoção, que não sei como definir, nos olhos azuis me impede de concluir a intenção. Então, todo meu corpo é perpassado por um tipo de energia que me impele a dar um passo a frente. Aproximo-me de Enrico, fico na ponta dos pés, puxo sua nuca e colo meus lábios aos dele. E a maior corrente elétrica que algum dia senti por um homem se torna um choque imperceptível perto do que sinto neste momento. Braços fortes envolvem-me, possessivamente, enquanto minha boca é aberta, sem delicadeza, pela língua de Enrico. Como se fôssemos um casal se reencontrando depois de anos, nosso beijo é desesperado. As línguas executam uma dança interminável, ritmada, mágica. Nosso entrosamento é tão bom, tão certo que tenho a impressão de já ter vivido isso uma dezena de vezes. O beijo, porém, vai morrendo aos poucos, ainda que estejamos empenhados em não terminá-lo nunca. Nossos lábios se separam com relutância. Meus pés plantam-se novamente no chão. Mas meus braços permanecem em volta das costas de Enrico. Assim como os dele permanecem em volta de mim. O famoso brilho nos olhos azuis, agora, vem acompanhado pelo mesmo desejo que faz meu coração trabalhar em dobro. Dou o melhor de mim para calar a voz da consciência gritando que eu acabo de fazer a coisa mais impulsiva e irresponsável da minha vida. Falho, contudo.

Solto Enrico e o empurro. Sei que meus olhos estão arregalados, de puro pavor.

— Eu traí o João — o pensamento sai por minha boca sem que eu consiga impedir. — Isso nunca aconteceu antes.

Enrico passa as mãos pelos cabelos. Parece tão nervoso quanto eu.

— A culpa foi minha. Eu passei dois dias de pura tortura para não te beijar. Então, você cola essa boca maravilhosa na minha e o controle, do qual eu tenho imenso orgulho, foi para o espaço.

— Acabou — falo, sem prestar muita atenção às palavras dele. De repente, tudo está claro dentro de mim. — Namoro de cinco anos, planos de casamento... João. A Júlia tem razão. Eu sou como qualquer outra mulher. Não posso continuar com essa farsa. Com esse relacionamento inventado por minha cabeça. Vou terminar com o João agora mesmo. — Começo a andar. Duas mãos agarram meu braço.

— Anabel, vá com calma. Não aja por impulso. Foi só um beijo. — Uma dor incomum aperta meu estômago. Ele percebe, pois acrescenta rápido: — Um beijo sensacional, que eu desejei quase desde a primeira vez que te vi, e que eu não me incomodaria em repetir pelo resto da noite. — Acaricia meu rosto, enquanto a outra mão ainda segura firme meu braço. — Só que não quero que você saia jogando tudo para o alto por causa disso.

— Eu não vou jogar tudo para o alto, Enrico. É apenas meu namoro. Eu não estou apaixonada por João.

Nunca estive. Mas pensei que isso não fosse importante. O fato é que não posso continuar me enganando e enganando João.

— Se você está certa disso, então, faça. — Cruza os braços depois de me largar. — Você sabe que tenho uma visão diferente da maioria das pessoas sobre relacionamento amoroso. Essa supervalorização do amor escancara as portas para problemas. Mas seu namorado é um babaca, isso sim. Aposto que não ligou uma única vez para saber se estava tudo bem com você durante a viagem.

— N-não ligou — gaguejo. A postura impassível de Enrico me intimida por alguns instantes. Mas o dever de defender João me refaz. — Ele está viajando também. Foi para casa dos pais em Minas Gerais. O celular dele vive sem crédito.

— Desculpas perfeitas. — Revira os olhos. — Se ele estivesse preocupado, daria um jeito, Anabel.

— Não posso jogar toda a culpa nas costas dele — desabafo. — Eu sou tão responsável pelo nosso relacionamento quanto João.

— Vá lá arrumar sua vida, então. — Coloca as mãos por baixo de meus cabelos e segura minha nuca. — Eu não vou te dizer adeus. — Encosta a testa na minha. Nossos olhares se encontram. — Mas um "até logo" eu posso te oferecer sem sacrifício, querida.

Os lábios de Enrico Junior tocam os meus suavemente, como imagino fazer uma borboleta ao pousar sobre uma delicada flor. Separa-se de mim. Eu luto para abrir meus olhos e voltar à realidade. Tantas coisas estão acontecendo dentro de mim. Uma revolução. Sinto-me de volta à adolescência diante de meu primeiro namorado. A diferença é que os sentimentos, dessa vez, são mais profundos. Novos. Assustadores. E, principalmente, Enrico não me propôs namoro.

— Obrigada. De novo, Enrico. Foi... maravilhoso te conhecer — acrescento e entro no carro, ao som da voz que se tornou tão familiar em minha vida.

— Não tanto quanto foi maravilhoso conhecer você, minha linda dos cabelos de fogo.

Capítulo 24

Dirijo pelas ruas de São Paulo, como se fosse conduzida por Charlie, não o contrário. Minha cabeça está a mil por hora. Meus lábios formigam, insistindo em não querer esquecer o beijo delicioso que Enrico e eu trocamos. Um beijo que, para ser honesta, não me lembro de ter sido tão bom com nenhum outro homem. Pedro vivia enganchando o aparelho em minha língua (ou era eu a desajeitada, que não sabia beijar um rapaz de aparelho nos dentes). Paulo era o apressadinho. Parecia acreditar que para um beijo ser bom era preciso colocar a língua na minha garganta. Eu tentava lhe explicar que não era necessário. Mas, ele dizia, com orgulho, que as garotas nunca haviam reclamado de seu jeito de beijar. O problema era comigo. Eu não sabia beijar e não queria aprender. Contra esses argumentos arrogantes, não existiam réplicas. Só o término. E foi o que eu fiz quando a aflição de beijá-lo tornou-se nojo.

E, então, veio João. O inexperiente. Numa de nossas raras confissões íntimas, ele me disse que eu era a segunda garota com quem ele ficava. Praticamente, a primeira. Porque a outra foi uma prima, e ela quis apenas uma coisa dele: sexo. A garota não se conformava em ser virgem aos 17 anos. Achava-se a "esquisita" da turma. Então, pediu para João lhe dar uma mãozinha (e o resto todo) e exterminar o tal (hímen) suplício. Homem, mesmo o mais distraído do mundo, jamais negaria um favor tão doce, negaria? E foi, assim, que João matou dois coelhos com uma paulada (literalmente) só. Tirou a virgindade da menina e perdeu a dele. O problema foi que essa experiência não o ensinou a beijar. Sobrou para a Anabel, aqui, ser a professora desta matéria. Mas não estou certa de que fiz um bom trabalho. O fato é que o beijo do João é... sem graça. Sem o fogo que senti no de Enrico. Ok, não dá para não comparar. É mais forte do que eu. Beijar João é quase como beijar um quiabo. Não que alguma vez na vida eu tenha feito isso. Porém, é assim que imagino. Uma baba fria. Que ultimamente ficou nojenta assim como aconteceu com Paulo.

Viro na Avenida Nazaré e avisto o Parque da Independência à minha direita. O *point* de meu namoro com João. Sinto-me duplamente traidora. Beijei outro homem. E estou humilhando mentalmente o namorado com quem fiquei por cinco anos. Cinco anos... Quem fica tanto tempo assim junto do mesmo cara hoje em dia? Devo ter atingido algum recorde no *Guiness Book* do namoro (se existisse um...). E agora estou prestes a deixar esta história longa para trás. Espero pelo sentimento de perda. De tristeza. De saudade. De fossa... Mas nenhum deles comparecem. Sinto apenas dor na consciência pelo desfecho desonesto que provoquei. Além da vontade de acabar logo com tudo, correr para o carro, chegar em casa, me jogar na cama e pensar sobre o "até logo" e os beijos de Enrico.

Puxo o freio de mão com o máximo de força que consigo. Estou em frente ao prédio onde mora João. Não menti para Enrico quando disse que terminaria o namoro hoje. João não costuma ficar até tarde na casa dos pais no domingo. Geralmente, ele volta após o almoço. Com certeza, está em casa. Não quis ligar do caminho, avisando-o que estava vindo, pois fiquei com medo de entregar minha traição. Eu resolvi omiti-la. É sádico contar tal coisa se vamos terminar. Já basta a resposta "não quero me casar e nem mais namorar você" que ele receberá de mim. João não é o mais sensível e romântico dos homens. Contudo, tem sentimentos. Sem contar o famoso "brio" masculino.

Fecho a porta de Charlie. Coloco a bolsa no ombro. Cumprimento o porteiro, um senhor que jamais encontrei sem um sorriso no rosto. Incrível. Acho que sentirei mais saudade deste porteiro do que de João.

— Vladimir, não precisa avisar o João, não. Quero fazer uma surpresa. — Pisco para ele.

— Eu não sei se ele está aí, senhorita Anabel. Bem, eu não tenho certeza. É que só vim agora para a portaria. Estava com meu filho doente no hospital. O Alfredo estava no meu lugar.

— Não tem problema. Se ele não estiver no apartamento, eu vou para casa. — Sorrio.

— A senhorita que sabe. — Alarga o sorriso.

Atravesso a pequena alameda de azaleias e rosas. Entro no *hall* e chamo o elevador. João mora no oitavo andar. Em geral, gosto de subir de escada. Para queimar a caloria dos doces que como quando nós dois saímos juntos. Mas vou abrir uma exceção hoje. A ansiedade está enfiando uma faca afiada em minhas pernas. O elevador chega. Entro. Aperto o andar no qual devo descer. Poucos segundos depois, a porta abre. Três passos e estou tocando a campainha do apartamento de João. Ouço um burburinho lá dentro. Franzo as sobrancelhas. Tem alguém com ele? Não me lembro de João algum dia ter trazido amigos aqui. Na verdade, meu (ex) namorado é o tipo de pessoa antissocial. Não porque quer.

Simplesmente porque é muito distraído para notar as pessoas à sua volta.

A porta abre e dou de cara com um João... mortalmente pálido? Será que ele desconfiou do motivo que me trouxe até aqui? *Não brinca que isso vai ser mais difícil do que imaginei?!*

— O que você está fazendo aqui, Anabel? — O João vai desmaiar? *Ai, meus deuses sádicos...*

— Eu vim falar com você sobre a gente e...

Inesperadamente. Como numa cena clichê de novela, surge uma mulher atrás de João. Uma loira tingida (e a tinta deve ser de marca barata, porque os cabelos dela estão o "ó"), da mesma altura que eu (estou medindo-a de cima a baixo. Então, tenho certeza do que estou falando), enrolada numa toalha azul. A toalha que lavei para João, logo após sua mudança.

— Quem é ela? — essa pergunta é desnecessária.

— Eu posso explicar, Anabel. — E a resposta de João é patética.

— Acho que a cena fala por si mesma, João. E a falta de roupas da moça, principalmente. — Viro as costas com a intenção de descer pela escada. É óbvio que eu não vou esperar o elevador chegar. Haja constrangimento diante dos vizinhos.

— Espera, Anabel! A gente precisa conversar.

— Não se humilhe tentando explicar alguma coisa, João. Eu vim até aqui para terminar mesmo com você. Mas é claro que eu não esperava ser recepcionada pela minha substituta.

— Terminar comigo? Mas... e nosso casamento?

Essa pergunta não merece uma resposta. Começo a descer, ainda mais rápido, as escadas. Estou arrependida. Se eu soubesse que João me perseguiria, eu encararia a espera do elevador. Pelo menos, teria o gosto de ver a porta fechar na cara dele.

— Para de correr, Anabel! Por favor, precisamos conversar. Existe uma explicação para tudo que você viu.

— A menos que você me diga que encontrou essa moça pendurada num *outdoor* da cidade, tentando encontrar o castelo do príncipe, e a trouxe para casa porque não achava a terra do nunca de onde ela saiu, assim como na estória do filme *Encantada* ao qual assisti com a minha priminha no ano passado, eu não acredito que exista uma explicação que não seja a óbvia.

— Você está falando coisas sem sentido.

O troféu da idiota do ano vai para... Anabel Dias da Silva. Alguém deve estar falando isso em algum lugar do mundo, neste instante exato. Eu, me sentindo com uma culpa do tamanho do Brasil, por causa de um beijo (não tão) inocente com Enrico. Enquanto João transava com sua amante! Detalhe: depois de me deixar numa seca ferrada de cinco meses!

— Hoje seria a última vez que eu trairia você.

Meus passos param instantaneamente. No meio do lance de escadas entre o quinto e o quarto andar. João cai sentado na escada, evitando uma queda maior sobre mim. Quase falo bem feito, como uma criança malcriada. Ele levanta-se rápido. Volta a falar antes que eu tenha a oportunidade de digerir melhor a informação que me deu.

— Eu tentei resistir às investidas da Laura por meses.

Laura? Mais essa. A mulher tem o nome que eu daria à minha filha. Se algum dia tivesse uma.

— Agora você vai bancar o macho indefeso colocando toda culpa nas costas dessa Laura?

— Claro que não, Anabel! A culpa é mais minha do que dela. Laura terminou com o namorado para ficar comigo.

— Mas você se esqueceu de terminar com a sua namorada para ficar com ela. Na verdade, você me pediu em casamento ao invés de pedir o término!

— Eu queria casar com você. Eu quero casar com você, quero dizer. Eu preciso casar com você, Anabel.

— Precisa?!

— Eu não posso terminar nossa história assim. E tenho certeza de que se a gente se casar, eu vou deixar para trás essa "paixonite" pela Laura.

— Você quer curar essa tal "paixonite" me usando? E meus sentimentos, João? Que se danem eles?

— Não. — Passa a mão pela cabeça. — Eu...

— Onde você a conheceu, João?

— Na escola. Ela é professora de culinária do Ensino Fundamental.

— Isso explica seu interesse pelo canal de culinária no dia em que vó Helena foi enterrada — falo comigo mesma.

— Ela é formada em Gastronomia. Dá aulas e pretende abrir um restaurante algum dia. E está vindo ao meu apartamento porque eu a estou ajudando no estudo da culinária russa nos finais de semana.

— E isso explica por que você sempre dava uma desculpa diferente para eu não vir até aqui.

— Eu... bem...

— Vi o que vocês estavam "estudando". — Faço as aspas com as mãos. — Quanto tempo, João? Quanto tempo vocês estão juntos?

— Anabel, é melhor não...

— Quanto tempo?— Fecho os olhos por alguns segundos. — Me fala.

— Seis meses... Ela disse que está apaixonada. Mas eu estou confuso, Anabel. Eu não quero perder você. — Tenta alcançar minha mão. Eu quase lhe dou um soco. Seguro-me. Também cometi meus erros, afinal. Penso no que devo falar.

— Você não está confuso, João. Você não quer perder o osso. Leia-se: *eu*. A situação está cômoda para você. Pensa: você precisa de conselhos, de alguém que topa seus programas chatos, e basta correr para minha casa. Você quer ter o melhor dos dois mundos: a loira tingida, como amante, e a ruiva pau pra toda obra, como terapeuta.

— Anabel, você está entendendo tudo errado. Para de correr que você vai cair nas escadas.

É claro, eu não paro. E, finalmente, o *hall* do prédio surge junto com João ao meu lado. Seguro a alça da bolsa para impedir minhas mãos de estapear esse homem. Controlo a vontade. Não, a língua.

— João, ACABOU. *The end*. Fim. Tem outro cara na jogada.

Vingança feminina (infantil)? Que seja! Mas adoraria que ele pensasse algo do tipo: "Não dei valor a ela e agora tem outro em meu lugar". Bem letra de música sertaneja. Brega. E lotada de dor de cotovelo.

— Quem é o cara? — Tenta, novamente, pegar na porcaria das minhas mãos. — Você sempre me pareceu toda certinha... Vocês estão juntos também?

Ah, pronto, deixei a situação pior!

— Não estou com ninguém, João. Só estou falando de um amigo, uma pessoa que conheci. Não rolou nada (só um beijo maravilhoso que você não precisa saber). Eu só quero que você entenda que nosso relacionamento termina por aqui. Vá viver sua vida com a loira. Vá ser feliz. Monte um restaurante, um boteco, um carrinho de cachorro-quente, mas me esqueça. Nosso namoro foi estranho do começo ao fim, João. Nunca amei você e você nunca me amou. Vamos ser sinceros. Ninguém está perdendo nada. Ao contrário, algum dia, chegaremos à conclusão de que ganhamos. No mínimo, respeito por nós mesmos. — Estendo a mão, não para esbofeteá-lo. A vontade desapareceu. — Obrigada pelos cinco anos (se isso fosse uma novela, os telespectadores jogariam tomate em suas tevês. Eu acho). O relacionamento com você me fez entender muitas coisas, no final.

João olha para minha mão. Olha para meu rosto. Pobrezinho, parece um cachorro desamparado. Logo, logo a loira-cabelo-de-três-cores-diferentes o consola. E quem sabe meu (quase ex) namorado consegue se apaixonar por ela.

— Desculpe, Anabel. Eu não queria que as coisas entre nós terminassem assim. — Finalmente, ele aperta minha mão. — Você tem razão. Eu nunca consegui amar você.

Uma dor forte sobe por meu peito. Não devido à revelação (óbvia) de João. Apenas porque eu nunca fiquei com um homem que tenha conseguido me amar. Ou que eu tenha conseguido amar. De repente, atentar para esse fato machuca demais.

— Adeus, João. Boa sorte.

— Idem.

Deixo o *hall*. Caminho rápido até o portão. Entrego meu melhor para que o último sorriso para Vladimir saia alegre. Entretanto, nem o meu, nem o dele demonstram felicidade. Sabemos que essa frenética São Paulo não deixa espaço para se criar laços de amizade com pessoas que não estão na rota de nosso cotidiano.

Sento com as mãos presas na direção. Como será minha vida daqui para frente? Sem namorado. Sem perspectivas de arranjar um... O "até logo" de Enrico volta a martelar minha cabeça. Namorada de Enrico Balistieri Jr.? E se isso acontecesse... Fecho os olhos (tenho plena consciência de que fiz isso dessa vez). Imagino os braços fortes em volta de mim, o aroma amadeirado, o peito rígido contra meus seios, o sabor de seu beijo... Ter isso todos os dias (está bem, posso fazer uma concessão, aceito apenas nos finais de semana)... Eu seria uma mulher feliz. Feliz e apaixonada. Apaixonada?

Liga o som e encara a realidade, Anabel. Você não pode se apaixonar por alguém que tem um cérebro no lugar do coração. É sair de uma relação ruim para cair numa bem pior.

E começa a tocar *Love of my life*. Ah, a Lei de Murphy me ama!

Capítulo 25

J úlia prometeu passar em casa daqui a pouco. A visita de minha amiga é além de bem-vinda. É o evento que quebrará o tédio de meus domingos depois de quatro semanas.

Quatro semanas.

É o tempo que se passou desde que a missão Helena-Enrico Balistieri foi concluída, eu beijei Enrico e peguei João com a boca na botija. Em cada um desses 30 dias, metade de mim esteve mergulhada na segurança da rotina antiga. A outra metade, na expectativa de uma guinada cinematográfica de meus dias. Por exemplo, tornar-me namorada do neurocirurgião dono de um beijo espetacular.

Enrico não apareceu na Ramalho, não ligou, não mandou *e-mail*, SMS ou sinal de fumaça. Na verdade, ele sumiu na fumaça. Eu abri a agenda do celular tantas vezes para acessar o número dele que não me admiraria se o aparelho começasse a mostrar essa informação sem a ajuda de meus dedos. Mas não cheguei a fazer nenhuma ligação. O bom senso prevaleceu em todas as vezes. Não quero ser mais uma da (quase certa) coleção de fãs de Enrico Balistieri Jr.. Uma Paula da vida. Ou uma das mulheres (estou quase certa também sobre serem mulheres) que deixavam mensagens inconvenientes em seu Facebook. Todas correndo atrás do médico bonitão. Já pensou: Anabel Dias da Silva vai de mulher avessa a explosões emocionais a uma implorando para um homem ficar com ela? Isso não resulta numa frase de efeito. Na real, resulta em calafrios por todo meu corpo.

Claro, eu havia chegado à conclusão de que precisava fazer algumas mudanças em minha vida. Entretanto, esse tipo de mudança dispenso. Algum dia as lembranças de brilhantes olhos azuis devastando meu rosto, meu corpo e meu coração desaparecerão. Assim como a sensação do toque carinhoso, o som das gargalhadas roucas e o sabor do beijo. O tempo não vai falhar em apagar essas memórias. Não será como no caso de vó Helena e Enrico Balistieri. Mesmo porque eles ficaram juntos por dois anos. Enrico e eu, somando todos os encontros, 50-52 horas (não que eu tenha anotado, imagine?!).

Abraço as pernas sobre o sofá. Os canais se intercalam, numa velocidade impressionante, à minha frente. Estou mudando de um para outro desde o momento em que minha mãe saiu da sala para fazer hidratação dos cabelos no banheiro. A tevê é uma bosta de domingo! *A tevê é uma bosta quase sempre.* A voz profunda de Enrico responde ao lamento em minha cabeça. Fecho os olhos. Parece que posso sentir seu perfume envolvendo-me por inteira.

Ah, santo protetor das mulheres necessitadas, que saudade desse homem!

Troco os canais com o dobro da impaciência, como se quisesse punir o controle remoto (que não está lá essas coisas devido às várias quedas) pelo sentimento de perda a atormentar tudo por dentro.

— Anabel, pare de mudar os canais assim. Vai acabar pifando o receptor da tevê por assinatura.

Minha mãe me assusta com sua entrada "triunfal". Sento-me ereta à espera do dicionário etimológico de reprimendas. Ela senta-se ao meu lado. Eu paro num canal qualquer. Então, ouço:

— A programação da tevê é um horror no domingo, eu até entendo sua agonia. Mas daqui a vinte minutos vai passar um filme que você vai gostar de assistir. Vi ontem pelo guia de programação.

— Qual é? — pergunto, tentando assimilar a nova mulher que há um mês divide corpo com minha mãe e sempre surge inesperadamente.

— *O Cisne Negro*.

— Eu já assisti três vezes, mãe.

— Bem... Só pensei que você ia gostar de assistir comigo. Eu ainda não assisti. Que tal se eu fizer uma pipoca antes do filme começar?

— Tudo bem. Eu assisto de novo. Eu posso tentar decorar as falas desta vez. É sempre útil saber falas de filmes. — Dou uma risada forçada, até para meus ouvidos. As tentativas de dona Haidê de ser uma mãe amiga estão me deixando um pouco nervosa. É tão não minha velha mãe que não sei direito como agir. Uma pessoa de fora pode pensar, com razão, que sou louca. Primeiro, sonho em criar um laço estreito com ela. Então, quando o tão esperado sonho tem a possibilidade de se tornar realidade, eu me assusto e quase desejo que minha mãe banque a mulher implicante 100% do tempo em que está perto de mim.

— Amora ligou para mim na sexta-feira. Ela queria falar com você, mas seu celular só tocava.

— Ah, ela me disse. Liguei para ela quando vi as chamadas no celular. Eu estava ocupada numa reunião com seu Nilton. — Encaramos a tevê. Tensas. Sardinhas em lata respirariam com mais facilidade. Minha respiração chega até a traqueia e faz o caminho inverso.

— E o que ela queria?

Demoro alguns segundos para responder. Ainda não estou certa se minha mãe no papel da mais nova melhor amiga vai dar certo. Mordo o lábio inferior. Ela parece estar sinceramente se esforçando para mudar o tratamento comigo. Para nos tornarmos mais próximas. Então, o mínimo que posso fazer, talvez, seja engolir o sentimento de estranheza e retribuir.

— Ela queria saber se eu entreguei a carta para Enrico Balistieri.

— Tinha certeza de que era isso... — E por que pergunta? *Anabel*... — Ainda custo a acreditar que você viajou quatrocentos quilômetros para entregar uma carta de amor de sua avó para um homem com quem ela namorou na juventude. — Tira o controle de minha mão.

— Era importante para vó Helena, mãe. Eu te contei toda história, você sabe.

— Eu sei é que foi sorte você ter conseguido conversar com o fazendeiro. Um dono de fazenda tão rico quanto você me contou que ele é se importando com um caso da juventude? — bufa.

— Mas se importou, mãe. Ele ainda ama minha avó. — Sinto-me emocionada, mesmo após todos esses dias, quando penso no encontro com Enrico Balistieri.

— Ama o quê, Anabel?! Você acha que um advogado cheio de dinheiro ainda se lembra de uma moça pobre de São Paulo? Se gostasse tanto assim dela, ele teria voltado depois de fazer fortuna, arrancado minha mãe da pobreza e dado uma vida de princesa para ela.

— As coisas não são simples assim, não é mesmo? A vó se casou e teve filhos. Ela não ia jogar tudo para o alto e seguir Enrico Balistieri como se não houvesse amanhã.

— Se eu fosse ela teria feito. Quem me dera ter um homem rico apaixonado por mim. Já teria saído dessa vida miserável.

Eu não duvido... Porém, a única pessoa de estômago forte para aguentar minha mãe é a Carla, que está mais para parasita do que hospedeiro.

— Que exagero, mãe! Não temos uma vida miserável. A gente tem emprego, casa própria, carro e móveis de boa qualidade. — Ok, adoro jogar na cara dela os móveis que saíram do meu bolso.

— Não estou falando do básico, Anabel. Estou falando do padrão de vida luxuoso que jamais vamos ter. Viagens, restaurantes caros, joias, coquetéis de lançamentos de grifes famosas, um *closet* apenas para os sapatos. — Os dedos dela têm vida própria enquanto ela enumera coisas sobre as quais eu nunca perdi dois minutos pensando.

— Você sabe que eu não ligo para essas coisas. Para mim, isso tudo é cercado de tanta falsidade que não vale a pena nem experimentar por um dia.

— Não me admira que o tal médico não tenha te ligado até hoje. Um homem com grana não gostaria de ter uma mulher simplória como você ao lado dele. — Olha criticamente para mim.

Maldita, maldita e maldita hora em que falei para dona Haidê sobre Enrico Balistieri Jr.! Maldita língua que não cabe dentro de minha maldita boca!

— O filme vai começar. Você não ia fazer a pipoca?

— Me esqueci do filme. Essa conversa me estressou. — Levanta abruptamente.

— Ah, que bom que não foi apenas comigo! — Quase mostro a língua. Como pude cogitar a possibilidade de me tornar *Best Friends Forever* de minha mãe?!

O pior não é isso. O pior é ela me fazer refletir se tem razão ou não. Será que Enrico desapareceu por que me considera uma mulher muito simples, sem traquejo social, cheia de gafes e malvestida? A possibilidade, pensando friamente, que minha mãe esteja certa é imensa. Uma vergonha incômoda ameaça dinamitar a sensação de cumplicidade que guardei de tudo que vivi com ele. A campainha me arranca dos pensamentos nebulosos nos quais eu estava me jogando.

Só Júlia para me animar depois da conversa pesada com minha mãe.

Abro a porta. Não é Júlia que encontro, contudo.

— Oi, Tati! — Tatiana é a nova namorada de Alan. Eles se conheceram há pouco menos de um mês. É uma linda história. Daqui a pouco eu conto tudo.

— Oi, Bel! — Aproxima-se de mim e me cumprimenta com um beijo no rosto. — Tudo bem? Alan falou que você pegou uma gripe forte.

— Nem me fale! Tive até febre alta. No trabalho, todo o pessoal correu de mim por uma semana, dizendo que eu estava com H1N1. Agora estou bem, obrigada. Mas entra. — Fico de lado para Tatiana passar por mim. — Alan está no quarto tocando para...

— ... não variar — Tati completa. Nós duas rimos.

Minha mãe volta da cozinha com uma tigela de pipoca nas mãos.

— Oi, dona Haidê. Como vai a senhora?

— Olá, Tatiana. Tudo bem. Aceita pipoca?

— Não, obrigada. Acabei de almoçar.

— Mãe, avisa o Alan que a Tati está aqui — peço ao fechar a porta.

— Por que você não pode fazer isso? O filme está começando. — Minha mãe escolhe este momento para NÃO representar a personalidade de mãe amiga e me matar de constrangimento na frente da visita. — Só pedi porque você estava parada perto do corredor, mãe. Não custava dar um grito.

— Não se preocupem. Eu posso ir até lá, se não tiver problema... — Tatiana interrompe a troca de olhares ferozes entre mim e minha mãe com toda educação e delicadeza que me fez gostar dela a partir do primeiro instante em que fomos apresentadas.

— Estou aqui. — Meu irmão surge no corredor. Olhos fixos em sua querida namorada. Eles brilham de uma forma que um poeta assistindo à cena poderia descrever como "o brilho de cem sóis". Eu, menos talentosa (e mais prática), digo que Alan está de quatro por Tatiana.

Meu irmãozinho, apaixonado! Quem diria... Só falta eu agora... E, bem... voltemos à cena poética.

Alan atravessa a sala, no ritmo que lhe é particular, e encontra os lábios sorridentes de Tatiana. Passa o braço pela cintura da garota e anuncia:

— Vamos ao cinema.

— De ônibus? — A preocupação é mais forte do que eu. Até que tento evitar...

— Não. Eu vim de carro. Meu pai me emprestou. — Tatiana sorri para mim. Mal me conhece e já sabe das minhas crises em relação a Alan.

— Que pai bonzinho você tem... — fala dona Haidê enquanto joga uma pipoca na boca e se espalha no sofá para assistir ao filme.

— Tenho um superpai, dona Haidê. Minha mãe diz que ele me mima demais porque sou filha única.

— Sorte a sua. Não precisa dividir nada com ninguém.

Lá vem minha adorada mãe soltando suas pérolas. É melhor eu despachar os dois para o cinema.

— Vão se divertir, então, meninos. E juízo, hein?

— Pode deixar. — Tatiana sorri, meio acanhada, e nos despedimos com um beijo.

Os dois saem. Ficamos apenas minha mãe e eu diante de um filme que não vai me despertar nada além de *déjà vu*. E Julia que não chega...

— Não vai assistir comigo? — Minha mãe olha para trás. Estou parada perto da porta.

— Estou indo. Só vou beber um copo de água — *e enrolar bastante na cozinha,* sussurro para mim mesma.

Entro na cozinha. Coloco o copo embaixo do purificador de água. Resolvo pensar em algo animador. Como o relacionamento de Alan e Tatiana.

Alan conheceu Tatiana no conservatório, dois dias depois do fim da aventura Enrico Balistieri/Enrico Balistieri Jr.. Eu havia acabado de chegar do trabalho. Preparava-me para tomar banho. Alan irrompeu no meu quarto, como se estivesse participando do clipe *Firework* de Katy Perry. Só faltaram os fogos de artifício voando de seu peito. Mas o entusiasmo foi um substituto à altura. Nem esperou que eu perguntasse o que havia acontecido. Foi logo contando que havia conhecido a menina mais gata, inteligente e carinhosa de toda a vida dele. Fiquei muito (muito mesmo!) surpresa com a confissão de meu irmão. Até aquele momento nunca havia pensando em "Alan e garotas" numa mesma frase. Não porque eu acreditasse num desinteresse de Alan por mulheres. O problema mesmo é que, no fundo, ainda pensava em meu irmão como o menino do qual eu trocava fraldas. Sem muitas pausas para respirar, ele me contou que ela se chamava Tatiana, tinha 19 anos, estudava fotografia e morava na zona oeste. O encontro entre eles foi muito fofo. Alan está ensaiando para o recital que participará daqui a duas semanas. Ele tocará algumas das músicas que compôs (muito orgulho do meu irmão!). Outros alunos também se apresentarão. Cada um na sua especialidade: canto, violão, violino. E o ensaio está acontecendo um dia sim, outro não. Num desses ensaios, Alan estava sozinho numa sala. Tatiana estava acompanhada do pai, também fotógrafo, visitando o conservatório. Os dois fechavam contrato para fotografar a apresentação. No meio da conversa com a diretora, Tatiana encantou-se com o som que saía da sala ao lado. Perguntou para a mulher quem estava tocando. A diretora disse a Tatiana que ela poderia ir até lá, se quisesse, e ver com seus próprios olhos. A garota pediu licença ao pai e se dirigiu ao local onde meu irmão entregava seu corpo e sua alma à melodia. Parada à porta da sala, Tatiana não se mexeu enquanto Alan não terminou a canção. Então, ao final, ela bateu palmas, chamando a atenção de meu irmão. Os dois olharam-se por intermináveis segundos, disse-me Alan, então, Tatiana caminhou até o piano, estendeu a mão e se apresentou. Alan levantou, vacilando por alguns segundos, pensando na paralisia, pensando que Tatiana poderia dar meia volta ou olhá-lo cheia de piedade. Porém, ela sorriu e falou: "Uma pessoa com um talento como o seu só poderia ter nascido especial". Eles se beijaram no dia seguinte. E se viram em todos os outros até agora.

Coloco o copo dentro da pia. Estou muito feliz pelas mudanças na vida de Alan. Sinceramente feliz. As preocupações ainda são muitas sobre a saúde dele. Mas elas já não me sufocam (ou sufocam Alan) como antigamente. Parte disso, devo às palavras profissionais e amigas de Enrico. Resta apenas resolver minha própria vida.

Tive um progresso e um retrocesso quanto a isso. Tomei coragem e falei para seu Nilton que não estava feliz realizando atividades "domésticas" dentro do escritório. E que essas atividades atrapalhavam o andamento de meu trabalho como secretária. Falei com tato, óbvio. Dando a entender que o cargo de babá (não mencionei exatamente assim, tenho amor a meu emprego) poderia trazer prejuízo à empresa, pois outras tarefas mais importantes ficavam paradas. Ou, então, eu era obrigada a permanecer no escritório até mais tarde, terminando exausta e doente (como aconteceu na semana passada). Seu Nilton foi um fofo... por cinco dias. Passou esse tempo pedindo os "favores" para Eloísa. E a antipatia da garota por mim se transformou em ódio. Tive medo de encontrar, no banheiro, algum daqueles dias, um sapo, boca costurada, em cujo interior tivesse um papel com meu nome. No final, seu Nilton mandou o lado solidário em férias para Polinésia Francesa e exigiu que eu voltasse a ocupar meu cargo mais importante: o de babá, claro.

A campainha toca. Finalmente (e não é possível que não seja), é Júlia, que me salvará de minha mãe e de mim mesma.

— A campainha está tocando, Anabel!

É, parece que dona Haidê abandonou de vez a dupla personalidade por hoje.

Corro até a porta de entrada. Abro. Júlia, linda, loira e cheirosa, está me esperando com um sorriso e várias... sacolas?!

— Olá, amiga... péssima — Júlia completa a frase depois de me olhar de cima a baixo. A calça do pijama, desbotada, que não tiro desde ontem, deve explicar a cara de choque — Cara, você parece uma convidada que acabou de sair de uma festa do pijama que premiava o pijama "peça de museu"!

— Obrigada. — Escancaro a porta. Ela entra, me dá um beijo rápido e vai cumprimentar minha mãe. — Você está deslumbrante como sempre. E que sacolas são essas? Passou no *shopping* antes de vir para cá?

— Oi, Haidê. — Dá um beijo no rosto de minha mãe, que não se dá ao trabalho de tirar o olho do filme ou responder. — Mais ou menos. Você vai saber daqui a pouco. Vamos para o seu quarto?

— Vamos. — Engancho o braço no de Júlia. Caminhamos sorridentes pelo corredor. A desculpa perfeita para não ser obrigada a assistir ao filme com minha mãe, afinal.

Entramos no quarto. Tranco a porta. Jogo-me na cama.

— Você me livrou da situação mais surreal que já me aconteceu?

— Que situação? — Senta, elegantemente, na cama, encostando as costas na parede.

— Assistir a um filme com minha mãe.

— Ela continua determinada em ganhar o prêmio da mãe do ano? — Ajeita as sacolas, no chão, ao lado da cama.

— Não tem graça, Ju. Não sei o que fazer com essa bipolaridade de Haidê Dias da Silva. — Suspiro.

— Não faça nada, oras. Aproveite o lado bom e ignore o lado ruim.

— Falar é fácil...

— O seu problema, Anabel, é que você só pensa. O dia em que aprender a curtir mais vai ver metade de suas crises rolar ladeira abaixo e desaparecer de vista. Escute o que te digo.

— Está certo... mas você vai me dizer ou não que sacolas são estas?

— Sua *makeover*.

— Como é que é?! — Meus olhos juntam-se.

— Vou ser sua fada madrinha por um dia. Na verdade, estou mais para a Isabella Fiorentino-madrinha. Vou dar uma repaginada no seu visual. Só saio da sua casa, hoje, quando eu tiver certeza de que só sobraram roupas condizentes com sua idade. — Toca o lábio inferior. — Você acredita que só essa semana eu me dei conta que sou formada em Moda, desenho roupas, tenho um ateliê há quatro anos e nunca apliquei meus talentos em você? Gente, que amiga horrorosa eu sou! — Coloca as mãos em cada lado do rosto.

Estou nervosa. Ah, nossa, como estou nervosa! O que é pior: permanecer na sala na companhia de uma mãe bipolar ou me trancar no quarto com uma amiga que pensa estar no programa "10 anos mais jovem"?

— Julia, escuta, estou muito feliz com minhas roupas. — Coloco as mãos suadas para trás. — É sério mesmo. Elas são funcionais, combinam comigo e escondem minha gordura. Agradeço muito por sua intenção, mas não vou querer nada.

— Vou falar apenas uma vez, Anabel Dias da Silva. — Encara-me séria. — Por isso, presta bastante atenção. Sou sua amiga há 20 anos. Tenho por você o mesmo amor que eu teria por uma irmã se meus pais tivessem querido ter outro filho. Estive ao seu lado nos acontecimentos mais importantes de sua vida. Mas isto não significa que eu aprove todas as suas atitudes ou que eu não tenha medo do que você está fazendo com sua vida. Você sabe disso. Até agora eu tinha me contentado em te dar conselhos ou "pitis", como você fala que eu faço. Acho que, bem no fundo, eu acreditei no milagre da Anabel transformada. Uma nova Anabel: autoconfiante, indo em busca de seus próprios sonhos e parando de viver para agradar os outros. Aí eu encarei a realidade. Você não vai mudar, amiga. Você prefere se afundar num buraco de frustração do tamanho da Lua a encarar uma mudança grande. Quando a ficha despencou na minha cabeça, eu pensei em duas possibilidades: continuar ao seu lado de olhos fechados para sua autodestruição. Ou tomar uma atitude drástica para te convencer a reformular sua vida. — Pega as sacolas do chão e as junta no colo. — Quer saber? Nem perdi tempo pensando na primeira possibilidade. Estou aqui com a segunda: sacolas com roupas do ateliê, e do *shopping*, e uma proposta de emprego.

— Proposta de emprego? — De alguma forma as últimas palavras de Júlia apagaram todas as outras e o nó que se formava em minha garganta.

— Lembra-se daquele amigo do Caio, que trabalha numa editora, e que uma vez pediu seu currículo para avaliar, mas você não deu porque "a época dos sonhos adolescentes já tinha ficado para trás"? — Faz uma careta de reprovação toda Júlia. — Não me esqueci ainda das palavras que você falou, Bel.

— Lembro... — Minha voz sai estranha porque os objetos do quarto estão correndo à velocidade da luz em minha frente.

— Encontramos com ele no lançamento de um livro na sexta-feira. Rodrigo nos contou que a revisora de textos pediu a conta para fazer uma pós-graduação no exterior e, por isso, ele quase não pôde comparecer ao lançamento. Estava ficando na editora até de madrugada para dar conta do trabalho. Quando ele falou isso, Caio e eu nos entreolhamos e pensamos a mesma coisa: "Anabel". E, eu não resisti, falei de você. De novo, né? Sorte que ele não se lembrava da outra vez. Dei todos os detalhes do seu *curriculum vitae*, ao vivo, e falei que você estava saindo do emprego. E que seu maior sonho era ser revisora de textos.

— Júlia, como assim eu estou saindo do meu emprego?! Você mentiu para o homem? — Meus olhos reviram nas órbitas. Pulo da cama. Começo a andar de um lado a outro. — Imagine sair da Ramalho. Abandonar o cargo de secretária-babá. E virar revisora de textos numa editora de livros cuja linha editorial é literatura que eu adoro... — Paro abruptamente. — O que ele disse?

— Pediu pra você passar na editora amanhã na parte da tarde para fazer um teste de português. — Júlia me olha calmamente, como se não tivesse revirado meu mundo de pernas para o ar.

— Amanhã, na parte da tarde, eu estou trabalhando, sua louca! Como eu vou explicar para seu Nilton que preciso sair mais cedo, assim, em cima da hora? — Júlia começa a falar, mas eu levanto a mão, impaciente. — Ah, já sei! Talvez eu possa entrar na sala dele, lá pelas duas da tarde, e dizer: "Seu Nilton preciso ir embora agora porque vou a uma editora fazer um teste de emprego e, se eu for aprovada, poderei mandar o senhor catar coquinho na orla da praia".

— Eu sabia que você ia inventar empecilhos, Anabel. Mas, desta vez, você está em desvantagem. Eu pensei em tudo. Inventei uma longa história para o Rodrigo. Algo como você ser uma funcionária exemplar que, mesmo em aviso prévio, está ficando até o final do expediente para deixar tudo organizado para a moça que ocupará seu lugar. Uma moça tão organizada, tão dedicada ao trabalho, que não consegue fazer nada pela metade. Rodrigo ficou tão compadecido! Você precisava ver a cara dele. Aceitou na hora que você fosse após 18 horas. Se você chegar até as sete, não tem problema nenhum, ele disse.

Estou estendida, passada e esturricada de choque. Que Júlia fosse persuasiva eu já sabia, agora que ela tentaria arranjar minha vida sem minha autorização, eu jamais imaginei!

— Você tem noção do que fez, Júlia? Além de inventar mentiras que podem colocar seu namorado mal com o amigo, você tentou manipular, como dona Haidê tem mania de fazer, a MINHA vida! — Coloco a mão na cintura.

— Não, senhora. Não tentei manipular nada. É, como eu te disse, o único jeito que vi para você sair desse buraco de vida que se enfiou foi entrando em ação. Além disso, você ama essa área, Anabel. Você não pode perder uma oportunidade assim duas vezes. Está certo que o salário não é grande como o seu. Mas a satisfação pessoal conta muito também. Para mim, conta mais do que a grana.

— Você fala isso porque não tem que sustentar sua casa.

— Você sustenta sua casa porque quer, vamos ser sinceras. Logo que seu pai morreu, eu até concordei que era um caso de urgência você ganhar bem. Seu irmão era adolescente. Sua mãe estava enfiada em dívidas, coisa e tal. Mas agora seu irmão trabalha. Sua mãe continua trabalhando...

— E ganhando muito pouco, Ju! Ela só pode ajudar pagando o condomínio.

— Minha nossa, Anabel, sua mãe trabalha na área administrativa da Prefeitura há mais de 20 anos! O salário dela não é essa miséria que ela fala. Se ela parasse de gastar tudo o que ganha com *Lanvin, Michael Kors, Louboutin* ou perfumes *Gucci*, você não precisaria afogar seus verdadeiros talentos num trabalho que não te traz prazer profissional nenhum. Eu sei que esse é um discurso meio estranho para uma estilista. Mas eu penso que moda e saúde financeira devem andar de mãos dadas. O estilo de uma pessoa deve ser o reflexo do que cabe em seu bolso. — Cruza os braços. — Está mais do que na hora de você dar responsabilidade para sua mãe, amiga. Já passou da hora! Toda vez que você fecha os olhos para as manipulações dela, você não é vítima, você é cúmplice!

As engrenagens de meu cérebro funcionam numa intensidade impressionante, insuportável. Um lado meu sabe que Júlia tem razão. Esse lado grita que estou diante da oportunidade que eu esperava mesmo quando acreditava não mais esperar. Trabalhar como revisora de textos de livros de ficção será como ganhar um vale-compra ilimitado de doces. Entretanto, o outro lado grita: "Loucura. Largar uma carreira estável e rentável é a forma pura de loucura!".

— Bel, manda esse medo de enfrentar coisas novas passear. Seja um pouco louca, irracional, humana. — Olhos implorativos. — Espelhe-se na música do Lulu Santos: "Vamos viver tudo que há pra viver. Vamos nos permitir". Permita-se ser você mesma. Ser o que são seus sonhos. Ser feliz.

As lágrimas surgem, da mesma forma em que vêm surgindo nos últimos quase três meses: pungentes, repentinas. E todos os compartimentos, trancados à chave, no meu cérebro, escancaram-se, ao mesmo tempo. Caio sentada na cama. Chorando, falando.

— Eu tenho tanto medo de ser eu mesma, Ju. Medo de sair do controle. Medo da minha impulsividade, do fogo que parece correr dentro de mim, às vezes. Medo de me tornar uma pessoa desconhecida para mim mesma. Medo da força escondida no meu interior. Mas, ao mesmo tempo, quero chegar em casa, após um dia exaustivo, e pensar: "Hoje valeu a pena cada segundo do dia porque hoje eu fui a Anabel por inteiro". Quero que minha vida valha a pena. Quero experimentar todas as emoções sem culpa. Quero tanto saber o que é ser feliz. Não apenas o que é fazer alguém feliz. Quero amar e ser amada. — Júlia me abraça entre as sacolas e meus soluços.

— Você vai ter tudo isso, minha irmãzinha. Vai ter, sim. Porque você merece cada um dos desejos que acabou de fazer. Nem um a menos. Você é a pessoa mais doce e generosa que já conheci. E pessoas, como você, têm um raio de luz que alcança as estrelas, bem onde nasce a realização dos desejos.

Aos poucos, os soluços são substituídos pelo sorriso de amor que sinto por minha melhor amiga. Separamo-nos. Eu me rendo.

— Você tem razão, Júlia. Estou enfiada num buraco de frustração do tamanho da Lua. Passou da hora de eu escalá-lo e sair dele. Vou anotar o endereço da editora. Amanhã estarei lá dando tudo o que sei para conseguir esse emprego.

— Que alegria ouvir isso, Bel! — Enxuga as próprias lágrimas. — O dia em que você começar a trabalhar na editora será um dos dias mais felizes da minha vida.

— Da minha também, Ju. — Sorrio, com o coração transbordando um sentimento que me remete, de repente, à infância.

— Agora, que tal passarmos para as roupas cheias de estilo que eu te trouxe?

— É verdade! Já tinha me esquecido delas. — Rio. — Quero ver a facada que elas vão me custar.

— Deixa de ser boba. É tudo presente. Sou sua fada madrinha hoje, lembra? Você acha que a fada madrinha da Cinderela mandou a conta depois do baile?

Caímos na risada.

— Acho que não. Pelo menos essa parte não aparece no conto de fadas.

— Então, é isso. Vou te deixar ainda mais linda. E quando acabar, seu amado Berruti-Jackman cairá a seus pés.

— Se algum dia ele reaparecer, né? E não me vem com a história de que eu devo ligar para ele. Já te disse o porquê de não fazer isso.

— Eu não ia dizer para você procurá-lo. Ia te dizer que meu sexto sentido acredita que ele vai aparecer por conta própria. Vai, sim. Pode marcar no seu diário.

— O último diário que tive foi aos 15 anos, dona Júlia.

— Então, marca na agenda.

Voltamos a rir, como duas adolescentes, que já não somos faz vários anos. Mas que revivem sonhos e alegrias dessa época. Então, mergulhamos nas várias sacolas sobre a cama. São calças: *flares*, *bootcuts* (que para mim não passam das famosas "boca de sinos". Porém, Júlia insiste em dizer que os nomes *fashionistas* são esses). Vestidos: de renda (especialidade da grife *Dengo de Menina*), branco com florzinhas delicadíssimas, longo com um decote pronunciado (nossa, será que terei coragem de usar?). Blusas: de um ombro só (segundo Júlia, o truque perfeito para disfarçar meu quadril avantajado), decote canoa (outro truque para o tal quadril). *Short*: de alfaiataria (idem). Saia longa e evasê. E, ainda, uma calça de algodão superlinda, marrom, combinando com uma blusa, também de algodão, com zíper na frente. A única concessão de Júlia para meu estilo esporte de ser.

Ah, a vida, de repente, se torna um lugar maravilhoso de se visitar!

Capítulo 26

A segunda-feira entrou para um dos dias mais perfeitos de minha vida. A terça, para o mais angustiante. E ainda está na metade.

Ontem eu parecia desfilar pelos acontecimentos como se estivesse num filme musical. Um *Cantando na Chuva* ou uma *Noviça Rebelde*. Podia quase escutar a trilha sonora de fundo (talvez porque ela estivesse mesmo ao fundo, nos momentos em que enlouqueci e aumentei o som do carro no volume máximo ou liguei as músicas do celular durante o almoço de seu Nilton). Tudo parecia fácil. Eu iniciaria uma nova vida, num novo emprego, com novas roupas. Saí do trabalho. Fui direto para a editora. O editor, supersimpático, Rodrigo, me recebeu. Conversamos por alguns minutos. Ele me mostrou a editora, alguns livros e me apresentou ao pessoal que ainda estava por lá. Então, fiz o teste. Não quero me gabar, mas achei as perguntas fáceis. Eram de múltipla escolha. Também gostei do tema da redação: "*E-book*: reflexo de um mercado editorial em transformação". Quando terminei, Rodrigo me perguntou se eu poderia aguardar, pois ele gostaria de conferir os gabaritos e ler a redação para me dar uma resposta imediata. E a resposta foi "sim". O monossílabo mais amado de minha vida!

Hoje eu desfilo entre ameaças de meteoros do *Armageddon* e alienígenas de *Guerra dos Mundos*. É quase meio-dia. Eu ainda não consegui entrar na sala de seu Nilton e dizer: "Eu me demito". Para não desmentir Júlia, falei para Rodrigo que estava no começo do aviso prévio. Porém, eu daria um jeito de não fazê-lo até o final. Conversaria com o presidente da empresa e pediria a dispensa. Ficou combinado que eu começarei na editora na segunda-feira, após o feriado no final desta semana.

Encaro a tela branca do Word. Inexplicavelmente, toda vez que estou nervosa, ou muito pensativa, fazer isso me deixa mais calma. O único problema é que dela não posso extrair uma ideia genial de como abordar o assunto "demissão" com meu chefe. Cruzo as pernas. Descruzo. Roo a unha. Paro, aborrecida. Nunca tive essa mania. E não é agora que vou criá-la. Não quando estou tão perto de iniciar a carreira de meus sonhos.

Levanto. Ou melhor, pulo da cadeira. Ela desliza, rápida, até encontrar a parede atrás.

Vai, Anabel. Você consegue! — A voz de minha consciência está funcionando a meu favor. Finalmente.

Caminho até a porta de comunicação entre minha sala e a de seu Nilton. Sei que ele está sozinho. Quem sabe jogando *Candy Crush*. Peguei o computador dele ligado no jogo, uma vez. O escritório está muito calmo desde ontem. Bato. Não ouço resposta. Ah, meus santinhos brincalhões, não façam isso comigo! Bato mais forte.

— Pode entrar. — A voz sai... sufocada?

Entro. Preocupada. Então, diante de mim está a cena mais estranha a que já assisti na vida. Seu Nilton, mangas de camisa, fazendo abdominais, no chão acarpetado do escritório. Fico a segundos de dar meia volta e fingir não ter visto nada. Como se a pessoa que acabou de bater na porta não fosse eu. Mas ele me vê antes.

— O que foi, Anabel? Por que não me chamou pelo telefone? — Ergue-se, com dificuldade, todo suado, do chão. — Pega um copo de água para mim.

— Eu preciso conversar um assunto importante com o senhor, seu Nilton. — Uno minhas mãos. Suadas. Faz parte do que ainda sou.

— Pega, primeiro, a água, por favor. Seja lá o que você tem para me dizer pode muito bem esperar os dois minutos que você vai gastar indo até o purificador e voltando. — Seca a testa com um lenço de papel.

Eu obedeço. Pela última vez. Como um prêmio de consolação para seu Nilton. Encho o copo de plástico. Metade água gelada, outra metade, fria. Entrego para meu futuro ex-chefe. Ele parece ter se esquecido da tal conversa que precisamos ter.

— Obrigado. Pode ir.

— Não posso ir, seu Nilton. Ainda não. Preciso falar uma coisa para o senhor. É importante. Não sei se o senhor vai gostar muito. Na verdade, acho que o senhor não vai gostar nada. Isso é tão repentino. Tão não eu. Tão estranho. Mas não tem outro jeito. Precisa ser assim. Preciso da minha vida de volta, dos meus sonhos, da minha carreira... — Torço tanto uma mão na outra que, daqui a pouco, vão virar carne moída.

— Foco, foco, Anabel! Quantas vezes já te pedi isso? E você não aprende. Você é uma boa secretária. Faz seu trabalho bem. É organizada e meticulosa. O problema é que você perde qualidade por causa desse seu jeito falador, de se ater a coisas banais. Não gosto de fofocas, você sabe. Abomino fofocas. E exijo que meus colaboradores também primem pela discrição. Mas, em alguns momentos, eu tenho que dar razão para a Eloísa: você é uma tagarela que não sabe se controlar! Você poderia render mais se falasse menos.

— Eu poderia render mais? — Estou certa de que meus olhos vão saltar de meu rosto e sairão voando pela janela atrás de seu Nilton. — Claro que sim! Quero dizer, eu poderia tentar ser promovida a um terceiro cargo aqui dentro. Porque secretária e babá eu já sou. Quem sabe, se eu fechasse a boca, não acumularia o cargo de escrava?! O que o senhor acha? A escrava Anabel Dias da Silva, muda, que almoça sanduíche de calabresa com suco de laranja todos os dias, que não tem mais vida social e passa os dias se arrastando de um lado a outro à procura de pães de queijo quentes ou solas de sapatos do chefe perdidos na calçada? De um chefe, tão preocupado com o próprio umbigo, que não presta atenção às tarefas absurdas que pede!

Termino o discurso, todas as mechas de meus cabelos sobre os olhos, quase rosnando. Por um momento, sei que sou o símbolo perfeito de meu signo. Uma leoa.

— Rua, Anabel! Você está demitida. — Aponta para a porta. — Junte suas coisas e vá até o RH.

— Era exatamente isso que vim fazer em sua sala. Pedir demissão. Obrigada por me poupar outro discurso. — Viro-me para a porta. Insana. Irracional. Realizando os desejos de Júlia.

***

Estou agarrada a uma pequena caixa com os pertences que mantinha em minha mesa. Um livro de contos de Machado de Assis (meu segundo autor favorito de todos os tempos), um frasco de desodorante (as emergências "odoríficas" não têm hora para aparecer), uma agenda velha (tenho uma paixão estranha por agendas), um kit de maquiagem (na verdade, um batom e um rímel), protetor solar (meu item de sobrevivência número um) e uma foto de meu pai. Deu tudo certo no RH. Nem acredito. Quando a leoa saiu de dentro de mim, por alguns instantes, acreditei que seria demitida sem direitos. Quero começar uma nova carreira, mas não preciso detonar a antiga na minha carteira de trabalho.

Atravesso a empresa. Olhares das quatro direções chegam às minhas costas. Não tenho condições de dizer adeus a ninguém. Estou envergonhada por meu escândalo. Vai se saber quem ouviu... Alcanço a recepção. Entretanto, faço questão de me despedir de Eloísa, a cobra.

Ela está atrás do balcão. Sorriso exultante. De alguma forma, já sabe o que aconteceu. Da boca do próprio Nilton Ramalho? Estou pouco me importando...

— Tchau, Eloísa.

— Adeus, Anabel.

Começo a andar em direção à saída. Paro a poucos centímetros da porta. Faltou dizer uma coisa importante. Volto minha cabeça para a recepção.

— Foi um desprazer conhecer você.

Viro as costas e saio, queixo empinado. Só não posso acusar Eloísa de não ter me ensinado nada.

O elevador está parado no andar. De portas abertas. Coisa sinistra... Melhor não pensar sobre isso. Aperto o botão do subsolo, onde está meu carro. Não gostaria de iniciar uma nova vida desta forma. Sinto-me culpada. E com um friozinho na barriga pelas mudanças à frente. Mas, estranhamente, não me sinto nervosa. Nada de tremedeiras. Ou mãos suadas. Apenas uma vontade súbita de sair dançando no estacionamento.

Entro no carro. Coloco a caixa no banco ao lado. Durante o ato, um perfume familiar invade meus sentidos. O aroma é tão forte que viro a cabeça em todas as direções para ter certeza de que o dono dele não está por perto. Enrico, no entanto, continua onde está há um mês: nas minhas lembranças fora de hora.

Suspiro. Não se pode ter tudo, não é mesmo?

Meu celular toca dentro da bolsa. Dou um pulo e bato minhas pernas na direção. Penso na possibilidade de ser Seu Nilton, arrependido por ter aceitado me pagar todos os direitos trabalhistas. Pego a bolsa rapidamente, antes de a pessoa desistir. Abro. Tiro o celular de dentro. Olho a tela.

Enrico.

Dizer que meu coração parou, desta vez, não é clichê. Ele simplesmente deixou de bombear sangue para meu cérebro. A tontura faz o celular dar um giro de 360 graus em minhas mãos. Por sorte, consigo apertar o botão de atender.

— Oi.

— O que você vai fazer no feriado, moça?

Sua voz é ainda mais rouca e sensual do que eu me lembrava. Forço-me a raciocinar com clareza. E falar, naturalmente. Não como alguém que vê tudo em *slow motion*.

— Ler um livro e me empanturrar de doces.

— Hum... e que tal pegar seu livro, seus doces e vir comigo para Ilhabela na sexta-feira?

Não é hora de hiperventilar, Anabel. Definitivamente esta é a hora menos adequada de sua vida para fazer isso!

— No outono?

— O outono também pode proporcionar atividades incríveis na Ilha.

Ah, meu santo protetor das mulheres na seca ferrada, este homem está propondo o que eu penso que ele está propondo?

— Eu... bem... — O cérebro de geleia adora me desafiar.

— O tempo vai estar seco, ensolarado, com temperatura entre 21 e 25 graus, é o que diz o Climatempo. E estamos no mês de baixa temporada. Resumindo, a época perfeita para fazermos algumas trilhas.

Ah, era isso...

— Você está pensando em ficar na casa do seu amigo?

— Hum-hum.

— Parece uma proposta irrecusável — falo após alguns segundos de respiração pausada.

— Isso é um sim? — E esse é um tom ansioso?

— Sim. É um sim. — Rio.

— Que saudade da sua risada, minha linda. E também do seu rosto, dos seus cabelos, da sua voz... — Dá uma risada contida, que me faz querer entrar no celular, sair do outro lado da linha, e agarrá-lo. — Tudo bem com você?

Quase falo "Melhor agora falando com você". Mas me contenho.

— Tudo ótimo e você?

— Sem tempo para dormir... estive num congresso de neurocirurgia na Louisiana, nos Estados Unidos, substituí um colega em plantões, fiz umas quatro cirurgias e ainda escrevi dois artigos.

Que fofo! Parece que está tentando me explicar o motivo do sumiço.

— Caramba, que rotina puxada!

— E... — hesita. — o tal João?

— Deve estar aprendendo a cozinhar com a loira-cabelo-de-três-cores-diferentes.

— Como?

— No domingo em que... deixei você na sua casa. — Quase falo "que nos beijamos". *Segura a língua, Anabel!* — Eu fui até o apartamento do João para terminar com ele. Lembra que eu falei que ia fazer isso, né? — Ouço o "hum-hum" famoso. — Então, lá fui eu... Cheguei ao apartamento e dei de cara com João acompanhado de uma loira enrolada numa toalha. Ainda teve a cara de pau de me dizer que era a última vez que me trairia. A última vez dos últimos seis meses!

— Babaca! — explode. — Eu falei que ele era um babaca. E você estava pensando em casar com ele! Que vida boa você teria, não?

— É... — Estou um pouco assustada e emocionada com a revolta de Enrico. Uma alegria, que já está grande desde domingo, não permite manter minha língua enjaulada mais tempo. — Mas agora sou uma mulher livre, leve e solta.

— Isso é música para os meus ouvidos, querida. Se eu não fosse obrigado a ficar no hospital até tarde, iria almoçar com você. Aliás, você está almoçando agora?

— Não. Agora acabei de ser demitida. — Suspiro. Mas é impossível esconder a satisfação.

— O que aconteceu, Anabel?

— Basicamente falei para o seu Nilton tudo que pensava dele e do meu cargo de secretária-babá. Ele me mandou juntar minhas coisas e passar no RH. Mas não fique preocupado. Eu ia mesmo pedir demissão. Segui seus conselhos, sabe? Resolvi investir na carreira com a qual sonhava na faculdade. Depois do feriado, começo numa editora como revisora de textos.

— Parabéns, minha linda! Estou muito feliz por você. Parece que teremos bastante coisa para comemorar em Ilhabela, hum? — Desta vez, não tenho dúvida. A voz sensual é proposital. Entretanto, meu rosto pegando fogo é totalmente acidental.

— Ah, é mesmo... — Preferia ter respostas inteligentes em momentos como esse a ter em outros sem a mínima importância para mim.

— Eu preciso desligar, querida, porque tenho um paciente em poucos minutos. Foi bom matar um pouco a saudade de você. Mas melhor ainda é saber que vou ter três dias para fazer isso de muitas outras maneiras.

E me deixará, de agora até sexta-feira, com três dias para eu pensar quais serão essas maneiras. Ah, nossa!

— Adorei falar com você, Enrico. E matar a saudade, que não era pouca, diga-se de passagem.

Rimos. Naquele clima de cumplicidade que tanto me faz lembrar os dias que passamos juntos na viagem.

— Não se esqueça de levar roupas confortáveis para as caminhadas. E repelente. Vou passar na sua casa umas sete da manhã. Depois você me manda seu endereço por *e-mail*, ok?

— Sim, senhor.

— Até sexta. E um beijo nessa sua boca deliciosa.

Não dou resposta porque minha imaginação entrou em curto-circuito. E a terça-feira, quem diria, se transformou no dia mais perfeito de todas as minhas encarnações.

Capítulo 27

Duas calças de *cotton*, três camisetas básicas, um tênis, um par de chinelos, um par de sandálias, duas meias, o vestido branco de florzinhas, a saia evasê e a blusa de um ombro só, uma blusa de frio com capuz, quatro calcinhas, dois sutiãs, o pijama do macaquinho *I Love You*, a camisola da *Victoria's Secret* (para o caso de eu ser atingida por um excesso de ousadia... nunca se sabe...), um biquíni e uma saída de praia (vai que a ilha é tomada por um calor repentino, não apenas o do meu corpo, óbvio), toalha de banho e de rosto, repelente, filtro solar, batom, rímel, sabonete, pasta e escova de dentes, escova de cabelos, minha carteira e um coração acelerado. Isso é tudo o que estou levando para Ilhabela.

Fecho a bolsa de viagem sobre a cama. Olho-me no espelho do guarda-roupa pela última vez. A calça marrom de algodão que Júlia me deu, preciso admitir, ficou perfeita em meu corpo. Deu uma diminuída em minha bunda GG. A blusa de zíper, com detalhes que combinam com a calça, formou um conjunto charmoso. O problema são os meus cabelos. Júlia podia ter trazido também uma varinha mágica no domingo. Só magia para deixá-los menos lisos. Neste momento, escorrem pelas minhas costas. E pela porcaria da minha cara. Penso em colocar o elástico, que está enrolado no braço, mas a lembrança da cena vivida com Enrico na porta do hotel me faz desistir. "É um crime impedir que seus cabelos caiam em volta de seu rosto lindo". Parece que as palavras foram ditas ontem. Na verdade, parece que as palavras ainda estão sendo ditas, num eco infinito dentro de mim.

Coloco a bolsa no ombro direito. Sinto como se as paredes, acostumadas a proteger meu coração, tombassem, uma a uma, com palavras, toques, olhares de Enrico. Um medo imenso e uma excitação proporcionalmente idêntica espalham-se toda vez que penso sobre essa mudança interior. A parte prática em conflito com a emocional. E eu, no meio, tentando a todo custo não me desesperar para saber qual delas vai levar a melhor.

Dou uma olhada em meu quarto, conferindo se não esqueci nada. Fecho a porta. Por ora, vou tentar me concentrar somente na viagem para Ilhabela que farei após seis anos. Estive lá pela última vez quando meu pai ainda era vivo. E compartilhamos alegres caminhadas na orla de Perequê, tentativas desajeitadas de pesca na praia da Pedra do Sino e muitos sorvetes na sorveteria Rocha. Memórias que fazem a saudade sair do canto onde visito todas as noites antes de pegar no sono. O passeio será recheado de vários tipos de emoções. É a única certeza que tenho.

A sala está deserta. Minha mãe não acordou mesmo com o barulho que fiz na cozinha, mais cedo, para preparar o café da manhã. Se acordou, preferiu não se despedir ou desejar boa viagem. Júlia e ela não receberam a notícia do passeio romântico como eu imaginava. A primeira pediu para que eu não entrasse em outra relação descompromissada, como fiz com João. A segunda, que eu não engravidasse e fizesse um rombo em minha vida. Para uma, respondi que estava seguindo o conselho sobre curtir mais, pensar menos. Para a outra, que a pílula e o preservativo já tinham sido inventados, e eu sabia muito bem como usá-los. As pessoas são estranhas. Quando você está infeliz, toda errada, enganando a si mesma, elas não param de pegar no seu pé, dizendo que você precisa dar uma guinada em sua vida, ser mais proativa. Quando você segue ao pé da letra os conselhos, elas acham que você jogou o discernimento na lata do lixo e perdeu o controle sobre si mesmo. Somando dois mais dois: nunca estão contentes com nada. Então, resolvi ligar o famoso botão do f..., é do palavrão. Se quiserem, que vão procurar a Anabel Dias da Silva, atendente de expectativas alheias, no aterro sanitário onde é sua nova moradia.

Consulto o relógio. 6h50. Ahhhhhhh... infinitamente, ah! Está tudo criando vida autônoma dentro de mim. Meu estômago, meu coração, minhas pernas, minhas mãos. Nem consigo me lembrar se já senti tanta ansiedade assim antes. Talvez na entrega da carta a Enrico Balistieri. A diferença é que agora eu sei (acho) exatamente o que me espera. Teoricamente, era para eu estar mais calma.

Entro no elevador. Aperto o botão do térreo. Ajeito a bolsa novamente no ombro. Tento não me olhar no espelho logo atrás. Mas, olho. No momento em que estou conferindo minha bunda, as portas abrem. Um vizinho do quarto andar entra. Também me ajuda na conferência constrangedora. Encosto no espelho, ereta, encarando o painel dos comandos, fingindo que me esqueci de dar "bom-dia". Trazida pela nova onda de sorte que se derramou sobre mim, o elevador alcança o térreo em velocidade recorde. Saio, apressada. Cumprimento o porteiro. Alcanço a calçada. A rua está vazia. Enrico ainda não chegou.

Suspiro, aliviada. Tenho mais algum tempo para acalmar as emoções descontroladas.

Coloco a bolsa sobre meus pés. Ela está pesada. Só agora notei. Obrigo a mecha, amiga desleal, ficar atrás de minha orelha. Apoio-me no muro logo atrás de mim. Passo as mãos suadas na calça. *Vai sujar a bendita roupa, Anabel!* Minha consciência sempre me alerta depois que fiz a coisa errada. Seria ótimo se ela tivesse também funções premonitórias. Eu seria poupada de inúmeros micos, gafes e desastres.

Escuto um barulho vindo do final da rua. Tenho um formigamento no braço esquerdo. Será que vou morrer de infarto quando estou tão próxima de viver um feriado de protagonista de novela? Coloco a bolsa no ombro. Dou um passo a frente, estico a cabeça para a esquerda.

Hilux.

É a Hilux de Enrico, com ele dentro, sorrindo meu sorriso preferido, e parando a poucos centímetros de mim. Congelo por dois segundos. Então, também sorrio. Não ficaria surpresa se me dissessem que a alegria em meu rosto é capaz de iluminar o estádio do Maracanã e o resto da cidade do Rio de Janeiro. Ah, felicidade, meu pseudônimo!

Enrico desce do utilitário. Largo a bolsa no chão. Caminhamos um ao encontro do outro. Paramos a poucos passos de nos tocarmos. Seus olhos traduzem tudo que está escrito nos meus. Ele abre os braços. Eu me jogo no meio deles. O abraço é caloroso, fala de uma saudade imensa, da cumplicidade compartilhada e de promessas doces. De repente, uma energia poderosa começa a tocar todos os pedaços de meu corpo que estão em contato com o dele. Abraço-o mais forte. Sinto um beijo ser depositado em meus cabelos.

— Pensei na possibilidade de sequestrá-la se você não aceitasse vir comigo, ruiva.

Rio contra o peito dele. Retardo o momento de nossa separação.

— E como você faria isso? Escalaria o prédio?

— Acho que eu podia contratar os serviços do Homem-Aranha. — Solta meu corpo. Segura meu rosto entre as mãos. O famoso brilho de seus olhos toca meus lábios e vai contornando todo meu rosto. — Ou não... Você poderia se encantar por ele. Acho que usaria uma escada bem grande. Isso. A ideia da escada é ótima.

Nossas gargalhadas espalham-se através da rua silenciosa.

— Você acha que se eu te der um beijo escandaloso agora, o porteiro, que está nos encarando, vai chamar a polícia por atentado ao pudor? — fala.

Meu estômago vira um imenso jardim com borboletas de todas as espécies. O raciocínio é tão lento que as palavras saem sem ter passado completamente por ele.

— A gente podia...

A frase fica pela metade porque minha boca é calada por lábios ansiosos. Esquecemo-nos, então, do porteiro, das dezenas de janelas que dão para nós, de pessoas que caminham pelo bairro a essa hora. Existimos apenas nós dois, entregues num beijo interminável, em chamas. Nossas línguas duelam frenéticas, insaciáveis. O gosto delicioso de Enrico, uma mistura de menta e masculinidade, faz meus lábios moverem-se desesperados, procurando o melhor ângulo para provar mais. Enrico parece entender meu desejo, pois desliza as mãos por meu pescoço, segura minha nuca e tomba minha cabeça ligeiramente, de forma a ter mais acesso ao interior da minha boca.

A separação, assim como foi da primeira vez que nos beijamos, é custosa. Resistimos, juntos, a interrupção do contato delicioso. Seguro na jaqueta de Enrico, como se o ato pudesse impedir que ele se descolasse de mim. Continuamos, por alguns segundos, a nos dar pequenos beijos, antes de o espaço incômodo infiltrar-se entre nossas bocas.

— Sabe qual é o problema de beijar você? — Acaricia meu rosto, meus cabelos.

Faço "não" com a cabeça, minha voz calada por sensações intensas que voam em todas as direções dentro de mim.

— O problema é que eu não consigo parar, minha linda.

— Que bom que não sou a única enfrentando esse problema por aqui. — Fico na ponta dos pés. Beijo o queixo que tanto me atrai.

— Se continuarmos assim, vamos acabar ficando o feriado, aqui, no meio da sua rua. — Solta-me. — E aí não poderemos fazer as coisas especiais que planejei para a gente.

As borboletas eletrizam-se dentro de mim.

— Você gosta de atiçar a imaginação alheia, não, Enrico Junior? — Passo por ele. Tiro a bolsa do chão.

— Só um pouco... O que eu gosto mesmo é de usar minha imaginação. — Pega a bolsa das minhas mãos.

— Ah... — Claro que uma resposta inteligente é não existente para variar.

Enrico abre a porta da cabine dupla. Coloca minha bolsa sobre o banco. Abre a porta para mim e faz um gesto floreado.

— Senhorita.

— Às vezes, quase acredito que você saiu de um livro de contos de fadas. — Sento no banco do passageiro.

— Sou o príncipe dos seus sonhos? — Levanta uma sobrancelha, convencido.

— Não. O mordomo do príncipe. Sempre educado, abrindo portas e deixando as mocinhas passarem na frente.

Leva a mão no coração. Faz uma cara fofa de orgulho ferido.

— Você sabe bater, hum?

Não paro de rir até Enrico ocupar o banco ao meu lado. Ele leva uma de minhas mãos aos lábios. Deposita, então, um beijo carinhoso e a solta. Olha para mim.

— Preparada para começarmos nossa primeira aventura juntos?

— Pensei que a viagem para a fazenda de Enrico Balistieri tivesse sido a primeira.

— Aquela não conta. Eu não podia ter você para mim. — Pisca.

Liga a ignição e todas as minhas terminações nervosas.

Capítulo 28

*E*stância Turística de São Sebastião. Essas informações estão na placa logo à frente, anunciando a proximidade de Ilhabela. Já rodamos três horas. Fizemos apenas uma parada. Por causa de meu xixi obrigatório em viagens. Sinto um temporal de emoções, com um arco-íris no final. Os primeiros quilômetros foram vencidos em meio a risadas por motivos bobos ou apenas pela alegria que, percebi, Enrico transparecia tanto quanto eu. Conversamos sobre nossa rotina dos últimos 30 dias. E as mudanças cheias de maturidade emocional, segundo Enrico, que estou fazendo em minha vida. Toques, carinhos, beijos. Dei e recebi em vários momentos. Porém, só serviram para eu querer mais.

Agora um pouco de nostalgia acompanha a felicidade crescente. Inevitável não lembrar meu pai. No entanto, sei que as memórias serão quase insuportáveis quando chegarmos à balsa. Porque serão palpáveis. Nunca pegamos este caminho para chegar à Ilhabela: a Rodovia dos Tamoios. Seu Daniel tinha uma paixão insana pela Rio-Santos. E dona Haidê, um medo exagerado das serras. Então, eu era a companheira da empolgação na aventura de ziguezaguear por entre morros e o mar vigilante. Palavras, que meu pai me disse uma vez durante uma dessas aventuras, me seguiram por muito tempo, antes de eu acreditar não se encaixarem mais em minha nova vida: "A sensação de fazer as curvas nesta estrada, imaginando se elas terminarão em mais asfalto ou desembocarão no mar azul, ali embaixo, pode ser comparada à da liberdade. As duas nos mostram a fascinante impossibilidade de prevermos com exatidão para onde seremos conduzidos".

Uma nova música começa a tocar no aparelho MP3 da Hilux. Uma das músicas preferidas de meu pai. Impossível não reconhecê-la. *Stairway to Heaven*. Led Zeppelin. Como numa certeza cheia de melodia, sei que meu pai está aqui comigo. Deixo a música percorrer meu corpo, minha história, a saudade, o desejo de abraçá-lo novamente. Olho para Enrico. Ele está concentrado na direção. Tão lindo contra a paisagem que corre ao lado. Parece irreal. Eu me sinto também um pouco irreal, como se estivesse num sonho. Olho para o mar beijando os pés da serra. Majestoso. Minha emoção corre de veia em veia tão cadenciada quanto a transparente na voz do vocalista. E não posso evitar olhar Enrico novamente. Meu pai o teria aprovado. Meu pai teria adorado conhecê-lo. Os dois são feitos do mesmo barro que constroem homens amorosos e fortes. Quase o ouço a dizer: "Vá ser feliz, filha. Não deixe passar mais nenhum segundo de sua felicidade". E assim farei. Sempre fui obediente a ele. Sempre quis ser a melhor filha de todas. Porque é impossível ser diferente quando se tem o melhor pai do mundo.

Os acordes mais agitados quebram a magia do momento. Então, são os braços fortes de Enrico, presos ao volante, e sua postura natural, bruta, que chamam por meu olhar. Tudo falando de estado puro. Como numa pintura renascentista. Ele, finalmente, percebe minha indisfarçável admiração. Abre um sorriso que só uma palavra descreve tão bem: paraíso. Impossível não fazer um paralelo com a música ao fundo.

— Por que essa carinha linda está me olhando assim?

— Eu estava aqui pensando que se eu tivesse talento para artes plásticas, faria uma obra de tirar o fôlego de você.

Ele sorri, um pouco acanhado, pega minha mão e segura junto ao peito. Um gesto banal. Contudo, diz mais do que todas as palavras que eu gostaria de ouvir.

Prosseguimos por mais 20 minutos até chegarmos à balsa. Enrico havia feito o pagamento pela internet, então, temos passe livre. A Hilux fica, na fila do meio, em frente ao gradil de segurança. Meu coração reacende a saudade. Preciso descer e observar a ilha se aproximando. Sentir o cheiro sobre o qual meu pai e eu adorávamos comentar quando encostávamo-nos ao lado de fora do carro. Ver o mar passando à minha frente.

— Vamos sair do carro? — Viro-me para Enrico, que está compenetrado no painel do carro.

— Não. Prefiro ficar onde estou.

— Por quê? — Ele está claramente ansioso.

— Não gosto da ideia de assistir à água se movendo por baixo dos meus pés. A única parte ruim de vir à Ilhabela é esta balsa. — O medo está estampado de tal forma no rosto dele que me sinto comovida.

— Você não pratica natação, adora o mar, coisa e tal? — Resolvo provocar para lhe aliviar a tensão.

— É... mas aqui eu não estou no controle da situação.

— Ah, foi o que imaginei. — Um sentimento de solidariedade e algo mais, que ainda tenho tanto medo de entender, espalha-se em mim por inteira. — Estou lá fora, então.

— Ok. Cuidado com a borda.

— Prometo não inclinar muito meu corpo sobre ela. — Pisco para ele, como ele adora fazer para mim.

— Anabel... — O tom de voz diz que estou encrencada.

— Estou brincando. — Dou-lhe um selinho (como um simples toque de lábios pode ser tão eletrizante?). — Vou ficar na frente do carro.

— Vou ficar de olho em você, ruiva. Sei que você adora se meter em encrencas.

Pulo do utilitário, rindo. Posto-me exatamente onde prometi para o neurocirurgião com medo de balsas, que atravessam, seguras, as águas de Ilhabela desde que atendo por meu nome. Dou um "tchauzinho" para ele. É a cara de poucos amigos que me responde. Resolvo prender minha atenção na ilha à frente. E ela fica cada vez mais próxima, mostrando seu charme nas construções a competir com a Mata Atlântica nas encostas das serras que a contornam. Então, é difícil dizer o que veio primeiro. O odor do vento, as lembranças de meu pai apontando para as enseadas e tentando adivinhar os nomes das praias, ou minhas lágrimas. Tudo se mistura à cascata de memórias e ao cartão postal das férias de minha adolescência. Os carros ao redor desaparecem. Assim como os pedestres amontoados nos pequenos compartimentos nas laterais da balsa. Agora sou apenas eu, o choro que não posso conter, e a ilha me contando sobre os dias maravilhosos que ali tive.

Um barulho distante chega ao meus ouvidos. Porém, não é forte o suficiente para me arrancar da dor, uma amarra poderosa que sinto em volta de mim. Então, braços fortes me puxam, jogando-me contra uma muralha, que vai dissolvendo aos poucos meus nós de sofrimento. Enrico abriu mão de seus próprios fantasmas para lutar contra os meus. As palavras saem trêmulas de minha boca:

— Eu sinto tanta saudade do meu pai.

— Eu sei, querida, eu sei... — Acaricia meus cabelos e acrescenta: — Mas ele continua com você num lugar onde ninguém algum dia poderá tirá-lo. — Toca o alto da minha cabeça, suavemente. — Em sua memória.

Aperto-o forte contra mim, num sinal de agradecimento. Nos últimos tempos, é como se Enrico estivesse ao meu lado em todos os momentos em que minhas lágrimas ficaram difíceis de serem enxugadas sozinhas. E sempre vem acompanhado de palavras carinhosas, acalentadoras. Mas não consigo evitar a vergonha por me expor dessa forma. É como se eu tivesse me tornado uma mulher em TPM de 30 dias por mês, 365 dias por ano.

Saio de seus braços, com delicadeza. Limpo as últimas lágrimas.

— Parece que sempre dou um jeito de chorar nas suas camisas quando nos encontramos. Daqui a pouco, você vai começar a me mandar a conta da lavanderia.

Ele ri. Beija meus cabelos.

— Acho que sai mais barato eu me empenhar melhor para não permitir que esse sorriso delicado abandone seu rosto.

Fico na ponta dos pés. Beijo-o com o sentimento de gratidão e aquele outro (não tão) misterioso explodindo dentro de mim. Ele retribui com a familiar generosidade de todos os seus beijos. Descolamos os lábios. Querendo ir, mas voltando por mais alguns segundos. É engraçado. Fazemos isso sempre da mesma forma.

— Obrigada. Por enfrentar seu medo. Por ter vindo até aqui.

— O mordomo do príncipe está sempre à sua disposição. — Costas eretas, imitando realmente o tal personagem.

— Seu bobo. — Bato no braço dele. — A balsa está chegando. Melhor entrarmos no carro.

O atracadouro recebe a balsa, num atrito que espalha ondas de choque através dos carros. A grade de segurança é aberta. Somos os segundos a sair. A avenida que conduz ao interior da ilha nos recebe, calma, ensolarada. 24 graus marca o relógio na calçada. De repente, a tristeza volta a ceder espaço à excitação e à alegria. Pequenos cartazes apresentam a acunha da ilha aos visitantes: "Ilhabela — capital da vela". Meu coração dispara. Estou em Ilhabela. De novo. Após tantos anos. Numa companhia muito especial.

Chegamos à rotatória que conduz às praias do sul, à direita, e às praias do norte, à esquerda. Lembro-me de minha praia predileta perto daqui.

— Podemos dar uma passada na Praia de Pedras Miúdas hoje? — Sei que meu tom é de uma criança na doceria.

Enrico me olha sorridente.

— Quer dar uns mergulhos?

— Não. A água deve estar congelando. Só quero olhar... e, bem, talvez molhar os pés. — Fico um pouco embaraçada. Continuo me comportando igual a uma criança. Em vez de encarnar o papel da mulher adulta e sedutora (que não sou. A sedutora, claro).

— Vamos colocar as coisas na casa, almoçar e, de tarde, damos uma passada por lá, que tal?

— Perfeito. — De repente, sinto-me nervosa com a palavra "casa". Estou indo para uma casa, SOZINHA, com Enrico. — Onde fica a casa do seu amigo mesmo?

— Próximo à Praia da Pedra do Sino. Na verdade, a casa fica numa praia particular.

— Praia particular?! — Anabel Dias da Silva indo para uma casa na beira de uma praia particular com um homem fofo e lindo de morrer. Ah, caramba! Acho que já posso começar a apostar na Mega-Sena.

— Digamos que a propriedade não é pequena. E que a família do meu amigo não tem pouca grana.

O fluxo de carros é tranquilo na orla do Perequê. Poucas pessoas caminham pelo calçadão. Provavelmente, apenas moradores da ilha. Penso se já estive alguma vez numa situação "refinada" dessas enquanto observo as ondas calmas morrerem na praia.

— A experiência mais próxima que já tive de estar numa casa com praia particular foi a de um sítio da tia-avó da minha mãe. Tinha a casa velha e um lago cheio de lama, no fundo do terreno.

Nós dois rimos. Enrico, da minha tentativa de piada. Eu, para disfarçar a vergonha em ser uma garota de histórias tão simplórias.

— Eu não aprovo essa coisa toda de uma propriedade cercar uma praia e torná-la particular, para ser franco. — Pega minha mão e faz um carinho delicioso. — Acho que o dinheiro pode comprar muitas coisas. Mas a natureza não deveria estar entre elas. Nem quando a desculpa é para protegê-la.

— Eu não sei... imagina ter dinheiro para comprar uma praia só para mim? Ah, eu compraria, sem pensar duas vezes.

— Você consegue ser um pouco mais fanática do que eu pelo litoral, hum, moça? — Vira a Hilux numa alameda estreita logo após a praia da Siriúba.

— Sou mesmo. Estou pensando em morar numa praia do Nordeste quando me aposentar. Quem sabe abrir uma pousada literária. Algo que fosse uma espécie de reabilitação para escritores em crise de criatividade.

— Hum, a ideia é interessante. Quem sabe você me aceita como seu sócio? — Dá uma piscadela calorosa, e a implicação das palavras esquenta meu coração.

Uma construção ladeada por muros altos, cerca elétrica e um portão fechado aparece em nossa frente. Enrico aperta um controle remoto, que eu nem havia percebido estar na mão dele. O portão abre-se. Uma casa de dois andares surge. É cor terracota. Estacionamos numa garagem onde devem caber uns quatro carros. Desço.

— Uau... que casa linda... e grande! — falo.

— Quatro quartos, duas salas, salão de jogos, piscina, churrasqueira... — enumera, rindo. — Dá uns três apartamentos meu.

— E meu!

Abro a cabine dupla. Puxo minha bolsa de viagem. Enrico aparece, subitamente, atrás de mim. Tira a bolsa de minhas mãos.

— Pode deixar que eu levo.

— Obrigada.

Caminhamos até a porta. Enrico, equilibrando duas bolsas. Eu, admirando a imponência da mansão. E me perguntando, interiormente, quais vidas foram atazanar as entidades que amavam bagunçar com a minha. Na verdade, não quero saber. Elas podem sentir saudade e querer voltar.

Entramos. A sala é... a perder de vista. Uma profusão de cadeiras, sofás e uma mesa. Interessante... Imaginei que uma mansão de praia fosse mais *clean*.

— Liguei para o caseiro no começo da semana, e ele prometeu deixar tudo arrumado. Inclusive os quartos.

Os quartos?

Claro, Anabel! Você acreditava mesmo que o cara espetacular, aí, na sua frente, ia te mandar direto para a cama dele, sem escala?

O constrangimento me faz avançar até a varanda. A piscina embaixo é grande. Não tão grande quanto a sala. Mas ocupa um bom espaço do quintal. Seguro na grade. A praia atrás das pequenas cercas é linda. Águas calmas. Como é quase toda parte norte da ilha. Fico levemente triste. Se fosse verão, colocaria um biquíni e voaria escada abaixo. Só pararia na praia, mergulhada até o pescoço, dentro do mar.

Braços enlaçam-me por trás. Tenho um leve sobressalto. Recupero-me a tempo de encostar-me em Enrico.

— É lindo, não? A primeira vez que vim aqui passei metade do dia admirando esta vista. Não sei se era por que eu estava esgotado por ter passado 24 horas na emergência do hospital. Ou se era por causa do chamado que eu parecia ouvir do mar toda hora que ameaçava voltar para dentro.

Meus braços entrelaçam-se nos de Enrico. Uma conexão imensa está acontecendo neste momento entre nós. Cada célula em meu corpo fala dela. Quero ficar em silêncio, curtindo as sensações correndo de meus pés aos fios de cabelos que tocam os lábios acima de mim. Mas me sinto na obrigação de perguntar:

— Onde você conheceu o dono da casa?

— Na faculdade. Formamos um tipo de irmandade. Wolf, Renato e eu. Um sabia que podia contar com o outro, em qualquer ocasião, para ajudar a solucionar qualquer tipo de problema. Sempre em cima de nossas motos. — Pousa o queixo sobre minha cabeça. — Wolf era o certinho da turma. Filho de pai milionário, foi educado nas escolas da elite paulista.

— Então, ele é o dono da casa?

— Sim. A casa foi parte da herança que o pai deixou com a morte quando Wolf tinha 15 anos.

— Renato também tem essa regalia? Quero dizer, também tem a chave da casa? — Penso no outro colega da "confraria dos machos motoqueiros". Imagino quantas mulheres não colecionaram juntos.

— Não. — Separa-se de mim. Apoia-se na grade ao meu lado. — Renato morreu faz muitos anos.

Seguro a mão de Enrico. Não esperava por esse desfecho. Um nó aperta minha garganta. A morte sempre me assusta. Não tem jeito.

— Sinto muito.

— Morreu porque atendeu ao pedido da namorada. Ela estava sendo atormentada por um ex-namorado violento. Em vez de levar o caso à justiça, a garota pediu a Renato, o eterno aspirante a super-herói, que fosse ter uma conversa com o cara. Renato morreu com dois tiros no peito. — O olhar fixa-se no mar. — Mas isso não foi o que mais me deixou revoltado.

— O que foi? — Enxugo uma lágrima.

— Foi o fato da garota ter casado com esse assassino seis meses depois. E ele ter sido absolvido. Conseguiu se safar com a alegação de legítima defesa.

As palavras desaparecem de minha cabeça. Fica apenas a dor por experiências tão traumatizantes, uma após a outra, na vida de Enrico. É estranho como algumas pessoas parecem fadadas a acumular histórias nas quais o final feliz está sempre um passo a frente.

— Desculpe te fazer lembrar fatos tão tristes. — É tudo que posso fazer para tentar consertar as coisas.

— Não se preocupe. É como já dizia Nietzsche: "Aquilo que não me mata, só me fortalece". — Segura meu rosto e deposita um leve beijo sobre meus lábios. Anda em direção à sala. — Que tal guardarmos nossas coisas para irmos almoçar?

— Tudo bem.

— Seu quarto é o terceiro da direita. Foi o que o Jair falou que deixaria arrumado. Vou guardar minhas coisas, com licença. — Sorri, mas há tanta tristeza em seus olhos que meu coração parte em pedaços minúsculos.

Capítulo 29

A Ilha das Cabras está a aproximadamente trezentos metros. As águas cristalinas, tranquilas, sobre a areia escura. A paisagem verde fechando seus braços em torno de uma pequena enseada.

A Praia de Pedras Miúdas.

É ela que vejo enquanto estacionamos num pequeno mirante. A praia sempre receptiva na minha adolescência. Onde eu apostei tantas corridas com meu pai, entre risadas, fôlegos curtos e expectativa para alcançar a Ilha das Cabras.

Abro a porta. Desço. Sorrindo. Feliz por estar de volta. Enrico junta-se a mim. Admiramos a paisagem à frente, abaixo de nós. A praia está deserta.

— Ainda é tão linda quanto eu me lembro — falo.

— Este canto de Ilhabela é meio mágico.

— Eu sempre pensei isso também. — Estendo a mão para ele. — Vamos descer?

Nossos dedos entrelaçam-se. Sorrimos um para o outro, cúmplices da magia de Ilhabela. Caminhamos, de mãos dadas, até a pequena escada que leva para a enseada. Mais cedo, almoçamos na Vila, o centro da ilha, no restaurante onde eu e minha família costumávamos comer. A comida tem ainda o mesmo gosto do qual me lembrava. Peixe com alho poró. Arroz e salada. Dos deuses! Depois andamos pela Rua do Meio, visitando as lojinhas de artesanato e antiquários localizados dentro de edifícios históricos. Construções do século XVII, XVIII. Impossível não ter a sensação de que o tempo parou por ali. E foi impossível não desejar que o local exercesse algum tipo de poder sobre o próprio tempo, e que ele pudesse congelar nessa ilha, deixando Enrico e eu, aqui, entre beijos, carinhos e cumplicidade perpétuos.

Chegamos à areia. Olho para baixo. Sério que eu me esqueci de tirar o tênis no carro? Fora o fato de estar de calça numa praia. Não importa: verão, outono ou inverno. Calça em praia, na minha opinião, é meio brega. E fora que enfraquece o ritual de tocar a areia e a água.

— Ah, droga... deveria ter posto o *short* — desabafo para um Enrico que ainda segura minha mão.

— Ou, melhor ainda, um biquíni — rebate, relembrando-me da voz sedutora, e permitindo que eu roubasse todo o oxigênio da ilha. Essa coisa toda da hiperventilação está ficando irritante...

Solto a mão dele. Como não tem o tal biquíni aqui, melhor mesmo é tirar o tênis e dobrar a calça até os joelhos.

— O que você está fazendo, ruiva? Vai pular no mar de roupa? — Ri. Da minha cara. A rainha das gafes e dos micos.

— Não, senhor chato. Vou apenas entrar na água até a panturrilha.

— Hum... que, por sinal, é bem bonita.

Meu rosto esquenta. Consideravelmente. E, sim. O olhar de Enrico está na minha "bem bonita" panturrilha. Só se esqueceu de acrescentar um adjetivo, o mais correto: gorda.

— Você vem? — Começo a andar em direção à água.

— Daqui a pouco. — E esses olhos que conseguem brilhar mais a cada minuto?

Não resisto. Certo. Estou correndo para encontrar o mar. A areia voa por meus pés. Eu estou no meu habitat. Isto me faz encontrar com a Anabel selvagem, dar-lhe a mão e atingirmos juntas as águas transparentes. Frias. Mas deliciosamente familiares.

Mexo meus pés. Para um lado. Para o outro. Para frente. Em círculos. Ah, como é bom sentir o mar! Um privilégio. Quase como uma dádiva do céu, que é para onde eu olho no momento. Ele está azul. Absurdamente azul para esta época do ano.

Pressinto Enrico saindo do lugar onde o deixei. Viro-me. Ele está caminhando em minha direção. Seu sorriso é tão aberto quanto o céu que acabou de me encantar. Para a vários passos de mim. Existe algo diferente nos olhos dele. Não consigo identificar o que é. Vai além do brilho impressionante. Antes de eu poder pensar mais sobre isso, ele fala:

— Você, com os cabelos soltos caindo por todos os lados, flamejantes, os pés descalços, delicados, e este sorriso de menina, parece um ser mitológico. — Sinto-me hipnotizada. — Talvez uma ninfa.

Dá um passo.

— Ou uma fada.

Mais um.

— Uma sereia.

Alcança-me, entrelaçando as mãos nas minhas, sem nunca deixar o olhar abandonar-me.

— Todas as vezes em que te olhei, me perguntava como você conseguia ser mais linda do que no instante anterior. — O brilho de seus olhos se intensifica. — E finalmente eu sei a resposta: é porque eu sempre descubro um detalhe novo de você.

O beijo, desta vez, foi diferente. Ele veio falando sobre um desejo impossível de ser ignorado. As mãos de Enrico correm por minhas costas, meus cabelos. Eu me agarro a ele, consciente de meus seios contra o peito rígido. Os cabelos de sua nuca enchem minhas mãos. Sou apenas eletricidade, desejo. Quero ficar mais perto. Quero me fundir nessa onda de calor a correr por mim inteira. De repente, é meu rosto, meu pescoço a receber beijos desesperados, sedentos. E eu, a perder o controle, esquecendo o lugar onde estamos. Viva para cada anseio de meu corpo.

Uma voz rouca, trêmula, chega distante em meus ouvidos.

— Você tem noção do quanto eu te desejo, Anabel?

Então, os poderosos braços me soltam. Sinto frio e solidão, de repente.

— Acho que vamos precisar ir embora agora. — Seus olhos estão nublados por uma excitação que é tão minha também.

— Sim. — Com essa palavra, aceito tudo. Principalmente, o que está implícito.

Talvez eu jamais me lembre de como voltamos à casa. Terei provavelmente apenas a lembrança de borrões, que deveriam ser carros, pessoas, construções, correndo ao lado do carro. E Enrico determinado a chegar o mais rápido possível. Mas sempre levarei na memória a imagem de nós dois, frente a frente, na sala, nos olhando, expectantes.

— Anabel, depois que entrarmos naquele corredor não tenho muita certeza se vou conseguir parar — fala, finalmente.

— Não pare, então. Eu não me lembro de querer alguma coisa com tanto desespero quanto eu quero fazer amor com você, Enrico.

— Parece, minha linda, que estamos tendo o mesmo pensamento. — Estende a mão e eu me agarro a ela.

Atravessamos a sala. O corredor. E uma porta surge à nossa frente. Meu coração entra em galope. Enquanto Enrico abre a porta, me puxa delicadamente para dentro do quarto com a cama, arrumada, ao lado de uma porta envidraçada, sinto como se fosse uma virgem tendo a primeira vez de seus sonhos. Isso me deixa um pouco ansiosa. Será que vou corresponder às expectativas dele? Imagino quantas mulheres experientes não tenham saltado para a cama do neurocirurgião sarado e lindo. Mas uma parte de mim está preocupada apenas em realizar as fantasias que tive nos últimos 45 dias.

Encaramo-nos por menos de meio segundo antes que nossas bocas se busquem desesperadas. Um beijo dá espaço a outro. E mais um. Sem pausas para respiração.

Sôfregos. Nossas mãos exploram um ao outro, por cima das roupas e nos espaços visíveis de pele. Tombamos na cama, agarrados. Os beijos de Enrico descem por meu pescoço. Cravo minhas unhas nas costas dele. Um gemido sai de meus lábios. Ouço o zíper de minha blusa ser aberto, expondo o sutiã de renda. Sinto a boca de Enrico entre meus seios. Sua língua contorna a pele em volta do sutiã. Então, seus dentes afastam o tecido, desnudando o seio direito. Sou devorada por carícias alucinantes. Arqueio as costas. Volto a gemer.

— Quando te vi naquele pijama provocante, era exatamente isso que desejei fazer. — Sua voz é um sussurro sensual contra minha pele.

Instantaneamente, busco a barra da camiseta branca dele. Luto para tirá-la. Ele percebe minha aflição e me ajuda. Estou diante de músculos. Ah, minha nossa, é uma montanha de músculos rígidos que me excitam de forma assustadora! Avanço sobre ele, depositando beijos e mordidas em seu peito, braços, abdômen. Agora é Enrico que geme sob mim. Tiro a blusa e jogo longe. As mãos dele sobem por minha cintura, abrem o fecho do sutiã e correm através de meus seios desnudos. A sensação de prazer é tão intensa que dou um grito. Depois outros. Ele sussurra "tão linda" e me puxa ao seu encontro. Voltamos a nos beijar como se fôssemos dois sobreviventes que acabaram de achar água no deserto. Sou deitada de costas. Os beijos recomeçam a me percorrer e, mais uma vez, param em meus seios. Projeto o corpo para frente. Não me lembrava de ser tão sensível nesta região. Seus lábios sugam, lambem, reverenciam meus bicos. Dessa vez, sem pressa. Suas mãos descem por minha barriga e encontram a barreira da calça. Arranho as costas dele. Peço, grito. *Por favor.* Por favor, o quê? Não tenho a mínima ideia. Meu raciocínio espatifou-se. Então, é a vez da calça, junto com minha calcinha, irem habitar o chão. O toque de seus lábios chega à minha barriga, minhas coxas. Eu sou só gemido e mãos agarradas aos cabelos macios de Enrico. Ele faz o caminho inverso, sem nunca parar de explorar meu corpo com sua boca macia. Meio desperta, meio louca de tesão, falo:

— Tira o resto da sua roupa.

Ele me obedece, prontamente. Vejo a calça tactel preta voar, junto com a cueca. Um "ai, minha mãe" deve ter saído alto demais quando vislumbro Enrico nu em pelo. E esplendor. No sentido amplo da palavra. Deita-se ao meu lado. Dá novos beijos. Sinto minhas coxas serem afastadas. Quase falo "finalmente". Então, surgem dedos mágicos sobre meu clitóris. Numa massagem ritmada, deliciosa, que eu não sabia possível existir. É como se ele conhecesse cada área mais sensível de mim. E soubesse como fazê-las criar vida. Estou gritando de novo. Gritando, arqueando o corpo e implorando contra a boca dele. Mas Enrico não está nem aí para a minha aflição. Ele continua a me torturar com seus dedos, sua boca que desceram novamente para meus seios, e seu cheiro está por todo meu corpo. Sinto que terei meu primeiro orgasmo depois de... quantos anos mesmo? Esqueci. Mas vou tê-lo em poucos segundos se este homem não parar com a sessão deliciosa de tortura.

— Eu preciso sentir você dentro de mim, Enrico.

— De onde saiu tamanha ousadia? Ai, minha nossa...

— Seu desejo, minha linda, é uma ordem — sussurra contra meus ouvidos.

Levanta. Pega algo no chão. No bolso da calça? Estou vendo as coisas meio embaralhadas por causa da excitação em níveis alarmantes. Mas sei que é um preservativo. Sinto-me segura. Protegida como nunca me senti antes. Ele reaparece. O sorriso é de um garoto safado. Puxo-o. Ele tomba sobre mim, afasta minhas pernas. Eu elevo meu corpo em direção ao dele. Seu membro desliza para dentro de mim, moldando-se em minha carne. Tantos gemidos ainda não foram suficientes. Tem mais. Muito mais. Abraço Enrico com as pernas. Começamos a executar aquela dança milenar na qual o ritmo se mistura aos sons de dois corpos se conhecendo, se entregando. Se eu dissesse que já senti o que estou sentindo neste momento, seria apenas para parecer a descolada. Ou bancar a prática. A verdade é que jamais senti algo tão mágico, tão paraíso sobre a terra. A cada investida de Enrico é como chegar mais próximo de tocar algo divino. Seria assim o nirvana? Meu corpo, de repente, fica tenso. Tudo perde o foco. O peito de Enrico é um ponto enevoado, distante de meus olhos. Parece que não sou mais eu quem controlo as unhas a arranhar as costas de Enrico. Algo está saindo de dentro de mim. Aquela sensação esquecida. A mesma que eu acreditei nunca mais ser capaz de sentir. O teto se aproxima, de repente, e me mostra a via Láctea, com todas as suas estrelas. Estou delirando.

O orgasmo chega como o bálsamo para minhas feridas. Para os sonhos perdidos. Para o corpo adormecido. As estrelas não estão mais no teto. Agora elas estão dentro de mim, voando em mil direções diferentes, num infinito de sensações. E, então, naquele tipo de momento raro e mágico, percebo Enrico elevar-se ao mesmo céu em que estou. Os gemidos dele são os sons mais lindos que ouvi em minha vida.

Aos poucos, os espasmos tornam-se menos longos. A realidade está entrando devagar novamente. Enrico permanece ainda alguns instantes dentro de mim. A separação é sempre custosa para nós, seja lá o que ela envolva. Então, com suavidade, Enrico me abandona. Deita de lado. O brilho de seus olhos é capaz de iluminar minha alma.

— Uau!

— É... uau! — falo enquanto uma lágrima desliza, rápida, por meu rosto.

— Você é maravilhosa, minha linda. Minha doce Anabel. — Abaixa a cabeça e beija a região molhada pela lágrima.

Meu coração dá um *loop* duplo. Nenhum cara com quem tive uma relação sexual me tratou tão carinhosamente após o ato.

— Sabe — começa, de repente —, quando vi você pela primeira vez, pensei: "O que eu aprontei de tão bom para merecer essa linda ruiva à minha espera?". Agora tenho certeza de que aprontei algo espetacular!

— Você sabe que está me deixando mimada, né? — Preciso brincar. O olhar e o sorriso de Enrico quase me fazem confessar sentimentos que escondo até de mim mesma.

Ele ri descontraidamente.

— Você parece minha mãe falando. Ela diz que eu a acostumo mal com tantos mimos. — Deposita um beijo demorado sobre meus lábios. E muda de assunto. — Estava pensando se você concordaria em me acompanhar na banheira imensa que tem naquele banheiro aí da frente. — Mostra com um gesto de cabeça.

Meu corpo reacende.

— Você e suas propostas irrecusáveis, hein?

E nessa banheira descubro que, sim, é possível ter orgasmos duplos, triplos, múltiplos. O entendimento entre nossos corpos me impressiona. E a conexão que parece existir entre nossas almas me assusta.

Capítulo 30

Hoje é aniversário da minha tia. Estamos conversando na mesa, de vidro e pés de mármore, que deve custar o preço de meu carro, na sala de jantar. Depois de uma tarde inteira de exercícios intensos, estávamos morrendo de fome. Eu, então, propus que fôssemos ao supermercado comprar alguns itens para eu preparar um jantarzinho. Enrico preferiu propor que jantássemos num restaurante do Perequê. Perguntei se ele não confiava nos meus dotes culinários. Ele ficou constrangido. Respondeu que não era isso. Queria apenas me deixar curtir o passeio sem ter trabalho na cozinha. Achei fofo. Mas teimei em cozinhar. E agora estamos comendo arroz, brócolis e filé de peixe com molho de camarão.

— Ela não ficou chateada por que você saiu cedinho para viajar? — Encho a boca com uma garfada. Sei que a cozinheira elogiar a própria comida é falta de modéstia. No entanto, não deve ser um pecado muito grande se eu falar apenas para as paredes de meu cérebro: *Puta merda, que peixe bom*!

— Eu dei um beijo nela antes de sair. Mas, de qualquer maneira, tia Lourdes não gosta de "comemorações cheias de frescuras" — palavras dela. —

Coloca na boca uma garfada tão grande quanto a minha. Olha-me com um brilho que é só carinho. — Você cozinha bem pra caramba, hum, moça?

O cumprimento esquenta meu rosto e minhas orelhas. E não consigo evitar a expectativa adolescente de que Enrico vai completar o elogio com um "já pode casar". É, eu sei... mal conheci o cara e já estou à espera de um pedido de casamento. As mudanças que estão acontecendo dentro de mim estão inversamente proporcionais ao meu tempo de estagnação. Fui de tartaruga a lebre maluca.

O pedido implícito de casamento não aparece, contudo. Para encobrir a vergonha que estou de meus pensamentos, falo um "obrigada" e jogo duas garfadas, em tempo recorde, garganta abaixo. Enrico volta a falar da tia:

— Tia Lourdes tem uma personalidade um pouco forte. Disciplina e nunca demonstrar fraqueza, são os lemas dela. Quando eu era criança, ela estipulava horário para tudo. Tínhamos até mesmo um quadro de horários e tarefas colado na porta da geladeira. E, no topo, ela escrevia sua frase de efeito inesquecível: "Prossiga, cabeça erguida, porque o mundo jamais se curva para os fracos". — Sorri. — Tia Lourdes é uma figura. Não sei o que seria de minha mãe e de mim se ela não estivesse por perto todos esses anos.

Seguro a mão dele por cima da mesa. Estamos um de frente para o outro. O sorriso de Enrico fala em profundo amor, mas os olhos transmitem a dor por feridas que talvez jamais cicatrizem. Uma vontade quase desesperadora de sumir com a tristeza dele ganha meu coração, minha alma. Resolvo tentar, do jeito que posso, desanuviar o clima melancólico que paira entre nós.

— Sua tia teria uma carreira brilhante no exército.

— Também acho. — Acaricia meus dedos, sorrindo. — Eu a chamo de "grande sargenta". Ela é uma mulher alta para o padrão brasileiro. Ossuda e com postura determinada. E adora dizer que nunca teve um único aluno que lhe faltasse com o respeito. Ou eles a respeitavam pelo tamanho. Ou pelo poder dos gritos.

Risadas preenchem a sala iluminada por arandelas espalhadas por todos os cantos, criando um ambiente gostoso de intimidade.

— Então, ela é professora? — pergunto.

— Foi professora do Ensino Fundamental por 35 anos. Aposentou-se há seis. Deu aulas na mesma escola, perto do prédio onde moramos, desde que chegamos em São Paulo.

— É uma profissão dos fortes. A personalidade de sua tia faz todo sentido. — Meu braço está levemente adormecido. Mas não consigo abandonar os dedos de Enrico. E (como!) espero, ele não abandone os meus tão cedo. — As pessoas sempre me perguntavam, quando eu dizia estar cursando Letras, se eu pretendia ser professora. Eu até pensei em dar aulas como professora substituta no começo da faculdade. Mas achei que não ia dar certo. Fiquei imaginando o que os alunos poderiam fazer com uma professora baixinha e com voz de criança.

— Você não tem voz de criança, minha linda. Sua voz é adorável. — Projeta o corpo para frente. Passa o polegar lentamente sobre meus lábios. E acrescenta: — E seus gemidos também.

A carícia em minha boca e as palavras ditas num tom quente me trazem lembranças detalhadas de nossa tarde maravilhosa. Meu corpo esquenta. Encontro os olhos de Enrico. Estão obscurecidos. Não há como ter dúvidas. Ele também está lembrando. Fico a um passo de voar em cima dele e propor que voltemos ao ponto onde a tarde foi interrompida. Porém, ele recolhe o braço e levanta abruptamente.

— Já que você fez esta comida deliciosa, nada mais justo que eu lave a louça. — Pisca para mim enquanto recolhe os pratos.

Impulsiono os pés. Arrasto a cadeira. Levanto-me. *Por que o desespero, Anabel? Você ainda tem dois dias para desfrutar deste homem gostoso.*

Ok. Esqueçam a lebre maluca. Fui de tartaruga a lebre ninfomaníaca.

Entro na discreta cozinha. Ela foi toda montada numa única parede, em aço inox. Armário embutido, fogão, pia e geladeira. Tenho a impressão de que a cozinha só foi construída porque estragaria a decoração da sala abrigar a geladeira naquele cômodo. Aposto que os donos da casa só entram aqui para pegar água gelada. Tudo reluz de tão novo. Enrico está — lindo, forte e fofo — realmente lavando a louça. Paro ao seu lado. Encosto no fogão. Levo a mão à mecha negra sobre sua testa. Deslizo os dedos por ela. Ah, como é bom realizar mais essa fantasia. Acho que faltam apenas outras dez.

— Está tentando me impressionar? — provoco, após recolher a mão de má vontade.

— Estou conseguindo?

— Bastante — confesso.

— Então, meu plano está dando certo. — Abaixa a cabeça e me dá um beijo tão sensual que minhas pernas ficam bambas. Volta a lavar os garfos. — Você vai me achar esquisito se eu disser que gosto de lavar louça?

— Se você não me achar esquisita por gostar de passar roupa...

Rimos.

— Bom, parece que somos dois esquisitos.

Colo-me a ele, mesmo consciente de que, assim, posso atrapalhar seus movimentos. Esquisita não é bem como me sinto. Talvez, insaciável. Ou, apa... deixa para lá.

Enrico coloca o último utensílio limpo no pequeno escorredor. Enxuga as mãos num pano, pendurado no cabide preso à direita da pia. Seu olhar pousa sobre a alça caída de meu vestido floral. A porcaria da alça direita não para em meu ombro. Desisti dela. Inesperadamente, dedos frios traçam um caminho de fogo em meu braço. E a alça volta para seu lugar. Enrico inclina-se até a boca quase tocar em meu ouvido direito.

— Esse seu vestido é incrivelmente sexy. — Passa a língua pelo lóbulo de minha orelha. A mão desce para a minha cintura. Então, vai subindo e o polegar roça em um de meus seios.

Todos os pelos de meu corpo se arrepiam. A boca de Enrico está a centímetros da minha. Agora são as duas mãos deslizando por minhas costas, meus cabelos. Procuro os olhos dele. O desejo está escrito em letras incandescentes em suas íris. Volto a sentir as pernas bambas. Meus dedos avançam sobre o peito recoberto pela camisa azul.

— Se não formos dar uma volta na praia, agora, vou acabar te carregando para o quarto. E só sairemos de lá amanhã.

A voz rouca junta-se às mãos passeando por meu corpo, e minha excitação cala meu raciocínio. Na verdade, sobrou um pensamento claro: *Por favor, prefiro ser carregada para o quarto.* Mas não sou rápida para dizê-lo. Enrico me solta, segura a mão que está sobre seu peito e fala:

— Vamos dar uma caminhada na praia.

Engulo o desejo frustrado. Saímos da cozinha de mãos dadas. A escada que leva à pequena enseada está localizada no canto esquerdo da sacada, na sala. Descemos os degraus. Atravessamos o gramado. Passamos ao lado da piscina. Chegamos ao portão baixo que dá acesso à praia. Enrico, como de costume, pede para eu passar na frente. Tiro as sandálias assim que toco a areia.

A noite está estranhamente quente para o outono. Olho para cima. Há tantas estrelas que é difícil localizar os pontos escuros do céu. É como se elas estivessem entrelaçadas.

— A noite está muito linda — comento.

— Está mesmo. — Para ao meu lado. — Quando vim aqui no outono do ano passado, o tempo estava nublado e frio. A trilha de Castelhanos era só lama, e eu acabei ficando menos de 24 horas na ilha.

— Acho que tive sorte, então. — Busco os olhos dele. As luzes que vêm da casa desenham sombras ao nosso redor. Sinto-me numa atmosfera meio mágica.

— Não. Quem teve sorte fui eu. Tenho um céu lotado de estrelas, o barulho das ondas quebrando na praia... — Faz uma pausa. Pega uma mecha de meus cabelos — e a companhia de uma linda garota dos cabelos de fogo.

Coloco meus braços ao redor de Enrico. Ele me abraça.

— Muito obrigada. Nosso feriado está incrível. Fazia muitos anos que eu não me sentia tão leve, tão feliz! Eu... — hesito. Porém, é ainda mais difícil segurar minha língua quando ela está feliz. — eu queria que isso durasse para sempre. Nunca me senti assim antes. Você me faz bem. Eu...

Sinto uma leve mudança no corpo de Enrico sob meus braços. Ela é suficiente para interromper a loucura que eu diria em seguida. Não tenho certeza se foi um enrijecimento ou um sobressalto. A única certeza é de que ele parou de me abraçar e se afastou de mim.

— Fico muito feliz por você estar se sentindo bem consigo mesma. Tenho muito orgulho de todas as mudanças que você está fazendo em sua vida. E de seus novos projetos. Sempre que precisar, quero que você saiba que pode contar comigo, Anabel — fala.

Que espécie de discurso é este? O galã sedutor recuou com o mar, e novas ondas trouxeram o amigo médico? A alegria, que voava de célula em célula, dentro de mim, de repente, é atropelada pela vulnerabilidade. Estava tudo indo bem até minha (nunca bem-vinda) língua solta deixar meu coração se expressar. Meu sexto sentido tentou avisar que isso não daria certo. Mas a impetuosidade incurável preferiu afogá-lo na empolgação adolescente que me ganhou desde que pisei em Ilhabela.

Adianto-me dois passos. Ah, deuses da vergonha extrema, abram um buraco na areia para eu me enfiar! Então, os braços de Enrico me enlaçam por trás. É impossível evitar a descarga elétrica por todo meu corpo.

— Você me faz bem também, querida. Desde que te peguei em sua casa, estou com o desejo maluco de que os relógios parem.

A risada domina o constrangimento. Parece que eu estava vendo pelo em ovo. Ou, quem sabe, o problema é minha falta de prática em expressar sentimentos. De qualquer forma, é melhor evitar esse terreno movediço.

Desvencilho-me do abraço. Viro de frente para Enrico.

— Vou ver se a água aqui está tão fria quanto a de Pedras Miúdas.

— Não quero te decepcionar, mas a probabilidade é grande — fala numa voz risonha. Faz um carinho em meu rosto.

— Acho que vou arriscar. — Rio e começo a andar em direção ao mar.

Como era óbvio, a água está fria. Mas não me importo. O ritual de tocar o mar é energizante. E me faz sentir parte de algo grande. Especial. Eu me sinto especial. Da forma em que nunca senti antes. Ainda que eu tenha insegurança em expressar meus sentimentos, não posso continuar ignorando-os. Eles estão a cada minuto mais intensos. Admiro o firmamento. Uma estrela parece se destacar entre as demais. Penso em vó Helena. Eu daria qualquer tipo de fortuna para tê-la viva de novo. Eu queria que ela pudesse saber das transformações em minha vida. Que ela soubesse que eu, finalmente, estou perseguindo meus sonhos. Estou feliz. E... apaixonada.

Chega de subterfúgios interiores. Sim. Eu estou apaixonada pelo homem mais espetacular que já conheci. É um sentimento novo, poderoso. Assustador. O chão, sempre firme sob meus pés, está se desintegrando. A queda livre abre-se como única possibilidade. Um lado meu desespera-se para ser conduzido, rápido, ao terreno firme, tocar e abraçar novamente as certezas. O outro deseja ser levado pela incerteza, aproveitar a liberdade e sentir plenamente.

Deixarei para decidir por qual dos lados irei lutar mais tarde, contudo. Agora quero apenas observar os fogos de artifício estourando dentro de meu peito. E a música invadir-me por inteira.

Música?!

Notas de violão chegam aos meus ouvidos. Existe música no ar. E não é produzida pela admissão de meus sentimentos. Ela é real. Olho para trás. Enrico está a um metro, talvez menos. Ele estende a mão para mim e fala:

— A senhorita daria a honra de dançar comigo?

Meu coração explode, juntando-se aos fogos de artifício. Sorrio. Quantas surpresas mais Enrico me revelará? Quanto pode alcançar a felicidade de uma pessoa? A minha, neste momento, é impossível mensurar.

Nossos dedos se tocam. Enrico puxa-me pela cintura. Eu descanso minhas mãos em seus ombros. A luz das estrelas deve iluminar minha expressão de surpresa, porque ele faz um gesto com a cabeça apontando para uma cadeira próxima ao portão da casa. Fala apenas: "no celular". Então, começamos a dançar no ritmo da melodia. Neste instante, presto atenção à música. Eu a conheço. Apesar de que não a ouvia há séculos.

— É a música do filme *Cidade dos Anjos*.

— *Iris*, do Goo Goo Dolls.

— Isso! Ela me lembra da briga que tive com minha amiga, Júlia, na locadora. Ela queria alugar *Cidade dos Anjos* e eu, *As Horas*, com a Nicole Kidman. Daí, ela deu piti, falando que não assistiria a filme depressivo nem por decreto. No final, eu acabei fazendo o gosto dela e nós duas choramos um oceano com *Cidade dos Anjos*.

— Você é dada às lágrimas, hum? — Não sei se é a imaginação ou a certeza sobre o amor que estou sentindo por ele, o fato é que, mesmo na escuridão, consigo ver o brilho dos olhos de Enrico.

— Impressão sua — respondo automaticamente. Meu olhar colado ao dele.

— Eu assisti a esse filme quando tinha 16 anos, com a minha mãe, no cinema. — Uma onda cobre nossos pés.

— Com sua mãe?

— É. Minha tia passou vários dias inventando desculpas para não ir com ela. Então, acabei me oferecendo para ir. Não quis que ela frustrasse uma de suas raras vontades de se divertir. — Sobe as mãos por minhas costas.

— Que filho fofo!

— Mas fui até o cinema morrendo de medo de encontrar alguém da escola onde estudava, e que a pessoa espalhasse para todos que eu estava assistindo a um filme de mulherzinha.

— E você encontrou?

— Não. E adorei o filme. — Nossas risadas misturam-se ao barulho do mar.

Ficamos alguns instantes em silêncio, entretidos nos movimentos ritmados de nossos corpos. Enrico volta a falar numa voz que é pura sedução:

— Eu sempre desejei dançar esta música com uma mulher. Ela é tão "dançável".

— Fico feliz em ser eu a realizar seu desejo. — Abraço seu pescoço.

— Eu também fico feliz que tenha sido você. — Pega uma de minhas mãos e me faz dar uma pirueta. Depois, várias. Em meio a risadas e ao som do solo de guitarra. — Já falei que você é linda?

— Umas mil vezes, eu acho. Mas se você quiser repetir, prometo não implicar. — Dou uma risada, deliciada.

— Linda, linda, linda. — Puxa-me de costas para o interior de seus braços. Beija meu pescoço. — Minha linda.

De repente, meus pés deixam de tocar o chão. Enrico me pegou no colo. E está me girando ao som do final da música e de minhas gargalhadas. Enquanto as constelações entornam umas sobre as outras, logo acima, e o mar quebra sobre nós, eu sei que jamais fui mais feliz. Jamais estive tão apaixonada. Jamais desejei tanto a eternidade de um momento.

***

Os momentos, cedo ou tarde, acabam, entretanto. E nos derrubam numa realidade chocante. Rosa choque, mais precisamente. Esta é minha realidade. Estou na camisola da *Victoria's Secret*, rosa choque, curtíssima, rendada na barra e na parte de cima, encarando o espelho do banheiro, na tentativa de ganhar coragem para sair porta afora e encontrar Enrico no quarto.

Depois de dançar sob a luz das estrelas, concordamos que seria melhor dormir para acordar cedo. Afinal, combinamos de fazer a trilha de vinte e dois quilômetros de Castelhanos no outro dia. Ele foi para o banheiro do corredor, permitindo que eu usasse o da suíte. Porém, tanto Enrico quanto eu sabemos qual tipo de sono vamos ter na cama *king size* atrás da porta onde me encontro, agora, encostada. Se ele tiver ainda dúvidas, a camisola esclarecerá todas.

Ah, nossa, qual foi a última vez que eu me preparei deliberadamente para uma noite de sexo?

Essa é fácil de responder.

Nunca.

Mais ainda. Essa é a primeira vez que o sexo virá conscientemente acompanhado de amor. E eu não sei se posso garantir que minha língua segure esse segredo. Ainda tem uma parte de mim que está cabreira com a reação de Enrico à minha pseudotentativa de declaração na praia. Entrei, claro, em tudo isso sabendo muito bem com quem estava me metendo: o homem cujo coração é um cérebro dos mais pensantes. Mas é meio inevitável ter a ideia clássica dos apaixonados: "Será que comigo será diferente?".

Penteio os cabelos pela décima oitava vez. Não sei o que pretendo com isso. Eles estão já tão escorridos que o próximo passo é arrancá-los um a um. Largo a escova sobre a pia de granito. "Curtir mais". O conselho de Júlia me acompanhou até agora. Não vou permitir que as neuras ocupem seu lugar. Melhor ainda: vou adicionar o conselho do poeta Horácio — *carpe diem*. Mas descartar a parte em que ele fala *quam minimum crédula postero*. Algo como "confie o mínimo possível no amanhã".

Abro a porta. O quarto está às escuras. Ah, entes brincalhões, por favor, não voltem para a minha vida! Onde se enfiou Enrico? Fecho a porta atrás de mim. Então, noto a luz da sacada acesa. E uma silhueta debruçada sobre a grade. Ufa! Ele está lá. Caminho devagar (quase parando) naquela direção. Meus cabelos tombam numa profusão de mechas sobre meu rosto. Eu finjo que não é comigo. É uma ótima saída para esconder a vermelhidão de tomate maduro. Paro na divisa entre os dois pavimentos. Enrico fica ereto. Percebeu minha presença. Vira-se. As borboletas saem em revoadas por meu estômago. O olhar dele vai incendiando da cabeça aos meus pés. É tão eficaz quanto seriam suas mãos. Ele se aproxima. Um vento passa, de repente, por nós. Sinto a camisola colar contra meu corpo. A dois passos de mim, os olhos de Enrico se prendem aos bicos intumescidos de meus seios. Um sussurro rouco chega acariciando-me por inteira:

— Deliciosa...

Imprevisivelmente, Enrico ajoelha-se em minha frente. Abaixa-se. Sinto a língua percorrer o interior de um joelho. Depois, outro. Agarro-me ao batente da porta envidraçada. Todas as zonas erógenas de meu corpo despertam num efeito dominó. Mas isso é só o começo da tortura eletrizante. A boca macia sobe por minhas coxas. Ele deixa, pelo caminho, pequenas mordidas enlouquecedoras. Meus incontroláveis gemidos dão as caras. Duas mãos quentes seguram a barra da camisola e a levanta. A língua está deslizando por minhas virilhas. Roçando a frente da calcinha. Não sei por quanto tempo mais as pernas me sustentarão de pé. Enrico pouco se importa com minhas dificuldades. A língua indomável chega à minha barriga, traça o contorno do umbigo e sobe por meu estômago. Meus gemidos, eu não duvido, devem ser ouvidos da praia ao lado. Então, a ponta da língua passeia, primeiro, pelo bico de um seio. Depois, vai para o outro. Num gesto rápido e preciso, Enrico tira minha camisola. Não tenho ideia de onde ela foi jogada. As carícias sobem pela clavícula. Alcançam meus ouvidos. Ouço um sussurro distante porque estou perdida na excitação e no barulho retumbante que faz meu coração.

— Você é toda deliciosa.

Eu me agarro a ele, trêmula. Ele me pega no colo. Sinto-me em chamas. Tenho um pensamento maluco: *será que não vou queimar seus braços?* A cama surge sob meu corpo. Enrico arranca as próprias roupas em menos de cinco segundos. Volta a me acariciar. Agora, as mãos se ocupam da tarefa. Elas correm por meus pés, pernas. Chegam à calcinha, que desliza até se juntar às roupas masculinas no chão. A excitação está no nível "molhada como nunca estive em toda minha vida". A ponta da língua de Enrico passa levemente por meu clitóris. Arqueio o corpo. Seguro seus cabelos. A provocação é insistente. Sou arremessada na beira de um precipício. É tarde demais para recuar. Nem Enrico quer que eu o faça, pois seu estímulo é a cada instante mais ritmado, mais profundo. E eu tombo numa queda recheada de gritos, espasmos e paraíso.

Meus olhos estão fechados. Meu corpo, mole. O infinito preenche cada célula em mim. Um toque em meu rosto mata levemente a letargia.

— Seu corpo me enlouquece. Você me enlouquece, querida. — As mãos acariciam meus seios. — Me faz querê-la mais a cada minuto.

Abro os olhos. As palavras e o olhar de Enrico fazem reacender meu desejo. E eu só penso em retribuir o prazer paradisíaco que ele me proporcionou há instantes.

— Eu também te quero mais a cada minuto. — Deito-o de costas.

Preciso acalmar a boca descontrolada que tenta devorar cada pedaço do amor da minha vida. Em vão. A sede de Enrico é assustadora. Beijo, lambo, mordisco seu queixo, o pescoço, o peito, os braços fortes, que me excitam vertiginosamente, o abdômen firme, as coxas musculosas. O membro rígido. Ele segura meus cabelos. Ao som de meu nome saindo entre gemidos de seus lábios, eu provoco a penetração. Dito o ritmo sobre Enrico. Ele, olhos semicerrados, coloca as mãos em volta de minha cintura. Prossigo no sobe e desce incontrolável até os gemidos de Enrico vir acompanhados de espasmos que puxam os meus. O orgasmo simultâneo ocorre mais uma vez entre nós. Tão bom quanto foram os outros. Caio em seu peito. Ficamos abraçados por alguns segundos. Então, levanto a cabeça e falo, o sorriso de orelha a orelha:

— Como a gente faz isso?

— Chama-se corpos em sintonia. — Puxa-me de encontro a ele. Beijamo-nos carinhosamente. Quando conseguimos descolar os lábios, nos encaramos. O brilho saiu dos olhos e está por todas as partes de seu rosto. O amor que sinto por ele dobra, triplica, eleva-se a décima potência. Palavras que jamais disse a um homem forçam meus lábios. Não posso pará-las. Não quero pará-las.

— Eu te a...

Um beijo interrompe a frase. Enrico deita a cabeça no travesseiro novamente.

— Não, Anabel. Não vamos trilhar esse caminho. Nosso entrosamento é perfeito. Não precisamos disso.

Não precisamos de quê? Amor? Enrico está tentando me dizer que nossa relação será apenas carnal? Saio de cima dele. Começo a sair da cama. Meu braço é segurado.

— Desculpe. Não quero magoar você. Aliás, magoar você é a última coisa que quero fazer, minha linda. Justamente por isso não quero que demos nome ao que estamos sentindo. Você me entende?

Não. Claro que eu não entendo. Mas não vou iniciar uma discussão por causa disso. Não quero destruir a "magia da ilha". No fundo, eu sabia que era cedo para declarações de amor. Principalmente vindas de um homem que não acredita nelas.

— Não se preocupe, Enrico. Eu estou bem. — Começo a andar. — Vou usar o banheiro primeiro, tudo bem?

Fecho a porta antes de ouvir a resposta. Uma pergunta escancara-se dentro de mim: *E se eu for uma dessas pessoas que não têm sorte no amor?*

Capítulo 31

A sorte profissional está do meu lado. Finalmente. O primeiro dia de trabalho como revisora de textos foi perfeito. A máxima "faça o que gosta e não terá de trabalhar um único dia em sua vida" traduz tudo o que sinto neste momento. O expediente terminou há cinco minutos. A jornada foi de oito horas. Mas só penso em por que passou tão rápido. Além do serviço, a equipe é maravilhosa. Clarissa, a assistente de Rodrigo, é uma fofa. Recebeu-me tão bem que eu senti como se a conhecesse há anos. Bernardo, o assessor de marketing, é um palhaço. Acho que nunca ri tanto num ambiente de trabalho. Paula, sua esposa, a editora de arte, não me deu descanso durante o almoço, dizendo a cada dois minutos que meus cabelos eram lindos. Sem contar a sala onde fica meu computador. Tem tantas estantes de livros que toda hora me pergunto se morri, fui direto para o paraíso e ninguém me avisou.

Encaro a tela do computador. Vou revisar só mais um parágrafo. Disse isso há cinco minutos. Mas agora é sério... eu acho. Estou revisando um livro infantojuvenil. A editora vai expandir a linha editorial, segundo Rodrigo me disse de manhã. Irão focar também no público adolescente. Então, ficará sob minha responsabilidade o primeiro romance que sairá sob a coleção "Garotas & Garotos".

Página 35. Desço o cursor para o final dela. Último parágrafo.

Sabe quando o coração da gente é tão desobediente que ouve uma ordem, bate os pés, vira a cara e faz tudo ao contrário? Pois é... meu coração é desse tipo. Eu digo mil vezes para ele não disparar na frente do Dri, mas ele zomba de mim, dispara e, ainda por cima, tenta fugir por minha boca. Por que é tão difícil para meu coração entender que o Dri não está apaixonado por mim?

Eu sei como é isso, Dani. Ô se eu sei! Mais malcriado do que meu coração, está para surgir.

Rio. Estou conversando com a protagonista do livro, chamando-a pelo apelido e desabafando meus problemas amorosos. Tudo isso porque me identifico com os dilemas que Danielle está vivendo. Uma garota de 14 anos (bate com a minha idade emocional do momento) que se apaixona pela primeira vez justamente pelo garoto mais lindo da escola. E ele nem sabe que ela existe. Certo. Enrico sabe que eu existo. As histórias não são idênticas. Mas ele não está apaixonado por mim.

Salvo o arquivo. Fecho-o. Desligo o computador. Suspiro. Mais uma vez. Outra ainda. As coisas do coração não deveriam ser tão difíceis. Estou entendendo por que evitei envolvimento emocional com um homem até agora. Eu tinha problemas em excesso. Imagina se eles ganhassem a companhia desse sentimento de confusão?!

O feriado acabou ontem às 20 horas, quando Enrico me deixou em frente ao meu prédio. E eu ainda não cheguei a nenhuma conclusão sobre nosso relacionamento.

Mentira.

Concluí que estou loucamente apaixonada. E que Enrico está lutando bravamente para não se apaixonar.

Eu passei a sexta-feira pisando numa atmosfera de sonho. O sábado e o domingo, pisando em ovos. Num primeiro momento, eu me questionei se realmente estava apaixonada por Enrico. Podia ser fogo de palha. Ou por causa de seu bíceps definido. Ou, então, sua voz sedutora. Seus olhos de brilho hipnótico. Seu cavalheirismo. O caráter íntegro. O jeito carinhoso. A inteligência... ok, é claro que eu estava apaixonada. Então, resolvi imitá-lo e voltar a ser Anabel, a prática. Nada de declarações de amor, promessas ou cobranças. A máscara durou pouco mais de um dia. No momento em que eu acordei, na manhã de domingo, e dei com Enrico me observando, soltei um "bom dia, amor". O braço dele ficou tenso sob minhas mãos, os olhos foram desviados de mim, mas, logo, disfarçou com um "bom dia, moça".

Sobrou apenas uma possibilidade: viver um dia de cada vez. Apesar de toda estranheza entre nós depois da quase frase nunca antes dita, nossos beijos, o sexo e o carinho pareceu, nos últimos dois dias, mais intensos. Quase como uma recompensa pelo que nossas bocas estavam proibidas de pronunciar.

Tiro o celular da bolsa. Clico no ícone da máquina fotográfica. A única certeza de tudo isso é a saudade que sinto de Enrico menos de 24 horas depois de termos nos visto pela última vez. Procuro entre todas as fotos, tiradas em Ilhabela, a minha preferida. Aquela na qual um homem, recostado contra uma pedra, com o sorriso mais lindo da galáxia, o brilho de mil sóis nos olhos, me encara como se eu fosse a única mulher sobre a face do planeta Terra.

— Menina, você ainda está aqui?!

A voz de Clarissa quase me faz derrubar o celular no chão. Ela, contudo, me ajuda a evitar a queda. Antes de soltá-lo, dá uma olhada na foto.

— É seu namorado?

Ele é meu namorado? Não tenho ideia. Mas quer saber... que se dane. Posso, pelo menos, viver a fantasia.

— Sim. É lindo, não? — E posso também me exibir um pouquinho?

— Um deus... com o devido respeito. — Ri. — Não teria ele um irmão para me apresentar?

Guardo o celular, rindo também. Saio da cadeira.

— Infelizmente, vou ficar te devendo essa. Ele é filho único.

— Vocês estão juntos há quanto tempo?

Opa! Essa pergunta é mais difícil do que a outra. Porém, de forma misteriosa, a resposta sai sem eu pensar muito sobre ela.

— Há quase dois meses. Mas sinto como se fizesse bem mais.

— Que legal, Anabel! Desejo muito amor e felicidade para vocês. Mas acho que vocês não precisam de meus votos. Suas palavras foram de uma mulher muito apaixonada. E o olhar dele é só amor por você. — Dá um tapinha em meu ombro. — Mulher sortuda. Bom, eu preciso ir. Você vem?

— Sim... — E esse coração que não se acalma dentro do meu peito? Enrico Jr. é só amor por mim? Isto não é música para meus ouvidos. É um show completo!

***

O trânsito de São Paulo, num acesso de bondade, permitiu que eu atravessasse da zona oeste à zona sul em quarenta minutos. Estou entrando na rua onde moro, às 18h30. Isto é ótimo porque terei tempo para desfazer a mala e colocar as roupas para lavar. Ontem estava muito cansada. Não quis mexer com isso.

O portão da garagem se aproxima no mesmo segundo em que meu celular começa a tocar dentro da bolsa. Paro o carro próximo à calçada. Cada terminação nervosa de meu corpo sabe de quem é a ligação. Tiro o aparelho da bolsa.

— Oi, Enrico.

— Oi, Anabel.

Rimos com uma intimidade quase palpável.

— Onde você está, minha linda?

— Estacionada em frente do meu prédio. Acabei de chegar do trabalho.

— Fica aí que estou chegando em alguns minutos.

— Sério?

— Hum-hum. Saí do hospital um pouco mais cedo. Quero te dar uma coisa.

— Que coisa?

— Segura a curiosidade, moça. Já estou chegando. Tchau. — Desliga.

A curiosidade eu posso segurar. O problema é segurar as borboletas de meu estômago e a alegria quicando dentro de meu coração.

Desço do carro. Eu poderia guardá-lo na garagem. Voltar para a calçada, logo em seguida, e esperar Enrico nela. Mas a ansiedade não concordou. Só me resta encostar à porta do passageiro de Charlie. Juntar-me à festa de sensações dentro de mim. E não tirar os olhos da esquina.

Em cinco minutos (sim... revezei-me entre olhar a esquina e o relógio de pulso), a Hilux surgiu no começo da rua. Agora Enrico está parando atrás de Charlie, que empalideceu, de repente. Ao contrário de sua dona, que deve estampar todas as cores do arco-íris no rosto.

Meu namorado (decidi que não há mal em chamá-lo assim... em meus pensamentos, pelo menos) caminha, sorridente, em minha direção. Eu resolvo não esperá-lo me alcançar. Vou ao seu encontro, penduro-me em seu pescoço e encho sua boca gostosa de beijos. Lembro onde estou — no meio da rua — e o liberto. Então, percebo. Há algo diferente nos olhos de Enrico. Estão levemente nublados. Mas o sorriso volta a brilhar em seu rosto. O tom carinhoso apaga minha má impressão.

— Depois dessa recepção calorosa, acho que vou passar por aqui toda noite. — Segura meu rosto. — Como foi seu primeiro dia de trabalho?

— Curto.

Levanta uma sobrancelha. Eu concluo:

— Foi tão bom que poderia ter durado mais.

— É essa a sensação de quando a gente faz o que gosta. — Sorri... tristemente?

— Também pensei nisso... E o seu, como foi? Você parece um pouco chateado...

— Só estou cansado. Tive uma cirurgia que durou quase o dia todo. — Esfrega os olhos. — As segundas-feiras são puxadas no hospital. Mas não resisti à vontade de vir até aqui para te dar uma coisa que comprei.

— Ah, a coisa! — Arrumo a jaqueta dele. Aproveito para acariciar seu peito. É fácil esquecer que estou no meio da rua com este homem por perto.

Ele afasta-se de mim. Abre a porta da cabine dupla, ao meu lado. Tira um saco plástico. Entrega-me. Eu pego, eufórica. João jamais teve a delicadeza de me presentear com nada. Nem em dia dos namorados. Para não bancar a exagerada, uma vez, durante a mudança para o novo apartamento, ele me deu um porta CD. Usado. E inútil. Só compro música via download. Coloco a mão dentro do saco e tiro... um livro de contos de Machado de Assis. 100 contos só para mim! A emoção é muito grande. Enrico se lembrou da conversa de sábado sobre meus autores preferidos. E tem mais. Dentro do saco plástico. Enfio a mão novamente. Tiro duas paçocas.

— Entrei agora há pouco numa livraria e vi o livro exposto. E as paçocas eu comprei...

É. Eu calei a boca de Enrico com um beijo. Ele correspondeu prontamente. As mãos se prendem em minha nuca. A empolgação toma de assalto todas as células de meu corpo. As palavras de Clarissa compõem a trilha sonora do momento. Enfim, estou vivendo um relacionamento de verdade.

Descolo os lábios da boca dele. Preciso agradecer também da forma clássica. Além disso, o espetáculo gratuito para meus vizinhos está indo longe demais.

— Muito obrigada. Você é o melhor namorado do mundo!

Ops...

Solta minha cintura.

— Não foi nada — fala.

A falta de brilho nos olhos de Enrico definitivamente não é mais causada apenas pelo cansaço. Agora tem a ver também com a língua adolescente de Anabel Dias da Silva.

— Eu preciso ir, minha linda. — Passa as mãos pelos cabelos. — Preciso de um banho urgente.

— Você não quer entrar um pouco? — falo porque a educação me obriga. Enrico está andando para trás.

— Hoje não, desculpe. — Para. Puxa-me para dentro de seus braços. Meus ouvidos encostam-se contra seu coração. As batidas estão aceleradas. Como quando se faz um esforço muito grande. Ou se vive uma emoção intensa. — Você sabe fazer feitiços que nem médicos são imunes.

Inclino a cabeça para trás, sem conter a risada.

— Essa foi a cantada mais original que já recebi.

— Não é uma cantada, ruiva. É uma constatação. — Toca seus lábios nos meus, rindo. — Agora me vou mesmo. — Separamo-nos.

— Sábado você vai à apresentação do meu irmão, né?

— Hum-hum. Como eu prometi. Você quer que eu passe para te pegar?

— Não. Vou com minha mãe e o Alan.

— Está certo. Vou deixar você comer suas paçocas, então. — Abaixa e me dá um beijo no pescoço. Meu corpo fica mole. Minha voz sai rouca.

— Você sabe que eu vou engordar desse jeito?

— Vai ficar mais deliciosa do que já é. — A carícia sobe para minha orelha. E termina abruptamente. — Esse nosso problema de não conseguir parar é um caso clínico. — Dá um beijo no dorso de minha mão. — Tchau, querida.

Observo a Hilux ser engolida pela curva no começo da rua, enquanto estou desejando que não exista cura para o tal caso clínico.

Capítulo 32

Existe algo no ar. E não são as vozes das pessoas no teatro onde estou aguardando o início do concerto no qual Alan participará. Essa impressão não é de agora. Começou ontem. Não é exatamente uma impressão. É uma sensação. Lembra um pouco a experiência que tive momentos antes de encontrar a carta de vó Helena para Enrico Balistieri. Desta vez, contudo, não tenho dúvida, é ruim. Não quero me apegar a isso. Minha vida embarcou no trem certo, enfim! Os nós foram desfeitos. Profissionais, emocionais. Os entes zombeteiros perceberam que não iriam ganhar mais nenhuma partida às minhas custas e sumiram. Basta-me viver um dia de cada vez, aproveitando todas as oportunidades, e alegrias, como eu me propus após a conversa com Júlia há duas semanas.

Mas o mau presságio não me ouve. Que mer...

Já sei o que é. Ou melhor, o que são. Primeiro, é a ansiedade por estar prestes a apresentar Enrico para meu povo: minha mãe, Júlia e Caio (e mais tarde Alan e Tatiana). Todos estão sentados na mesma fileira que eu me encontro... de pé. Enquanto meu namorado (como adoro essas palavras fazendo eco dentro da minha cabeça!) não surgir pela porta na lateral do salão, não haverá um ser vivente que me faça sentar. Ainda bem que minha mãe e companhia desistiram de tentar. Segundo, estou triste por causa da prisão de tio Raul. Pois é... Eu não pensei que as palavras sobre "a polícia prender tio Raul, se ele estivesse fazendo algo ilícito" se tornariam uma profecia. Ele foi preso ontem sob acusação de tráfico de drogas. A história ainda está confusa. Alguém o denunciou, a Polícia Federal apareceu, revistou a garagem da casa dele e acabou encontrando cocaína. Minha mãe me disse que o crime é inafiançável. Mas que o advogado entrará com um pedido de liberdade provisória.

Minha mãe é um parágrafo à parte. Sua reação à prisão de tio Raul me surpreendeu. É fato que dona Haidê tem mostrado sinais de mudanças sutis nas últimas semanas. Fora as tentativas meio incômodas de ser "a mãe nota 10", como diria Júlia, um dia desses, ela me comunicou que havia vendido algumas roupas velhas de grifes famosas (leia-se usadas três vezes) e pegaria o dinheiro para comprar uma máquina de lavar nova (a nossa está caminhando sozinha para a sucata). Além disso, ela nem reclamou muito quando eu disse que não poderia mais arcar (praticamente) sozinha com as despesas da casa. Fez apenas uma atuação clássica de vítima. Com tradução livre: "Pobre de mim! Não sobrará um tostão para eu comprar um Prada última moda". Entretanto, a maior surpresa veio, ontem, quando Ricardo nos ligou para avisar sobre a situação de tio Raul. Minha mãe ficou pálida. Desatou a chorar. E eu fiquei perdida, sem experiência em consolá-la. Mesmo assim, eu tentei. Um aperto na mão. Um "calma, mãe. Vai dar tudo certo". A verdade é que eu não tenho intimidade com minha mãe. Nenhuma. Então, me faltou coragem de puxá-la para meus braços e abraçá-la, na tentativa de diminuir sua dor. Mas não me sinto bem por isso.

Parece que o "negócio no ar" tem a ver com várias coisas, no final das contas. Espero somente que isso dê um tempo, pelo menos, durante a apresentação de Alan. Ele está tão radiante por tocar a primeira vez diante de uma grande plateia! E eu mais ainda. Orgulho é uma palavra muito pequena para definir o que sinto neste instante. Porém, junto com esse sentimento, tem também um tantinho de culpa. Culpa por ter impedido indiretamente Alan de vencer tantos obstáculos em tão pouco tempo. O pai de Cláudio vai contratá-lo em definitivo como assistente. O salário dele aumentará. No mês que vem, tem vestibular para a faculdade de música. Alan já se inscreveu. As aulas no conservatório já renderam bons frutos. Não é por nada que ele hoje apresenta suas composições com Cláudio no vocal. E tem também sua querida Tati. Eles se dão muito bem. Ela é compreensiva com os "surtos musicais" de meu irmão. O tipo de surto que o faz esquecer, às vezes, que a namorada está bem ao seu lado, tentando lhe dizer alguma coisa. No meio de tudo isso, tem a minha esperança. A esperança de que as palavras de Enrico, reiteradas quando o medo sobre a saúde de Alan voltou a bater na porta, sobre a cura da epilepsia de meu irmão se convertam em realidade.

— Anabel, você falou o horário certo para seu namorado? Faltam cinco minutos para o concerto começar.

Tomo um susto. Perdi-me nas teias de meu pensamento e me esqueci de onde estava.

— Eu falei, mãe. Ele já deve estar chegando (eu espero! E a dor no meu estômago também).

— Haidê, melhor não deixá-la mais ansiosa. Bel está a ponto de fazer um furo no chão de tanto andar de um lado para o outro.

— Sem piadinhas, Júlia. — Roo uma unha. Ah, merdinha, lá se vai meu deslumbrante esmalte vermelho garganta abaixo...

— Meninas, sem estresse. A apresentação vai atrasar. Essas coisas sempre atrasam. Vão por mim — Caio se intromete. — Mas, pelo amor de Deus, Anabel, sente-se. Senão, serei eu a andar de um lado a outro daqui a pouco.

No instante em que estou formulando uma resposta para o chato do Caio, eu o vejo. Minha temperatura vê. Não, ela dispara. Meu corpo treme. A dor no estômago não melhora. Piora dez vezes. Enrico está parado, lindo de morrer, todo de preto, na entrada da sala.

— É ele. — Acho que falei um pouco alto demais porque todos me encaram, assustados. Em seguida, olham para onde estou com os olhos fixos.

— Gente! — Júlia exclama.

— Faça um sinal para ele nos ver, Anabel — Dona Haidê exige.

Eu levanto as mãos meio adormecidas. Sem necessidade. Enrico já havia me visto. Abre seu sorriso matador. E caminha em minha direção. Eu começo a andar também. Encontramo-nos duas fileiras acima.

— Pensei que você não viesse — falo antes de nos tocarmos.

— Desculpe. Eu tive que visitar um paciente que está internado. — Deposita um beijo rápido sobre meus lábios.

— Tudo bem. Parece que a apresentação vai atrasar. Vem. — Puxo seu braço esquerdo.

Chego à fileira onde ficaremos. Estou mais nervosa do que quando saí. O ritual de apresentações deveria acontecer em efeito *fast forward*. Assim nenhum dos envolvidos teria a chance de olhar em detalhes a situação. Mas ainda não inventaram essa possibilidade. Então, só me resta apresentar um a um, começando por minha mãe.

— Enrico, minha mãe. Mãe, Enrico. — Atrapalho-me um pouco com as mãos durante as indicações. Os dois entenderam, entretanto.

— Muito prazer. — Enrico estende a mão com todo o cavalheirismo que me encantou à primeira vista.

— Prazer. — Apertam as mãos. — Espero que as coisas ente você e minha filha sejam sérias.

E isso é hora de minha mãe bancar A MÃE?

Prossigo com as apresentações. Prefiro não encarar Enrico. Mas nem preciso olhá-lo para saber que ele ficou tenso. Sua aura de tensão está misturando-se à minha.

— Esta é minha amiga, Júlia.

— Prazer, famosa Júlia. Anabel falou muito de você.

— Oi, Enrico. Bel também falou muito de você. Finalmente, ela escolheu bem o namorado. — Dá um pulo da cadeira após um beliscão (não tão) discreto de Caio. — Ai, Caio. Qual o problema? Você sabe que o João era um idiota. Quando ele viria a uma apresentação do Alan?

Ah, deuses da vergonha múltipla, o que está acontecendo com esse povo? Todo mundo resolveu se preocupar com minha vida amorosa ao mesmo tempo? E na pior hora possível?!

Falo o "Enrico, Caio. Caio, Enrico" em menos de dois segundos antes de puxar Enrico para a cadeira. Sentamos, calados. Eu, ao lado de Júlia. Enrico, ao meu lado. Neste momento, minha melhor amiga está ignorando meu nervosismo, enquanto cochicha em meu ouvido:

— Cara, você não exagerou. Berruti-Jackman é gataço! Mas parece que ele está um pouco tenso.

Por que será, não?

Viro-me para lhe dizer essa frase com todas as letras, mas minha mãe parece ter oficialmente recebido o espírito da mãe coruja. Ela quase se debruça sobre Caio e grita para Enrico:

— Você é médico mesmo?

Não, ele tirou o diploma de Medicina para enfeitar a parede! Que espécie de pergunta é essa?! Ela sabe qual é a profissão de Enrico. Foi uma das primeiras coisas que contei para dona Haidê. Que mania as pessoas têm de perguntar o óbvio só para constranger!

— Sim, sou neurocirurgião.

E este sorriso que não alcança os olhos dele?

— Anabel, me falou que você mora com sua mãe e uma tia.

— Mãe, a apresentação vai começar. Você ouviu?

Salva no último minuto do segundo tempo. Ou, melhor, salva pelo primeiro minuto da apresentação de Alan e Cláudio.

***

O recital, que acabou há poucos minutos, pode ser definido em três palavras: suor, lágrimas e (quase) sangue. De Júlia e Haidê. As lágrimas foram pela emoção de ver e escutar meu irmão ao piano. Já o assisti tocando milhares de vezes. Mas esta foi diferente. Existiu uma devoção, uma entrega, uma certeza. Profundas. Sentimentos que eram minados por minha causa. Admito. Alan não apenas ultrapassou todas as limitações. Ele as deixou para trás ao som de cada melodia que compôs nos últimos anos. E que Cláudio soube tão lindamente interpretar.

Quanto ao suor, foi de puro nervosismo. Enrico mal conversou comigo em uma hora e meia. Como batemos um papo de quarenta minutos ontem pelo telefone, tenho certeza de que o mutismo foi causado por Júlia e dona Haidê. Pela língua solta das duas. Júlia não perdeu uma única oportunidade, no intervalo de uma música para outra, de falar, perto de meus ouvidos, o quanto estava impressionada por meu salto amoroso qualitativo ou o quanto acreditava nas boas intenções de Berruti-Jackman. O problema é que a maior parte das frases de dona Júlia saiu alta demais. E eu soube exatamente quais frases foram pelas mudanças bruscas de posição no assento ao meu lado. Porém, o pior veio de minha mãe. No intervalo de dez minutos da apresentação, ela lançou o ataque destruidor: "A próxima vez que sair com a Anabel, sobe até o apartamento. Eu não mordo". Qual tipo de resposta o cara poderia dar a essa intimação? Enrico deu um sorriso amarelo. E eu, um assassino.

Agora estamos caminhando para encontrar Alan. Ele nos preveniu, mais cedo, que sairia por uma porta no fundo do teatro. Num acesso de egoísmo, só consigo pensar se meu irmão também será picado pelo mesmo inseto que fez um estrago em minha mãe e minha melhor amiga. E, quem sabe, de repente, Alan se transforme no irmão-urso.

A mão de Enrico está no meio da minha. Porém, não sinto o aperto ao qual me acostumei em Ilhabela. Um aperto reconfortante, quente e protetor. Parece que apenas eu me envolvi no contato. E ele está a dez quilômetros daqui. Mas não posso culpá-lo. Porque é onde eu também gostaria de estar.

— Olha o Alan ali. — Júlia aponta enquanto caminha à minha frente.

— Essa gente toda está indo cumprimentá-lo também? Por que ficam empatando a passagem? — Comentário de minha mãe, claro.

— Acho que o pessoal está tentando sair — falo, e as mãos começam a suar.

— Anabel, eu queria conversar com você. Será que podemos sair rápido depois de cumprimentar seu irmão? — Ouço a voz de Enrico perto de meus cabelos. Seu tom me diz que a conversa não é sobre meu lindo vestido azul, do qual ele falou apenas rapidamente.

Assim que eu respondo um "tá", alcançamos Alan. Um pouco do peso dentro de mim se dissolve no sorriso de meu irmão. Seu rosto é o *outdoor* da felicidade, ao lado de Tatiana. Caio e Júlia são os primeiros a abraçarem-no. Minha mãe passa por mim como um foguete. Deixou a educação em casa. Agora é oficial. Mas não posso evitar o sentimento de carinho quando vejo mãe e filho abraçados. Pela primeira vez. Desde que tenho lembranças. É uma cena tão linda que preciso refrear minha mão para não deixá-la entrar na bolsa, sacar o celular e tirar uma foto. Uma parte de mim é também melancolia, de repente. Será que algum dia dona Haidê sentirá tanto orgulho de mim que me abraçará com essa vontade toda? Ou será que eu, algum dia, vencerei toda estranheza entre nós e a abraçarei?

Os dois se separam. Eu me aproximo com Enrico. Então, a mal-educada sou eu. Jogo-me nos braços de meu irmão. Amor, orgulho e um pedido de perdão. Deposito tudo neste abraço. E Alan compreende, pois sinto em seu carinho uma intensidade nunca vista entre nós. Pedaços de frases surgem em minha memória: "Eu não vou desistir... depois da música, eu aprendi que as coisas que posso fazer são mais importantes do que aquelas que não posso".

— Obrigada por não ter desistido. E obrigada por me ensinar a não desistir, meu irmão. — As palavras saem de dentro de mim, junto com as lágrimas e o final de nosso abraço. — Sua apresentação foi perfeita.

— Muito obrigado, Belzinha. Você é que me ensinou a coisa mais importante: amar quem eu sou. Apesar de todas minhas limitações, você sempre me amou.

— E sempre vou amar. — Damos mais um abraço. Escuto um soluço. Não sei se é de Júlia. De minha mãe. Ou, se é um dos meus. Separamo-nos.

Sinto um toque em meus ombros. Olho para trás. Enrico está sorrindo para mim. Sorrindo, pela primeira vez, esta noite, com os olhos também. Limpo as lágrimas. Recupero a boa educação. E faço as apresentações.

— Alan, este é o Enrico.

— E aí, cara — Alan levanta a mão esquerda. — Legal te conhecer.

— Muito legal te conhecer, Alan. Você é um exemplo de superação a ser seguido. — As mãos se tocam. Eu vejo a admiração médica estampada nos olhos de Enrico. Maior ainda, contudo, é a admiração humana brilhando em suas lindas íris azuis-piscina.

Tatiana aparece atrás de Alan. Dou um grande abraço nela. Também de agradecimento. E de desejo que ela permaneça em nossas vidas por muito tempo. Aproveito e a apresento a Enrico. Ficamos, todos, conversando alguns minutos no canto do teatro. Relembrando os melhores momentos da apresentação. Mas é meio difícil ignorar o incômodo de Enrico. Mesmo os carinhos em meus cabelos são carregados de tensão. Precisamos conversar. Ganhar tempo só está fazendo mal para nós dois.

Resolvo, então, pedir para minha mãe levar meu carro, no qual vieram ela, Alan e eu. Comunico que vou de carona com Enrico. Ela chia um pouco, diz que não está acostumada a dirigir o Charlie, blá-blá-blá, mas eu finjo que não é comigo. Entro na Hilux. Penso que "a conversa" vai ser iniciada imediatamente, no estacionamento do teatro. Engano-me, porém. Enrico coloca o carro em movimento, para o infarto da minha ansiedade. Atravessamos a cidade em 30 minutos. Um percurso acompanhado de silêncio e maus presságios.

Paramos em frente ao meu prédio. Enrico desliga a ignição. Olha fixamente para a rua deserta. Meu coração está a ponto de voar pela janela ao meu lado e se estatelar no asfalto. Então, o silêncio é quebrado.

— Não vai dar certo, Anabel.

— O que não vai dar certo?

— Nós.

— Por quê, Enrico?

Prenda este choro na garganta, Anabel Dias da Silva!

— Não posso corresponder às expectativas da sua família.

— Minha mãe hoje estava querendo bancar a mãe modelo. Eu peço desculpas. Não sei o que deu nela. Mas você não precisava ficar tão abalado por causa disso. Você está saindo comigo, não com ela, né? — Uma tentativa de piada para desanuviar o ambiente não faz mal a ninguém...

— E suas expectativas, Anabel, quais são? — Encara-me. Os olhos falam de tristeza e coisas definitivas. Definitivamente ruins para mim.

— Eu... — hesito. — Esta conversa é um pouco estranha, você não acha? Parece que estamos iniciando uma transação de negócios. Não um namoro.

— Se você não quer dizer, eu digo por você. — Passa a mão pelos cabelos. — Você não é aquela garota prática que me disse ser quando foi me procurar com a carta de sua avó. Você é como todas as outras que eu conheci: quer viver um amor cor-de-rosa, casar e ter o "felizes para sempre".

— Por que você está fazendo isso?

— Porque eu não sou o cara que você procura.

— Você está sendo tão babaca quanto você acusou o João de ser. Não, Enrico. Você está sendo pior! Você me enganou! Com todo seu cavalheirismo, suas palavras melosas e sua falsa preocupação comigo. Fez tudo isso movido pelo desejo clássico dos homens: levar para cama!

— Ok, estou levemente exaltada. Mas não é todo dia que o príncipe vira sapo na minha frente.

— Não é nada disso, Anabel! Você está distorcendo as coisas ao seu favor. Ambos somos adultos. Eu não te obriguei a nada. Ao contrário, eu deixei você livre para fazer as escolhas. E eu sempre fui muito sincero com você. Desde o primeiro dia em que nos conhecemos. Eu não quero viver um amor cor-de-rosa. Eu não quero me casar. E eu não quero me envolver com uma pessoa que queira isso tudo.

— O problema, Enrico, é que eu já... — Engulo as lágrimas pela décima vez. — te amo.

Essas palavras sempre moraram, clandestinas, dentro de mim. E, no fundo, eu sabia que algum dia elas viriam à tona. Porém, jamais pensei que fosse desse jeito. Ou que elas me deixassem com um gosto ruim na boca. Gosto de humilhação.

De repente, os olhos de Enrico voltam a brilhar. Um brilho que eu não vi antes. Seriam lágrimas represadas?

— Mas eu nunca vou ser capaz de amar, Anabel. Tem algo dentro de mim que não me permite ter esse sentimento. Eu queria muito que fosse uma doença. Seria fácil. Eu sou médico, oras. Eu poderia fazer o diagnóstico e tratar a origem da doença. Só que o problema não pode ser detectado através de exames. Ele é invisível, mas insidioso. Não há nada que eu possa fazer para curá-lo.

Enquanto Enrico falava cada uma dessas palavras, e minhas lágrimas eram liberadas, eu tive uma iluminação. Sim, existe algo que ele pode fazer para se curar. Não por mim. Por ele mesmo.

— A cura é seu pai, Enrico. A única maneira de superar seus traumas é procurar Enrico Balistieri e falar tudo que você guardou por todos esses anos.

— Não vamos começar com isso de novo, por favor! Aquele homem não tem nada a ver com o assunto que estamos conversando.

— Tem tudo a ver! E você sabe disso, Enrico Junior. Aí, dentro da sua cabeça, você sabe muito bem disso! Você será frustrado até o final de sua vida se não encarar de uma vez seus problemas com seu pai. Eu sei disso, querido, porque eu fui covarde por anos. Anos e anos. Eu usava um subterfúgio atrás do outro por medo de sair da zona de conforto a qual me acostumei desde o nascimento de Alan. Era mais fácil bancar a garota que ferrou com a vida do irmão do que bancar meus próprios sonhos. Você se acostumou a tudo isso, Enrico. Além disso, você tem medo de desfazer a imagem do pai vilão que incutiram em sua cabeça.

Enrico passa as mãos pelo rosto. Minha vontade é puxá-lo. E abraçá-lo até o mundo acabar. Mas meu instinto de autopreservação está falando mais alto.

— Eu estou confuso, Anabel. Eu sei apenas que não sou uma boa companhia para ninguém como estou.

— Estamos terminando, então? — E esta dor que vai rasgando tudo por dentro? E que eu não sabia existir...

— Perdoe-me. Eu lutei tanto para não machucar você, para que seu sorriso fosse mais forte do que suas lágrimas. Mas agora estou fazendo justamente o contrário. — Traça com o polegar o caminho que tomou minha última lágrima. — Sempre me lembrarei dos momentos que passamos juntos. Sempre me lembrarei do som da sua voz, da sua risada. Dos seus beijos e da sintonia entre nossos corpos. Muito obrigado por ter passado por minha vida. Um pouco de você sempre estará nela.

Algo engraçado, que deveria ser trágico, está acontecendo. Nossos corpos chamam um pelo outro. Não. Eles gritam em desespero. E, simultaneamente, nós obedecemos às suas ordens. Um beijo sofrido, carregado de "adeus" se inicia. Eu tento fazer com que meu cérebro preste o máximo de atenção ao gosto da boca de Enrico, à textura de seus lábios, ao ritmo mágico de nossas línguas se explorando. Tudo isso para tornar nosso último momento inesquecível. A contradição das contradições. Tenho que esquecer. Mas quero me lembrar para sempre.

Nossas bocas desvencilham-se. Ainda não perdemos nossa característica marcante juntos: a dificuldade em nos separarmos. Ficamos a milímetros de distância. Enxergar a dor nos olhos de Enrico é como estar diante do espelho. Não posso mais continuar perto dele. A palavra sai em meio a feridas que não sei quanto tempo demorarão a sarar:

— Adeus.

Viro-me para a porta. Não há mais nada a ser dito. Nada que não cause mais dor. A porta é destravada. Eu saio, um pouco sem direção, sem olhar para trás ou para frente. Ouço o clique do portão automático. O porteiro percebeu tudo. Eu entro. Não lembro como cheguei ao elevador. Nem em frente à porta do apartamento. Procuro a chave dentro da bolsa. Demoro alguns segundos para achar a fechadura. Abro a porta. Meus soluços passam a ser incontroláveis. Mas não estou sozinha. Diante de mim, surge minha mãe. Não existe incômodo ou estranheza que impeçam meu ato. Vou de encontro aos braços abertos dela. Quando nos abraçamos, sinto como se tivesse voltado à minha infância. Sim, agora eu me lembro. Minha mãe costumava me abraçar quando eu era criança. Ela dizia também que a dor do machucado não era nada. Que eu estava criando uma tempestade em copo d'água. Mas ela me abraçava. Como está me abraçando agora. Como só uma mãe sabe abraçar um filho de coração despedaçado.

— Eu sabia que isso ia acabar mal. Ele é muito bonito para você.

Essa é Haidê Dias da Silva, minha mãe. Ame-a ou deixe-a. Mas, neste momento, eu sinto o maior amor do mundo por ela.

Capítulo 33

Shakira. Queen. Goo Goo Dolls. Led Zeppellin. Doces. Esses são os melhores amigos da minha fossa amorosa há seis semanas. Entre uma paçoca e outra, ouço *Underneath the Clothes*, *Love of my life*, *Iris* e *Stairway to Heaven*. Criando sessões de puro masoquismo exclusivamente para eu me lembrar de cada detalhe dos momentos em que passei ao lado de Enrico. Mas não consigo parar. Ainda preciso continuar conectada a ele de alguma forma. A única coisa que lamento é essas sessões não terem poderes extrassensoriais. Como eu tocar Enrico durante a rememoração. Em alguns instantes de lucidez, principalmente, quando estou no trabalho, os melhores momentos do dia, me pergunto onde está a Anabel rainha da cocada prática. A mulher que era uma espécie de deusa dos sentimentos. Controlava todos (quase) com maestria.

Ela era uma farsa. Bom... quero dizer... não uma farsa total. Eu ainda tenho um lado meio cientista, do ver para crer. Mas agora sinto com mais intensidade. Aceitei que não consigo mandar no coração. Temo não me apaixonar de novo. E ficar presa emocionalmente, pelo resto da vida, a uma pessoa que nunca mais vai voltar. Assim como aconteceu a vó Helena. Talvez tenha sido por isso que eu sonhei com ela na noite passada. No sonho, nós conversávamos numa praça rodeada por tulipas. E ela me dizia: "Minha neta, sua missão não terminou. O choro pode durar uma noite, mas a alegria vem pela manhã". Sei que a maioria das palavras é da Bíblia. Minha avó, às vezes, citava trechos bíblicos durantes nossas conversas. No entanto, não consegui entender a primeira parte, sobre a "missão". E isso me deixou muito encucada. Qual missão seria essa?! Aceitar que ela tinha razão? Eu me apaixonaria de tal forma, um dia, que perder a pessoa amada seria como passar o resto dos dias buscando por minha própria alma? Exageros à parte, pelo menos, um pedaço (pedação) de minha alma está vagando, por aí, à procura de Enrico. Acho que compreendi a missão. Agora só me resta encontrar a manhã que trará a alegria.

Jogo as pernas para fora da cama. Sexta-feira, 20h. E eu estava deitada, fone do celular no ouvido, esperando a próxima música começar. Preciso, no mínimo, tomar um banho. Cheguei da editora, comi uma fatia XG de bolo de chocolate e corri para o quarto. Fingi não ouvir minha mãe gritando que vou acabar com gastrite ou doença pior se continuar nesse ritmo. Faz um mês e meio que ela está cuidando de mim do jeito dela. Um carinho. Duas broncas. Uma palavra amiga. Dez reprimendas. Mas está divertido. Perdi um namorado. Ganhei uma mãe.

Abro o guarda-roupa para pegar um pijama. Ignoro o pijama do Macaquinho *I Love You*, que eu nem sei por que ainda está na primeira gaveta. Eu já deveria tê-lo doado há semanas. Mas sempre me esqueço de tirá-lo dali. E nem vou comentar sobre a camisola da *Victoria's Secret*, à esquerda. Parece que estive vivendo no limbo das mulheres rejeitadas nos últimos dias. E estou precisando de um guindaste para me tirar de lá.

Escolho uma calça de moleton e uma blusa branca de manga comprida. Meu celular toca. Dou um pulo para trás. Caio sentada na cama. Será Enrico?

Chega, Anabel! Não era ele quem ligou na primeira vez que seu celular tocou após o término. E não será tampouco ele na décima quinta!

Alcanço o celular sobre a mesinha do notebook. É. Não é ele. É Júlia.

— Oi, Ju.

— E, aí, quando sai seu caixão para o enterro?

— Você me ligou para fazer suas piadinhas?

— Não, Bel. Eu te liguei porque sua fossa já rendeu tudo que tinha para render. Principalmente, quilos.

— Eu tenho espelho em casa, e tem balança na farmácia da esquina. Não preciso de você me lembrando disso.

— Anabel, é sério. O idiota não merece que você afunde em calorias e lágrimas.

— Agora ele é idiota?! Cadê a Júlia que falava: "Ah, como ele é fofo! Ah, até eu estou apaixonada por ele! Ah, Bel, finalmente, você encontrou o cara dos sonhos!"?

— Ele virou um idiota por ter dado esse pé na bunda filho da... você sabe o quê.

— Eu já te expliquei os traumas dele.

— Sei... mas não existia nenhum trauma quando ele te levou para Ilhabela e passou três dias na cama com você.

— Júlia?! — Caio sentada na cama. — Onde você meteu a mulher do laço cor-de-rosa?

— Ai, desculpe, mas não consigo engolir o que esse Enrico fez com você. O problema é que eu também acreditei nele, sabe? No dia do recital do Alan, quando eu o conheci, ele parecia um cara legal. Carinhoso com você e tal. Não aceito nenhum tipo de explicação para a mudança repentina.

— No fundo, foi melhor, amiga. Pelo menos, ele terminou antes que eu estivesse mais envolvida.

— Mais envolvida? Se você estivesse mais envolvida, compraria toda a *Kopenhagen* do *shopping*.

— Júlia, eu preciso tomar banho. Tchau!

— Ok, parei. É que estou muito preocupada com você. Eu quero que você siga em frente. Dê a volta por cima. Você mudou tantas coisas na sua vida, amiga... Fez tantas conquistas nesses últimos tempos... Estou muito orgulhosa da minha amiga de infância. Você não pode deixar que um cara, que não soube dar o valor merecido, te faça desistir de tudo.

— Eu não vou desistir de tudo, Ju. Ao contrário, estou muito motivada na editora. E aprendendo muito. Mas... — Deito, com um nó na garganta. — ... não consigo parar de amar Enrico. É difícil não desejar que ele apareça do nada, diga que foi tudo um engano e que me ama também. Você entende?

— Entendo, Bel. Vocês tiveram uma coisa muito forte, desde quando se encontraram pela primeira vez. Você percebe por que não tem nexo o que ele fez? As almas de vocês estão interligadas. Estou estudando a Cabala e...

— Ah, não, Júlia! O sofrimento já está grande demais. Não preciso de teorias para piorá-lo. Vou tomar banho. Depois a gente conversa.

— Você promete que vai se esforçar para valer e sair desse buraco?

— Cedo ou tarde, eu vou melhorar, amiga. Não se preocupe mais.

— Escuta, você não quer que eu fale sobre a Cabala. Mas preciso te dizer que te liguei também, porque tive um presságio quando estava lendo o Zohar.

— O que é isso?

— O livro mais importante da Cabala. Deixe-me te falar sobre meu presságio. Eu pressenti que uma coisa muito boa vai acontecer para você. Algo que vai mudar sua vida.

— O Rodrigo vai me chamar para ser sócia da editora? — Rio.

— É sério! Eu não sei o que é. Mas é muito bom.

— Você vê as coisas porque é minha amiga querida. Muito obrigada por tudo! Mais uma vez. Você foi fundamental em todas as mudanças que fiz. Você sabe, né?

— E estou sempre aqui, não se esqueça. Por causa de Berruti-Jackman ou por causa de qualquer outra coisa.

— Eu sei. Amigas de 20 anos recebem uma espécie de diploma que as qualificam como irmãs. Li isso em algum lugar.

Rimos por alguns segundos.

— Então, minha irmãzinha, sacode a poeira, dá a volta por cima, de preferência numa roupa da *Dengo de Menina* e numa bolsa *fashion*. E vamos juntas caminhar pelas ruas da Oscar Freire e, quem sabe, encontrar um novo *boy magia* para você.

— Isso está parecendo *Sex and the City*.

— Foi no que pensei para compor a cena.

Tenho o primeiro ataque de riso em semanas.

— Tchau, sua maluca.

— Tchau, sua linda. Fica bem. Um beijo grande.

— Beijo.

Desligamos. *Banho, aí vou eu!*

***

Nada como um banho para colocar tudo sob nova perspectiva. Agora sou uma pessoa limpa curtindo uma fossa.

Ah, suspiros eternos!

Termino de pentear os cabelos, que, finalmente, resolveram ser obedientes. Na verdade, foram obrigados a ser. Cansei das mechas malcriadas. Cortei a franja no sábado passado. Relutava em fazer isso por causa de meus olhos de lêmure. Mas não dava mais para continuar limpando as lágrimas com os fios de cabelo. E também levei em consideração o comentário de minha mãe. Ela afirmou, do seu jeito sem corte, sem censura, que eu poderia vencer o concurso de "As Mulheres das Cavernas do século XXI". Enfim, se não pode com os inimigos, junte-se a eles.

Entro na sala. Acho que vou revistar a programação da tevê à procura de um filme de comédia. Apesar de, secretamente, desejar que algum canal esteja passando *Cidade dos Anjos*, num retorno abrupto da Lei de Murphy à minha vida. Dona Haidê aparece do nada, toda perfumada, e vestindo sua personalidade preferida.

— A lasanha gelou em cima do fogão. E você não apareceu para jantar. Vá lá, comer.

— Estou sem fome, mãe. — Deito, toda esparramada, no sofá.

— Isso, Anabel! — Aplaude-me (*oi?!*). — Continue assim porque você vai conseguir o que quer: ir parar no hospital direto nos braços de seu adorado médico, desmaiada.

— Ah, não, mãe! Já ouvi minha cota de discursos hoje com a Júlia. — Encaro uma mãe, bem, bem brava mesmo. — Prometo que daqui a pouco eu esquento um prato de lasanha no micro-ondas.

— Quero só ver. Eu estou saindo.

— Você vai pra onde?

— Vou a um barzinho com a Carla e algumas amigas.

— Amigas? Hã, sei...

— Amigas, sim, Anabel. — Arruma a bolsa no ombro. — Estou correndo de homens. Não quero um P de problema e um B de burra tatuados, em maiúsculo, na minha testa.

— Está certo, mãe. Bom divertimento e juízo.

— Obrigada. — Caminha para a porta. Volta-se, de repente, me olhando. *Ai... lá vem bomba.* — Você deveria ter cortado a franja antes. Ficou muito bem em você. Você tem um rosto bonito. — Sai.

É como eu disse... um tapa e um beijo. Essa é a nova relação mãe e filha que dona Haidê e eu estamos vivendo. E agora a diversão está acompanhada da maior alegria do mundo por minha mãe me achar bonita.

De repente, a vida parece melhor. Perfeita. Tenho um emprego maravilhoso. Uma mãe legal. Um irmão superando limitações (na casa da Tatiana, no momento). E um cabelo obediente. Deixei para trás um "namoro" de cinco anos que nunca chegou a ser um namoro. Mas... não tenho Enrico. Ok, minha vida é quase perfeita.

A campainha toca. Eu dou um salto do sofá. Será que minha mãe se esqueceu de alguma coisa? E será que a folga é tão grande que está tocando a campainha por preguiça de pegar a chave dentro da bolsa?

As conjecturas não abrirão a porta. Melhor eu ir até lá.

Abro. Não é minha mãe. É, por todos os meus santos e deuses conjurados, juntos, Enrico?! Minha fossa amorosa deve ter mudado de *status* sem me avisar. Foi de depressão a alucinação. E esta alucinação me mostra um Enrico cem vezes mais lindo, em jaqueta de couro e calça jeans, do que há seis semanas.

— Você tem razão. Eu preciso acertar as coisas com meu pai.

— Você... — A alucinação fala. Não, Enrico Jr. está realmente, em minha frente, falando para meu cérebro dissolvido.

— E você também tem razão: eu sou um babaca. Um babaca que não consegue viver sem você. Por favor, me aceite de volta. Ajude-me a curar essa dor aqui dentro. Ajude-me a acreditar no amor.

Às vezes, a vida gosta de brincar com a gente. Outras, gosta de presentear. Neste momento, ela está me dando o presente mais desejado de todo o mundo. E, claro, ele é recebido com o resto do estoque de lágrimas que eu tinha.

Avançamos juntos. Nossas bocas, corpos, braços, mãos se colidem, frenéticos, numa vontade desesperadora de deixar a saudade para trás. É impossível descrever a intensidade do beijo, dos carinhos. De nossa agonia. Enrico me encosta na parede, ao lado da porta, e seus beijos ganham meu rosto, meu queixo, meu pescoço. E voltam para a minha boca.

— Você tem noção do quanto senti sua falta, querida? De quantas noites não dormi, me lembrando do seu gosto, do seu cheiro? Foram as piores semanas da minha vida.

— Foram as piores semanas da minha também. — Colo-me mais ainda a ele, como se isso fosse possível. Estou zonza, sem fôlego enquanto quero beijá-lo e tocá-lo por inteiro. — Ah, minha nossa, não acredito que você está aqui! Se for um sonho, pode me deixar dormindo para sempre.

Ouço a risada rouca, a minha amada risada rouca. Se eu explodir agora, sem dúvida, será numa chuva de *smileys* fofinhos e sorridentes. A alegria é muito grande!

— Então, vamos continuar os dois dormindo e sonhando. — Ganho um beijo de deixar pernas bambas e corpo mole. Tentamos nos separar. Voltamos a nos beijar. Quatro vezes... quando eu parei de contar. Mas, aos poucos, vamos nos acalmando, acalmando a saudade. Desvencilhamo-nos, sorrindo.

— Nossa! — falo. — Parece que aquele nosso caso clínico está precisando de UTI.

— Não, é uma emergência médica mais grave. Acho que precisaremos até mesmo de desfibrilador. — Ri, enquanto faz um carinho em meu rosto. Depois, em meus cabelos. — Você cortou a franja. — O brilho na linda íris azul voltou!

— Foi o único jeito que encontrei para que meus cabelos parassem no lugar certo.

— Está parecendo uma menina travessa das mais lindas. — Segura meu queixo. — Mas seus olhos estão com olheiras imensas. E a palidez de sua pele me diz que você não está se alimentando bem.

— Isso é um *check-up* médico? — Prendo minhas mãos atrás da nuca de Enrico.

— Não. É que estou me sentindo culpado e duplamente babaca por tudo que te fiz. Desculpe, minha linda! Sinto muito, de verdade.

— Agora estou bem. E você está perdoado. Vem cá. — Puxo Enrico para o sofá. Sento no colo dele. — Eu quero saber de você. Você está mesmo decidido a procurar seu pai?

O peito de Enrico, sob minha mão, infla. Depois esvazia, lentamente. O assunto ainda é delicado.

— Eu pensei por muitos dias. Como você deve saber, não foi uma decisão fácil de ser tomada. Principalmente porque envolve minha mãe. E temi que ela tivesse uma recaída com a notícia de que eu ia atrás do homem causador de tanto sofrimento em sua vida. Apenas ontem criei coragem de chamar minha mãe e tia Lourdes para conversarmos sobre meu pai. Quando falei qual era o assunto, elas relutaram. Tia Lourdes insistia em me fazer desistir de falar de Enrico Balistieri por causa da saúde de minha mãe. — Acaricia minha bochecha com o dorso da mão. — Mas seu rosto banhado em lágrimas e suas palavras, naquela noite horrível em que terminei com você, não saíam de minha cabeça e não me permiti recuar. Depois de muita insistência, elas aceitaram conversar.

— E como foi a conversa? — Deslizo os dedos por seus cabelos. Ah, como eu amo estes cabelos negros!

— Primeiro, eu tive que revelar sobre a carta de sua avó e também que eu tinha ido até a cidade onde fica a fazenda do meu pai.

— Elas não sabiam de nossa história?

— Não, de você elas sabiam. Antes da babaquice que fiz com você, falei muito sobre a garota adorável que eu tinha conhecido. — Deposita um leve beijo sobre meus lábios. — Mas eu falei que te vi na lanchonete do hospital, não conseguia tirar os olhos de você e fui até sua mesa para pedir seu telefone.

— Cara de pau, mentiroso. — Enquanto Enrico ri, eu dou um tapinha em seu peito, que (nossa!) ficou mais rígido em seis semanas?

— Mas ontem eu contei toda a verdade.

— E elas?

— Minha tia Lourdes teve a mesma reação que eu quando soube da carta. Xingou meu pai de todos os nomes; safado, foi o mais leve. Disse que ele marcava a vida das mulheres com ferro e fogo para destruí-las mais tarde. Mas quem me surpreendeu foi minha mãe. Ela sabia sobre sua avó e meu pai.

— Sabia?! — A mãe dele sabia sobre a história entre vó Helena e Enrico Balistieri. Tia Amora sabia. E a missão caiu no colo de Anabel... ainda bem!

— É. Quando ela estava casada com meu pai, ela encontrou nas coisas dele presentes que sua avó deu.

— O pequeno baú!

— Você sabe dele? — Arqueia a sobrancelha.

— Seu pai me mostrou. São recordações de vó Helena que ele guarda. Uma forma de nunca esquecê-la.

— Pois é... Na época em que minha mãe descobriu, eles brigaram. Ela queria que ele jogasse fora; ele disse que as coisas foram dadas por uma pessoa que marcou muito a vida dele e que não seriam jogadas fora. E, dias depois, ela revelou a gravidez e foi expulsa.

— Puxa...

— Ela me confessou que sabia, enquanto esteve com meu pai, que ele não a amava. Era como se ele mantivesse os sentimentos à distância, e cada vez que ela pensava que o tinha conquistado, ele se distanciava ainda mais. Porém, minha mãe estava muito apaixonada e tinha certeza de que conseguiria fazê-lo amá-la. Quando foi expulsa grávida de mim, aquele desejo virou uma doença. A doença que a acompanhou todos esses anos.

— E o que ela pensou sobre sua vontade de reencontrar seu pai?

— Disse que era meu direito; que ela reconhecia o egoísmo, pois sempre soube os paradeiros de meu pai, mas nunca me incentivou a procurá-lo. Disse também que eu deveria fazer o que meu coração mandasse. E para não me preocupar com ela, porque o amor que tinha por mim era muito maior do que qualquer miséria interior que carregava.

— Ah, que fofa! E sua tia?

— Teve um chilique à la Anabel. — Começa a rir.

— Chilique tem a vovozinha. — Começo a bater naqueles braços gostosos, porém, reconheço, os tapas parecem mais carícias.

— Enfim, ela ficou nervosa, irada, não queria saber de jeito nenhum que eu procurasse o "demônio" — palavras dela — que nossa vida era perfeita, por que eu queria revirar o passado morto e enterrado, etc. Eu fui direto à ferida. Lembrei as palavras que você me disse, no hotel. Que tia Lourdes exigiu que meu pai ficasse longe de mim. Então, a questionei sobre isso. Ela ficou meio sem ação. Coisa rara na minha tia. Terminou falando que tudo que fez foi pelo bem da minha mãe e meu. E que se eu quisesse buscar problema, que fosse sozinho e que não o trouxesse para dentro de nossa casa. Bom, essa foi a conversa.

— Isto quer dizer que vamos fazer mais uma viagem?

— Parece que sim. Mas acho que a gente poderia começar a viajar de avião. Acumularíamos rápido milhas para ganhar duas passagens.

Rimos em meio a beijos, que, para variar, são difíceis de interromper.

— E como está seu coração?

— Se eu disser que ele está morrendo de medo do encontro com meu pai, você promete que não espalha para os meus pacientes? — completa em tom de cochicho. — É porque eu brinco com eles, dizendo para passarem o medo para mim que eu sou imune a esse sentimento.

— Falou o menino superpoderoso! — Rio. Sinto o amor elevando-se em uma progressão geométrica dentro de mim. — Seu pai é uma das pessoas mais amorosas que já conheci. Aliás, estou tão feliz porque vou vê-lo de novo! Estou com saudade dele.

— Está querendo me deixar com ciúme, ruiva?

— Ah, a esse sentimento você não é imune? Bom saber... — E essas risadas voltando para mim com força total... — Vai dar tudo certo, amor. — Deito a cabeça em seu peito. — Vocês vão resolver as pendências do passado e terão a chance de iniciarem um relacionamento de pai e filho.

— Será que não é tarde demais? — Apoia o queixo na minha cabeça. Corre os dedos por meus cabelos.

— Eu te disse uma vez e repito: nunca é tarde demais. E, principalmente: o tempo é relativo quando o vemos sob a perspectiva do recomeço.

— Você poderia tentar ganhar dinheiro com essas suas frases de efeito, hum?

— Haha... Acho que é a fome quem a criou. Vamos dizer que estou vivendo de paçoca e bolo de chocolate desde que um certo alguém me mandou passear.

— Então, vamos agora preparar alguma coisa que tenha variedade de vitaminas e carboidratos... COMPLEXOS — frisa. — para você.

— Pode ser lasanha com suco de laranja, doutor? — Levanto a cabeça do peito dele, fazendo beicinho.

— Vou abrir uma exceção se essa boca deliciosa prometer que me dará uma boa recompensa mais tarde. — Seus lábios tocam meu ouvido esquerdo.

— Enrico Junior, que indecência passou pela sua cabeça? — Vermelho sangue. É a cor de meu rosto, que nenhum espelho será capaz de desmentir, neste momento.

— A mesma que passou pela sua, cerejinha. — Enfia a mão por baixo de minha blusa, acaricia meu seio desnudo. Fecho os olhos. E a mão tomba quando a coisa (eu) começa a esquentar. — Melhor irmos logo pra cozinha. Se sua mãe aparece aqui, vou estar encrencado.

— Ela não está. Saiu com as amigas. Estamos sozinhos. — Reconheço minha safadeza. Mas dá para ser diferente?!

Levanto do colo de Enrico, relutantemente. Bem que amor poderia encher barriga. Então, menos de dois segundos depois, ele fica de pé e me carrega em seus braços.

— Eu posso andar.

— Melhor não facilitar. Nunca se sabe se você pode desmaiar pelo caminho.

— Você tem razão. De repente, comecei a me sentir tão fraca... — Apoio a cabeça no ombro dele, rindo muito.

— Eu não falei... médicos sabem das coisas. Agora só preciso saber onde fica a cozinha.

Digo. E para lá sou conduzida, pensando nas palavras de vó Helena naquela "tarde de dúvida". Sim. Reencontrei minha alma. Tomara que ela nunca mais se vá de mim!

Capítulo 34

"*A* jornada só valeu a pena se, pelo caminho, você deixou o que não lhe pertencia e tomou o que era seu".

Essas palavras foram pichadas num dos banheiros da faculdade quando eu estudava. Lembro-me de lê-las, naquela época, e pensar: "Dá-lhe baseado para inspirar a pichadora. Mas ela poderia, pelo menos, ter dado asas à criatividade no próprio caderno". A verdade é que eu não via aplicação prática para a frase. Pareciam-me delírios de uma mente com muito tempo hábil e pouco interesse em pegar no batente. Contudo, ela me acompanhou em todos esses anos. No fundo, me marcou. Apesar de eu nunca ter tentado trazê-la para alguma experiência que eu tive.

Até hoje.

Enquanto a paisagem corre ao lado da Hilux, Enrico desliga-se na direção (um hábito que o deixa ainda mais atraente), sinto como se a frase tivesse sido escrita para mim. Nos últimos quatro meses, eu deixei várias coisas pelo caminho. Um namorado. Um emprego. A mania de atender às expectativas dos outros. O medo de correr atrás de meus sonhos. O medo de me apaixonar. Porém, o sentimento maior de alegria não está relacionado ao que eu abandonei. Ele relaciona-se ao que eu recebi nessa jornada. Ao fato de que cada coisa renunciada foi substituída por uma melhor. E, principalmente, ao fato de eu ter conseguido, sem esforço, o que antes eu buscava à força: o equilíbrio.

Sinto-me serena como há muito tempo não me sentia. Ou melhor, como nunca me lembro de ter sentido. Sei que o amor está me acalentando. Ajudando a criar a sensação de paz. Entretanto, se ele não viesse acompanhado de mudanças internas (e externas), não valeria tanto a pena. Seria como se eu tivesse pegado o que me pertencia, sem ter abandonado o que não era meu.

Tenho sorte. Sim! É Anabel Dias da Silva quem está afirmando isso. Tenho uma puta sorte! Consegui entrar no trem que está sobre o trilho certo a tempo. A tempo de ir ao encontro de meus sonhos e ser feliz. Não sei o que me reserva no futuro (mas bem que gostaria de saber... certo, algumas coisas jamais mudarão), porém, eu sei que estou tendo a chance que vó Helena não teve. A chance de escrever um final maravilhoso para minha história. Acho que minha amada avó, onde estiver, deve estar muito orgulhosa de mim. E de si mesma. Se não fosse a missão que ela me incumbiu, nada disso teria sido possível. Mas ainda não acabou. No meio dessa jornada, surgiu outra missão.

Unir Enrico Balistieri e Enrico Balistieri Jr..

Na real, não posso afirmar que encarei como uma missão. Para ser sincera, eu não acreditava muito no encontro dos dois. Sobretudo, depois do término dramático entre mim e Enrico. O importante, contudo, é que atendi ao desejo de Enrico Balistieri. Estou levando seu filho para sua casa. Para que, juntos, tentem um recomeço. Mais do que isso: comecem um relacionamento que está atrasado há 32 anos.

Olho para o perfil de meu namorado (agora, de verdade!). Faz vários quilômetros desde que ele falou pela última vez. Precisamente, tirando os comentários monossilábicos, não conversamos desde que fui apanhada no apartamento (é, dessa vez, não esperei por ele no portão do prédio. Enrico teve que entrar para ouvir uma minipalestra. Minha mãe discursou calorosamente sobre como uma mulher deve ser tratada e como NÃO deve ser. Só acho que ela deveria ter mostrado a brilhante retórica durante meu relacionamento com o João...). Isso faz quase cinco horas.

— Estamos chegando — comento o óbvio para tirar Enrico dos próprios pensamentos, que, imagino, devem ser torturantes.

— Será que ele vai estar lá? — Olha-me de soslaio.

— Acho que sim... bem, eu não peguei o telefone da fazenda, então não pude ligar para avisá-lo de nossa visita... ok, eu confesso, eu queria fazer uma surpresa. Agora pensando friamente, só espero que seu pai não enfarte com ela.

— Ou eu.

— Ah, pronto, agora quem vai enfartar sou eu!

— Estou brincando, minha linda. — Pega minha mão. Deposita um beijo no dorso. — Mas eu estou um pouco nervoso. Não sei ainda o que falar quando estiver frente a frente com meu pai.

— Você ter parado de chamá-lo de "aquele homem" já foi um progresso. — Sorrio. — Eu tenho certeza de que as palavras vão surgir no momento certo. Você deu o passo mais importante: está a caminho de encontrá-lo.

— Eu tenho algumas memórias da primeira e última vez que o vi. — Muda de assunto, de repente. E a voz fica distante. — Lembro-me de ter sentido medo da voz poderosa dele. E, depois, me sentir seguro quando seus olhos me encararam. Mas a memória mais nítida que eu tenho é do pedido de desculpas estampado no rosto, que todos diziam tão parecido com o meu, enquanto alguém me arrastava para longe. — Respira profundamente. — Essa última imagem deve ter sido criada pelo meu cérebro. Eu só tinha cinco anos de idade naquela época...

Engulo o nó que se formou em minha garganta.

— Eu tenho uma ou duas lembranças bem nítidas dos meus cinco anos. Por que você não teria também? E tem outra: coração de criança nunca se engana. Se essa imagem permaneceu com você, ela aconteceu na realidade.

— Você é uma supercompanheira, querida. — Pega novamente minha mão e a prende junto ao peito. — A máxima "Atrás de todo grande homem, tem uma grande mulher" faz bastante sentido.

— Obrigada... — Sinto o rosto esquentar de prazer.

— Mas acho que teremos que adaptá-la para a nossa realidade. Alguma coisa neste sentido: "Ao lado do grande Enrico Balistieri Junior tem uma pequena, linda e deliciosa Anabel".

Nossas risadas invadem o interior do utilitário e são levadas pelo vento, conforme percorremos a avenida que passa em frente à fazenda.

Em poucos minutos, paramos ao lado da Fazenda Helena. Enrico desliga a ignição. Vira-se para mim e sorri. O sorriso é como o de uma criança que quer mostrar valentia no primeiro dia de aula numa nova escola. Meu coração aperta o peito. Puxo-o ao meu encontro. Abraço-o forte. Quero dizer mil palavras de encorajamento. Mas apenas as mais importantes saem da minha boca:

— Vou estar ao seu lado. Vai dar tudo certo, amor. — Separo-me dele.

— Obrigado. — Delicadamente, deposita um beijo em minha boca.

Saímos da Hilux. Só, então, percebo que tem um homem, agachado, consertando a cerca ao lado da porteira. Solto suspiros de pura alegria. Parece que o universo está conspirando a nosso favor. Não precisaremos tocar na casa, avisando de nossa chegada. Será uma surpresa completa.

Quando me aproximo, o rapaz levanta, tirando o chapéu para nos recepcionar. Eu o reconheço.

— Oi, Mateus!

— Ruiva bonitona, *cê tá de vorta?*!

— A ruiva bonitona voltou acompanhada do namorado desta vez. — Braços fortes me enlaçam pela cintura.

— Enrico! — Dou uma cutucada no estômago dele. Mas minhas risadas tiraram o efeito da reprimenda.

— *Cê* é familiar... — Estreita os olhos.

Antes que Mateus saiba exatamente de qual família é Enrico, eu intercedo:

— Seu Enrico está na fazenda, Mateus?

— *Tá* na casa, sim.

— Será que você poderia abrir a porteira para nós? — peço.

— Posso, sim. *Cês veio* de visita, é? — Põe o chapéu de volta.

— Uma visita surpresa. — Sorrio, segurando firme a mão de Enrico.

— Ara, que bão! Seu Enrico fala muito *n'ocê*. Ele ficou impressionado *c'ocê*... Isabel, é?

— Anabel. — Rio.

— Vocês se importariam de deixar a conversa para depois? — A mão fica tensa em volta da minha. Sinto-me envergonhada por ter me perdido no bate-papo e esquecido do motivo de estar aqui. Mateus começa a abrir a porteira. Mais uma vez, olha Enrico desconfiado. Eu puxo meu namorado para a Hilux antes que mais perguntas surjam.

A porteira é aberta. O utilitário entra em movimento. Tomamos a alameda que conduz à casa principal. O silêncio é sepulcral. Noto, contudo, o interesse de Enrico pela paisagem que nos circunda.

— É lindo, não? — falo.

— Muito. Quando pensei sobre este lugar, não o imaginei assim. Imaginei uma paisagem ressequida, triste. Acho que deixei o sentimento da relação com meu pai contaminar minha imaginação. — Ele observa a pequena chapada que tanto me encantou. — Gostaria de algum dia ir até ali. Parece o lugar perfeito para recarregar as energias.

— Vou pedir para seu pai nos levar até lá quando vocês terminarem a conversa.

— Se essa conversa terminar bem... — Para de falar abruptamente.

— Ela vai terminar. Eu sei que sim. — Faço um carinho em seus cabelos.

A casa, aos poucos, vai se tornando mais próxima. O encontro entre pai e filho mais real. Agora o nervoso é todo meu. Minhas pernas se transformaram em creme *chantilly*. Meu coração é a própria batedeira. Entregar a carta de uma avó falecida não chega nem perto de "entregar" um filho ao pai. No momento, a maior preocupação que eu tenho é se causarei uma comoção irreversível em Enrico Balistieri. Para variar, deixei a impetuosidade agir em mim. Vim com a cara, a coragem e a vontade de surpreender... sem pensar muito nas consequências.

Fim de percurso. Estamos estacionados ao lado da varanda. Respiro em dez idiomas diferentes. Enrico está parado, encarando o painel do carro. Alguém precisa se mexer. Antes que Enrico Balistieri surja do interior da casa. Abro a porta. Desço. Sozinha. Meu (não tão) destemido neurocirurgião continua no mesmo lugar que o deixei. Ouço passos, de repente. Abraço-me para tentar acalmar as batidas frenéticas de meu coração. A porta do motorista ainda não se pronunciou. Mas a porta da frente apresenta Enrico Balistieri, alto, cabelos branquíssimos, e sorriso de rosto inteiro, do jeito que o deixei há dois meses e meio.

— Pequena Anabel, que adorável visita inesperada! — Desce os degraus da varanda. Vou ao seu encontro. E nos damos um abraço apertado. Engraçado. Eu sinto como se ele fosse meu avô. Talvez até mais do que vô Getúlio tenha sido.

— Como o senhor está? — Separamo-nos. Ainda nenhum ruído vindo da Hilux.

— Convivendo com os ossos velhos de sempre. Parece que eles resolveram se tornar inquilinos chatos. — Pisca para mim, todo Enrico Jr.. As primeiras lágrimas escalam minha garganta. — Você trocou de carro? Não é muito perigoso para uma moça delicada como você dirigir um monstro destes?

Nesse momento, finalmente, ouço o barulho pelo qual esperava. Em vez de olhar para trás, encaro Enrico

Balistieri. A emoção que ganha seus olhos derruba minha primeira lágrima. A brisa fria, que tentava se enroscar entre nós, desaparece. Um passarinho, que piava ao longe, silencia. O universo, de repente, parou para assistir à troca de olhares entre pai e filho. Então, eu viro-me para Enrico Junior. Ele está congelado, logo atrás de mim. Seus olhos, os brilhantes azuis-piscina, que me fizeram ficar de quatro desde o primeiro dia, retrocedem no tempo. Estou diante de um menino de 5 anos. Um menino que não sabe se corre para abraçar o pai, de quem sentiu muita falta, mesmo quando bancava o adulto, dizendo que já nem se lembrava mais dele. Ou se foge correndo, assustado, às lágrimas. O primeiro passo terá que ser meu. Obrigo minha voz a sair clara. Mas o que direi a seguir não ajuda muito a controlar a emoção. Digo do mesmo jeito:

— Vim até aqui para concluir outra missão, seu Enrico. – Respiro fundo para controlar um pouco, pelo menos, o choro. — Trouxe o seu filho.

— Não, cara menina, você trouxe mais do que isso. Você trouxe o pedaço de mim que estava faltando há 32 anos. — A lágrima solitária faz questão de passar por cada sulco da pele antes de abandonar seu rosto. Desvia os olhos para Enrico. Fecha os olhos. Mas torna a abri-los, instantes depois, enquanto novas lágrimas abrem caminho. — Me perdoe, meu filho. Perdoe minha covardia por ter deixado você partir 27 anos atrás. Principalmente, Enrico, eu peço perdão pelos 32 anos que eu não estive presente. Eu não soube ser seu pai quando você esteve por perto, mas a vida me ensinou a ser seu pai enquanto você estava distante. E tudo o que eu fiz, desde o dia em que nos vimos pela última vez, meu filho, foi por você. Cada vitória que tive foi pensando em pegar o prêmio para te oferecer. O problema, Enrico — Parece engolir com dificuldade. —, é que o gosto dessas vitórias foi amargo. Porque você não estava ao meu lado para comemorarmos juntos. E em todos esses anos, meu desejo ainda é o mesmo: ser seu pai de verdade. — Dá um passo, vacilante. — É impossível alterar os primeiros 32 anos de sua vida. Mas atenda ao pedido de um velho egoísta: altere os últimos dias da minha vida. Seja meu filho de verdade.

Em meio a uma cortina de lágrimas, noto Enrico dar também um passo. Mais do que isso, gritando por minha atenção, são as lágrimas que, enfim, meu amor deixa lavar suas feridas, seus sonhos despedaçados e seu medo de amar. Palavras trêmulas saem junto aos soluços que cansaram de ficar escondidos:

— Eu nunca me esqueci do senhor, pai. Nunca consegui esquecer.

O universo, então, abandonou a cena para reger a mais linda sinfonia enquanto pai e filho unem-se num abraço. A brisa voltou a dançar, mais alegre, agora, entre nós. O passarinho reapareceu, entoando a canção com mais harmonia, mais vontade. Porém, a coisa mais linda que o universo fez foi permitir que o sol, tão escondido atrás de grossas nuvens de frio, surgisse e abençoasse aquele encontro de duas almas sofridas, mas que tanto amor carregam dentro de si.

Um sorriso insinua-se entre meus soluços. Lembro-me das palavras que meu pai me disse uma vez: "Filhos nunca crescem tanto que os pais não consigam pô-los no colo. Para nós, vocês serão sempre os bebezinhos que trouxemos da maternidade". Enrico Balistieri aperta tão forte Enrico em seus braços que, penso, se não fosse sua idade avançada, o carregaria no colo. Não. Na verdade, acho que Enrico o carregaria antes. Meu namorado também não fica para trás no desespero de apagar os anos em que esteve longe do pai. E como eu entendo o que eles estão sentindo! Se meu pai estivesse, nesse momento, perto de mim, eu teria força suficiente para girá-lo no ar.

Também nunca consegui esquecer o senhor, pai. Eu daria tudo para abraçá-lo novamente — essas palavras saltam em meu cérebro. A saudade apodera-se de cada pedaço dentro de mim. Meu corpo é sacudido por novos soluços, que me enfraquecem. Recuo três passos. Encosto-me à porta da Hilux. A cena que se desenrola à minha frente vai perdendo a nitidez. A última vez que meu pai e eu estivemos juntos passa como um filme em minha cabeça. Estávamos à mesa do café da manhã. Ele me perguntou se eu estava indo bem na faculdade, do mesmo jeito como costumava fazer desde o jardim da infância. Eu respondi que minhas notas, no geral, eram muito boas. Mas que a nota de Teoria Literária poderia ter sido bem melhor do que um medíocre 5,5. Então, ele se levantou da cadeira, contornou a mesa, depositou um beijo em minha cabeça e disse: "Olhe pelo lado bom, filha. Essa nota, que você considera medíocre, a impulsionará a fazer melhor da próxima vez. E esse é o maior presente que podemos receber da vida: a oportunidade de sermos melhores num outro dia".

Essa lembrança espalha uma paz imensa dentro de mim. Pouco a pouco, vou me recuperando. Minha atenção é atraída de volta para pai e filho, que estão se afastando do abraço. Sim. A vida lhes deu a oportunidade de fazer melhor. E desejo que eles a agarrem com ambas as mãos.

Os dois se encaram por alguns segundos. Enrico Balistieri é o primeiro a sorrir. E eu não tenho mais dúvida: vó Helena não teve outra saída a não ser se apaixonar loucamente por ele. Assim como eu não pude resistir aos sorrisos que conseguem acender ainda mais os olhos de Enrico. O tipo de sorriso que ele oferece agora ao pai.

— Você se tornou um rapaz alto e forte, meu filho. Puxou ao pai. — Enrico Balistieri dá um tapinha nas costas de Enrico. — Antes de eu ter me transformado numa pilha de ossos velhos e chatos, também fui assim como você.

Enrico dá uma risada rouca, que enche minha alma de melodia.

— O senhor está ótimo. Está vendendo mais saúde do que muito jovem por aí.

Subitamente, o silêncio domina a todos. Permaneço onde estou, contra o utilitário, tentando me tornar invisível. Quero que esse momento tão importante de reencontro seja só deles.

— Você me perdoa mesmo, meu filho? Eu errei muito ao longo desses anos. Sobretudo, quando deixei sua mãe e sua tia o levarem de mim. Mas eu fui fraco para reparar esses erros. Para ser franco, tive medo de procurá-lo. Meus maiores medos eram que você me rejeitasse e encontrar ódio em seus olhos. Eu não poderia suportar conviver com isso pelo resto dos meus dias. O peso de seus olhos tristes, quando foi arrastado por sua tia, ainda é muito grande dentro de mim.

— Eu pensei que nunca o perdoaria, pai, não vou negar. E a principal razão para isso é o sofrimento pelo qual minha mãe passou desde que vocês se separaram. — Enrico limpa os vestígios de lágrimas em seu rosto. — E por muito tempo, eu acreditei que havia conseguido bloqueá-lo da minha vida... — Faz uma pausa. Toma um fôlego longo. — Mas, a verdade, é que o senhor sempre esteve ali, à espreita, atrás da porta que eu pensei ter trancado na minha adolescência. De lá, às vezes, chegavam vozes com as quais eu lutava bravamente. Porque elas tentavam sempre me dizer que enquanto estivéssemos vivos, havia esperança de nos encontrarmos. Eu lutei muito mesmo para não ouvi-las. Eu não queria mais ter expectativas. Não queria mais acordar me perguntando se seria naquele dia que o senhor me procuraria. Mas eu aprendi muito cedo que a vida nem sempre acata nossas decisões. Ela tem personalidade indomável. — Ele ri. E, dessa vez, não consigo me manter invisível. Rio também, e ele olha para mim. — Tão indomável quanto uma certa ruiva que foi a responsável por eu entender que poderia ser eu a procurar o senhor. E poderia perdoá-lo. — Pisca ternamente e estende-me a mão, que eu seguro em volta das minhas.

Enrico Balistieri encara-me com olhos tão ternos quanto os do filho. Sinto-me especial de tal maneira que acredito flutuar até eles.

— Minha querida Anabel, muito obrigado por ter atendido ao pedido deste velho, que cometeu tantos erros na vida. E que talvez não merecesse receber uma bênção tão grande ao final dela. — Abre os braços. Eu solto a mão de Enrico. E me aconchego, pela segunda vez, nos braços

Enrico Balistieri. Sinto seu coração batendo forte sob meu ouvido. Fecho os olhos.

As maiores bênçãos dessa jornada quem ganhou foi eu. Mas vou deixá-lo pensar que foi ele. No começo, eu buscava apenas me livrar, a qualquer custo, de uma missão inusitada. No final, recebi de volta todo o amor que acreditei ter sido enterrado junto com vó Helena. E a oportunidade de reescrever minha história.

Separamo-nos. Volto para os braços de meu namorado. Enrico Balistieri olha para o filho. Então, volta seu olhar para mim.

— Pelo que estou vendo você seguiu meus conselhos, não foi, filha? Você lutou também contra seus fantasmas e saiu vencedora?

— Sim, seu Enrico. — Sorrio. — Venci cada um deles.

— Vencemos, querida. — Enrico deposita um beijo suave em meus lábios.

— Estou muito feliz em vê-los juntos. Não poderia desejar uma nora melhor do que você, minha querida. — Dá um sorriso que abre espaço para intensificar a ternura em seus olhos. Fico levemente constrangida. O namoro entre mim e Enrico começou há pouco tempo. Temo que a euforia de Enrico Balistieri em me considerar já uma parenta possa chatear meu namorado.

Separo-me de Enrico. Dou um passo para me distanciar dele.

— Também estou muito feliz pelo desfecho dessa história, seu Enrico. Quando recebi a missão de vó Helena, jamais imaginei que fosse embarcar nessa aventura. Ou que fosse ajudar a resolver questões familiares tão importantes, que mudariam a vida de duas pessoas para sempre. Mas... — Engulo em seco. Sinto-me uma intrusa, de repente. — Agora acho que vou dar uma volta pela fazenda para que vocês possam ter um pouco mais de privacidade para conversarem.

Pai e filho me olham confusos. Tenho plena consciência de que estou agindo de forma estranha. No entanto, não quero provocar incômodo em Enrico por ser obrigado a explicar nossa recente relação para o pai. Eles acabaram de se encontrar. Devem conversar sobre acontecimentos dos 32 anos em que estiveram distantes. E não sobre um namoro que acabou de começar.

Não dou tempo para se recuperarem do espanto. Começo a me distanciar dos dois. Entro numa pequena trilha ao lado da casa. Não sei para onde estou indo. Apenas quero ir para longe e dar privacidade a pai e filho. Porém, começo a sentir algo bizarro, como se alguma coisa me chamasse. Não uma pessoa. Uma sensação. Sim. Mais uma vez, sinto uma energia poderosa me atraindo.

Ando alguns minutos. Então, eu vejo. Um lago. E uma ponte sobre ele. *A Ponte Japonesa*. Monet. A comparação desaba em minha cabeça. Apesar de existirem várias diferenças entre a paisagem em minha frente e aquela pintada pelo francês, elas se parecem muito. O lago é estreito. A ponte é pequenina. E a vegetação da margem está bem alta. Sou a cada instante mais atraída para lá. Até que toco o gradil. Caminho pela ponte. Paro na metade dela. A energia misteriosa acaricia-me por inteira. E concentra-se em meu braço esquerdo. Fecho os olhos. Ela é tão boa! A lembrança de vó Helena surge. Inesperadamente. E a vontade de falar com ela também. Nem paro para pensar sobre a maluquice que pode ser falar com quem já morreu.

— Sabe de uma coisa, vó, eu xinguei muito a senhora quando recebi a missão "presente de grego". É. Foi como eu a chamei. Eu achava que a senhora estava sendo sádica, que não era uma vovó fofa coisa nenhuma. Queria era me ferrar. Desculpe, vó! — A energia sobe por meu braço. No entanto, não abro os olhos. — Agora eu sei. A senhora queria na verdade me devolver minha vida. Mas, sabe de outra coisa, dona Helena? A senhora acabou devolvendo a vida de três pessoas. — Minha mão, braço e rosto formigam. — Quem diria, não? Espero que a senhora esteja feliz, aí, onde está. Sinto tanto sua falta! A dor se transformou numa saudade tão profunda... — Algo se espalha em volta de mim. Mais forte do que a energia. Como braços a me consolar. — Ah, vó, só mais duas coisas. Eu me apaixonei. Sim, vó. Amo demais um homem, mas não quero nunca sentir o que é buscar a alma dele por toda a eternidade. Ao contrário, quero que nossas almas permaneçam juntas, caminhando na mesma direção, no mesmo ritmo para sempre. E, vó, Enrico Balistieri nunca deixou de amar a senhora. — Então, o poderoso toque vai desvanecendo. Fico apenas com um cheiro adocicado a passear por meu corpo.

Barulho de passos me faz abrir os olhos. Viro-me para a direção de onde eles vêm. De onde eu acabei de vir. Enrico Balistieri e Enrico Jr. estão andando em minha direção. Quando alcançam a ponte, Enrico Balistieri fala para o filho:

— Diga para ela o que acabou de dizer para mim. Mais ainda. Diga todas as palavras que tem dentro de seu coração, como se não fosse ver Anabel nunca mais. Porque, meu filho, a grande verdade é que nós nunca sabemos quando será a última vez que veremos o grande amor de nossa vida.

Enrico Balistieri faz um carinho no ombro do filho. Então, vira as costas e começa a fazer o caminho de volta para a casa da fazenda.

Enrico me olha como se tivesse encontrado algo muito precioso. Não me mexo. Mas tudo dentro de mim está em movimento. Antes que eu possa falar alguma coisa, ele para, alguns passos distantes, e diz:

— Seus grandes olhos marrons me impressionaram desde o primeiro instante que te vi. Seus cabelos cor de fogo, logo que te conheci, me fizeram travar imensas batalhas internas... todas perdidas, porque o desejo de tocá-los sempre vencia. Seus lábios carnudos, tão macios, me obrigam a ir e voltar, mas nunca me sinto verdadeiramente saciado. Seu corpo me enlouquece, me conduz para Lua, Marte, Saturno quando fazemos amor. Sua personalidade impetuosa, mas, ao mesmo tempo, tão doce, me atrai como num doce canto de sereia. Você, inteira, minha Anabel, meu amor. Você é a mulher que me fez acreditar no amor. Não... Na realidade, você é a mulher que me fez enxergar o amor dentro de mim. Um sentimento que estava adormecido à sua espera por toda a minha vida. Mas eu tinha tanto medo de libertá-lo. — Fecha os olhos de onde duas lágrimas escorrem, fazendo companhia às minhas, que não param de cair. — Quem me dera eu soubesse moldar palavras em que coubesse o tamanho do amor que sinto por você. Desculpe. Posso apenas te oferecer estas: Eu te amo.

Os passos que nos distanciam são cobertos por nós dois, ao mesmo tempo. Então, nos jogamos um nos braços do outro. Minhas palavras se tornaram supérfluas. Basta o som de nossos corações batendo num ritmo só. E nossos lábios, unidos, prometendo a eternidade.

Epílogo

Vou jogar o buquê. Em 1... 2... 3... e...

Eu peguei!

Estou no casamento de Júlia e Caio. É claro que o buquê veio parar em minhas mãos propositalmente. Mas não fui eu quem pediu para minha amiga fazer isso. Foi ideia dela. Segundo Júlia, não existe melhor agouro para a vida amorosa de uma mulher do que pegar um buquê. Não que eu precise desse tipo de amuleto. Estou bem longe disso, na verdade.

Olho para trás. Enrico e seus olhos cheios de constelações sorriem para mim. Eu seguro a barra de meu vestido e vou ao seu encontro, no outro lado do salão. Ontem completamos 14 meses de namoro. Sinto como se fossem 14 mil dias vividos em 14 horas. Cada instante é um pedaço de eternidade que passa muito rápido.

— Quer dizer que você adquiriu o primeiro item de nosso casamento? — Puxa-me para seus braços.

— Isso é um pedido? — Beijo seu queixo.

— Pensei que tivesse aceitado seu pedido e você aceitado o meu ontem.

É. Eu pedi Enrico em casamento ontem à noite. E, sim. Ele me pediu também.

— Eu já falei que eu te amo? — Segura-me pela cintura. Encosta a testa na minha.

— Acho que só hoje umas três vezes. Mas pode repetir, porque você pode ter falado muito rápido ou muito baixo.

— Como eu te amo, minha linda, meu amor dos cabelos de fogo! — O beijo acontece tão bom quanto todos os outros. Talvez melhor. Porque esse contém o compromisso que fizemos ontem. Unir nossas vidas e encarar os desafios juntos. Como marido e mulher.

O último ano foi de intensa transformação interior e exterior. Tenho um namorado verdadeiro, que não mede esforços para me mimar (mas já avisei que ele está proibido de fazer isso com nossos filhos). Tenho um emprego que eu amo (Rodrigo me pede opinião para tantas coisas na editora, que não vou me surpreender se algum dia, ele me propor sociedade... *menos, Anabel!*). Tenho um irmão aparentemente curado da epilepsia (iniciando o segundo ano da faculdade de Música. E muito apaixonado por sua querida Tati). Tenho uma mãe na Europa. Pois é, ela viajou faz dois meses. Ainda não voltou. Está de licença do emprego e tudo mais. Ela alega que está fazendo cursos de idiomas por lá. Mas, cá entre nós, para mim, ela está estudando o idioma universal. É, aquele mesmo... E ganhei uma nova família. Selma, minha sogra de 54 anos com cara de 40 (incrível como parece jovem!), de fala delicada. Lourdes, com seu jeito de "sargentona", que me assustou bastante no começo. E Enrico Balistieri, o avô que adotei e a quem já visitamos, Enrico e eu, no último ano, mais de dez vezes.

A música acabou de começar. *Underneath the Stars.* Pedi para o DJ, que está tocando na festa de Júlia e Caio, colocá-la. Sempre sonhei em dançá-la com alguém. Bem, bem lá no fundo...

Antes de puxar meu futuro marido (uma trilha sonora completa para os meus ouvidos) até a pista de dança, quero contar o que aprendi, durante essa imensa jornada, sobre a vida e o amor.

A vida, dependendo da perspectiva, pode ser muita coisa. Risadas. Lágrimas. Sonhos. Batalhas.

Conquistas. Tristezas. Alegrias. Mas ela não deve ser nunca "não vida". Ou "vida dos outros". Porque a vida foi feita para ser conjugada na primeira pessoa — vivi, viverei, vivo. Só ela dá pleno sentido à própria vida.

E o amor?

Ah, o amor é a música que embala essa vida...

Capítulo Bônus

*T*udo treme dentro de mim, como o prenúncio de um terremoto que atingirá 5 graus na escala Richter. Menos de três segundos depois, ele chega me sacudindo por inteira. E meu corpo é lançado para cima em meio a gemidos escandalosos.

Acabo de ter o melhor orgasmo de minha vida.

Sorrio. Não quero abrir os olhos. Um peso desaba sobre mim. Enrico está tão saciado quanto eu. Um ano e dois meses desde que oficializamos nosso namoro (aliás, é o que estamos comemorando, em grande estilo, num requintado hotel de São Paulo, nesse momento), e ainda não perdemos a sincronia deliciosa e perfeita de nossos corpos. Espero que não a percamos nunca, na verdade. É a primeira vez que me sinto tão feminina, tão sexualmente realizada ao lado de um homem. Para quem havia desistido de ter um mísero orgasmo que fosse, até que estou me saindo bem com os duplos, múltiplos, estelares, galácticos. E isso me leva ao pensamento de que não quero abrir mão de nosso relacionamento. Nunca. Não apenas por causa do sexo maravilhoso. Ou porque me sinto mais segura e amada do que jamais me senti antes. Mas, principalmente, porque Enrico me devolveu a liberdade de ser eu mesma, plena, sem amarras.

Eu quero esse homem na minha cama, na minha vida, no meu coração pela eternidade afora. Não aceito menos. E só existe uma forma de realizar esse desejo.

Vou pedir Enrico Balistieri Jr. em casamento!

Remexo-me, assustada, eufórica, decidida. Enrico me encara com os olhos ainda brilhando com a mais pura luxúria. Então, gira o corpo para o lado, tirando parte do peso de cima de mim. A perna esquerda permanece sobre as minhas.

— O que essa cabecinha está maquinando? — Sua boca desliza por meu pescoço. — Se for como podemos recomeçar de outras maneiras o que acabamos de fazer, estou dentro.

— Estava pensando em casamento — confesso. Sinto minhas mãos suarem. De repente, a velha Anabel espreita do recôndito da minha mente.

— O casamento da Júlia está mexendo muito com você, hum? Relaxa, minha linda. — Sua língua brinca com o lóbulo de minha orelha esquerda. Solto um pequeno gemido. Enrico é *expert* em descobrir minhas zonas erógenas. Luto para me concentrar.

— Eu não estava pensando no casamento da Júlia e do Caio. Eu... — hesito. *Usar a língua e também as mãos é sacanagem, doutor Enrico.* Quase falo quando sinto as carícias no interior de minhas coxas. Mas me seguro. Preciso terminar esse assunto. — Eu estava pensando no nosso casamento.

As mãos param de me percorrer. Instantaneamente. A boca abandona minha orelha. E um par de olhos luminosos e surpresos me encara.

— Nosso casamento? — pergunta, sobrancelhas arqueadas.

— Eu estava pensando que talvez... bem... a gente podia... sei lá... quem sabe não daria certo se... — Empurro Enrico, que cai desajeitadamente ao meu lado. Certo. A velha Anabel está querendo levar a melhor. Mas vamos ver quem pode mais.

Sento na cama. Tiro todas as mechas teimosas que tentam camuflar meu constrangimento. Essas tampouco irão vencer a batalha. Inspiro fundo. Solto o ar devagar.

Enrico hesita por alguns segundos, como se fosse falar algo. Então, se senta à minha frente. Isso me deixa ainda mais nervosa.

— É só uma pergunta, Anabel. Você pode fazê-la. Vá em frente! — Sim, estou falando tudo isso em alto e bom som para mim mesma. E para Enrico. Tomo coragem. Volto a encará-lo. Agora vejo divertimento nos olhos dele. E a maior ternura que vi até hoje. Meu coração dá um salto acrobático impressionante. As lágrimas resolvem aparecer para competir com as sensações que estão me impedindo de fazer o pedido. Engulo tudo. Inspiro e expiro pausadamente. Passo as mãos suadas pelas pernas. As palavras saem num fôlego só:

— Quer casar comigo?

Não consigo segurar as lágrimas. Elas derrotam minha garganta e invadem meu rosto. Enrico continua me olhando. Vejo dois problemas. Ele não responde à minha pergunta de imediato e o choro me impede de enxergar a expressão em seu rosto. Então, a velha insegurança e o sentimento de inferioridade voltam a me rondar. Recomeço a falar para encobrir tudo que sinto:

— Você não é obrigado a aceitar. Claro que não! Foi mais uma pergunta, como qualquer pergunta que a gente faz apenas por curiosidade, sabe como é? E depois eu sou adulta, posso muito bem encarar um não. Nosso namoro está indo superbem. Eu vou entender se você não quiser complicar as coisas morando na mesma casa comigo. A Júlia e o Caio decidiram por esse grande passo e tal. E tenho certeza de que vai dar muito certo para eles. Mas não somos obrigados a imitá-los. Além do mais, eu sei que você nunca pensou em se casar e...

Enrico silencia minha boca com a sua. O toque é quente. Mas antes que eu possa me entregar a um beijo para tranquilizar os fantasmas que resolveram me visitar na hora mais imprópria do mundo, meus lábios são abandonados. Abro os olhos. A ternura com a qual me deparo, estampada na íris azul-piscina, faz meu corpo amolecer.

— É claro que a resposta é sim, meu amor. Eu quero me casar com você. Complicar as coisas com você.

Dar o grande passo com você. Qualquer coisa que inclua você em minha vida para sempre.

— Mesmo? — Um soluço escapa de minha garganta. Certo. Continuo a mesma manteiga derretida da vida pré-Enrico.

— Hum-hum. — Enrico segura meu rosto com as duas mãos. Dá beijos suaves pelos caminhos que trilham minhas lágrimas. — Mas agora chega de chorar, querida. Nem minha experiência como médico me preparou para a dor que sinto quando te vejo chorar.

— São lágrimas de alegria. Não imaginei que existisse uma felicidade tão grande quanto a que estou sentindo.

— E eu não imaginei que existisse um amor tão grande quanto o que estou sentindo, ruiva. — Encosta-se à cabeceira da cama e me puxa para seu colo, enquanto rimos. Porém, assim que me sinto aconchegada no interior de seus braços fortes, Enrico fica sério e acrescenta: — Só que temos um problema.

— Qual?

— Você estragou a surpresa, minha linda.

— Que surpresa?

— Que eu havia preparado para você. — Dá um sorriso acanhado, que eleva à potência máxima o amor dentro de meu coração.

— Você me preparou outra surpresa? Pensei que jantar num restaurante francês e passar a noite num hotel cinco estrelas fosse toda a comemoração surpresa que você tinha em mente quando me ligou ontem de manhã.

— Essas eram as duas primeiras partes da surpresa. Eu estraguei a terceira parte, a principal, porque te joguei nesta cama antes da hora. Mas a culpa é sua. Você sabe que não resisto quando você coloca essas pernas deliciosas de fora num vestido. — Sobe a mão por minha panturrilha, passa por meu joelho e continua subindo. Só para ao atingir minha coxa. Então, afasta minhas pernas e dedos quentes contornam minha virilha. Meu raciocínio ameaça fazer as malas numa viagem sem volta para a China. Empurro, de novo, meu namorado cara de pau, que está quase alcançando seu objetivo com seus dedos atrevidos e já pôs a língua para trabalhar, mais uma vez, no lóbulo de minha orelha esquerda.

— Enrico Junior, nem se atreva a me desconcentrar agora! Quero saber qual é a terceira parte da surpresa.

— Ok, moça torturadora — fala derrotado. Tira a mecha de meu olho direito, a mais teimosa, claro, e abaixa a cabeça para pressionar um beijo demorado em meus lábios. Descola a boca da minha. E ordena: — Coloca seu vestido.

— Vamos embora? Para onde?

— Você já vai ver. — Pisca daquele jeito sedutor que quase me faz desistir de saber mais sobre a tão misteriosa surpresa, e o que ela tem a ver com meu pedido de casamento, para deitá-lo na cama e devorar cada parte de seu corpo deliciosamente esculpido.

Pois é, a fome por esse homem continua a mesma.

Consigo me controlar a tempo. E saio de seu colo. Caminho até o sofá azul-marinho a poucos metros da cama. É verdade, estamos mesmo num hotel cinco estrelas. Chique ao extremo! Imagina: Anabel Dias da Silva numa suíte linda, decorada nas cores creme e azul, com vista maravilhosa da cidade de São Paulo, acompanhada do homem mais lindo, gostoso e fofo do País (não, do mundo todo), que é seu grande amor e aceitou seu pedido de casamento.

Ai, é oficial: sou a pessoa mais sortuda de todas as galáxias conhecidas. E das que ainda vão descobrir.

Coloco o vestido tubinho preto ousado. Bem ousado para meus padrões. Mas Enrico ficou doido quando o viu, logo após uma sessão de cinema a qual fomos, na vitrine de uma loja do *shopping*, e quis comprá-lo para mim. Atendi ao seu pedido (quase exigência) e aceitei o presente. Ele tem duas alças grossas e um mega decote. Além disso, não atinge nem metade de minhas coxas gordas, vulgo fetiches de Enrico Balistieri Jr..

Enrico também acabou de se vestir. E está lindo de morrer em jeans e camisa branca, com as mangas enroladas até o meio dos braços, que deixa seus ombros ainda mais largos. Ele levanta a cabeça. Sou pega em flagrante, inspecionando cada músculo de seu corpo. Então, a inspecionada passa a ser eu. Abre o sorriso de rosto inteiro, que ainda é meu preferido de todos. Estende a mão para mim.

— Será que algum dia vou parar de me surpreender com sua beleza? – Minha mão esquerda é envolvida num toque quente. — Não vou, não. — Passa os braços em volta de minha cintura. — Você sempre dá um jeito de ficar ainda mais linda do que da última vez que a olhei.

Um prazer delicioso percorre minha espinha. Fico na ponta dos pés e beijo seus lábios sempre receptivos. Afasto-me e falo:

— Você não é o único que enfrenta esse tipo de problema por aqui.

Nossas risadas são sufocadas pelo abraço apertado que nos damos. O aroma amadeirado que desprende de Enrico e a sensação deliciosa provocada pelo contato de nossos corpos me fazem postergar a separação. Ouço a voz rouca sussurrar logo acima de meus cabelos:

— Vamos encontrar a surpresa principal que preparei para você. – Separa-se de mim. – Venha.

Abre a porta de correr da sacada. Uma brisa fresca nos recebe. Enrico me conduz pelas mãos até o lado de fora. As luzes da cidade são pequenos vaga-lumes dançando à distância. Estamos no décimo andar. A lua aponta sua luz para nós como se fôssemos os últimos habitantes da Terra a ter o privilégio de tão perfeita companhia. Viro a cabeça para a direita e vejo uma pequena mesa semiescondida por um vaso de planta ao fundo. Tem alguma coisa em cima. Ou mais de uma. Está escuro. E eu estou nervosa. De novo. Meus batimentos cardíacos aceleram descontrolavelmente. Meu namorado me encara com um sorriso maroto, que é novo para mim.

— Fica exatamente aqui, contra essa lua linda. — Faz um carinho em meu rosto antes de começar a caminhar até a mesinha. Logo que a alcança, volta a falar:
— Quando nos despedimos no estacionamento do hospital, no dia em que nos conhecemos, entrei no carro,

sintonizei em qualquer rádio, sem prestar atenção no que estava fazendo, e saí do hospital. Entrava nas ruas a caminho de casa no automático. Sentia seu perfume tão vívido como se você ainda estivesse em meus braços. E seu rosto lindo não saía da minha cabeça. — Faz uma pausa. Seu rosto está encoberto pelas sombras que produzem as folhas da planta. — Então, uma música, que fez parte da minha adolescência, porque minha mãe ouvia muito, começou a tocar, conseguindo finalmente atrair minha atenção para algo que não fosse você. Ela expressava de uma forma assustadora o que eu estava sentindo, mas eu jamais admitiria, claro. — Ri, espalhando as borboletas de meu estômago para o resto do corpo. — Naquele momento, eu decidi que encontraria você de novo. E aqui estamos nós, mais de um ano depois, minha linda. Eu quero te contar através dessa música o que senti naquela noite e o que sinto ainda hoje toda vez que olho para você. — Mexe em algum objeto, que está sobre a mesinha. — A música se chama *Something About The Way You Look Tonight*. É do Elton John.

Um som de piano é carregado até mim, sem me dar tempo de digerir direito as palavras de Enrico ou de continuar em choque por descobrir que ele também tem uma música especial para nossa história. Pisco para ter certeza de que é tudo real. Elton John começa a cantar. E Enrico me surpreende quando se põe a traduzi-lo, palavra por palavra, mirando-me com olhos cujas intensas luminosidades acendem cada canto escuro dentro de mim, enquanto anda em minha direção.

Houve uma época

Em que eu era tudo e nada ao mesmo tempo

Quando você me encontrou

Eu estava me sentindo como uma nuvem sobre o sol

Eu preciso te dizer

Como você ilumina cada segundo do dia.

Mas ao luar
Você simplesmente brilha como um farol na
baía

— Ai, é sério que você vai fazer isso comigo?

Ele me ignora e prossegue, com a voz tão rouca que minhas pernas ficam bambas. Seguro na grade logo atrás de mim.

E eu não consigo explicar
Mas é algo relacionado ao jeito como você
está esta noite
Tira meu fôlego
É esse sentimento que tenho por você dentro
de mim
E eu não consigo descrever
Mas é algo relacionado ao jeito como você
está esta noite
Tira meu fôlego
O jeito como você está esta noite

O olhar de Enrico, a dois passos de mim, não duvido, derreteria o *iceberg* que afundou o *Titanic*. Apenas as mãos firmes na grade me impedem de despencar no chão.

Com um sorriso

Você tira os segredos mais profundos do meu coração

Honestamente

Estou sem palavras e nem sei por onde começar

E eu não consigo explicar

Mas é algo relacionado ao jeito como você está esta noite

Oh, tira meu fôlego (Ah, minha nossa, nessa parte ele faz um gesto tão fofo tocando o próprio coração que nem a grade parece forte o suficiente para me segurar.)

É esse sentimento que tenho por você dentro de mim

E eu não posso descrever

Mas é algo relacionado ao jeito como você está esta noite

Tira meu fôlego

O jeito como você está esta noite

Para de traduzir a música. Estamos a menos de um passo de distância. Sinto seu hálito em meu rosto. Luto contra as lágrimas. Mas permito que o amor seja extravasado através do maior sorriso que já dei na vida. Quando penso que Enrico vai me arrebatar com um de nossos beijos memoráveis, ele ajoelha-se em minha frente.

— Anabel Dias da Silva, aceita ser minha esposa, minha companheira nas horas de alegria, meu refúgio nos momentos de tristeza, minha luz nos tempos de dúvida e meu amor pelo resto de nossas vidas?

Derreto. Mas em vez de cair no chão, me jogo no meio dos braços que Enrico abre para mim.

— Sim! Sim! Sim! — falo ofegante em meio a beijos que distribuo por todo seu rosto. — Eu te amo demais, querido! Não consigo imaginar mais minha vida sem você, sem os seus beijos, suas carícias, seus olhos luminosos, sua voz linda, suas palavras carinhosas, sua força e inteligência, seu apoio nos momentos estressantes, sua ternura. Não vejo a hora de dividir o resto da minha vida com você, Enrico.

E, dessa vez, nos beijamos. Nossas bocas desesperadas, nossas línguas entrelaçando-se afoitas, nossos gostos se misturando contam cada linha dos 17 meses da história e do amor que construímos juntos, porque eu aceitei a missão "presente de grego". A missão que mudou minha vida para sempre.

Aos poucos, o ritmo do beijo diminui. Porém, como nunca deixou de ser, a separação não acontece abruptamente. Permanecemos perdidos entre delicados beijos até que nossas bocas aceitem a distância inevitável. Enrico encosta a testa na minha. Ainda estamos ajoelhados. Seus olhos sorriem causando-me uma leve palpitação.

— Agora é você que quer me desconcentrar com seus beijos, hum, ruiva deliciosa? — Fica de pé, pega minha mão e me levanta. — A surpresa ainda não chegou ao fim.

— Se eu sofrer um ataque cardíaco em pleno hotel, a culpa será toda sua, doutor Enrico — acuso, rindo, enquanto andamos até a mesinha.

— Sou médico. Posso lidar com isso. — Pisca. E eu o agarro por trás, porque tudo tem limite. Não sou de ferro.

No entanto, Enrico não cede aos meus avanços cheios de segundas intenções. Está concentrado em pegar uma... caixinha? Ah. Meu. Deus. Do. Céu! Dentro dessa caixinha tem o que estou pensando que tem?

— Aqui está, minha linda. Agora a surpresa está quase completa. E o pedido oficial. — Ele abre. E um anel com a pedrinha branca mais delicada e linda que jamais havia colocado o olho até hoje, e cujo preço me causa certa preocupação, surge em minha frente. — Me dê seu dedo antes que você desista.

— Isso não tem a mais remota chance de acontecer, Enrico Junior. Muito pelo contrário. Você vai ter que me aturar por muito tempo até se livrar de mim.

— Se for por... — Faz uma pausa, beija meu dedo com o anel devidamente colocado —, deixa eu ver... apenas mais uns 60 anos, eu acho que consigo te aturar.

Atiro-me, de novo, em seus braços. Levanto a cabeça para encará-lo.

— Você consegue fazer ideia do quanto eu te amo?

— Não sei... talvez eu tenha que fazer um exame mais minucioso em você para chegar a alguma conclusão. — Desliza as mãos por meus cabelos, minhas costas e as mete por baixo do vestido. Aperta minha bunda.

— E, então, chegou a alguma conclusão, seu safado? — rio, deliciada.

— Sim. — Começa a subir a barra de meu vestido — Eu, com certeza, te amo mais. E te desejo alucinadamente. — Suas mãos acariciam a pele de minha cintura. – Quantos filhos você quer?

Encaro-o confusa com a mudança abrupta de assunto.

— Filhos?

— Acho que dois está ótimo. — Puxa-me para trás do vaso, onde nos ocultamos da vista dos prédios em frente. Tira meu vestido. — Nunca gostei de ser filho único. Nosso filho também não gostará. É uma vida muito solitária.

Meu coração pula alucinadamente sobressaindo-se à excitação.

— Nossa, para quem abominava a ideia de se casar até que você está se acostumando rápido com ela e o pacote todo que vem com o casamento, hein?

— Estou só planejando nosso futuro. — Acaricia meu seio esquerdo com o polegar. — E acho que poderíamos começar a treinar agora mesmo.

— Essa desculpa machista para fazer amor com uma mulher só colava na época da minha avó, doutor Enrico Junior. — Dou uma gargalhada.

— Hum, então, parece que vou ter que ser mais persuasivo. — Contorna meus lábios com a língua. Amoleço em seus braços. Mãos fortes me seguram e um beijo carregado de lascívia rouba todos os meus pensamentos. Não me importo se meus gemidos podem alcançar os outros andares. Ou todos os prédios ao longo da rua. Não me importo com nada disso. Importo-me apenas com as sensações enlouquecedoras que correm por todo meu corpo e se concentram no meio de minhas pernas, onde a mão de Ernico acaba de atingir com carícias ritmadas. Começo a lutar contra os botões de sua camisa. Acho que arrebento alguns na ânsia de tirá-la. Ela cai no chão. Sinto o peito rígido contra minhas mãos, depois contra meus seios. Subitamente, Enrico me ergue em seu colo. Passo as pernas em volta de seu quadril. Os beijos se tornam mais intensos.

Um estalo ressoa no ar. Um pequeno temor de que o vidro, no qual estamos encostados, quebre passa voando por minha cabeça antes de desaparecer por completo. Volto a me concentrar na boca quente sob a minha. Outro barulho enche o ambiente. Dessa vez, desperta minha atenção. É o toque de um celular, que está bem perto de nós. Só pode ser de Enrico. O meu está dentro da bolsa, sobre o sofá, na suíte.

— Seu celular está tocando, amor. — Interrompo os beijos e tento descer do colo dele. Sem sucesso. Enrico me aperta ainda mais contra seu corpo.

— Deixa tocar. — Passa a língua por meu queixo. Desce por minha garganta.

— Pode ser sua mãe ou sua tia. E se for urgente?

— Falei com as duas antes de sair de casa. Elas estão ótimas, felizes e aproveitando as praias de Maceió. Eu já te disse isso. — Inclina-me e abocanha meu seio direito. Luto para não me entregar às sensações alucinantes que a carícia desperta.

O barulho não dá trégua.

— Se você não atender, eu atendo. — Inesperadamente, a minha veia ciumenta dá um voo rasante dentro do cérebro, atropelando a libido. E eu consigo me livrar dos braços de Enrico e pular de seu colo. Pego o aparelho sobre a mesa. Corro até o meio da sacada, sem me preocupar que estou nua exposta às janelas de outros prédios.

— Anabel, VOLTA AQUI! — fala (bem) bravo.

Ignoro. E antes de o toque cessar, consigo ver quem está ligando. É uma mulher. Fico cega. Falo nervosa (um eufemismo descarado para "histérica"):

— Quem é Júlia, Enrico Junior? Quem é essa periguete?

— Como assim quem é Júlia, Anabel? — Encara-me confuso. — Sua amiga, oras!

— Ah, claro... — Parece que a veia ciumenta enxotou meu raciocínio. Algo que não é muito raro de acontecer desde que conheci Enrico. — Mas o que ela quer com você?

— Deixa isso para lá. Ela deve ter clicado no número errado. Ou tentado ligar no seu celular e você não ouviu tocar. Hoje ela já te ligou várias vezes, não? — pergunta, agitado.

Olho com desconfiança para ele. Então, uma luz acende em minha cabeça. Lembro-me da "reação sem reação" de Júlia quando contei sobre a noite de princesa que teria hoje. Além disso, falei com ela no restaurante, e minha amiga estava bem ansiosa para saber se Enrico e eu já estávamos a caminho do hotel.

— Enrico Junior, Júlia está metida até o pescoço nesta surpresa, não está?

Enrico demora um pouco para me responder, encolhido entre o vaso de planta e a porta. Saio do meio da sacada. Paro à sua frente. O povo dos outros prédios já devem ter me visto, fotografado e filmado vídeos suficientes para postar no YouTube por uma semana!

— Então? — Pressiono um dedo contra seu peito rígido, que por um segundo (apenas por um segundo, juro) quase me faz desistir daquela história, voltar para o colo de Enrico e terminarmos o que começamos.

— Júlia apenas me ajudou com o número do anel — se rende. Seus olhos brilham de culpa, como um menino pego fazendo traquinagem. Meu coração volta a se derreter. — E na escolha da bebida.

— Que bebida?

— Aquela logo atrás de você que deve estar tão quente que se tomarmos teremos uma indisposição estomacal.

Olho para a direção que ele aponta. Vejo uma garrafa mergulhada num balde ao mesmo tempo que o celular volta a tocar em minhas mãos. Dou um pulo de susto. Mas, agora, atendo a tempo de falar com Júlia.

— Grande amiga você é, hein? Nem para me contar que Enrico pretendia me pedir em casamento — despejo tudo sobre ela sem me preocupar em dizer que sou eu ao celular, não meu namorado.

— Ai, que emoção! Então, ele já fez o pedido! Como foi? Você aceitou, né?

— Aceitei, claro. Mas Enrico aceitou o meu pedido antes.

— Que pedido? Como assim?

— Eu o pedi em casamento sem saber que ele faria uma linda surpresa para mim.

— Anabel, essa foi a coisa mais antirromântica que você já fez na vida! Como assim você pediu seu namorado em casamento? E por que ele não foi mais rápido do que você, não te pediu primeiro? "A noite cinco estrelas" era exatamente para isso!

— Digamos que Enrico pulou algumas etapas da surpresa. Foi da segunda etapa direto para a quarta.

— Aff! — Júlia bufa. — Cadê seu namorado? Passa o celular para ele.

O comando de Júlia é tão autoritário que me vejo obedecendo. Estendo o celular para Enrico.

— Ela quer falar com você.

Enrico se encolhe ainda mais atrás da planta. Se é que isso é possível. Pega o aparelho de minha mão.

— Oi, Júlia — fala num muchocho.

— Estou muito decepcionada com você, cara! Não podia ter deixado isso acontecer. Guardei o segredo com o maior sacrifício para que a Anabel tivesse uma linda surpresa romântica. — Julia grita tanto que eu consigo ouvir cada palavra. E suspeito que o resto do hotel também. — Você sabe quantos caras idiotas passaram pela vida dela? Ou quanto tempo ela demorou para se render ao amor e ao romantismo?

Júlia prossegue com seu discurso. E eu perco o interesse, porque ele é atraído para outra parte. Para os bíceps musculosos de Enrico, que se destacam de forma a revirar minha libido do avesso enquanto ele segura o celular contra o ouvido. Fico na ponta do pé e passo minha língua atrevida por cada trecho daqueles músculos perfeitos. Ignoro o olhar reprovador de Enrico. Só penso em tocá-lo, prová-lo, torturá-lo, justamente como ele adora fazer comigo. Sinto o peito rígido. Uma muralha contra meus dedos. Ouço os "hum-huns" ao longe. Meus dedos deslizam até o cós de sua calça. Escuto-o dizendo "Eu sei, Júlia". Mas é provável que minha amiga não o deixe falar uma palavra além dessa. Dou risada. Abro sua calça. Porém, quando, toda animada, começo a me ajoelhar, Enrico me impede, segura minha mão e deposita o celular. Júlia ainda está gritando como uma histérica do outro lado da linha.

— Toma. A amiga é sua. Se entenda com ela. E rápido, porque você tem um trabalho para terminar.

Coloco o aparelho no ouvido, rindo. Enrico entra no quarto.

— Júlia, vá dormir. Amanhã você tem um casamento para comparecer. O seu, sua doida! Você se lembra?

— É, eu sei. Mas eu ainda não terminei com vocês dois. Veja se não estraga o resto da noite e...

— Tchau, Júlia. Vou desligar. Beba um chá de camomila e se acalme. Vai dar tudo certo amanhã, amiga. Seu casamento será inesquecível!

— Ai, Bel, acho que vou fazer isso mesmo. Estou uma pilha de nervos. — Suspira. — Ah, e falando em casamento, acho que não tratamos ainda de todos os detalhes. Sei que, só hoje, te liguei seis vezes, mas...

— Estou desligando, Júlia. *Bye, bye.* — Tiro o celular do ouvido, rindo, novamente, mas ainda a escuto gritar:

— Não se esqueça do esquema do buquê. Anabel, o bu...

É. Fui para além de mal-educada. Desliguei na cara de minha melhor amiga cujo casamento serei madrinha e cujo buquê pegarei, porque ela já planejou estrategicamente como serei a sortuda a agarrá-lo. Mas os mais de vinte anos de amizade me fizeram aprender a tomar medidas drásticas contra a mania de Júlia de não saber quando parar de falar. Além disso, agora quem não aguenta esperar mais um minuto para comemorar o lindo pedido de casamento de Enrico sou eu.

Devolvo o celular à mesa. Entro no quarto. Enrico me espera sorridente, nu, de pé ao lado da cama, com suas coxas deliciosamente grossas, seu peito muralha e seus bíceps... ah, esses bíceps! Faz um sinal com o dedo para que eu me aproxime. Não preciso de mais nenhum estímulo para correr até ele.

— Agora é minha vez de te surpreender, meu lindo. — Jogo-o na cama.

E o resto... bem, o resto é história!

Sobre a Autora

Shirlei Ramos é formada em Letras, com especialização em Francês e Português, pela Universidade de São Paulo. Iniciou sua carreira como subagente literária. Atualmente, divide-se entre as profissões de revisora de textos e escritora.

O amor pela escrita começou na infância. Aos nove anos, fez uma adaptação, em folhas de sulfite, de um gibi da *Turma da Mônica*. De lá para cá, escreveu dezenas de pequenas histórias e poemas, todos, em cadernos. *A Missão de Anabel* é seu primeiro romance.

Blog: shiescrevendo.blogspot.com